AF680707

दो दिल, एक शैतान

आशुतोष सिंह

Copyright © Ashutosh Singh
All Rights Reserved.

This book has been self-published with all reasonable efforts taken to make the material error-free by the author. No part of this book shall be used, reproduced in any manner whatsoever without written permission from the author, except in the case of brief quotations embodied in critical articles and reviews.

The Author of this book is solely responsible and liable for its content including but not limited to the views, representations, descriptions, statements, information, opinions and references ["Content"]. The Content of this book shall not constitute or be construed or deemed to reflect the opinion or expression of the Publisher or Editor. Neither the Publisher nor Editor endorse or approve the Content of this book or guarantee the reliability, accuracy or completeness of the Content published herein and do not make any representations or warranties of any kind, express or implied, including but not limited to the implied warranties of merchantability, fitness for a particular purpose. The Publisher and Editor shall not be liable whatsoever for any errors, omissions, whether such errors or omissions result from negligence, accident, or any other cause or claims for loss or damages of any kind, including without limitation, indirect or consequential loss or damage arising out of use, inability to use, or about the reliability, accuracy or sufficiency of the information contained in this book.

Made with ♥ on the Notion Press Platform
www.notionpress.com

यह पुस्तक मेरे प्रिय स्वर्गीय दादाजी, श्री विजय प्रताप सिंह को समर्पित है —जिनका स्नेह, आशीर्वाद और मार्गदर्शन आज भी मेरे हर कदम के साथ चलता है।

उन्होंने मुझे सिखाया कि सच्ची ताक़त शब्दों में नहीं, बल्कि भावनाओं में होती है। मेरी हर उपलब्धि, हर मुस्कान में उनका आशीर्वाद झलकता है। भले ही वे अब इस दुनिया में नहीं हैं, पर उनकी दुआएँ अब भी मेरे आसमान की सबसे उजली किरण हैं।

क्रम-सूची

लेखक की कलम से vii

प्रस्तावना ix

1. एक अंश... 1

2. कहानी की शुरुआत 2

लेखक के बारे में 245

धन्यवाद 247

लेखक की कलम से

प्रिय पाठक एवं मित्रगण,

सबसे पहले, मैं आपका हृदय से धन्यवाद करता हूँ कि आपने "दो दिल, एक शैतान" को पढ़ने के लिए चुना।

मेरे लिए ये केवल एक उपन्यास नहीं, बल्कि जीवन के उन अनकहे एहसासों की कहानी है, जिन्हें मैंने वर्षों तक अपने भीतर जिया और अब शब्दों में ढाला है।

मैं भगवान शिव का तहे दिल से आभारी हूँ — जिन्होंने हर कठिन समय में मेरा साथ दिया। जब दुनिया ने मुँह मोड़ा, तब उन्होंने मेरे सिर पर हाथ रखा। उनकी कृपा के बिना शायद ये पुस्तक कभी जन्म ही न ले पाती।

भगवान के बाद, मेरी माँ श्रीमती बिंदु सिंह — जिन्होंने मुझे जीवन ही नहीं दिया, बल्कि उसे जीना भी सिखाया। माँ के लिए शब्द हमेशा कम पड़ते हैं, क्योंकि जिसने हमें "लिखा" है, उसके बारे में कुछ भी "लिखना" असंभव है।

मेरी चाची जी श्रीमती शशिकला सिंह ने मुझे ये विश्वास दिया कि मेहनत कभी व्यर्थ नहीं जाती, और अंधेरे में भी उम्मीद की एक लौ हमेशा जलती रहती है। मेरे भाई-भाभी, श्री प्रशांत सिंह और श्रीमती शिखा सिंह, हमेशा मेरी रीढ़ की तरह मजबूती से मेरे साथ खड़े रहे। भाभी के ये शब्द आज भी मेरे भीतर गूंजते हैं —"हम हमेशा आपके साथ हैं, बस कहना मत भूलना।"

मेरी प्यारी बहनें — चाँदनी शाही और निधि सिंह, जिनके स्नेह ने मुझे एक बेहतर इंसान बनने की प्रेरणा दी।

मेरी कज़िन बहन स्वर्गीय सुधा शाही की यादें आज भी दिल में ताज़ा हैं —आपका स्नेह, आपकी मुस्कान, सब कुछ अब भी हमारे साथ है।

और मेरी बुआ श्रीमती लीला पाल —जिनसे मैंने निस्वार्थ प्रेम करना और इंसानियत को जिंदा रखना सीखा।

इस पुस्तक का विचार मुझे लगभग ग्यारह वर्ष पहले आया था। बीच में जीवन की व्यस्तताओं ने इसे अधूरा छोड़ दिया, परंतु शब्दों ने मेरा पीछा कभी नहीं छोड़ा। आख़िरकर, एक दिन मैंने ठान लिया —डर को परे रखकर, अपने दिल की कहानी दुनिया तक पहुँचानी है।

"दो दिल, एक शैतान" मेरे दिल का वो हिस्सा है, जहाँ प्रेम और भय दोनों एक साथ सांस लेते हैं।

मेरा प्रयास रहेगा कि आगे भी मैं ऐसे ही नए विचारों और कहानियों से आपका मनोरंजन करता रहूँ। मुझे पूरा विश्वास है कि जब आप इस उपन्यास के अंतिम पन्ने पर पहुँचेंगे, तो मेरी अगली रचनाओं का इंतज़ार उत्सुकता से करेंगे।

आपका स्नेह ही मेरी सबसे बड़ी प्रेरणा है।

सप्रेम,

आशुतोष सिंह

प्रस्तावना

रात जब बिल्कुल शांत होती है, हवा में सरसराहट तक सुनाई देती है, तब कुछ कहानियाँ जन्म लेती हैं— ऐसी कहानियाँ, जिनमें प्यार भी है, दर्द भी, और वो रहस्य भी जिसे जानने के बाद इंसान फिर पहले जैसा नहीं रहता। "दो दिल, एक शैतान" ऐसी ही एक कहानी है...

ये कोई साधारण प्रेम और दर्द कहानी नहीं है, बल्कि ये उन दो दिलों की दास्तान है जिन्होंने एक-दूसरे को पाने के लिए दुनिया से, किस्मत से, और शायद... खुद मौत से भी लड़ाई लड़ी। कभी ये कहानी महकते गुलाब की तरह लगती है, तो कभी अगले ही पल ज़हर भरी हवाओं में बदल जाती है।

एक जगह, जंगल की गहराई में, एक जोड़ा भाग रहा है। उसके चेहरे पर डर है, लेकिन आँखों में अब भी प्यार की लौ बाकी है। लड़की का लाल साड़ी में उड़ता आँचल और लड़के की थमी हुई साँसें जैसे कुछ कह रही हों —"अगर मौत भी मिली तो साथ मिलनी चाहिए..."

कहानी का हर मोड़, हर पन्ना, दिल की किसी पुरानी चोट को कुरेदता है, और साथ ही उस रहस्य को और गहराता है जो इन दोनों के बीच है। प्यार की हदें, आत्मा की तड़प, और वो खामोशियाँ जो शब्दों से ज़्यादा कुछ कह जाती हैं। यही सब इस कथा की आत्मा हैं।

कहीं किसी मोड़ पर एक चरित्र हँसता है, तो कहीं किसी मोड़ पर वही चेहरा खून के आँसू रोता है। पाठक को ये तय करना मुश्किल हो जाता है कि वो प्रेम में डूबा है या भय में काँप रहा है। और शायद यही इस कहानी की सबसे बड़ी खूबसूरती है। ये आपको महसूस कराएगी कि प्यार कभी-कभी खुद एक शैतान बन जाता है।

"दो दिल, एक शैतान" केवल डर की नहीं, बल्कि उस प्यार की कहानी है जो मौत के पार भी ज़िंदा रहती है। हर पन्ना आपको उस सवाल तक ले जाएगा — "कि क्या इंसान अपनी आत्मा से भी ज़्यादा किसी और को प्यार कर सकता है?"

1

एक अंश...

"अगर प्यार गुनाह है... तो मैं ये सज़ा हर जन्म में चाहूँगी, ईशान..."

उसकी आवाज़ काँप रही थी, मगर आँखों में अब भी वही पुरानी मोहब्बत चमक रही थी। ईशान कुछ कहना चाहता था, पर उसके होंठों से आवाज़ नहीं निकल रही थी, क्योंकि जहाँ प्यार होता है, वहीं डर भी होता है... मौत की तरह, पास ही कहीं।

रात के सन्नाटे में, जब पूरी दुनिया नींद में डूबी थी, बस एक जोड़ी आँखें खुली थीं, डर से, दर्द से और अधूरे प्यार की प्यास से भरी हुई। हवा में पत्तों की सरसराहट थी, पर उन कानों तक बस किसी की धड़कनों की आवाज़ पहुँच रही थी। वो कहानी नहीं, एक अधूरी चीख थी, जो मोहब्बत की आंच में जलते-जलते रूह बन गई। दो दिल थे, एक ने प्यार किया, और दूसरे ने मौत की आखिरी तक उसे निभाने की कोशिश की।

यहीं से शुरू होती है... "दो दिल, एक शैतान" की वो कहानी, जहाँ प्यार और डर का फर्क मिट जाता है।

2

कहानी की शुरुआत

***

हाय, मैं हूँ सुप्रिया पाठक... और ये है मेरी कहानी।

बात 2007 की है। मैं कैलिफ़ोर्निया स्टेट यूनिवर्सिटी से समाजशास्त्र से एम ए कर रही थी। उस साल मेरा फाइनल ईयर था। हर आम लड़की की तरह मैं भी अपनी लाइफ एंजॉय करना चाहती थी। बॉयफ्रेंड के साथ बाइक पर बैठकर घूमना चाहती थी। मस्ती करना चाहती थी और ज़िन्दगी के वह सारे मजे लेना चाहती थी, जो कि मेरे उम्र की सारी लड़कियाँ करती थीं। इस सब के बावजूद मैं पढ़ाई को भी ज़्यादा महत्त्व देती थी, वैसे भी अच्छे से पढ़ाई करने के बाद ही तो आपका करियर अच्छा बनता है। आपको जीवन में एक सफल मुकाम हासिल होता है, लेकिन लाइफ, करियर और सक्सेस के बीच में मैं एक चीज़ हर रोज़ मिस करती जा रही थी और वह थी मेरी ख़ुद की जिंदगी। जिसे जीने के लिए मैं जरा-सा भी वक़्त और खुला-आसमान नहीं दे पा रही थी। शायद जानबूझकर... या फिर अनजाने में

कभी-कभी मैं अपने आप को ठगा हुआ-सा महसूस करती थी, जब अपने उम्र की लड़कियों को पार्क में, रेस्टोरेंट में, कॉलेज में या फिर पब में मस्ती करते हुए देखती या सुनती थी। मेरे कलेजे पर अक्सर सांप लोट जाया करता था कि ये सब मेरी उम्र की ही तो हैं, तो फिर मेरी और इनकी लाइफ में इतना फ़र्क़ क्यों है? क्यों आज तक मेरा कोई भी बॉयफ्रेंड नहीं

है? या फिर किसी लड़के को मैं अपना बॉयफ्रेंड बनाना ही नहीं चाहती थी! या फिर चाहकर भी मैं किसी को अपना बॉयफ्रेंड बना ही नहीं पा रही थी! ये सोच कभी-कभी मुझ पर हावी हो जाती थी। तो कभी-कभी मैं इस सोच पर हावी हो जाती थी। अचानक एक दिन मेरे दिमाग़ में इस सवाल का जवाब आ गया कि आज तक मेरा कोई बॉयफ्रेंड क्यों नहीं है? सच तो ये है कि आज तक मैं उस लड़के से मिली ही नहीं जो मेरे लिए बना हो और मैं अपनी लाइफ में ऐसा रिलेशनशिप चाहती भी नहीं थी जिसमें आज प्यार हो जाए और कल ब्रेकअप हो जाए। जैसा कि आजकल के रिलेशनशिप में होता है। आज कोई और, और कल कोई और, और परसों कोई और। मुझे मेरी लाइफ में एक स्टेबल रिलेशनशिप की ज़रूरत थी। जो कि लाइफ टाइम के लिए चल सके। एक ऐसे लड़के की ज़रूरत थी कि जो आगे चलकर मेरा पति भी बन सके और जीवन भर के लिए जो मेरे साथ चल सके। शायद यही मेरे हर एक सवाल का जवाब था। जो आज तक मैंने अपने आप से पूछा था। इसलिए आज से मुझे एक सच्चे और ऐसे लड़के की तलाश थी जो जीवन के किसी भी मोड़ पर मेरा साथ छोड़कर कभी भी कहीं भी ना जाए।

मेरी सीधी-साधी, व्यस्त और बेरंग ज़िन्दगी में एक ऐसा मोड़ आया जब मुझे भी किसी से प्यार हो गया और मुझे पता तक न चला। वो मेरी ज़िन्दगी में आया या मैं उसकी ज़िन्दगी में दाखिल हुई ये बात मैं अभी आपको साफ़ नहीं कर सकती लेकिन उसे देखते ही मुझे उससे पहली नज़र वाला प्यार हो गया। वो कहते हैं ना कि लव ऐट फर्स्ट साइट... एकदम वही वाला। उसने मेरी लाइफ के सिंगल स्टेटस को कब कपल के स्टेटस में चेंज कर दिया मुझे तो कुछ समझ ही नहीं आया। जहाँ मेरे पास पढ़ने और काम करने के बाद सांस लेने तक की फुरसत नहीं थी, वहीं उसके आने के बाद मैं अपनी लाइफ का हर वक़्त उसके साथ गुज़ारना चाहती थी। आज भी मुझे वो हर हंसी लम्हा याद है जो मैंने उसके साथ गुज़ारा था।

वो था मेरा पहला और आखिरी प्यार... ईशान।

***

सुप्रिया भारतीय मूल की एक अमेरिकन नागरिक है। उसके माता-पिता की मृत्यु उसके बचपन में ही एक कार एक्सिडेंट में हो गई थी, जब वो एक साल की थी। दुर्भाग्यवश सुप्रिया मानव-जीवन के कष्ट भोगने के लिए जिंदा बच गई। वो कैलिफ़ोर्निया के सरकार द्वारा संचालित एक अनाथ आश्रम में पली-बढ़ी है। ना ही उसको ये याद है... उसके माता पिता कौन थे? कैसे दिखते थे? और ना ही उसको ये पता है कि इंडिया में उसके माता-पिता कहां से थे? और दुर्भाग्य की बात तो ये है उसके पास उसके माता-पिता की कोई तस्वीर भी नहीं है। अभी कुछ ही दिन बीते हैं, सुप्रिया ने केक काटकर अपना इक्कीसवां जन्मदिन मनाया है। उसकी हाइट लगभग पांच फीट पांच इंच है वो काफ़ी गोरी है। उसके चेहरे का आकार गोल है। उसके दोनों होंठ गुलाबी है। उसकी नाक नुकिली है। उसके आंखों का आकार उसके चेहरे के हिसाब से ठीक है। उसका माथा ऊंचा है और गाल गुलाबी है। उसके बाल काले और घुंघराले हैं। वो इंडियन और वेस्टर्न दोनों तरह के कपड़े पहनती है।

ईशान एक भारतीय नागरिक है। हाल ही में उसका ट्रांसफर किसी इण्डियन युनिवर्सिटी से कैलिफ़ोर्निया स्टेट यूनिवर्सिटी में समाजशास्त्र के असिस्टेंट प्रोफेसर के पद पर हुआ है। आज की तारीख में उसकी उम्र इकत्तिस साल है। उसकी हाइट पांच फीट ग्यारह इंच है। उसका गला थोड़ा-सा लंबा है। उसके बाल डार्क-ब्लैक हैं। उसकी नाक लंबी और थोड़ी-सी नुकीली है। उसके होंठ लाल और गुलाबी रंग के हैं। उसके चेहरे का आकार गोल न होकर थोड़ा-सा लंबा है। काले रंग की उसकी बड़ी-बड़ी आंखें है, जो वक्त बेवक्त अपने अंदर समेटे हुए हर राज़ को बेवजह ही किसी के भी सामने बयान कर देना चाहती है। लेकिन हर बार ईशान अपनी आंखों को ऐसा करने से रोक लेता है। फिर भी... उसकी आंखों में वो स्पार्क तो है कि अगर कोई इंसान थोड़ी भी देर उसकी आंखों में ध्यान से देख ले तो वो उसी वक्त उसके प्यार में गिरफ्तार हो जाता है। वही चीज़ सुप्रिया के साथ भी हुई। सुप्रिया ईशान के आंखों की चमक में ऐसे खो गई कि उसको पता ही नहीं चला कि कब वो उसके प्यार में पड़ गई,

जिसके बाद वो फिर कभी निकल ही नहीं पाई।

***

उस दिन मुझे कॉलेज पहुंचने में काफी देर हो गई थी। मैं जल्दी-जल्दी सीढ़ियां चढ़कर क्लास रुम की तरफ भागी जा रही थी। जल्दी-जल्दी में मैंने ध्यान भी नहीं दिया कि सीढ़ियों पर पानी गिरा हुआ था, और उस सीढ़ी पर पैर रखते ही मेरा पैर फिसल गया। लगभग मैं गिर ही चुकी थी, मेरी धड़कने काफ़ी तेजी से चलने लगी थीं, मेरी सांसे थम-सी गई थीं क्योंकि अगर मैं फिसल कर गिर जाती तो मेरे हाथ, पैर या फिर शरीर के किसी हिस्से पर बहुत ज़ोर से चोट लगती, लेकिन आखिरी वक्त पर आकर उसने मुझे बचा लिया। अगर मैं गिर जाती तो सीढ़ियों से फिसल कर सीधे नीचे चली जाती। लेकिन गिरकर... मैं उसके हाथों की डालियों में अटक गई। हम दोनों की आंखें एक दूसरे को देखती ही रह गईं। एक ऐसा हवा का झोंका चला कि मेरे बाल, मेरा दुपट्टा सब उड़ने लगा। पास के गुलमोहर के पेड़ से हम पर फूल उड़कर गिरने लगे। तभी मेरे फोन का रिंगटोन बजा।

सांसो को सांसो में
ढलने दो ज़रा... यारा...
हम... हम तुम...
हम... हम तुम...

वहां से होकर आने और जाने वाले सारे स्टूडेंट और कॉलेज के स्टाफ वहीं खड़े हो गए और हमारी इस अनप्रिपेयर्ड परफॉर्मेंस पर तालियां बजाने लगे। तालियों की आवाज़ सुनते ही हम दोनों को होश आ गया। हम दोनों एक दूसरे से अलग हटकर खड़े हो गए। मैं ईशान को देख कर मुस्कुराई। वो भी मेरी आंखों में देख कर मुस्कुरा रहा था। फिर मैंने मेरे दाएं गाल पर आगे आए हुए बालों को अपनी उंगलियों से पीछे हटाया और सीढियां चढ़ कर चली गई। जाते-जाते मेरा दुपट्टा उसके सर से उड़ता हुआ चला गया।

मैं क्लास में पहुंची तो पता चला कि आज सोशियोलॉजी के नये प्रोफेसर आने वाले हैं। हर कोई उन्हें देखने के लिए एक्साइटेड था कि

हमारे नये प्रोफेसर कैसे दिखते होंगे? वो भी पिछले वाले प्रोफेसर की तरह बोरिंग और पकाऊ तो नहीं होंगे ना कि वो उधर लेक्चर देना शुरु करें और इधर स्टूडेंटस सोना शुरु कर दें। उस दिन लेट होने की वजह से मुझे पीछे बैठना पड़ गया था। क्लास रुम में आने के बाद नये प्रोफेसर मुझे दिखाई ही नहीं दे रहे थे क्योंकि मेरे आगे लंबे-लंबे जिराफ़ जैसी गर्दन वाले अमेरिकन लड़के बैठे थे। मैं उनको देखने के लिए बेचैन हो रही थी। प्रोफेसर के क्लासरुम में आते ही सारे स्टूडेंट्स खड़े हो गए।

उन्होंने स्टूडेंट्स से कहा- सीट डाउन

सभी स्टूडेंट ने एक साथ बैठते हुए कहा- थैंक यू सर

सभी लोग बैठ चुके थे। मगर सबके बैठने के बाद भी मुझे वो दिखाई नहीं दे रहे थे। एक लड़की होने के बाद भी मेरी हाइट कम नहीं थी लेकिन वो अमेरिकन लड़के कुछ ज़्यादा ही लंबे थे। मैं इधर-उधर से उनको देखने की कोशिश कर रही थी। लेकिन हर बार असफल हो रही थी। प्रोफेसर ने अपना इंट्रोडक्शन देना शुरु किया, क्योंकि आज क्लास रुम में उनका पहला दिन था।

मैं हूँ ईशान ओबराय। आपके समाजशास्त्र का नया प्रोफेसर... आई एम फ्रॉम इंडिया... मैंने जे एन यू यूनिवर्सिटी से पी एच डी किया है। मैं चार साल से पढ़ा रहा हूँ। दो साल दिल्ली यूनिवर्सिटी में और दो साल मुंबई यूनिवर्सिटी में। मैंने आपलोंगो जैसे ही स्टूडेंट्स को पढ़ाया है। आज से ये पीरियड मेरा होगा। सबसे पहले मैं आप लोगों का परिचय चाहूंगा, सबसे पीछे कौन है।

मुझे पता चल गया कि मुझे ही कहा जा रहा है। मैं खड़ी हुई, उनको देखते ही मैंने अपने मन में सोचा -

हे भगवान... अब क्या होगा?

प्रोफेसर मुझे देख कर मुस्कुराने लगे और मुस्कुराते हुए उन्होंने मुझसे चौंककर कहा-

यू... ऑल राइट, टेल मी अबाउट योरसेल्फ

मेरा दिल ज़ोर-ज़ोर से धड़कने लगा। मैं इतनी ज़्यादा डर गई थी कि मैंने कांपते होठों से बोलना शुरु किया -

आई एम सुप्रिया पाठक। ए रेगूलर स्टूडेंट ऑफ हियर। आई लिव इन ब्यूटी गर्ल्स हॉस्टल...

इसके बाद मैं कुछ बोल ही नहीं पाई और चुप हो गई। प्रोफ़ेसर ने मुझसे आगे पूछा-

व्हाट अबाउट योर पैरंट्स? आई मीन व्हाट दे डू?

सॉरी सर आई डोंट हैव पेरेंट्स... आई एम् आर्फन...

ओह.. आई एम एक्सट्रिम्ली सॉरी.. ओके.. प्लीज सीट डाउन..

***

अगले दिन हॉलिडे था। ब्रेकफ़ास्ट के बाद मैं बुक लेकर पार्क में चली गई। विंटर का मौसम था। एक बेंच पर बैठकर मैं क़िताब पढ़ने लगी। कभी-कभी आंखों को अल्ट्रावॉयलेट किरणों से बचाने के लिए मैं चश्मा लगाती थी। मैंने बुक को अपनी आंखों से लगभग एक फीट की दूरी पर रख दिया और मैं पढ़ने में मशगूल हो गई। मेरी आंखों की पुतलियां तक नहीं हिल रही थीं। मैं जब पढ़ते-पढ़ते थक गई, तो मैंने चश्मा उतार कर रख दिया और थोड़ी देर आराम करने लगी।

अचानक मुझे ऐसा लगा कि किसी ने पीछे से अपने फिसलते हाथों से मेरी आंखों को ढक लिया है। उस एहसास से मुझे ऐसा लगा कि जैसे पहली बार जिंदगी में किसी ने मेरे दिल में उतरने की कोशिश की है। एक मिनट तक कोशिश करने के बाद भी मैं अनुमान नहीं लगा सकी कि वो किसकी उंगलीयां थीं। जो मेरी आंखों को ढक रही थी। आखिर में मैंने निराश होकर कहा-

सॉरी मैं नहीं पहचान पा रही हूँ कि कौन है?

डोंट वरी, मगर मैं तो आपको पहचान पा रहा हूँ ना...

किसी लडके की आवाज़ थी। सुनी-सुनी सी लग रही थी। फिर उसने अपने उंगलियों को मेरी आंखों से हटाया और मुस्कुराते हुए मेरे सामने आ गया। मै उन्हें देख कर चौंक गई। वो ईशान सर थे। मैंने पूछा -

सर... आप इतनी सुबह-सुबह यहाँ क्या कर रहे हैं?

मेरे बुक का एक पेज़ मुझे दिखाते हुए उन्होंने मुझसे कहा - हम तो बस आपको ये पेज़ वापस करने आए थे। न जाने कब आपकी निगाहों से

छिपकर उड़ते हुए मेरे पास आ गया था?

मैंने चौककर उनसे पूछा-

सर ये आपके पास कैसे आ गया? आई मीन...

बस कुछ भी कहने की ज़रूरत नहीं है। मैं बताता हूँ कि क्या हुआ होगा? जब आप पढ़ने में मशगूल थी तो ये मेरे पास इसलिए आ गया क्योंकि ये पन्ना चाहता था कि मैं इसे लाकर आपको वापस करूं।

मैंने डरते हुए कहा- जी सर

उन्होंने मुझे देखकर अचरज जताते हुए कहा -

मैं आपसे एक बात पूछूं। आप मुझे देखकर इतना अफ्रेड क्यों हो जाती है?

सर एक्चुअली आई एम सो सॉरी। सॉरी फॉर दैट डे। प्लीज...फॉर्गीव मी...

उनके इतने फ्रेंड्ली होकर मुझसे बात करने की वजह से मैं बहुत इमोशनल हो गई और उनके आगे मैंने अपने दोनों हाथ जोड़ लिए। उन्होंने अपने दोनों हाथों को मेरे हाथ पर रख दिया और मेरी आंखो में देखकर बोले-

मैं चाहता हूँ कि आप हमेशा खुश रहें... अपने लिए भी और मेरे लिए भी... प्लीज़... मुझे अच्छा लगेगा।

उन्होंने उस एक पल में मुझे जितना अपनापन महसूस कराया उतना तो मैंने अपने पूरी जिंदगी में कभी महसूस नहीं किया था। मेरी जिंदगी में पहली बार मुझे कोई अपना-सा लगने लगा था। मैं अपने आप को रोक नहीं पाई और मुस्कुराते हुए उनके गले लग गई। उन्होंने मुझसे पूछा-

दोस्ती करोगी?

मैंने खुशी से कहा-

हाँ...

इस बात से मैं बहुत खुश हो रही थी कि तुरंत मुझे वास्तविकता का अनुभव हुआ कि ये सब सिर्फ़ मेरा एक ख्वाब था, जो मैने ईशान को लेकर बुना था क्योंकि वहाँ आसपास कहीं भी - कोइ भी ईशान दिखाई नहीं दे रहा था। सच तो ये था कि जब मैने उन्हें पहली बार देखा था, मुझे तभी उनसे प्यार हो गया था। इसलिए हर पल मेरे दिमाग मे बस उन्हीं

का ख्याल आ रहा था।

***

अगले दिन जब मैं क्लासरुम में गयी तो मुझे पता चला की ईशान सर आज लैक्चर देने नहीं आ रहे हैं। ना जाने क्यों मैं बेचैन हो गयी? पता नहीं क्यों, लेकिन इस बात पर यकीन करने को मेरा जी नहीं चाहता था। कन्फ़र्म करने के लिए मैंने बाजू वाली लड़की से पूछा, फिर एक-एक करके सबसे पूछने लगी। तभी एक लड़की ने मुझसे कहा उनके ना आने से तू क्यों इतनी परेशान हो रही है? तभी उस लड़की की बात सुनकर मैं संभल गयी कि प्यार भले ना हुआ हो अभी तक, कहीं ऐसा न हो कि चर्चे पहले ही उड़ने लग जाएँ। तो फिर मेरा क्या होगा? लेकिन एक बात तो थी कि वो दिखने में बहुत ही स्मार्ट थे। उन्हें देखते ही बहुत सारी लड़कियों ने उन्हें अपना दिल दे दिया था, उन्हीं में से मैं भी एक थी। जो उनके हाथों अपना दिल हार बैठी थी। क्लासरुम में बैठकर उनका इंतज़ार करते हुए जब मैं ऊब गयी तो मैंने अपनी आंखे बंद कर लीं और उनके ख्यालों मे कहीं खो गयी। मेरे ख्यालों में मैंने उन्हें देखना शुरु कर दिया। वो काली-काली जुल्फें हवा चलने पर ऐसे उड़ रहीं थीं, जैसे हवा उन्हें उड़ाने के लिए ही चली हो। वो शरारती आंखे अपनी तुलना में हिरण के भी आंखो को भी पीछे छोड़ दे रहीं थीं। उनके लाल-गुलाबी होठों पर आई मुस्कुराहट ऐसी लग रही थी कि जैसे पानी में कमल का फूल खिल गया हो। मैं वहीं बैठे-बैठे ख्याली पुलाव पका रही थी। तभी किसी ने मेरे सामने आवाज़ लगाई और मेरी आंखे खुल गईं। मैंने देखा कि ईशान सर ठीक मेरे सामने खड़े थे। वो मुझे ऐसे देख रहे थे कि जैसे मैंने कोई बहुत बड़ी गलती कर दी हो।

सुप्रिया तुम किन ख्यालों में खोई हुई हो? मैंने तुम्हें होश में लाने कि कितनी कोशिश कि लेकिन तुमने थोड़ा सा भी ध्यान नहीं दिया... क्यों ?

अचानक हुए इस सवाल से मैं घबरा गईं और मैंने डरते हुए उत्तर दिया –

सॉरी सर, आई एम एक्सट्रीमली सारी, क्या कह रहे थे सर आप?

उन्होने हाँ मे अपना सर हिलाते हुए कहा –

मैं पुछ रहा था कि अभी मैंने क्या बताया ?

सॉरी सर, सर वो मैंने ध्यान नहीं दिया।

मेरे चेहरे पर एक सिकन की रेखा खिंच गयी। मैंने अपने आप को बचाने के लिए झूठ का सहारा लिया -

वो क्या है ना सर कि जब मैंने आपको देखा तो मुझे अपने पापा की याद आ गयी। जब मैं छोटी थी तो वो बिल्कुल आप की तरह दिखते थे।

जैसे-जैसे मैं बताती गयी वो मेरी बात की गहराई में उतरते गए।

मुझे आज भी याद है सर। उनकी आवाज़ एक दम आप जैसी ही थी, एकदम वही प्यार... वही व्यवहार... वही हाइट... वही उम्र... वही बाल... वही नाक... वही आँख... वही होंठ... और तो और उनकी स्माइल भी बिल्कुल आप जैसी ही थी।

उन्होने चौंककर अपना सर पीछे खींचा-

ये तुम्हारी ट्रैजेडी है या मुझ पर कॉमेडी ?

उन्होने सिरियस होकर मुझसे ये सवाल पूछा था। मैंने अपने बचाव मे कहा -

नहीं-नहीं सर... मैं ऐसा सोच भी नहीं सकती।

इट्स ओके, बट डोंट रीपीट इट अगेन

यस सर

सीट डाउन

उन्होने अपने हाथ से मुझे बैठने का इशारा किया। वो दूसरी तरफ मूड़ गए। मेरे पास से दूर जाते हुए उन्होने फिर से लेक्चर देना शुरु किया –

हाँ तो हम समाजशास्त्र के उद्‌भव के बारे मे बात कर रहे थे। समाजशास्त्र की शुरुआत आग्स्त कांप्ट नाम के एक वैज्ञानिक ने किया था। इसका उद्‌भव स्थल जर्मनी था। इसके उत्पन्न होने का मुख्य कारण औद्‌योगिक क्रांति और फ़्रांस की क्रांति थी।

कहते हुए वो धीरे-धीरे ब्लैक बोर्ड की तरफ बढ़ते जा रहे थे। मैंने मेरे बगल में बैठी एक कैंटी नाम की लड़की से मज़ाक में कह दिया की ऐ कैंटी, सर तुझे बुला रहे हैं। मैं अभी उसे मना ही करती की उससे पहले वो उठकर कॉन्फ़िडेंस के साथ बोल पड़ी –

यस सर

वॉट यस सर ?

सर आपने मेरा नाम लिया?

उन्होने ना में अपनी गर्दन हिलाते हुए कहा –

नहीं तो, मैंने आपका नाम तो नहीं लिया। क्यों ? क्या नाम है आपका ?

कैंटी

कैंटी नहीं, मैं तो क्रान्ति के बारे में बात कर रहा था।

सॉरी सर

डोंट वरी सीट डाउन प्लीज़

उस दिन क्लास खत्म होने के बाद मैं बाहर आकर बहुत हँसी थी।

***

उस रात बिस्तर पर लेटे-लेटे मैं सोचती रही कि आखिर ये मुझे हो क्या गया है? अचानक से कोई मुझे इतना अच्छा क्यों लगने लगा है ? क्या मुझे सच मे प्यार हो गया है? लेकिन अगर प्यार हुआ भी है तो उस टीचर से प्यार होने का मैं क्या मतलब निकालूँ ? यहाँ तक कि मेरी और उनकी उम्र में लगभग आठ से दस साल का फर्क होगा। मुझे मेरे उम्र के किसी लड़के से प्यार क्यों नहीं हुआ ? क्या यही वो लड़का है? जिसकी मुझे तलाश थी। लेकिन अगर ये बात मेरे फ्रेंड्स को पता चल गयी कि मुझे मेरे सोशियोलॉजी के टीचर पर क्रश है तो वो तो मेरा मज़ाक बना के रख देंगी।

अचानक से मुझे लगा कि ईशान ने मेरे रुम का दरवाजा खोला है और धीरे से वो अंदर आ गए हैं। उसके बाद मेरे क़रीब आकर मुझसे कहा –

होना क्या है ? फिर मैं तुम्हें प्रपोज़ कर दूंगा।

पीछे से अपना हाथ आगे लाकर उन्होने मुझे एक गुलाब का फूल देते हुए कहा – आई लव यू...

उनके आइ लव यू कहने के काफी देर बाद तक हम दोनों एक दुसरे को देखते रहे। उसके बाद ईशान वहाँ से ये कहकर जाने लगे कि मुझे

तुम्हारे जवाब का इंतज़ार रहेगा। मैंने उनका हाथ पीछे से पकड़ लिया, और उन्हें अपनी तरफ़ खींचने लगी। वो जाना चाहते थे मैं उन्हें अपनी तरफ खींचना चाहती थी, फिर मैंने उन्हें ऐसे झटके से खींचा कि वो मेरे बिस्तर पर आ गिरे।

अचानक से मुझे होश आया, तो मैंने पाया कि वो ईशान सर नहीं थे, उनकी जगह मेरी फ्रेंड सैवी थी। जो अपने आपको मुझसे छुड़ाने कि कोशिश कर रही थी, क्योंकि मैं उसे अपनी बाहों मे जकड़ती जा रही थी।

सुप्रिया तू ये क्या कर रही है ?

मैंने उसे छोड़ते हुए कहा – सॉरी यार

क्या सारी? पहले तू ये बता कि तू ये कर क्या रही थी? किसको अपनी बाँहों मे जकड़ रही थी ? बोल...

मैं चुप थी। सैवी ने सवालिया अंदाज में मुझसे दोबारा पूछा –

मुझे डाउट है कि तेरा किसी के साथ ज़रूर कोई चक्कर चल रहा है। ज़रूर तू किसी से प्यार करने लगी है, राइट?

मैंने तुरंत उसकी बातों को काटते हुए बोला – नहीं...नहीं...नहीं... ऐसी कोई बात नहीं है तू मेरी बात समझने कि कोशिश तो कर...

तो फिर कैसी बात है... कहीं तू मुझसे कुछ छिपाने कि कोशिश तो नहीं कर रही है न?

नहीं सैवी, अगर ऐसा कुछ भी होता तो सबसे पहले मैं तुझे ही तो बताती न, आखिर एक तू ही तो मेरी बेस्ट फ्रेंड है।

आर यू श्योर कि.... तू मुझसे कुछ छिपा नहीं रही है।

फिर मैंने सोचा की अगर बाद मे सैवी को इसके बारे में कुछ भी पता चला तो वो बेवजह ही ड्रामे शुरु कर देगी। इससे तो अच्छा है कि मैं उसे अभी सब कुछ बता दूँ वरना बाद का कुछ पता नहीं, ये कौन सा सीन क्रिएट करेगी ?

उसने मेरी खामोशी को तोड़ने का कोशिश किया

क्या सोच रही है तू ?

मैंने खामोशी के साथ हाँ मे गर्दन हिला दिया।

वो खुशी से उछल पड़ी। अपने आँखों को बड़ी करते हुए उसने मेरे कंधों को पकड़ लिया।

ओ माइ गॉड, रियली ? आई कान्ट ट्रस्ट कि फाइनली तुझे भी किसी से प्यार हो गया। कौन है वो ? अब चल जल्दी से बता...

मेरे चेहरे पर एक न के उत्तर वाला भाव आ गया,

नहीं सैवी... मैं तुझे अभी उसका नाम नहीं बता सकती क्योंकि अभी तो मुझे खुद नहीं पता कि ये सच है या मेरा भ्रम है लेकिन अगर सच है भी न तो मुझे नहीं लगता कि ये सही है। वैसे भी अभी मैं उसे अच्छे से जानती तक नहीं बस, जब पहली बार देखा था तभी उस पर मेरा दिल आ गया था। चाहकर भी मैं अपने आपको उससे प्यार करने से नहीं रोक पायी। शायद इसे ही कहते हैं लव एट फ़र्स्ट साइट...

उसने उत्सुकता से पूछा – फिर क्या हुआ ?

फिर कुछ नहीं हुआ... देख, मैं अभी तुझे उसका नाम नहीं बताने वाली हूँ। क्योंकि मुझे नहीं लगता कि मुझे अभी ये बात तुझे बतानी चाहिए। मुझे डर है कि कहीं मेरा प्यार एक-तरफ़ा ना रह जाए।

सैवी के चेहरे पर नाराजगी का एक्स्प्रेशन आ गया।

इसका मतलब तू मुझे उसका नाम भी नहीं बताएगी। अरे अब बता भी दे न मैं किसी को भी नही बताऊँगी। प्लीज़... मैं किसी को भी नहीं बताऊँगी... तेरी कसम...

सच्ची

मुच्ची

तू गेस कर न

उसने अपने बालों को अपने हाथों से खुजलाते हुए कहा-

अरे नहीं होगा मुझसे गेस... तू समझने की कोशिश कर न

फिर मैंने अपना भेद खोल दिया -

ईशान

कौन ईशान ?

अरे और कौन ईशान हो सकता है ईशान ओब्रोय...

सैवी ने नाक सिकोड़ते हुए अपनी आँखें बड़ी कर ली।

कहीं तू सोशियोलॉजी के प्रोफेसर की बात तो नहीं कर रही है न?

राइट

सैवी चौंक पड़ी-

ओ माइ गाड... कब? कैसे?

मैंने सैवी को हमारे पहली बार मिलने के बारे में सब कुछ बता दिया। सैवी ने मुझे खुशी से गले लगा लिया।

क्या झकास लड़का सलेक्ट किया है यार तूने। तेरी च्वाइश का तो कोई जवाब ही नही है। खुद भी इंडियन और पटा भी रही है इंडियन। तेरा तो सही है यार। पता है जब मैंने पहली बार उसे देखा था ना तो मन तो मेरा भी डोल गया था लेकिन फिर मैने सोचा की चल तेरे लिए उसे छोड़ देती हूँ। वैसे भी कहाँ वो टीचर और मैं एक स्टूडेंट, लेकिन तू तो बहुत तेज निकली। तूने तो ना सिर्फ अपना पहला चक्कर चलाया, बलकी इस परंपरा को भी तोड़ दिया कि गुरु और शिष्य के बीच में ऐसा कोई रिश्ता नहीं हो सकता। मुझे तो लगता है कि ये किसी न्यूज़ पेपर की हेड लाइन होनी चाहिए कि - शिष्य को हुआ गुरु से प्यार... पवित्र रिश्ते को करते हुए तार-तार...

चुप कर तू, कुछ भी बोल रही है, इसीलिए मैं तुझे नहीं बता रही थी। अभी एक तरफ़ तूने वादा किया था कि तू ये बात किसी को भी नहीं बतायेगी और दूसरी तरफ़ तू पूरी दुनियाँ को बताने की बात कर रही है।

अच्छा नहीं-नहीं... सॉरी... मैं तो ऐसे ही... बस मज़ाक कर रही थी, लेकिन तू मेरा यक़ीन मान कि मेरे जानने में ये गुरु और शिष्य के बीच की पहली लव स्टोरी होगी।

मैंने उसकी बात काटने की कोशिश की -

अच्छा तो अब बस तू अपने ही भावों को अभिव्यक्त करती रहेगी या मुझे भी बतायेगी की आगे करना क्या है?

अरे हाँ मैं तो भूल गयी थी कि अभी प्यार तो सिर्फ़ तुझे हुआ है। ईशान सर का तो पता नहीं... अब आगे का तेरा क्या प्लान है ?

यार मुझे तो कुछ भी समझ नहीं आ रहा, तू ही कुछ बता ना

सैवी ने बिस्तर पर लेटते हुए मुझसे कहा-

तू टेंशन न ले पहले मुझे ये बता की कहीं वो शादी-शुदा तो नहीं है ना

अरे ऐसा कुछ भी नहीं है वो सिंगल ही हैं अभी।

फिर उसने दूसरी तरफ करवट बदलते हुए कहा –

अच्छा अभी काफी देर हो गयी है मैं कल तुझे इस बारे मे कुछ आइडिया देती हूँ... तू अभी सो जा... गुड नाइट...

उसके बाद भी मैं कुछ देर तक उसे देखती रही, फिर, एक गहरी सांस लेकर मैं भी चद्दर ओढ़ कर दूसरी तरफ सो गयी।

ओके... गुड नाइट...

***

नैक्स्ट डे जब मैं कॉलेज पहुंची तो मुझे पता चला कि दस दिन बाद हमारे कालेज का एनुअल फंक्शन डे है। मुझे तो ये बात तब पता चली जब दो लड़के और लड़कियाँ आपस में बात कर रहे थे। हर साल डांस कंपटिशन की तैयारी काफी ज़ोर-शोर से होती थी। कंपटिशन मे पार्टिसीपेट करने वाला हर कोई फ़र्स्ट प्राइज़ जीतना चाहता था। जिसकी वजह से कंपटिशन हर साल तगड़ा होता जा रहा था। पिछले दो साल से इस डांस कंपटिशन में मैं भी पार्टिसिपेट कर रही थी लेकिन फ़र्स्ट प्राइज़ अभी तक नहीं जीत पायी थी। जब मैंने पहली और दूसरी बार पार्टिसिपेट किया था, तो दूसरा प्राइज़ जीता था। वाड़िया आंग्स्ट्रम नाम की एक लड़की थ, वही पिछले दो सालो से लगातार डांस कंपटिशन का फ़र्स्ट प्राइज़ जीतती आ रही रही थी, लेकिन इस बार फ़र्स्ट प्राइज़ मै ही जीतना चाहती थी। मैने इस साल डांस कम्पटीशन मे पार्टिसिपेट कर दिया।

अभी मैं पार्टिसिपेशन फॉर्म फ़िल करके मुड़ी ही थी कि सामने से मेरे पास सैवी आयी। उसने मुझे ईशान के साथ रहने और उनके दिल में जगह बनाने का एक अच्छा-सा प्लान बताया। हमें पता चला कि ईशान सर न सिर्फ डांस कम्पटीशन के मैनेजिंग डायरेक्टर हैं बल्की एक टीम को कोच भी कर रहे हैं। जबकि दूसरी टीम को मिस हेलिना कोच कर रही थीं। अब मेरे लिए प्रॉब्लम ये थी कि मैं ईशान सर की टीम में शामिल हो भी पाऊँगी या नहीं। क्योंकि अगर मैं उनकी टीम में शामिल नहीं हुई तो मुझे उनके साथ टाइम स्पेन्ड करने का मौका भी नहीं मिलेगा। वैसे भी मिस हेलिना बहुत ही ज्यादा स्ट्रिक्ट थीं। लेकिन अब सब कुछ

भगवान के हाथ में था। नेक्स्ट डे ईशान सर और मिस हेलिना के टीम का सलेक्शन होना था। उससे पहले मेरी हार्ट-बीट बढ़ती जा रही थी। सलेक्शन का प्रोसेस कुछ इस तरह कंप्लीट हुआ। दोनों टीम के लिए सोलह-सोलह पार्टिसीपेंट सलेक्ट होने थे। उससे पहले डांस परफ़ोर्मेंस के आधार पर बत्तीस लोग सलेक्ट होने थे। बाद में दोनों टीम में सोलह-सोलह लोग बंट जाते, फिर आने वाले सात दिनों में दोनों टीम से दो-दो लोग एलिमिनेट होने वाले थे। आठवें दिन फाइनल राउंड के लिएं सिर्फ चार लोग बचने वाले थे। इस बार भी इस पूरी प्रक्रिया से होकर मैं भी फाइनल राउंड तक पहुंच गयी थी, लेकिन उससे पहले क्या कुछ हुआ ? मैं आपको क्रम से बताती हूँ।

नौ दिन पहले, मतलब की दसवें दिन फार्म भरा गया। अगले दिन डांस परफ़ोर्मेंस के बेस पर बत्तीस लोग सलेक्ट हुए, मैं भी उनमें से एक थी। अब दोनों टीमों के डिवाइड होने की बारी थी, वो भी उसी दिन हुआ। एक बास्केट में बत्तीस परचियाँ रक्खी गईं। उनमें से सोलह परचियाँ ईशान सर के टीम की थीं और सोलह परचियाँ मिस हेलिना के टीम की। सभी लोगों ने एक-एक पर्ची उठाया, मैंने भी काँपते हाथों से एक पर्ची उठाया। जब मैंने पर्ची खोल कर देखा तो वो मिस हेलिना के टीम की पर्ची थी। पर्ची देखते ही ईशान को पटाने के मेरे सपने पर पानी फिर गया। मेरे सामने एक लड़का था और वो भी अपनी पर्ची खोल कर देखने के बाद खुश नहीं था। मैंने उससे पूछा कि क्या तुम भी मिस हेलिना की टीम में आ गए हो ? तो उसने मुझे जवाब दिया नहीं, मैं ईशान सर के टीम में हूँ। काश कि ये मिस हेलिना के टीम की पर्ची होती। पूछने पर पता चला की वो मिस हेलिना का कोई दूर का रिश्तेदार था। मैंने चुपचाप अपनी पर्ची उससे बदल ली। फिर हम दोनों के चेहरे पर खुशी आ गयी।

अगले दिन मैं ईशान सर की टीम में पहुँची और हमारी ट्रेनिंग शुरु हो गयी। गुज़रते हुए उन सात दिनों में मैंने ना सिर्फ अपने आपको ईशान सर की टीम में बनाए रखा, यहां तक की धीरे-धीरे मैं उनके दिल में भी उतर चुकी थी। अब हम दोनों एक-दूसरे से बहुत खुल कर बात कर लिया करते थे, लेकिन अब भी मुझे उन्हें अपने दिल की बात बताने में हिचकिचाहट हो रही थी। मैंने सोच लिया था कि डांस कंपटिशन खत्म

होने के बाद मैं उन्हें अपने दिल की बात बता दूँगी।

आखिरी दिन तक कोशिश और कामयाबी के सफ़र से होते हुए मैंने कई मुकाम हाँसिल किए। अब नौ दिन बीत चुके थे और अगले दिन हमारी मेहनत का फल आने वाला था।

***

अगले दिन सुबह उठते ही पिछले दिनों में हाँसिल की हुई सफलता के कारण मेरे चेहरे पर खुशी आ चुकी थी, लेकिन उस दिन आने वाले फाइनल रिज़ल्ट को लेकर मैं काफी नर्वस थी। अचानक से मेरी नज़र दीवाल घड़ी पर पड़ी। पहले ही सात बज चुके थे। मुझे आठ बजे तक कॉलेज पहुँचना था। मेरे पास सिर्फ एक घंटा था। मुझे किसी भी हाल में आठ बजे तक कॉलेज कैम्पस में पहुँचना था। मैंने तुरंत टावेल लिया और वाशरुम में चली गयी।

सुबह के ग्यारह बज चुके थे। कैम्पस में हर तरफ चहल-पहल थी। लोगों की भीड़, स्टूडेंट्स की परफॉरमेंस देख कर हर बार तालियाँ बजा रही थी। फाइनल राउंड तक ईशान सर की टीम में मैं और वाडिया आंग्स्ट्रम ही बचे थे और मिस हेलिना की टीम में एंडरिया रानाल्डो नाम की एक लड़की और नील जैकॉभ नाम का एक लड़का बचा था। हम चारो कंटेस्टेंट के नाम डांस परफ़ोर्मेंस के पहले अनाउन्स हुए। वाडिया, एंडरिया और नील तीनों अब तक अपना डांस परफ़ोर्मेंस कर चुके थे। सबके बार खूब तालियाँ बजी थीं। सबने एक से बढ़कर एक परफॉर्मेंस दिया अब आखिरी बारी मेरी थी। मैं थोड़ी-सी नर्वस थी और बहुत ज़्यादा उत्साहित थी। मैं स्टेज पर गयी और मैंने भी अपना बेस्ट परफ़ोर्मेंस दिया। लोगों ने बहुत एंजॉय किया।

अब रिज़ल्ट की बारी थी। फाइनली हम चारो कंटेस्टेंट स्टेज पर थे और अब रिज़ल्ट कुछ ही सेकेंडस में आने वाला था। फ़र्स्ट प्राइज़ विनर कौन होगा ? ये बात हम चारों के अलावा आडिएन्स भी जानना चाहती थी लेकिन इसका निर्णय ईशान सर, मिस हेलिना और युनिवर्सिटी के वॉइस

चांसलर के सम्मिलित फैसले पर निर्भर था। घोषणा कुछ इस प्रकार हुई।

टूडे इज़ द रिज़ल्ट डे... एंड टूडे इज़ गोइंग टू अनाउंस रिज़ल्ट ऑफ दिस परफ़ोर्मेंस... फ़र्स्ट प्राइज़ वीनर इज़ वाडिया आंग्स्ट्राम... एंड सेकंड प्राइज़ वीनर इज़ सुप्रिया पाठक... थर्ड इज़ नील एंड लास्ट बट फोर्थ इज़ एंडरिया रानाल्डो।

ये सुनकर दर्शकों ने खूब तालियाँ बजायीं लेकिन मेरे तो सारे सपने पर पानी फिर गया था, क्योंकि मुझे तो फ़र्स्ट प्राइज़ चाहिए था। मेरे आँखों से अपने आप आँसू निकलने लगे जैसे ही दूसरा प्राइज़ मुझे दिया गया, वैसे ही मैं वहाँ से दौड़ गयी। मैं बिल्डिंग के ग्राउंड फ्लोर के बरामदे से होकर दौड़ती जा रही थी। मेरा सैंडिल टूट गया। मैंने निकाल कर फैंक दिया और दौड़ती हुई चली गयी। मैं एक ऐसी जगंह ढुढ़ रही थी, जहाँ मै शांति से बैठ कर रो सकूँ, ताकि वहाँ कोई मुझे देखे नहीं। मै दौड़ तो रही थी लेकिन सामने ध्यान नहीं दे रही थी। मैं सामने किसी से टकरा गई और उसी से लिपट कर रोने लगी। मैं खुल कर रोयी। वो सैवी थी। सैवी ने मुझे समझाया -

दूसरा प्राइज़ भी तो प्राइज़ ही होता है और दूसरा प्राइज़ जीतना भी तो अपने आप में एक बहुत बड़ी बात है। सोच तुझे तो दुसरा प्राइज़ मिला है। जिसे तीसरा या चौथा प्राइज़ मिला है उनका क्या ? और जो लोग इस कंपटीशन से बाहर हो गए, उनका क्या ?

सुप्रिया लाइफ में कुछ खो कर ही कुछ पाया जाता है। यही इस दुनियाँ का दस्तूर है... हो सकता है की तुझे फ़र्स्ट प्राइज़ के बदले कुछ और मिलने वाला हो... उससे भी बड़ा कुछ...

क्या मिल सकता है सैवी मुझे उससे बड़ा ?

पीछे मुड़ कर देख

मैंने पीछे मुड़ कर एक झलक देखा वहाँ पर कोई भी नहीं था। मैं वापस मुड़ कर सैवी से बोली-

अरे यहाँ तो कुछ भी नहीं है। तू क्या देखने को बोल रही है ?

उसने कहा वापस देख – तो जब मैंने वापस मुड़ कर देखा तो वहाँ पर घुटनो के बल हाथ मे फूल लिए हुए ईशान सर बैठे थे। ऐसा लग रहा था कि वो मुझे प्रपोज़ करने वाले हैं। उन्होने मेरी आँखों में देखते हुए कहा-

''आई लव यू।''

मैं सैवी को देखते हुए बोली- ''पर कैसे ?''

सैवी वहाँ पर नहीं थी। ईशान ने मुझसे कहा -

"मुझे पता चल चुका है कि तुम मुझसे प्यार करती हो और मुझे भी शायद तुमसे प्यार हो गया है। सच कहूँ तो जब हम पहली बार मिले थे, तभी मुझे तुमसे प्यार हो गया था और आज सैवी ने इस बात को श्योर भी कर दिया इसलिए मैंने तुम्हें फ़र्स्ट प्राइज़ से भी बड़ा प्राइज़ देने का प्लान किया और वो है हमारा प्यार... मैं तुमसे शादी करना चाहता हूँ। क्या तुम मुझसे शादी करोगी ?''

मैंने खुशी से मुस्कुराते हुए कहा- ''नहीं सर अभी तो सिर्फ प्यार करना है, शादी बाद में करते हैं, आफ्टर सम टाइम... "

फिर ईशान ने अपने गम्भीर भाव को मज़ाक में बदलते हुए कहा- ''क्या तुम मुझसे ऐसा ही एकस्पेक्ट कर रही थी ? क्या तूम मुझसे सच में शादी करना चाहती हो ? लेकिन ऐसा कुछ भी नहीं होने वाला क्योंकि तुम गलत सोच रही हो। तुम्हारी जानकारी के लिए मैं तुम्हें बता दूँ मैं पहले से शादीशुदा हूँ और ये बात अलग है कि आज मेरी पत्नी मेरे साथ नहीं है। मतलब कि मर चुकी है लेकिन आज भी वो मेरे ख्यालों में जिंदा है। इसलिए तुम्हें मुझसे प्यार करने की कोई जरूरत नहीं है क्यूंकि मैं भी तुमसे प्यार नहीं करता हूँ। तुम होश में आओ और समझो इस बात को कि मेरा और तुम्हारा कभी भी कुछ नहीं होने वाला इसलिए मेरा ख्याल अपने दिमाग से निकाल दो। सच बता रहा हूँ सुखी रहोगी।"

''मत भूलो की तुम एक स्टूडेंट हो और मैं एक टीचर हूँ। तो भगवान के लिए इस रिश्ते को बदनाम करने की कोशिश मत करो। मुझे प्यार भी हो चुका है और मेरी शादी भी हो चुकी है। जो की अब दोबारा कभी नहीं हो सकती। ये लो, ये मेरी वाइफ़ की फोटो है देख लो और इसे अपने पास रख लेना और ये बात याद रखना कि अपने प्यार की खुशी के लिए मुझसे प्यार करने की गलती कभी मत करना और रही बात तुम्हारे सेकंड प्राइज़ की तो वो तुम्हें तुम्हारे परफ़ोर्मेंस के बेस पर ही मिली है तो कोई गलतफ़हमी मत पाल लेना अपने दिमाग में... अब भगवान के लिए मेरा पीछा करना छोड़ दो और किसी और को ढूंढ लो... तभी मेरे प्यार का

भूत तुम्हारे सर से उतरेगा... और हाँ, मुझपर एक एहसान करना कि इस बात को न्यूज़ मत बनाना... प्लीज... क्योंकि बहुत अच्छे से मैं तुम जैसे स्टूडेंट्स को जानता हूँ।"

जब ईशान गुस्से में वापस मुड़ कर कुछ कदम चलता है। तो धड़ाम की आवाज़ होती है। ईशान वापस मुड़ कर देखता है, तो सुप्रिया ज़मीन पर गिरी पड़ी थी।

***

चेक अप करने के बाद डॉक्टर ईशान और सैवी से बोलता है –

मैंने उन्हें इंजेक्शन दे दिया है थोड़ी ही देर में उन्हें होश आ जाएगा।

सैवी- उसे क्या हुआ है डॉक्टर ?

डॉक्टर – देखिये आप लोग मेरे कैबिन में आइए, क्योंकि ये एक सिरियस केस है।

कुछ ही देर बाद डॉक्टर के कैबिन में ईशान और सैवी डॉक्टर के सामने बैठे थे।

डॉक्टर – देखिये आप लोग मेरी बात बड़े ध्यान से सूनिए। वो अब और ज़्यादा दिन तक आप लोगों के साथ नहीं चल पाएंगी। इस बात की कोई गारंटी नहीं है कि वो और कब तक जिएंगी, वो कभी भी अपना दम तोड़ सकती हैं। उनकी हार्ट बीट लास्ट टाइम शायद किसी वजह से बहुत ज्यादा हो गयी थी। जिसकी वजह से उनको फ़र्स्ट टाइम फ़र्स्ट स्टेज हार्ट अटैक आया है। हमें लग रहा है कि उनके हार्ट में होल भी हो सकता है। अभी ये साफ़ नहीं कहा जा सकता कि उनके हार्ट में ये हार्ट अटैक के पहले से था या इस हार्ट अटैक के दौरान हुआ है। ये बात सिटि स्कैन रिपोर्ट आने के बाद ही पता चल पाएगी कि ये होल कितने टाइम पुराना है। हार्ट ट्रांसप्लांट इनके मामले मे बहुत ही रिस्की होगा, और ये परेशानी हार्ट ट्रांसप्लांट के बाद ही ख़त्म हो सकता है, और जितनी भी बातें आप लोगों ने मुझे बताई हैं मुझे नहीं लगता कि उसके बाद ये कोई और शदमा बर्दाश्त कर पाएगी।

सैवी- क्या बोल रहें हैं डॉक्टर आप? कुछ तो सही से बताइये।

डॉक्टर- देखिये आप मेरी बात समझने की कोशिश करिए।

सैवी- लेकिन कोई तो रास्ता होगा न डॉक्टर, प्लीज...

डॉक्टर- हाँ, एक तरीका है हम उन्हें एक स्पेशल ट्रीटमेंट के जरिये कुछ दिनों तक जिंदा रख सकते हैं। लेकिन उस ट्रीटमेंट के सहारे हम उन्हें कब तक जिन्दा रख पाएंगे ये कहना मुश्किल होगा। फिलहाल आप लोग उन्हें अभी खुश रखने की कोशिश करिए क्योंकि ऑपरेशन हम कभी भी कर सकते हैं जैसे ही हमे कोई हार्ट डोनर मिल जाता है। इस ऑपरेशन के सक्सेसफुल होने के चांसेस बहुत कम हैं। अगर आप लोग ये ऑपरेशन करवाना चाहते हैं तो आप लोग छः हजार डॉलर की अरेंजमेंट कर लीजिये।

सैवी- देखिये डॉक्टर पैसों की कोई बात नहीं है क्योंकि वो रिस्पान्सिबिलिटी तो ऑरफनएज़ की है क्योंकि वो ओर्फ़न है।

तभी कैबिन में एक नर्स आती है -

मैम, उन्हें होश आ गया है।

डॉक्टर- अब आप लोग जाकर पेशेंट से मिल सकते हैं।

सैवी और ईशान डॉक्टर के कैबिन से निकलकर सुप्रिया के वार्डरुम तक जाते हुए आपस में बात करते हैं।

सैवी- अगर अब आप चाहें तो सुप्रिया बच सकती है। मैं आप के आगे हाथ जोड़ती हूँ प्लीज़... सुप्रिया को बचा लीजिये। अब सुप्रिया की जिंदगी आपके हाथों में है और उसकी मौत भी... सर प्लीज़... सुप्रिया को बचा लीजिये। प्यार नहीं कर सकते तो कम से कम प्यार करने का नाटक ही कर लीजिये।

सिर्फ कुछ ही दिनों की तो बात है... सिर्फ कुछ ही दिनों की... वो सिर्फ कुछ ही दिनों की मेहमान है इस दुनियाँ में... इस दुनियाँ में उसका कोई भी अपना नहीं है। एक आप ही हैं जिसको इस दुनियाँ में पहली बार वो प्यार कर पायी है। वो आपके हाथों अपना दिल खो चुकी है और शायद अब आप ही उसके जान जाने की भी वजह होंगे...

ईशान- नहीं... मैं किसी के जान जाने की वजह नहीं हो सकता क्योंकि जिंदगी क्या होती है ? इसकी क़ीमत मुझे अच्छे से पता है और मैं किसी और के मौत की वजह बनूँ ये मुझे बिल्कुल मंजूर नहीं है लेकिन

मैं किसी और से प्यार नहीं कर सकता क्योंकि...

सैवी- क्योंकि आप अपनी उस वाइफ़ से प्यार करते हैं जो कि अब इस दुनियाँ में जिन्दा ही नहीं है। लेकिन अभी जो इस दुनियाँ में जिन्दा है आप उसके बारे में क्यों नहीं सोचते ? जो ज़िंदगी और मौत के बीच लड़ रहा है, क्या सोचा है आपने उसके बारे में ?

ईशान चुपचाप सैवी की बातें सुन रहा था।

मैं आपसे पूछ रही हूँ मिस्टर ईशान ओब्रोय... क्या आपके सिने में दिल नाम की कोई चीज़ है ? नहीं हो सकती न, जो मर रहा है मैं उसकी जिंदगी की भीख मांग रही हूँ आपसे मिस्टर ईशान ओब्रोय... कुछ दिनों के लिए... बस कुछ दिनों के लिए ही मैं उसकी मुस्कुराहट मांग रही हूँ आपसे... आज सुप्रिया के इस हालत के जिम्मेदार आप हैं... सिर्फ आप... उसका हार्ट डैमेज़ होने के जिम्मेदार सिर्फ आप हैं मिस्टर ईशान ओब्रोय... सिर्फ आप... खैर मैं भी कहाँ मत्था मार रहीं हूँ ? किसी के हार्ट की फिलिंग्स तो वो लोग समझते हैं न... जिनके पास हार्ट नाम की कोई चीज होती है, लेकिन आपके पास तो है ही नहीं। शायद मैं सही कह रही हूँ। रियली यू आर अ हार्टलेस मैन ईशान ओब्रोय... यू आर अ हार्टलेस मैन... यू डोंट हैव अ हार्ट इन योर चेस्ट...

अपनी बात खत्म करके सैवी वहाँ से गुस्से में रोते हुए चली जाती है।

सुप्रिया आँख बंद करके भी ईशान का नाम रट रही थी। जब नर्स ईशान को बताती है कि सुप्रिया सिर्फ उसका ही नाम रट रही है, तो ईशान सुप्रिया से मिलने उसके वार्डरुम में जाता है।

ईशान : आई वाज जोकिंग सुप्रिया... आइ वाज़ जस्ट जोकिंग... इट वाज ओनली अ फन, बट यू टूक इट इन अ वेरी सिरियस वे... दैट्स टू रांग... आइ रियलि लव यू... आइ स्वीयर ऑफ गॉड... प्लीज... समझने की कोशिश करो कि वो सब कुछ झूठ था। उस बात को भूल जाओ।

सुप्रिया अपनी आंखे खोलती है। उसकी आँखों में आँसू थे। गुस्से में वो अपना मुँह दूसरी तरफ फेर लेती है।

ईशान : मैं तुम्हें अपने प्यार का भरोसा दिलाना चाहता हूँ। आइ मीन मैं तुमसे प्यार करना चाहता हूँ, अपने प्यार का इज़हार करना चाहता हूँ।

थोडी देर सोचने के बाद ईशान फिर बोलता है-

आइ हैव एन आइडिया... येस...

ईशान सुप्रिया के गाल पर किस करता है। सुप्रिया धीरे से उसके गाल पर थप्पड़ मारती है। उसके बाद सुप्रिया ईशान के होंठ पर उंगली रख कर अपने होंठों पर रखती है। ईशान पहले तो थोड़ा डर जाता है लेकिन फिर कुछ सोचकर वो उसकी ये इच्छा भी पूरी कर देता है। तभी वार्डरुम में सैवी की एंट्री होती है। ये सब देखकर सैवी अपना गला साफ करती है। सैवी के आने की आहट सुनकर ईशान और सुप्रिया दोनों सँभल जाते हैं।

ईशान सुप्रिया से बोलता है कि –

मैं अभी डॉक्टर से बात करता हूँ कि वो कब तुम्हें डिस्चार्ज करेंगे उसके बाद हम दोनों लंच और डिनर साथ में करेंगे, फिर एक लाँग ड्राइव पर जाएंगे। तैयार रहना कसम से बहुत मज़ा आने वाला है।

इतना कहकर ईशान बाहर चला जाता है। उसके जाते ही सैवी सुप्रिया से बोलती है -

सुप्रिया इसको तेरा बॉयफ्रेंड बनाने में मुझे बहुत मेहनत करनी पड़ी यार, तब जाकर कहीं ये मिशन सक्सेसफुल हुआ है, लेकिन तुझे अचानक से क्या हो गया था ?

सुप्रिया : यार जब वो जा रहा था, तो मुझे ऐसा लगा की वो हमेशा के लिए मेरी लाइफ से जा रहा है और कभी भी लौटकर वापस नहीं आएगा। उसके बाद अचानक से मेरे सीने में दर्द उठा, आखिरी में मुझे बहुत ज़ोर से चक्कर आया था फिर मैं अपने आपको संभाल नहीं पायी और फिर बेहोश हो गयी। उसके बाद का मुझे कुछ याद नहीं। लेकिन तुझे पता है इसने अभी यहाँ आकर मुझसे अपने प्यार का इज़हार किया, कहीं ऐसा तो नहीं है कि ये फिर से मुझसे झूठ बोल रहा हो।

नहीं सुप्रिया तुझे मेरी बात पर भरोसा नहीं है क्या ?

नहीं ऐसी बात नहीं है सैवी, मुझे खुद से ज्यादा तुझपर यकीन है। मैं तो बस यूं ही पूछ रही थी। अभी तो हमारे एक्ज़ाम्स भी बहुत दिन हैं, तू भी तो खाली ही है, तू भी चल न हमारे साथ, उस हर जगह जहाँ हम हमारी पहली डेट पर जाएंगे। हाँ... लेकिन अकेले नहीं तू अपने बॉयफ्रेंड के साथ चलेगी, नहीं तो तू अपने बॉयफ्रेंड को मिस करने लगेगी।

अगले दिन सुप्रिया हॉस्पिटल से डिस्चार्ज हो जाती है। उस दिन शाम को सुप्रिया, ईशान, सैवी और उसका बॉयफ्रेंड जैक चारो एक साथ डबल डेट पर जाते हैं। आखिर में चारो कैलिफोर्नियां के एक फेमस होटल एशिया लाइट में एक साथ डिनर करते हैं। तभी जैक को एक कॉल आती है कि उसकी मॉम का एक्सिडेंट हो गया है, तो सैवी और जैक वहाँ से तुरंत चले जाते हैं। उसके बाद ईशान और सुप्रिया दोनों अपना डिनर ख़त्म करते हैं। फिर देर रात को अपने-अपने रुम पर पहुँचते है। दोनों अपने बिस्तर पर गिरते ही काली रात की गहरी नींद में भविष्य के सुनहरे सपने देखने के लिए सो जाते हैं।

***

अगली सुबह से वो दोनों रोज़ मिलते हैं, रोज रोमांस करते हैं, कभी पार्क में...कभी गार्डेन में...कभी मॉल में... तो कभी सिनेमा हॉल में... कभी रेस्टुरेंट में... तो कभी स्विमिंगपूल में या वॉटरपार्क में। कभी एक घंटा... कभी दो घंटा... कभी दिन भर... कभी रात भर... दोनों अक्सर अब एक दूसरे के साथ अधिक से अधिक समय बिता रहे थे। इसी बीच ईशान को भी झूठा प्यार करने के बावजूद भी अपना प्यार सच्चा लगने लगा था। शायद उसे भी सुप्रिया से प्यार हो रहा था।

इस बीच न जाने कैसे सुप्रिया के दिल का होल अपने आप लगभग भर चुका था और अब तो डॉक्टर को भी लग रहा था कि सुप्रिया को हार्ट ट्रांसप्लांट करने की जरूरत नहीं पड़ेगी, इसलिए डॉक्टर ने सुप्रिया का इलाज़ दवा से करना अब शुरु कर दिया था, क्योंकि हार्ट ट्रांसप्लांट बहुत ही रिस्की हो सकता था।

आज सुप्रिया और ईशान के रिलेशनशिप को लगभग छः महीना बीत चुका था। एक दिन सुप्रिया और ईशान पार्क में बैठे हुए थे, तो ईशान काफी चुप था। जब काफी देर तक ईशान ने कुछ बोला नहीं, तब सुप्रिया ने उसकी खामोशी को तोड़ने की कोशिश की। वो जानना चाहती थी कि आख़िर वो कौन-सी वजह थी कि ईशान अचानक से आज इतना शांत हो गया था।

ईशान तुम रोज तो इतना बोलते हो, इतनी सारी बातें करते हो, आज अचानक से इतने चुप कैसे हो गए ?

ईशान फिर भी चुप रहता है। उसके दोबारा पूछने पर कुछ सोच कर बोलता है।

सुप्रिया मेरे चुप होने की एक बहुत बड़ी वजह है। अब मैं ये सोच रहा हूँ कि तुम्हें वो वजह बताऊँ या न बताऊँ।

ऐसी कौन-सी बात है, जो तुम्हें मुझे बताने के लिए इतना सोचना पड़ रहा है।

(एक गहरी सांस लेने के बाद) सुप्रिया मेरे अतीत का एक ऐसा काला पन्ना है, जिसके बारे में तुम्हें कुछ भी पता नहीं है।

ऐसा कौन-सा पन्ना है? जो तुमने अभी तक मुझे पढ़कर नहीं सुनाया।

सुप्रिया हममें से कुछ लोगों का जीवन ऐसा होता है, जो अतीत के गहरे घावों से आहत होता है। ऐसे लोग अपने ही राज़ के शिकार होते हैं। एक ऐसा दर्द होता है, जो न ही वो किसी को बता सकते हैं और न ही किसी से छिपा सकते हैं। कुछ ऐसे काले पन्ने होते हैं, जो उनके जीवन में एक गहरा अंधेरा करके रखते हैं।

ऐसा कौन-सा राज़ है तुम्हारे लाइफ का ईशान ? जो तुमने आज तक मुझसे छिपाये रखा।

छिपाये नहीं रखा सुप्रिया, बस कभी बता नहीं सका।

तो कोई बात नहीं, लेकिन अब तो बता सकते हो, तो अभी बता दो क्योंकि मेरा अब तुम्हारे जीवन के बारे में सब कुछ जानने का पूरा हक है। क्योंकि अब हम दोनों की लाइफ एक दूसरे से जुड़ी हुई है।

ठीक है अगर तुम जानना चाहती हो तो सुनो-

आज से साढ़े तीन साल पहले मेरा भी एक परिवार था, मेरा भी एक घर था। जिसमे मेरी माँ, मेरे पापा, मेरे भईया-भाभी और उनका बेटा सोहन था और मेरी एक छोटी बहन भी थी, जिसका नाम था ईशानी.. जिसे प्यार से हम ईशा भी बुलाते थे।

हाँ तुमने उस दिन थोड़ा-सा बताया था, लेकिन उसके बाद तुमने इस बात का कभी कोई जिक्र ही नहीं किया। उसके बाद तुम्हारी फैमिली के

साथ क्या हुआ ?

बात 2004 की है। मैं देल्ही के जे एन यू युनिवर्सिटी मे प्रोफ़ेसर था। हाल ही में हम अपना छतरपुर का पुराना घर बेच कर लाजपत नगर के नए घर मे शिफ्ट हुए थे। वो घर हमे काफी कम दाम में ही मिल गया था। पापा आर्मी के रिटायर्ड ऑफिसर थे। मेरी माँ एक हाउसवाइफ़ थीं। भईया का अपना कंस्ट्रक्शन का बिज़नस था। भाभी इंटर कालेज में एक लेक्चरार थीं और रोहन क्लास फ़ोर्थ में पढ़ता था। उस साल मेरी बहन का इंटर का एक्ज़ाम था। मेरी वाइफ़ सिया से मेरा लव मैरिज हुआ था। वो एक फिल्म डाइरेक्टर और प्रोड्यूसर थी। हमारी हँसती-खेलती व्यस्त जिंदगी थी। लेकिन हम सबके दिल में एक दूसरे के लिए प्यार और साथ मे बिताने के लिए वक़्त था। हम सब लोग ब्रेकफ़ास्ट और डिनर एक साथ एक ही टेबल पर किया करते थे।

हर संडे को हम एक फैमिली पिकनिक पर जाते थे। उस दिन मॉर्निंग के ब्रेकफ़ास्ट के बाद दोपहर में माँ के हाथों का बना हुआ लंच करते थे। लंच के बाद हम उस हफ्ते रिलीज़ हुई फ़िल्म देखने जाते थे। अक्सर संडे के शाम को हम लोग बाहर ही डिनर करते थे। कितना मज़ा आता था उस टाइम, वो भी क्या दिन थे ?

एक दिन हम देर रात होटल से डिनर करके घर लौट रहे थे कि अचानक से घर के अंदर पैर रखते ही सिया बेहोश होकर गिर पड़ी। घर पर ही डॉक्टर को बुलाया गया। वो डॉक्टर हमारी फैमिली डॉक्टर थीं। उन्होने हमे रुम के बाहर इंतज़ार करने के लिएं कहा क्योंकि उनको सिया का पूरा चेक-अप करना था। हम सब बाहर ड्राईंग हाल में डॉक्टर के बाहर आने का वेट कर रहे थे। कुछ ही देर बाद डॉक्टर ड्राइंग रुम में आ गईं। उनका चेहरा काफी उदास था। मैं कुछ बोलता उससे पहले माँ पूछ पड़ी-

कोई घबराने वाली बात तो नहीं है न डॉक्टर... सब कुछ ठीक-ठाक तो है ना...

नहीं... मामला काफी गम्भीर है मिसेज़ ओब्रोय!

मतलब?

मतलब की कुछ कहा नहीं जा सकता है... आप लोगों को जल्द ही इंतजाम करना होगा।

मैं चौंक कर पूछ पड़ा- किस चीज़ का हमें जल्द ही इंतजाम करना होगा डॉक्टर ?

आप लोगों को जल्द ही मिठाई का इंतजाम करना होगा।

इतना कहकर डॉक्टर मुस्कुराईं।

आप लोग मुझे ऐसे क्यों देख रहे हैं? मैं सच कह रही हूँ, आप लोगों के घर में जल्द ही एक नया मेहमान आने वाला है।

मैंने अपने मन को शांत करते हुए कहा कि आपने तो हमें डरा ही दिया था डॉक्टर...

तभी मैंने देखा कि सबके मुरझाए हुए चेहरे खिल उठे और सब लोग मेरी तरफ देख रहे थे। मैंने शर्म के मारे जमीन की तरफ देखना शुरु कर दिया।

डॉक्टर ने कहा कि अच्छा अब आप लोग खुशियाँ मनाइए मैं चलती हूँ, इतना कहकर डॉक्टर जाने लगीं।

पापा ने डॉक्टर से हँसते हुआ कहा- अब आपने इतनी अच्छी खबर सुनाई है, तो बिना मुँह मीठा किए हुए मैं आपको जाने तो नहीं दूंगा।

भईया बोल पड़े - हाँ डॉक्टर, आप बस पाँच मिनट रुकिए, पास की दुकान से मैं मिठाई लेकर आया।

इतना कहकर भईया चले गए और तुरंत घर के बाहर वाली कस्तुरी स्वीट शॉप से पाँच किलो काजू बर्फी लेकर आ गए।

पापा ने एक डब्बा डॉक्टर को देते हुए कहा-

“लीजिये आपकी पुरी फैमिलि के लिए है और सबको बता दिजिएगा कि हमारे लड़के ने क्या किया है?”

पापा ने आज तक मुझे लेकर कभी कोई ऐसा मज़ाक नहीं किया था, लेकिन पापा के ऐसे मज़ाक की वजह से मेरा सर जमीन से ही उठ नहीं रहा था।

डॉक्टर ने पापा के हाथ से मिठाई का डब्बा लेते हुए हँसकर कहा -

ठीक है मैं सबको बता दूँगी।

उसके बाद डॉक्टर चली गयीं। डॉक्टर के जाते ही भाभी ने मुझे छेड़ते हुए कहा -

मैंने तो सोचा था कि अभी कुछ वक़्त लगेगा, लेकिन देवर जी ने तो बड़ी जल्दी ये खबर सुना दी।

भाभी अभी चुप भी नहीं हुई थी कि मेरी बहन ईशा बोल पड़ी-

क्या बात है भईया? जरा इनका चेहरा तो देखो। खुशी से कितना लाल हो रहा है? और आज से पहले तो कभी नहीं हुआ भईया का चेहरा इतना लाल...

तभी माँ ने मेरे बचाव मे कहा -

चुप करो तुम लोग, बेवजह मेरे बेटे को तंग कर रहे हो।

तब जाकर सब लोगों ने मेरी टांग खींचना बंद किया।

भईया मेरे पास आए उन्होने मुस्कुराते हुए मुझे बधाई दिया और अपने गले से लगा लिया।

माँ ने मेरा सर सहलाते हुए कहा - कोई भी तंग नहीं करेगा अब मेरे बेटे को...

ईशा- ठीक है माँ कोई तंग नहीं करेगा भईया को, लेकिन इस बार तो मुझे हीरे का ही हार चाहिए।

माँ : चुप कर तू... पहले उसे पैदा तो हो जाने दे या पहले ही ले लेगी।

सब लोग हंस रहे थे। सबके चेहरे पर रौनक आ गयी थी। तभी मुझे सिया का ख्याल आया। मैं तुरंत वहाँ से अपने कमरे में चला गया।

मेरे रुम में घुंसते ही सिया मुझे देखकर शर्मा गयी। रात काफ़ी हो गयी थी। हम दोनों बस चुपचाप एक दूसरे की आँखों में देखते रहे और आंखों ही आँखों में बात करते हुए कब सो गए, हमें खुद पता नहीं चला।

अगले दिन सुबह उठते ही पता चला कि पापा ने सिया के लिए एक अलग नौकरानी रख दिया है। माँ ने बताया कि भाभी पापा को मना कर रहीं थीं, बोल रहीं थीं कि मैं ही छुट्टी ले लेती हूँ कुछ दिनों के लिए, तो पापा ने कहा कि कोई दो-चार दिन कि बात नहीं है न कि तुम छुट्टी ले लोगी, पूरे आठ महीने की बात है।

धीरे-धीरे घर में खुशी का माहौल बढ़ता जा रहा था। छः महीने कब गुजर गए, कुछ पता ही नहीं चला।

एक दिन मुझे युनिवर्सिटी के काम से बनारस जाना पड़ा था। मैंने बनारस जाते हुए सिया को कह दिया था कि वो अपना ख्याल रखेगी।

उसने मुझसे वादा किया कि वो अपना और हमारे बच्चे, दोनों का ख़्याल रखेगी। मैं काफी जल्दी में था। मेरे कार में बैठते ही गाड़ी चल पड़ी थी।

***

उस दिन सिया घर पर अकेली थी। पापा गाँव चले गए थे। माँ मंदिर चली गयी थीं। ईशा कॉलेज गयी थी। भईया-भाभी सोहन को लेकर एक दिन पहले उसकी मौसी के वहाँ गए हुए थे। वहाँ उसके मौसी के लड़के का बर्थडे था। अभी कुछ ही देर पहले सिया को भाभी का फोन आया था। तब भाभी को पता चला कि अभी-अभी काम वाली अपने घर चली गयी है क्योंकि उसे कुछ जरूरत पड़ गयी थी। वो थोड़ी ही देर में बस वापस आ जाएगी। तो भाभी ने कहा कि तुम थोड़ी देर रुको, मैं बस दस मिनट में वहाँ आती हूँ। सोहन के मौसी का घर हमारे घर से बस दस मिनट की दूरी पर था। भाभी का फोन कटने के एक घंटे के बाद सिया का फोन बजता है।

ट्रिन ट्रिन... ट्रिन ट्रिन...

सिया : (फोन उठाकर) हेलो...

किसी लड़की ने फोन किया था।

जी आप, सिया बात कर रहीं हैं?

येस.. .हु इज़ देयर?

फोन कट जाता है, तभी कॉल बेल बजती है। सिया फोन लेकर सीढ़ियों से नीचे उतरने जा रही थी, तभी फिर से फोन बजता है।

ट्रिन ट्रिन... ट्रिन ट्रिन...

हेलो, येस...हु इज़ स्पीकिंग?

वही लड़की फिर से बोलती है, अभी जिसकी कॉल कट गयी थी।

हैलो मिस सिया... यहाँ पर एक रेड कार का एक्सिडेंट हो गया है, क्या वो कार आपकी है?

हाँ, हमारी एक रेड कलर की सफ़ारी तो है, लेकिन अगर आप मुझे उस कार का नंबर बता दे तो मैं आपको कुछ कन्फ़र्म कर पाऊँगी।

सिया को लगता है कि वो किसी दूसरे की भी कार तो हो सकती है ना, इसलिए वो ऐसा बोलती है, पहली बात तो उसे यकीन ही नहीं होता है कि ये अपनी कार भी हो सकती है।

आई एम सॉरी टु से बट आई डोंट नो व्हाट वाज़ दी नंबर ऑफ द कार, बट हियर इज़ डेड बॉडी ऑफ वन कपल एंड वन सिक्स इयर ओल्ड बॉय, कैन यू कम हियर एण्ड रिकगनाइज़ दीज़ डेड बोडीज़?

सिया के होश उड़ जाते हैं।

व्हाट ? वेयर हैव टू कम ?

यू विल हैव टू कम एट एल एन जे पी हॉस्पिटल...

उसके बाद फोन कट जाता है, सिया के चेहरे पर हवाइयाँ उड़ने लगती हैं, वो जल्दी-जल्दी सीढ़ियों से नीचे उतरती है, तभी अचानक उसका पैर एक सीढी आगे चला जाता है और वो बीस सीढ़ियों से फिसलते हुए सीधे फर्श पर आ गिरती है। उसके निचले हिस्से से खून की नदी बह उठती है और हमारा बच्चा हमेशा के लिए इस दुनियाँ से चला जाता है। सिया जोर-जोर से कराह रही थी। नौकरानी को समझ आ जाता है कि अंदर क्या हुआ है ? वो तुरंत एक गमला उठा कर डोर का काँच तोड़ती है और हाथ अंदर डाल कर कुंडी खोलती है। जल्दी-जल्दी में उसका भी हाथ शिशे से कट जाता है और खून निकलने लगता है। वो मालकिन-मालकिन करते हुए घर के अंदर आ जाती है। तभी माँ भी मंदिर से आ जाती हैं। बस कुछ हि देर बाद जिस हॉस्पिटल में भइया-भाभी और सोहन की लाश पड़ी थी, उसी हॉस्पिटल में बेड पर खून से लतफत होकर सिया जिंदगी और मौत के बीच की जंग लड़ रही थी। माँ और ईशा दोनों एक दूसरे को चुप कराने की नाकामयाब कोशिश कर रहीं थी।

दूसरे ही दिन बी एच यू से मेरे वापस आते ही जब मुझे ये बात ईशा ने बतायी तो मुझे तो शॉक लग गया। मेरे आँख के सामने अंधेरा छाने लगा। मैंने मेरे बच्चे और मेरे परिवार को लेकर क्या-क्या नहीं सोचा था ? एक ही पल में मेरे सारे सपनें उजड़ गए।

मानों ऐसा लग रहा था जैसे कि जिस बाग के सारे पौधे एक साथ जागते और सोते थे आज उनमें से कुछ हमेशा के लिए सो गए हैं और अब वो फिर कभी नहीं जागेंगे... कभी नहीं... क्योंकि वो अब एक ऐसी नींद में

सो गए थे, जिस नींद मे सोने के बाद कोई भी इस दुनियां में कभी नहीं जागता... और सिया... सिया तो जैसे टूट कर बिखर गयी थी। वो इतना बड़ा सदमा बरदाश्त ही नहीं कर पायी और कोमा में चली गयी। उसकी हालत एकदम हवा मे झूलते हुए उस बल्ब की तरह हो गयी थी, जो कभी भी अपने बाजु वाले दीवाल से टकराकर चकनाचूर हो सकता था।

बहुत कठोर दिल करके तो मैंने भैया-भाभी की चिता को मुखाग्नि दिया। जिस भैया के पीठ पर बैठकर बचपन में यहाँ-वहाँ जाया करता था, जिसके साथ होने पर मैं पूरी दुनिया से भिड़ जाता था। इतनी लड़ाइयाँ होने के बावजूद भी जो मुझसे बेहद प्यार करता था, जो मेरे बिना कभी खाना नहीं खाता था, जिसने बचपन से लेकर आज तक अपनी इच्छाओं को मार कर मेरी छोटी-बड़ी सभी ख़्वाहिशों को पूरा किया था, जो मेरे लिए किसी भी तरह से बाप से कम नहीं था, आज उसी भाई के शरीर को मैं अपने हाथों से जला रहा था।

वो भाभी जो आज से सात साल पहले हमारे घर में दुल्हन बन कर आई थीं, जिसने मुझको कभी भैया से कम प्यार नहीं किया, उन्होने मुझमें और सोहन में कभी कोई फर्क नहीं किया, जो मेरे लिएं बिल्कुल दूसरी माँ थीं, जब भी जरा-सा भी परेशान होता तो अक्सर चुप-चाप मेरे पास आकर बैठ जातीं थीं और मेरी हर प्रॉब्लम को शॉर्ट-आउट करने की कोशिश करतीं थीं, कभी अगर माँ मुझे कुछ खाने को देना भूल भी जातीं थीं, तो भाभी कभी नहीं भूलती थीं, भाभी ही मेरे घर में एक ऐसी इंसान थीं जिनको मैंने सबसे पहले मेरे और सिया के रिश्ते के बारे में बताया था, उन्होने कहा था कि अब मेरी और सिया की शादी करवाना उनकी ज़िम्मेदारी है, भाभी ही एक ऐसी इंसान थीं जिनसे मैं सिया के बाद अपनी सारी बातें खुल कर शेयर करता था, ऐसे मेरे बहुत सारे छोटे-मोटे सीक्रेट थे, जो भाभी जानतीं थीं लेकिन सिया तक को भी नहीं पता था। कैसे आग लगा दूँ उस भाभी को जिसने मुझे कभी माँ से कम प्यार नहीं किया था ? लेकिन ऊपर वाले की मर्जी तो देखो, वो कभी-कभी हमसे वो करवाता है जो करने का हमने अपने जीवन में कभी सोचा भी नहीं होता है।

दिल पर पत्तथर रखकर तो मैंने दोनों लोगों के चिता को मुखाग्नि दिया। भला कोई अपने शरीर में भी कभी आग लगाता है क्या? लेकिन कभी-कभी हमें खुद को भी जलाना पड़ता है। जीवन में कभी जिस चीज की कल्पना तक नहीं की थी, आज वो सब कुछ हो रहा था।

अब बारी थी सोहन की... ये वही सोहन था जिसके आज से छह साल पहले पैदा होने के बाद सबसे पहले मैंने ही उसे अपनी गोद में लिया था। भाभी के बाद पहला इंसान मैं ही था जिसने सोहन को छुआ था। सोहन कभी भी मेरे लिए मेरे बेटे से कम नहीं था। ऐसा लग रहा था जैसे अभी कल की ही बात है, जब मैंने पहली बार उसे गोंद में लिया था। जिन हाथों से मैंने उसे उछाल-उछाल कर खेलाया था, आज उन्हीं हाथों से मैं उसे जमीन में दफनाने जा रहा था।

अगर कभी उसे कुछ चाहिए होता था तो सबसे पहले वो मुझे बताता था, अगर उसे कोई मारता था या उसकी किसी बच्चे से लड़ाई होती थी तो वो सबसे पहले मुझे बताता था, छुट्टी के दिन वो पूरा टाइम मेरे साथ रहता था, चाचू-चाचू कहकर दिन- रात मेरे पीछे लगा रहता था, अब तो मुझे समझ में ही नहीं आ रहा था कि कौन दिन भर मेरे आगे-पीछे लगा रहेगा? कौन मुझे अब चाचु कहेगा? अब कोई खिलौनें... कोई नयी चीज मैं किसको लाकर दूंगा ? अब कौन ये कहकर रोएगा की मुझे चाचू के साथ बाहर जाना है ? अब कौन जिद करेगा की मुझे चाचु के कमरे में सोना है ? अब कौन सा बच्चा दस रुपये के बदले अपने नरम होंठो से मुझे पप्पीयां देगा? मुझे तो समझ ही नहीं आ रहा था कि मैं अपना दर्द किसको और कैसे बयान करूँ? न ही मेरे पास कोई शब्द था और न ही मैं कोई साहित्यकार था कि अपने दिल की बात कागज पर लिख कर या किसी को सुना कर मैं अपना दर्द कम कर लेता।

बस इतना ही समझ लीजिये कि आपके जीवन में कभी वो दिन भी आता है, जिसके बारे में आपने कभी कल्पना तक नहीं किया था, जिसको स्वीकार करने के लिये आप कभी-भी तैयार नहीं थे। कुछ कम शब्दों में बस इतना ही कहना चाहूँगा कि भैया-भाभी की चिता के साथ हम लोग भी जल चुके थे और सोहन के साथ हमारी खुशियाँ भी दफ़्न हो चुकी थीं।

किसी तरह वो दिन रो-गाकर, खुद को समझा-बूझाकर और दिल पर पत्थर रख कर हमनें गुज़ार लिया। अगले दिन हमारे पुरखों के रीति-रिवाज के अनुसार एक शोक सभा आयोजित की गयी, जिसमे सगे-संबंधी और करीबी लोग आकर मरे हुए लोगों के तस्वीर पर उनकी आत्मा की शांति के लिए फूल चढ़ाते हैं। सभी लोग सफ़ेद कपड़े पहने हुए बारी-बारी से भैया-भाभी और सोहन की तस्वीर पर फूल चढ़ा रहे थे। तभी घर के दरवाजे से पापा घर में आ गए। उन्हें इस अशुभ का संकेत तो सभी लोगों के सफ़ेद कपड़ों को देख कर हो गया लेकिन उन्होने जब भइया-भाभी और सोहन की तस्वीर पर फूलों का हार देखा तो उन्हें सारा मैटर तुरंत समझ में आ गया। अभी वो इस बात को समझ पाते कि वास्तव में क्या हुआ ? कैसे हुआ ? उससे पहले ही उनको हार्ट-अटैक आ गया और वो सीने पर हाथ रखते ही जमीन पर बेहोश होकर गिर पड़े।

तुरंत कुछ देर बाद हम लोग फिर हॉस्पिटल में थे। रोने के लिए सिर्फ माँ और ईशा ही बची थीं और उन्हें चुप कराने के लिएं मैं...। माँ और ईशा तो मेरे कंधे पर सर रख कर रो भी ले रही थीं लेकिन अगर मैं भी अपना दर्द बयान करने लगता तो उन्हें कौन संभालता फिर... मेरी हालत उस साँप की तरह हो गयी थी, जिसके गले में छछूँदर अटक जाती है फिर न ही वो उसे निगल सकता है और ना ही वो उसे निकाल सकता है। पता नहीं वो कौन से लोग होते हैं जो कहतें हैं कि मर्द को दर्द नहीं होता, न जाने क्यों बेवजह झूठ बोलते हैं। मेरा मानना है कि अगर इंसान को दर्द ही नहीं होता तो वो इंसान हो ही नहीं सकता, वो एक पुतला होता है जिसे सुख-दुख से कोई फर्क नहीं पड़ता।

वक़्त बहुत मुश्किल से कट रहा था। पूरे घर में हर पल मातम का माहौल छाया रहता था। जिस घर में हंसी-खुशी से सब लोग शांति से रह रहे थे, आज उसी घर में सन्नाटा पसरा था। हम लोगों ने हॉस्पिटल और घर एक कर दिया था। भैया-भाभी और सोहन की आकस्मिक मौत ने हमारे घर को तोड़ कर रख दिया था। पूरे घर में सोहन का चेहरा नजर आता था, आँख मूँदते ही उसकी आवाज कानों में गूँजने लगती थीं। माँ अक्सर ये कहकर रोनें लगती थीं कि उस पल की काली-आँधी ने हमारे घर को उजाड़ कर रख दिया है। कहते हैं कि वक़्त गुजरते वक़्त नहीं

लगता लेकिन जब सर पर पत्थर रखा हो न, तो एक दिन भी एक साल-सा लगने लगता है, लेकिन फिर भी धीरे-धीरे तीन महीने गुजर गए। इतना आसान तो नहीं था ये सब कुछ भुला देना लेकिन समय के साथ बड़े से बड़ा जख्म भर जाता है वैसे ही कुछ हद तक ये जख्म भी भर चुका था। पापा हार्ट-अटैक आने के कुछ दिन बाद ही ठीक होकर घर आ चूके थे।

***

उस दिन जब पता चला कि ईशा ने कॉलेज में टॉप किया है तो सबके चेहरे पर एक खुशी की लहर दौड़ गयी। मैंने लगभग तीन महीने बाद सबके चेहरे पर थोड़ी-सी मुस्कुराहट देखी थी। अभी ये खबर सुन कर सभी लोग खुश ही हो रहे थे कि मेरे पास भैया के एक फ्रेंड ने कॉल करके बताया कि भैया का ग्यारह करोड़ की फैमिली का एक जीवन बीमा था, जो उनकी मौत के बाद माँ को मिलने वाला था। ये खबर सुनकर माँ अचानक से रो पड़ीं और कहने लगीं –

जाते-जाते भी तुमने अपनी माँ को इतने ज़्यादा पैसे क्यों दे दिये बेटा? क्या तुम्हारी माँ उन पैसों से कभी तुम्हारा चेहरा देख पाएगी ? क्या तुम्हें कभी गले लगा पाएगी? क्या तुम्हें छु पाएगी? कभी नहीं... कभी नहीं मेरे लाल... कभी नहीं... ईशान तुम उनको फोन करके मना कर दो कि ये पैसे मैं नहीं लूँगी अपने बेटे के जान की कीमत मुझे नहीं चाहिए। अरे तुमने जितना दिया... जितना किया वो सब कम था क्या कि मरते-मरते भी अपनी माँ पर इतना बड़ा बोझ डाल गए? मैं नहीं लूँगी ये पैसे... हरगिज़ नहीं...

ठीक है माँ.... मैं उन्हें बोल देता हूँ, आप परेशान तो न हों...

इस बात को एक महीने और गुजर चुके थे। सिया आज भी हॉस्पिटल मे कोमा मे थी। अब उसके कोमा मे रहने की इस घर को आदत पड़ चुकी थी। उस दिन संडे था। उस दिन सबकी छुट्टी थी। बड़ी मुश्किल से ईशा ने सबको बाहर जानें के लिए आज मनाया था। उसका कहना था कि आखिर कब तक हम ऐसे ही रहेंगे? अब तो चार महीनें बीत चुके हैं

और हम अपने आपको कितनी भी तक़लीफ दे लें... कितना भी दर्द दे लें, वो लोग तो अब कभी वापस नहीं आएंगे। इसलिए हमे अब थोड़ा-सा तो आगे निकालना ही होगा। काफी सोचने-समझने के बाद मैंने उसकी बात से अग्री कर लिया क्योंकि शायद वो सही बोल रही थी। माँ-पापा और ईशा तीनों लोग हमारे घर के बाहर मेरा इंतज़ार कर रहे थे कि मैं गाड़ी लेकर गेट से बाहर निकलूँ।

तभी मेरी नज़र ड्राइविंग सीट के बगल वाली सीट पर पड़ी वहाँ पर एक पन्ना था, जिसमें लाल स्याही से कुछ लिखा हुआ था। वो पन्ना देखते ही मैंने गाड़ी रोक दिया और वो पन्ना उठा कर पढ़ने लगा....

- "सावधान! तुम लोग अब पुनः एक साथ यात्रा नहीं कर सकते हो। कभी भी कोई दुर्घटना घट सकती है... बेहतर होगा कि सभी लोग अकेले यात्रा करें अन्यथा..."

मैं उसके आगे अभी कुछ पढ़ पाता कि पता नही कहाँ से हवा चली और मेरे हाथ से पन्ना उड़कर गाड़ी के बाहर चला गया।

उससे पहले कि मैं गाड़ी से उतरकर पन्ने को पकड़ता या ढूँढता न जाने वो पन्ना कहाँ गायब हो गया। मेरी उस पन्ने को ढूंढनें की हर कोशिश नाकामयाब रही। आखिर में मैं बस हाथ मसल कर रह गया। उसके बाद मैंने ये बात जाकर मेरे परिवार में सबको बताया और हमने बाहर जाने का प्लान कैंसिल कर दिया और हमने फैसला किया कि आज के बाद हम लोग जब भी अपनी गाड़ियो से कहीं जाएंगे तो अकेले ही जाएंगे। परिवार के लोग कभी भी साथ में कहीं नहीं जाएंगे। लेकिन उस कागज़ के बारे में ज्यादा कुछ समझ नहीं आया बस इतना छोड़कर कि सपरिवार यात्रा न करें। दिन तो ये सोचने में ही गुजर गया लेकिन रात में बिस्तर पर पड़े-पड़े उस लेटर के ख्याल की वजह से नींद ही नहीं आ रही थी। शायद रात में करीब एक बजे मेरी आँख लगी थी। अचानक मैंने एक सपना देखा-

एक सुनसान जंगल था। काली अंधेरी रात थी। चारो तरफ कोहरा-सा छाया हुआ था। झींगुर की आवाज़ें सुनाई दे रही थीं। यहाँ-वहाँ जुगनू भी टिम-टिमा रहे थे। आसमान में चमगादड़ भी उड़ रहे थे। पेड़ पर बैठा एक उल्लू मुझे ही देख रहा था। उस कोहरे मे मुझे कुछ साफ-साफ दिखाई

नही दे रहा था कि मैं किधर जाऊँ। तभी कोहरे मे से कोई बूढ़े साधू मेरी तरफ आते हुए मुझे दिखे। वो बीच-बीच में पेड़ से लटक रही लताओं को हटाते हुए मेरी तरफ आ रहे थे। उन्होने मेरी तरफ आते हुए कहा-

ईशान...

जी बाबा। आप मेरा नाम कैसे जानते हैं ?

मैं सब कुछ जानता हूँ पुत्र, तुम्हारे चिंता की वजह भी जानता हूँ। वो पत्र मैंने ही तुम्हें भेजा था मगर उस दुष्ट आत्मा ने तुम्हें वो पत्र पूरा पढ़ने नहीं दिया। अगर तुम सब एक साथ बाहर जाते तो तुम्हारे साथ भी वही दुर्घटना हो सकती थी जो तुम्हारे भाई-भाभी और उनके बच्चे के साथ हुई। अगर सभी लोग अकेले यात्रा करते हैं तो कुछ हद तक कुछ दिनों के लिए तुम सब अपनी सुरक्षा कर सकते हो।

आप क्या बोल रहें हैं बाबा ? मुझे कुछ भी समझ में नहीं आ रहा है।

ये एक रहस्य की बात है। मैं तुम्हें समझाता हूँ। तुम जिस घर में रहते हो, वो कोई साधारण घर नहीं है।

अचानक किसी काँच के सामान के टूटने से मेरी नींद खुल गयी। पता नहीं लेकिन कैसे काँच का जो फ्लावर वाश टेबल पर रखा था, वो फर्श पर गिरकर टूट चुका था। मुझे नींद आ रही थी, मैं तुरंत आँख बंद करके सो गया। लेकिन वो सपना मुझे दोबारा फिर नहीं आया। सुबह मैंने ये बात किसी को नहीं बताया, क्योंकि मैं तो परेशान था ही, ये बात जानकार बाक़ी लोग भी बेवजह ही परेशान हो जाते। लेकिन ये सपना न जाने क्यों मुझे सच लगने लगा था। पता नहीं कैसे ये बात मेरे दिमाग में घर कर गयी थी। उस दिन के बाद से मुझे इस बात की बड़ी चिंता होने लगी थी। फिर मैंने अपने एक दोस्त को ये बात बताई। वो किसी पंडित को जानता था। उसने मुझे उनका ऐड्रेस दिया। वो बाबा विंध्याचल की एक गुफा में रहते थे। जब मैं उस गुफा में गया तो उन्हें देखते ही पहचान गया। वो वही बाबा थे जो मेरे सपने में उस दिन आए थे। वो बाबा मुझे देखते ही बोले-

आओ ईशान... मैं तुम्हारे ही आने का इंतजार कर रहा था, मगर तुमने आने में बड़ी देर कर दी। अब तो मैं वहाँ जा भी नहीं सकता शायद इसीलिए कहते हैं कि होनी को कोई भी नहीं टाल सकता। अब मेरी आयु

कुछ पल के लिए ही शेष है पुत्र... मुझे माफ कर देना। अब बस मेरी बात ध्यान से सुनो- जबतक तुम यहाँ से वापस जाओगे तबतक लगभग तुम अपना पूरा परिवार खो चुके होगे।

आप क्या बकवास कर रहें हैं बाबा?

पुत्र मेरी बात ध्यान से सुनो, मेरे पास ज़्यादा वक़्त नहीं है। तुम कल यहाँ से वापस जाओगे और परसों वहाँ पहुँच जाओगे। आगे तुम्हारे साथ जो होना है, वो वक़्त ही तुम्हें बताएगा। मैं तुम्हें तुम्हारा अतीत बताता हूँ, ध्यान से सुनों।

तुम अभी जिस घर में रह रहे हो वो इन्सानों का नहीं शैतानों का घर है। उस घर में शैतान रहते हैं। तुम्हारे भाई-भाभी और उनके बच्चे को भी उन्होनें ही मारा है। उनकी गाड़ी का ब्रेक उन्होनें उस वक़्त फेल किया जब गाड़ी की गति बहुत तीव्र थी। तुम्हारी पत्नी को भी सिढ़ीयों से उन्होनें ही धक्का दिया था।

एक बात मुझे समझ में नहीं आई बाबा कि उस घर में किसकी आत्मा है? कब-से है उस घर में ? और हमारे ही पीछे क्यों पड़ी है?

उस घर में एक आत्मा नहीं है बेटा, उस घर में तीन-तीन आत्मायें भटक रही हैं। उस घर की नीव बहुत पुरानी है। समय-समय पर ढेकेदारों ने उस घर की मरम्मत कराई है। अक्सर ढेकेदार उस घर को घाटे-मुनाफे में बेचते-खरीदते रहें हैं। मगर जो भी लोग उस घर में रहने जाते हैं पूरे परिवार सहित तबाह हो जाते हैं। और अंततः उन्हें वो घर छोड़कर जाना पड़ता है। और आज उन्हीं में से एक तुम्हारा परिवार है। जो आधा तबाह हो चुका है और आधा तबाही के कगार पर खड़ा है।

आज से एक हज़ार साल पहले उस घर की जगह एक महल था। उस महल के राजा किर्तिवर्धन का प्रताप दूर-दूर तक फैला हुआ था। उनका पुत्र यशवर्धन सम्पूर्ण राज-पाट का एकलौता युवराज था। यशवर्धन बहुत ही सुंदर और आकर्षक था बिल्कुल तुम्हारी तरह। इतना सुंदर कि अप्सराएँ भी जिसे देखकर मोहित हो उठतीं थीं और उनके मन में काम-क्रीडा की उत्तेजना स्वतः ही प्रस्फुरित हो उठती थी।

एक बार यशवर्धन वन में शिकार के लिए गया हुआ था। वहाँ उसने सोलह साल की एक बहुत ही सुंदर कन्या देखी। जिसे देख कर स्वयं

कामदेव भी काम आसक्त हो उठते थे। वो उस कन्या पर मोहित हो गया। उसने उस कन्या के सामने विवाह का प्रस्ताव रखा, जिसका नाम अक्षरा था। यशवर्धन स्वयं इतना रूपवान और गुणवान था कि कोई भी लड़की उसे देखने के बाद उसके विवाह प्रस्ताव को अस्वीकार नहीं कर सकती थी। इसी वजह से अक्षरा ने बिना किसी शर्त के यशवर्धन का विवाह प्रस्ताव स्वीकार कर लिया। उसने यशवर्धन को बताया कि वो एक अनाथ है। यशवर्धन को इस बात से कोई आपत्ति नहीं थी। तत्पश्चात दोनों ने वहीं गांधर्व विवाह कर लिया और अक्षरा विवाह के बाद यशवर्धन के साथ रहने के लिए उसके महल में आ गयी। यशवर्धन के माता श्री का देहांत उसके बचपन में ही हो गया था। यशवर्धन के इस प्रकार के विवाह करने से उसके पिता श्री को बहुत प्रसन्नता हुई क्योंकि उसने एक बिना माँ-बाप के बच्ची से शादी करके बहुत ही नेक काम किया था। यशवर्धन के घर में स्त्री के नाम पर सिर्फ उसकी दादी श्री ही जिंदा थी। यशवर्धन के गांधर्व विवाह से उसकी दादी श्री को तनिक भी प्रसन्नता नहीं हुई लेकिन वो चाहकर भी अब कुछ नहीं कर सकती थीं, क्योंकि विवाह तो पहले ही संम्पन्न हो चुका था।

विवाह के बाद कि पहली रात्रि तो कुशल मंगल से बीत गयी। अगले दिन नई बहू के हाथ से भोजन बनना शुरु हुआ। पहले दिन खीर बना। अक्षरा नें खीर चखा तो खीर उससे जूठा हो गया लेकिन न ही उसको पता चला और न ही किसी और को पता चला। अक्षरा का कोई भी अपना नहीं था। उसे राजमहल के तो क्या घर के भी कोई तौर तरीके नहीं पता थे। इसी वजह से इतना संभालने और बचाने के बाद भी खीर जूठी हो गयी थी।

खीर खाने ये बाद यशवर्धन और कीर्तिवर्धन दोनों की उसी वक़्त मौत हो गयी। वैद्य ने बताया कि उन दोनों की मौत कोई जहरीली वस्तु के सेवन करने से हुई थी। दादी श्री ने तुरंत अपने राजगुरु को बुला कर इस मौत के बारे में पूछा तो उनको पता चला कि उस खीर मे ज़हर था और वो अक्षरा के जूठा करने से ज़हरीला हो गया था। वैद्य ने दादी श्री को ये भी बताया कि अक्षरा को खुद नहीं पता है कि वो एक विषकन्या है। दादी श्री ने राजगुरु से कहा कि आपने हमें सच बताया इसके लिए आपकी मैं

बहुत आभारी हूँ राजगुरु, लेकिन अब मुझे क्या करना है ये निर्णय मैं खुद कर लूँगी। इसलिए आप अंतिम संस्कार की तैयारी कीजिये। राजगुरु ने दादी श्री को चेताते हुए कहा कि कृपया जो भी करिए सोच समझ कर करिए अन्यथा किसी भी जन्म में आपको उस पाप से मुक्ति नहीं मिलेगी। सभी लोग उधर यशवर्धन और किर्तिवर्धन के अंतिम संस्कार के लिए चले गए। इधर दादी श्री का गुस्सा आग बनकर मासूम अक्षरा पर टूट पड़ा। उन्होनें न आव देखा न ताव और नौकरों को अक्षरा को जिंदा जलाने का आदेश दे दिया। उधर एक तरफ उन दोनों पिता-पुत्र के शव जल रहे थे। इधर अक्षरा जिंदा जल रही थी। जलते हुए अक्षरा की तड़प और छटपटाहट पूरे राजमहल में गूंज उठी। ऐसे अत्याचार से अक्षरा की रूह ऐसी काँप उठी कि वो फिर कभी इस दुनिया मे इंसान बनकर दोबारा जन्म नहीं लेना चाहती थी। इसलिए उसने शरीर तो छोड़ दिया क्योंकि वो जल चुका था लेकिन वो इंतकाम और यौवन के कामसुख के अधूरे रह जाने की वजह से ये दुनियाँ नहीं छोड़ पायी। दादी सा ने अपने पुत्र और पौत्र का तो अंतिम संस्कार करवा दिया लेकिन अक्षरा का अंतिम संस्कार तक नहीं हुआ। अकॉल मृत्यु मरने के कारण अक्षरा एक बुरी आत्मा बन गयी। अक्षरा ने तेरहवीं के दिन तेरहवीं खत्म होने के पहले ही दादी सा को जलाकर मार दिया। इस तरह उसका इंतकाम तो पूरा हो गया लेकिन शरीर मे लगी यौवन की आग आज तक जल रही है।

इस घटना के बाद पाँच साल तक किसी ने उस राजमहल की तरफ मुड़ कर भी नहीं देखा और वो पूरा महल अक्षरा महल के नाम से प्रसिद्ध हो गया। परंतु एक दिन एक प्रेमी युगल मगध से भाग कर वहाँ आया और उन्होने शांति से वहाँ रात गुजारी लेकिन उसने सुबह उन दोनों को मार दिया ये सोचकर कि वो उस महल में कबतक अकेली रहेगी। उसके साथ वहाँ कोई रहने वाला भी तो चाहिए। जिंदा इंसान तो ये सब जानने के बाद वहाँ रहना नहीं चाहते इसिलिए उसने जिंदा लोगों को अपने साथ रहने के लिए मुर्दा बना दिया।

अचानक वो बाबा ज़ोर-ज़ोर से हाँफने लगे। उनको सांस लेने में दिक्कत होने लगी थी। उन्होनें अपने सिने पर हाथ रखते हुए मुझसे कहा-

मुझे माफ करना पुत्र, अब आगे मैं तुम्हें और कुछ नहीं बता पाऊँगा। मुझे अफसोस है कि मैं तुम्हारी आगे कोई मदद नहीं कर पाऊँगा क्योंकि मेरा जीवन अब समाप्त हो चुका है।

उनको लगातार हिचकी आ रही थी। मेरे देखते ही देखते उनके प्राण पखेरू उड़ गए और मैं वहाँ पर खड़ा होकर बस देखता ही रह गया।

मैंने जल्दी से अपना बैग उठाया और वहाँ से स्टेशन की तरफ निकल गया। जब तक मैं स्टेशन पर पहुंचा तबतक काफी देर हो चुकी थी। दिल्ली की सारी ट्रैंस जा चुकी थीं। बारह बज चुके थे। अब मुझे सुबह का इंतज़ार था। मैं काफी थक चुका था। और अब तो कोई ट्रेन भी नहीं आने वाली थी। मैं उदास होकर वहीं एक बेंच पर बैठ गया। मुझे पता ही नहीं चला कि कब मुझे नींद लग गयी, और मैं सो गया। शायद अब मेरी क़िस्मत भी मेरे साथ सो चुकी थी। सुबह सात बजे के तकरीबन मेरी नींद खुली। सूरज आसमान मे कुछ ऊपर तक निकल आया था। मैंने फोन निकाला और सोचा कि फोन करके घर बता दूँ लेकिन वहाँ मेरे फोन की बैट्री डेड हो गयी थी, लेकिन सच कहूँ तो वहाँ मेरे फोन की बैट्री नहीं बल्कि मेरे जिंदगी डेड हो चुकी थी। मैंने सोचा कि अभी ट्रेन आते ही निकल जाऊंगा लेकिन तभी वहाँ पर दो आदमियों को मैंने बात करते हुए सुना कि दिल्ली के लिए जिस पटरी से ट्रेन आती है वो पटरी टूट गयी थी और उसकी मरम्मत चल रही थी। जब तक वो बन नहीं जाती दिल्ली के लिए वहाँ से होकर कोई ट्रेन नहीं गुजरने वाली थी। उन दोनों को भी दिल्ली ही जाना था। किसी ने सच ही कहा है कि जब आपकी क़िस्मत फूटती है तो चारो तरफ से फूटती है। वो आपको बचकर निकलने का कोई रास्ता नहीं देती, तो फिर मुझे कैसे दे सकती थी ? पूरे दस घंटे इंतजार करने के बाद दिल्ली की पहली ट्रेन आई। ट्रेन आते ही सर पर दुखों के पहाड़ टूटने का अनुमान करते हुए मैं ट्रेन मे बैठ गया। सनसेट हो चुका था।

***

उसी समय मेरे घर पर फोन बजा। हॉस्पिटल से कॉल थी। उन्होने बताया कि सिया को होश आ चुका है और अब वो बिल्कुल ठीक हो चुकी है। वो लोग जाकर उसे डिस्चार्ज कराकर घर ला सकते हैं। घर मे लोगों

पर इस बात की खुशी का ऐसा पागलपन चढ़ा कि किसी को कुछ याद ही नहीं रहा और माँ-पापा और ईशा तीनों लोग एक साथ एक ही गाड़ी में बैठ कर सिया को घर लाने के लिए निकल पड़े। गाड़ी ईशा चला रही थी। उसने अभी नया-नया ड्राइविंग करना सीखा था। फ़्लाइ ओवर से होकर कार हॉस्पिटल पहुँचने ही वाली थी कि पीछे से आती हुई ट्रक पर ईशा ने ध्यान नहीं दिया। वो अपने साइड से ही जा रही थी लेकिन ट्रक वाले ने पता नहीं कैसे उनकी गाड़ी को टक्कर मार दिया। पहले ट्रक फ़्लाइ ओवर के नीचे आ गिरा। उसके बाद जिस कार में ये तीनों लोग थे वो कार भी फ़्लाइ ओवर से नीचे गिर गयी। हमारा बचा-खुचा परिवार भी मेरा साथ छोड़कर चला गया। वो हादसा वहीं हुआ था, जहाँ उस फ़्लाइ ओवर के नीचे भैया की गाड़ी का ब्रेक उस दिन फेल हुआ था।

मैं जब अगले दिन घर पहुंचा तो अकेले तीन शवों पर माथा पीट-पीट कर रोते हुए सिया को देख कर मेरा कलेजा फट गया।

काफी देर तक रोने-गाने के बाद बड़ी मुश्किल से मैंने खुद को और सिया को संभाला। मैं तुम्हें आज अपना वो दर्द बयान भी नहीं कर सकता सुप्रिया जो उस दिन मैंने महसूस किया था। मैं तुम्हें बता भी नहीं सकता कि उस दिन मैंने सिर्फ़ मेरे माँ-पापा और बहन का अंतिम संस्कार नहीं किया था बल्कि उनके साथ-साथ मैंने अपने खुशियों का भी अंतिम संस्कार कर दिया था।

जब मैं शमशान से वापस आया तो घर का दरवाजा अंदर से लॉक था। मैंने दरवाजा तोड़ दिया। अंदर सिया फर्श पर बेहोश पड़ी थी। उस घर मे हमारे परिवार की बहुत सारी यादें थी, इसलिए हम वो घर छोड़ना नहीं चाहते थे लेकिन उस घर में शैतान भी थे, इसलिए हमें वो घर छोड़ना पड़ा। उसी दिन हम वो घर, वो शहर छोड़कर हमेशा-हमेशा के लिए मुंबई शिफ्ट हो गए। मैंने अपना ट्रान्सफर मुंबई युनिवर्सिटी में करवा लिया। कुछ दिन गुज़र जाने के बाद सिया ने भी अपना नया प्रोडक्शन हाउस मुंबई में खोल लिया। इतना सब कुछ हो जाने के बाद भी हम लोग फिर से अपने जिंदगी को पटरी पर लाने की कोशिश कर रहे थे। और अगर नहीं करते तो क्या करते? जो लोग जा चुके थे, वो अब कभी भी वापस आने वाले नहीं थे, चाहे हम कितना भी रो लें, कितना भी भगवान के सामने

गिड़गिड़ा लें, अपना सर पटक लें या फिर कुछ भी कर ले... वो तो अब वापस आने से रहे, फिर इन सब चीजों का क्या फायदा। जिंदगी हमेशा ये बोलती है कि मैं आपकी लाइफ में न ही किसी के आने से रुकती हूँ और न ही किसी के जाने से रुकती हूँ। किसी के चले जाने से तो मैं बिल्कुल भी नहीं रुकती हूँ, शायद इसिलिए तो लोग कहते है कि कुछ भी हो जाने के बाद भी चलते रहने का नाम ही तो जिंदगी है, क्योंकि जिंदगी कहीं भी, कभी भी, किसी के लिए भी नहीं रुकती फिर चाहे भला किसी की जान ही क्यों न चली जाए।

किसी ने सच ही कहा है कि हर दिन के बाद रात, और रात के बाद सवेरा होता है। मगर उन पुरानी यादों को भूल पाना इतना भी आसान नहीं था। मैं जब भी उन दर्द भरी यादों में डूबता था तो सिया मुझे उन यादों से निकाल लेती थी। और जब ये बातें उसे तक़लीफ देतीं थी, तो मैं उसे संभाल लेता था। हम अक्सर एक दूसरे को ढांढस बंधाते थे लेकिन जब कभी अकेले होते थे, तो उन यादों मे अक्सर खो जाते थे। कभी-कभी आँखों से आँसू तक निकल आते थे और दिल चीख-चीख कर चिल्ला-चिल्ला कर यही पूछता था कि हमारे साथ ही ऐसा क्यों हुआ ? जिसका जवाब मैं कभी नहीं दे पता था।

वो सारे सपने... वो सारे ख्वाब... जो पूरे परिवार ने एक साथ मिलकर देखे थे, अब सब टूट चुके थे। और हम बस इतना कर सकते थे कि सब कुछ भूल कर मुव-ऑन कर सकते थे। हम लोग जिस रास्ते से होकर कभी नही जाना चाहते हैं, कभी-कभी उन्हीं रास्तों से होकर गुज़रना पड़ता है क्योंकि हमारे पास कोई दूसरा रास्ता होता ही नहीं है और यही बात हमारे साथ भी थी।। मैं रोज नौ बजे घर से निकल जाता था। शाम को पाँच- छह बजे तक वापस आता था। दिन भर का लैक्चर थका देने वाला होता था, उसके बाद कहीं आने-जाने का मन ही नहीं करता है। सिया कभी मुझसे पहले निकलती थी तो कभी मेरे बाद निकलती थी लेकिन वो कभी भी मुझसे पहले नही आ पाती थी। अक्सर उसे आते-आते शाम के आठ बज जाते थे।

जब वो वापस आती थी तब तक मैं थकान की वजह से अक्सर सो चुका होता था और देर से सोने की वजह से अक्सर उसकी नींद पूरी नहीं

हो पाती थी। सच कहूँ तो अब हम दोनों एक-दूसरे को बिल्कुल भी टाइम नहीं दे पा रहे थे लेकिन हमने एक दूसरे से इस बारे में कभी कोई बहस नहीं की, क्योंकि हम सच मे एक-दूसरे की बातों को बिना कहे समझ जाते थे। हम दोनों एक दूसरे से सच में प्यार करते थे। एक दूसरे पर विश्वास करते थे और आज कल के व्यस्त जीवन शैली से भली-भांति वाक़िफ़ थे।

आज कल की लाइफ और जेनेरेशन के ऊपर बहुत टार्गेट और प्रेशर होता है, हर किसी को इतने सारे ड्रीम्स अचिव करने होतें है, इतना कुछ उन्हें एक्सप्लोर करना होता है कि कभी-कभी उन्हें खुद के साथ बैठने और अपने आपसे बात करने तक का टाइम तक नहीं मिलता है। कभी-कभी तो खुशियाँ और मातम मनाने तक का टाइम नहीं मिलता है। सच में कुछ लोगों के साथ ऐसा होता है, लेकिन सबके साथ नहीं। कुछ लोग तो अपने परिवार के लोगों के साथ बैठने से, उनसे बातचीत करने से बचना चाहते हैं। हमारे साथ ऐसा कुछ भी नहीं था क्योंकि इन छह दिन की सारी कमी हम संडे को पूरी कर लेते थे। हमारे लिए सच में संडे फन- डे होता था। हम सन डे को पूरा दिन खूब एंजॉय करते थे। खूब मस्ती करते थे। हम उस दिन बाहर ही खाना खाते थे, स्विमिंग पूल जाते थे, मूवी के लिए जाते थे, एक लॉन्ग ड्राइव पर जाते थे। अब यही हमारी लाइफ का रूटीन बन गया था। धीरे-धीरे एक साल बीत गया और पुरानी बाते अब सच में पुरानी हो गयी थीं।

***

उस दिन संडे था। सुबह जब मेरी नींद खुली तो मैंने देखा कि सिया रेड कलर की साड़ी पहने हुए मेरी ही तरफ आ रही थी। उसके हाथ में चाय का ट्रे था। उसने ट्रे टेबल पर रखने के बाद मुझे धीरे से गाल पर किस किया और फिर मेरे सामने खड़ी होकर मुस्कुराने लगी। मैं आश्चर्य में था कि वैसे तो भीख मांगने पर भी सुबह किस नहीं मिलती आज क्या बात है कि भगवान बिना मांगे ही मेरी मुराद पूरी कर रहे हैं। मैंने उससे पूछ ही लिया -

सुबह-सुबह बिना मांगे इतना बड़ा दान कैसे मिल गया मुझे... रोज तो रोने पर भी नहीं मिलता है।

उसने मुस्कुराते हुए मुझसे कहा कि तुम्हें सच में याद नहीं है या जान बूझकर ड्रामा कर रहे हो।

क्या कह रही हो तुम ? मुझे कुछ समझ नहीं आ रहा...

सिया ने मेरे चेहरे के भावों को पढ़ लिया मुझे सच में कुछ पता नहीं था।

आज तुम्हारा बर्थडे है ईशान... तुम्हें सच मे नहीं याद?

अच्छा... इसलिए मैं सोच रहा हूँ कि बिना मांगे तुम मेरी मुराद क्यों पूरी कर रही हो?

वो सब छोड़ो... हॅप्पी बर्थडे टु यू... मेनी-मेनी रिटर्न्स ऑफ द डे...

थैंक यू सो मच फॉर दिस लवली किस...

इतना कहकर जैसे ही उसे अपने पास बैठाने के लिए मैंने उसका हाथ पकड़ा... तभी वो अपना हाथ छुड़ा कर बोली -

डोंट बी नाटी... हां... वैसे एक और गुड न्यूज़ है... सुनोगे?

हां बताओ, पूछ क्या रही हो?

सिया ये कहकर कमरे से भाग गयी कि नहीं बताऊँगी।

मैं भी उसके पीछे ये कहते हुए भागा कि क्यों नहीं बताओगी ?

अभी मैं लान मे जाकर बड़ी मुश्किल से सिया का हाथ पकड़ ही पाया था कि तभी घर में नौकरानी आ गयी। उसे देखते ही मैंने तुरंत सिया का हाथ छोड़ दिया। जैसे ही मैंने उसका हाथ छोड़ा वैसे ही सिया ग्राउंड में भाग गयी और वहाँ जाकर गायब हो गयी। मैं उसे ढूँढते-ढूँढते हार-थक कर घाँस पर जाकर बैठ गया। मैंने ध्यान भी नहीं दिया कि कब सिया चुप-चाप मेरे पास आकर बैठ गयी और मेरे कान में उसने धीरे से कहा-

तुम पापा बनने वाले हो।

मैंने उसकी तरफ आंखे बड़ी करके देखते हुए कहा... सच में ?

और नहीं तो क्या मैं मज़ाक कर रहीं हूँ?

मैं पापा बनने वाला हूँ ?

हम्म...

मैं पापा बनने वाला हूँ ?

हम्म...

मैं पापा बनने वाला हूँ ?

बार बार ये क्यों बोल रहे हो ?

तभी सिया ने मेरी आँखों में देखा। मैं रो रहा था। वास्तव में उस वक़्त मुझे पापा की याद आ गयी थी। सिया मुझे चुप कराती हुई मेरा हाथ पकड़ कर घर के अंदर ले कर चली गयी।

तीसरे पहर जब मेरी नींद खुली तो मैंने देखा कि घर में मेरी बर्थड़े पार्टी आर्गनाइज़ थी। मैं जल्दी से सिया के पास गया और पूछा कि - तुमने मुझे बताया नहीं कि आज तुम बर्थडे पार्टी प्लैन कर रही हो... क्यों ?

क्योंकि मैं बर्थडे बॉय को परेशान नहीं करना चाहती थी, ये हो गयी पहली बात और दूसरी बात ये कि दिस वज अ सरप्राइज़ गिफ्ट फॉर यू फ्रम माइ साइड

अच्छा जी ये बात है

हाँ... ये बात है

तुम मुझे रिटर्न गिफ्ट में क्या दे रहे हो आज ?

वो भी एक सरप्राइज़ ही होगा तुम्हारी तरह ही, तब तक के लिए वेट करो...

इतना कहकर मैं तैयार होने के लिए अपने रुम में चला गया। तैयार हो कर जब मैं नीचे लान में गया तब तक बहुत सारे गेस्ट आ चुके थे और अभी भी काफी लोग धीरे-धीरे आ रहे थे। मैंने एक-एक करके सबका स्वागत करना शुरु किया। बदले में मुझे जन्मदिन की बधाइयाँ और गिफ्ट्स मिल रहे थे। तभी सिया की एक आईशा नाम की फ्रेंड, जो कि एक पार्टी एंकर भी थी। उसने माइक लेकर बोलना शुरु किया।

हेलो एवरी वन, अटेंसन प्लीज... आज फेमस प्रोड्यूसर एण्ड डाइरेक्टर सिया ओब्रोय के हसबैंड ईशान ओब्रोय का जन्मदिन है। इसलिये आज ये पार्टी सिया ओब्रोय ने अपने डियर हसबैंड का बर्थड़े सेलिब्रेट करने के लिए रखा है। ईशान ओब्रोय खुद एक फेमस राइटर और मुंबई युनिवर्सिटी के जाने- माने प्रोफेसर हैं।

तभी मैंने भीड़ में लोगों से बात करते हुए सिया को देखा। वो आज इतनी खूबसूरत लग रही थी कि बिना पलक झंपकाए मैं उसे देखता ही रह गया। आज उसने पिंक कलर का फ़ुल गाउन पहना था। वो पिंक गाउन में बहुत ही आकर्षक लग रही थी। काफी लंबे समय बाद मैंने उसे इतना खूबसूरत लगते हुए देखा था। पूरी पार्टी के दौरान मेरा तो सारा ध्यान सिया पर ही लगा हुआ था।

कब केक कटा, म्यूज़िक खत्म हुआ और सारे गेस्ट चले गए मुझे तो कुछ पता ही नहीं चला।

मैं अपने रुम में चेंज कर रहा था। तभी सिया बेडरुम में आई उसने अपनी आलमारी खोली और अपने कपड़े लेकर बदलने के लिए वाशरुम में जाने लगी। मैंने तुरंत उसका हाथ पकड़कर उसे अपनी तरफ खींच लिया। अब हम दोनों के अलावा वहाँ पर कोई और नहीं था। अब वहाँ पर कुछ था तो वो था हमारा प्यार, एक दूसरे के लिए हमारे प्यार का एहसास, वो सिया के शरीर की खुशबू , वो वक़्त, जी चाहता था, उस वक़्त को मुट्ठी में हमेशा-हमेशा के लिए कैद कर लूँ। हमारे बीच का फासला कम हो रहा था और नज़दीकियाँ बढ़ती जा रहीं थीं। हमारी साँसे आपस में टकरा रहीं थीं। हम एक-दूसरे को ऐसे देख रहे थे, जैसे पहली बार देख रहें हों। हम दोनों दो जिस्म और एक जान हो रहे थे।

***

सुबह जब मेरी आँख खुली तो खिड़की से होकर धूप धीरे-धीरे कमरे में आ रही थी। मैंने अपने उपर से चद्दर हटाया और बेड पर जो कपड़े थे वो पहन लिए। मैंने खिड़की के पास जाकर बाहर की तरफ देखा। निकलता सूरज समुद्र के पानी मे चमक रहा था। सुबह काफी बदली हुई और नयी-सी लग रही थी। धीरे-धीरे हवा चल रही थी। पास के पेड़-पौधे ऐसे हिल रहे थे जैसे खुशी से आज झूम रहे हों। नज़ारा बहुत ही रोमांचक लग रहा था। मैं मुस्कुराते हुए अभी मुड़ा ही था कि मैंने सफ़ेद साड़ी में अपने पास खड़ी सिया को देखा। ऐसा लग रहा था जैसे हमारे परपल कलर के कमरे में लिली का फूल खिल उठा था। सिया टेबल के पास गयी और टेबल पर

चाय रखकर उसने मुझसे कहा- आओ चाय पी लो।

आज तुमने सफ़ेद साड़ी क्यों पहनी है ?

सिया मेरे पास मुस्कुराते हुए आई और खामोश हो गयी।

आज भैया-भाभी और सोहन की वर्षी है।

मेरे चेहरे की सारी खुशी गम में बदल गयी। हम दोनों चेहरे पर उदासी और आँखों में उनकी यादें लिए हुए एक दूसरे को देखते रहे। थोड़ी देर बाद सिया ने मौन तोड़ते हुए कहा-

सारी तैयारियां हो चुकी हैं। दस बजे पंडित जी चार और ब्राह्मणों के साथ यहाँ आ जाएंगे। श्राद्ध और शांति पाठ के बाद ब्राह्मणों को भोजन कराने के बाद दान दिया जाएगा। मैंने कुछ खास लोगों को ही पुजा में शामिल होने के लिए बुलाया है। कुछ सामान रह गया है। तुम जाकर नहा लो फिर मार्केट से लेते आना।

साढ़े दस बजे का समय था। ईशान के बंगले पर श्राद्ध और शांति पाठ चल रहा था। सारी विधी खत्म होने के बाद ब्राह्मणों ने भोजन किया और दान लेकर अपने-अपने घर चले गए। लेकिन जो मुख्य पंडित जी थे, वो अब ईशान को ले जाकर एक कोनें मे उससे कुछ जरुरी बात कर रहे थे।

देखिये आप लोगों का श्राद्ध का काम भी हो गया और आपकी पत्नी ने मेरे कहने पर शांति पाठ भी करवा लिया, जो कि काफी अच्छी बात है। लेकिन मुझे निकट भविष्य में कुछ अनिष्ट होने के संकेत मिल रहे हैं। इसलिए मैं आपको सावधान कर रहा हूँ।

सिया की तरफ इशारा करते हुए पंडित जी ने कहा –

मेरी भविष्यवाणी का बुरा मत मानिएगा लेकिन लगभग छह महीने बाद ग्रहों और नक्षत्रों का ऐसा योग बन रहा है, जो कि आपकी पत्नी पर कहर बनकर टूट सकता है। कुछ भी हो सकता है। बस यूं समझ लीजिये कि जिंदगी और मौत के बीच का फासला है। सच कहूँ तो मैंने आज तक किसी की भविष्यवाणी नहीं की। क्योंकि मैं एक सन्यासी और ब्रम्हचारी हूँ और मुझे भविष्य बताने की मनाही है। आपकी पत्नी एक बहुत ही अच्छी और नेक दिल इंसान हैं और अगर कुदरत की मेहरबानी रही तो वो एक बहूत अच्छी माँ भी जरूर बनेंगी। अपने छप्पन वर्ष की उम्र में मैंने

ऐसी उत्तम गुणों वाली स्त्री नहीं देखा। आप बहुत ही भाग्यशाली पुरुष हैं जो आपको उन जैसी स्त्री पत्नी के रूप में प्राप्त हुई हैं। बस आप हमेशा खुद से ज्यादा उनका ख्याल रखिएगा।

इतना कहकर वो पंडित जी वहाँ से जाने लगे। जब मैंने उनसे उस परेशानी से बचने का उपाय पुछा तो उन्होनें मुझसे कहा कि मुझे अति शीघ्र काशी जाना है। वहाँ से आते ही मैं आपसे मिलुंगा। सब लोगों के जाने के बाद सिया मेरे पास आई और उसने मुझसे पूछा –

पंडित जी तुमसे क्या कह रहे थे ?

मैंने मज़ाक करते हुए बात टाल दिया।

तुम्हारी बहुत तारीफ कर रहे थे।

ओह रियली?

येस...

वैसे वो मेरी तारीफ में कह क्या रहे थे ?

कह रहे थे कि तुम सफ़ेद साड़ी में बहुत ही झकास लगती हो। तुम्हारी बड़ी-बड़ी आंखे बिल्कुल हिरनी जैसी लगती हैं। तुम्हारे होंठ बड़े ही रसीले है और तुम्हारे गाल बहुत गुलाबी हैं।

अच्छा जी

हाँ जी

रुको फिर मैं तुम्हें बताती हूँ।

उसने सोफ़े का तकिया उठाकर मुझे मारना शुरु कर दिया। मैं वहाँ से सीधा अपने बेडरुम की तरफ भागने लगा, सिया ने मुझे दौड़ा लिया। अचानक सिया का फोन बजा उसने रुक कर अपना फोन रिसिव किया। मैं भी वहीं रुक गया।

हैलो, यस... वॉट? ओके, जस्ट वेट... आई एम कमींग...

सिया ने तुरंत अपने कार की चाभी उठाई और बाहर जाने लगी। मैंने उसे टोकते हुए हुए कहा-

सिया कहाँ जा रही हो?

जरूरी है मुझे अभी जाना पड़ेगा।

मुझे कुछ समझ में आता, उससे पहले सिया गाड़ी मे बैठ कर चली गयी। मैं उसे देखता ही रह गया। तभी मेरा फोन बजा। जे जे की कॉल

थी। जे जे... मेरा बचपन का फ्रेंड था। हम दोनों ने साथ ही स्कूलिंग किया था, कालेज किया था, और एक ही साथ हम दोनों को नौकरी भी मिली थी। मुझे जे एन यू युनिवर्सिटी में सोशिओलाजी के प्रोफसर की जॉब मिली थी तो उसे यू एस के कैलिफोर्निया स्टेट युनिवर्सिटी में हिन्दी के प्रोफेसेर की जॉब मिल गयी थी। वो मेरी शादी में नहीं आया था। इसलिए मैं हमेशा उसे ताने देता रहता था। मैंने उसका कॉल पिक किया।

हेलो, हाँ जे जे बोल, कैसा है भाई ? क्या कर रहा है आज कल ?

कुछ नही यार, वही जॉब कर रहा हूँ, जो आज से दो साल पहले लगी थी। तू बता, तू कैसा है ?

मैं भी ठीक हूँ। बस आज भैया-भाभी और सोहन की वर्षी थी तो उसी की पुजा हो रही थी। अभी पुजा खत्म हुई तो सिया को पता नहीं कहाँ से कॉल आई शायद कुछ जरुरी था। इसलिए वो चली गयी, बस अभी-अभी... बस तुझे एक गुड न्यूज़ देनी थी।

मुझे पता है वो गुड न्यूज़।

तुझे कैसे पता ?

बस पता है।

अच्छा तो बता क्या है वो गुड न्यूज़

मुझे नहीं पता, लेकिन शायद तू बाप बनने वाला है।

हाँ... लेकिन तुझे कैसे पता?

बस पता चल गया तेरे बताने के तरीके से...

मैं उससे बात करते हुए सोफ़े पर बैठ गया।

शाम के पाँच बज चुके थे। सिया अपने घर आ गयी थी। उसका चेहरा उदास था, शरीर कुछ-कुछ गीला था, उसके हाथों पर कुछ राख़ लगा था। अपने आँखों में आँसू लिए हुए, सिसकियाँ भरते हुए वो चुपचाप अपने कमरे मे जा रही थी। तभी सोफ़े पर बैठे हुए ईशान की नजर सिया पर पड़ती है। सिया को देखकर ईशान को ये भाँपने मे देर नहीं लगी की जरूर कुछ गलत हुआ है। उसने रिमोट से टी वी ऑफ किया और सोफ़े से उठ कर खड़ा हो गया। सिया की तरफ तेजी से बढ़ते हुए उसने सिया से पूछा –

सिया क्या हुआ ?

सिया चुप-चाप सिसकियाँ भरती हुई धीरे-धीरे अपने कमरे की तरफ जा रही थी। ईशान उसके पास पहुंचा। उसने सिया का दोनों हाथ सामने से पकड़ कर उससे पूछा-

सिया क्या हुआ ?

सिया चुप-चाप खड़ी थी। उसकी आँखों में आंसु थे।

सिया कुछ बोलो तो सही, आखिर क्या हुआ? तुम इतना चुप क्यों हो? ये राख़ कहाँ से लगी? सिया कुछ बोलो तो सही... कि आखिर हुआ क्या है?

ईशान... ईशान... सब ख़त्म हो गया ईशान...

सिया की आँखों से आँसू निकल रहे थे।

ख़त्म हो गया, क्या ख़त्म हो गया सिया?

सबकुछ

क्या सबकुछ ?

हमारा प्रोडक्शन हाऊस, जल कर रख हो गया ईशान...

क्या?

हम्म... वहाँ अब कुछ भी नहीं बचा है ईशान... सिर्फ राख बची है...सिर्फ राख़...

इतना कहकर सिया ईशान के गले से लग कर फफक-फफक कर रोने लगती है।

लेकिन कैसे? अपने आप हुआ है, या फिर किसी ने किया है ?

शायद किसी ने किया है।

ईशान ने गले से हटा कर सिया को सामने लाकर उससे पूछा-

किसने किया है बताओ मुझे? मैं उसे जिंदा नहीं छोड़ूँगा...

सिया ने खीझभरी आवाज में कहा- तुम उसे मारोगे तो तब न, जब वो जिंदा होगा

मतलब ?

सिया की आवाज में गुस्सा था- मतलब कि वो जिंदा नहीं है पहले से ही मरा हुआ है।

ईशान ने चौकते हुआ पूछा- मुझे कुछ भी समझ में नहीं आ रहा है।

सिया चिल्ला पड़ी- इंसान नही है... शैतान है वो...

क्या..... ? लेकिन तुम कैसे जानती हो ?

सिया ने सवालियां अंदाज़ में पूछा- तुम तो ऐसे कह रहे हो, जैसे तूम उसके बारे में सब जानते हो?

ईशान ने खुद को बचाते हुए कहा- नहीं-नहीं मेरे कहने का वो मतलब नहीं था।

तो फिर तुम्हारे कहने का मतलब क्या है?

मैं तो बस पूछ रहा था कि तुमने कुछ देखा क्या?

हाँ...(सोचे हुए) कुछ तो है जिसे मैं आज तक एक भ्रम मानती थी, लेकिन मुझे अब लगता है कि...

ईशान ने बात को गहरायी से जानने की कोशिश की- हो सकता है कि तुम्हें की भ्रम ही हुआ हो

नहीं... वो मेरा भ्रम नहीं है, वो सच में है।

कौन है वो ?

वो... वो कोई चुड़ैल है। तकरीबन साढ़े पाँच फुट की उसकी हाइट है। लाल साड़ी, खुले हुए लंबे बाल, नीला बदन, बड़े-बड़े नाखून, उल्टे हाथ, उल्टे पैर और चेहरे पर जान लेवा सन्नाटा... वो एक औरत नहीं है वो एक डायन है.... डायन... लेकिन मुझे समझ नहीं आता कि आखिर वो हमारे ही पीछे क्यों पड़ी है? आखिर चाहती क्या है वो ?

ईशान के तो जैसे होश उड़ गए थे, वो बस चुप खड़ा था।

मैं जानती हूँ कि तुम सब कुछ जानते हो लेकिन तुमने मुझे कुछ भी नहीं बताया... क्यों... ईशान क्यों? ऐसा कौन सा राज़ है जो तुम मुझसे छिपाना चाहते हो और आखिर क्यों? क्या तुम जानते हो? मैंने उसे आज पहली बार नहीं देखा है। मेरा और उसका सामना आज तीसरी बार हुआ है।

मैंने उसे पहली बार तब देखा था जब मैं सिढ़ीयों से गिरी थी, दूसरी बार तब देखा था जब तुम माँ-पापा और ईशा के अंतिम संस्कार में गए थे और मैं घर में अकेली थी... और आज मैंने उसे तीसरी बार तब देखा जब मेरा प्रोडक्शन हाऊस जल रहा था और वो वहीं पर खड़ी थी। लेकिन तुमने मुझे उसके बारे में आज तक कुछ भी नहीं बताया, जैसे ना बताने कि कसम खा रखी हो... है न ?

मेरे तो होश उड़ गए कि आज तक मैंने जिसे अपनी खुली आँखों से तो क्या, सपने तक में नहीं देखा था। सिया उसे इतनी बार देख चुकी थी। लेकिन उसने मुझे इसके बारे में कुछ भी बताया क्यों नहीं?

मुझसे तो पूछ रही हो कि मैंने क्यों कुछ नहीं बताया लेकिन तुम बताओ कि तुमने आज तक मुझे कुछ भी क्यों नहीं बताया? जितना कुछ तुमने अपनी आँखों से देखा था।

मैं कुछ भी छिपा नहीं रही थी। मैं तो खुद श्योर नहीं थी कि वो सच था, मेरा भ्रम था या कोई बुरा सपना था। तो तुमको क्या बताती उसके बारे में... जिसके बारे में मुझे खुद कुछ नहीं पता था। अब तुम बताओ कि तुमने क्यों नही बताया ?

हाँ... मैंने तुम्हें नहीं बताया। मुझे पता था कि दिल्ली वाले घर में तीन-तीन शैतान थे। वो घर भुतिया था।

क्या? क्या कह रहे हो तुम? कि.... वो घर हांटेड था?

हाँ... सिया वो घर हांटेड था। जब तुम कोमा में थी, तब मैं विंध्याचल गया था और वहाँ एक साधू से मिला था, जिसने मुझे सब कुछ बता दिया था।

क्या सब कुछ बता दिया था ?

यही कि उस घर में तीन-तीन आत्माओं का वास था, और ये भी कि जब तक मैं वापस जाऊंगा तब तक माँ-पापा और ईशा कि मौत हो चुकी होगी? उन्होने ही गाड़ी का ब्रेक फेल करके भैया-भाभी और रोहन को भी मारा था, और शायद सिढ़ियों से भी उन्होने ही तुम्हें धक्का दिया था।

ओह नो, तुम ये सब कुछ जानते थे, लेकिन तुमने मुझे इसके बारे में आज तक कुछ भी बताना ज़रुरी नहीं समझा और आज भी सिर्फ इसलिए बता रहे हो क्योंकि मैं तुम्हें फोर्स कर रहीं हूँ, वरना तुम अब भी मुझे कुछ नहीं बताते। वो सब कुछ इसलिए तुम अकेले सहते रहे, क्योंकि तुम मुझे ये सब कुछ बताकर जरा-सा भी परेशान नहीं करना चाहते थे... है ना ?

इतना कहते हुए सिया धम्म से फर्श पर बैठ जाती है। ईशान भी उसके पास ही फर्श पर वहीं बैठ जाता है।

तुम जान भी जाती तो क्या करती सिया ? सिर्फ परेशान ही तो होती, और फायदा... कुछ भी नहीं होता।

तो तुमने इस सब से हमें बचाने के लिए क्या किया आज तक? कुछ है तुम्हारे पास आइडिया कि हम कैसे निकलेंगे इस परेशानी से... बोलो... अगर है कोई आइडिया तभी बोलना...

मुझे लगा था कि वो घर छोड़ने के बाद वो शैतान भी हमारा पीछा छोड़ देंगे। इसलिए हमने वो घर छोड़ दिया था और देखो न आज तक तो कुछ नही हुआ लेकिन ना जाने वो क्यों हमारा पीछा करते-करते मुंबई तक आ गई? नहीं... मेरे पास इससे निकलने का फिलहाल तो कोई सोल्यूशन नहीं है।

तो क्या तुम आज तक इस बात का इंतज़ार कर रहे थे कि वो यहाँ आयें और हमारे बाकी परिवार की तरह हमें भी तहस- नहस दे।

नहीं सिया, मैंने कहा तो... मुझे लगा था कि वो घर छोड़ देने के बाद वो शैतान भी हमारा पिछा छोड़ देंगे लेकिन...

अब बस चुप रहो तूम, आज तक बहुत हुआ और हमने बहुत कुछ सह लिया। लेकिन अब और नहीं, अब वक़्त आ गया है इन शैतानों से निपटने का...। मैं उसे जानती हूँ, मुझे उसे बुलाना पड़ेगा और अब उसको यहाँ आना ही होगा।

कौन ? कौन है वो ? जिसे तुम तो जानती हो लेकिन मैं नहीं जनता...

तुम इसलिए नहीं जानते हो क्योंकि तुमने आज तक मुझे सच बताया ही नहीं। अब चुप-चाप मेरे साथ गाड़ी में चलो।

लेकिन कहाँ? देखो आराम से बैठ कर बात करते है।

सिया उठ कर खड़ी हो जाती है और घर से बाहर कि ओर जाने लगती है। ईशान उसे रोकने के लिए उसके पीछे-पीछे जाता है।

सिया मेरी बात तो सुनो। देखो अभी तुम्हारी तबीयत ठीक नहीं है। जहाँ भी चलना है बाद में चलते हैं। अपना नही तो कम से कम हमारे होने वाले बच्चे का तो ख्याल करो। वो दोनों कार तक पहुँच चुके थे। सिया गुस्से में ईशान की तरफ मुड़ी और बोली –

अगर अभी वो किसी दिन मुझपर टूट पड़ी न तो न ही मैं बचूँगी और न ही तुम्हारा ये बच्चा, समझे कुछ या और समझाऊँ?

इतना कहकर सिया ड्राईवर कि सीट पर बैठ जाती है।

तुम चल रहे हो या मैं जाऊँ?

नहीं- नहीं चलता हूँ... रुको।

ईशान के गाड़ी में बैठते ही गाड़ी चल पड़ती है। गाड़ी सिया ड्राइव कर रही थी। ईशान बगल की सीट पर बैठा था । दो घंटे के बाद गाड़ी पूरी तरह से जंगल में पहुंच चुकी थी।

सिया... ये रास्ता तो जंगल कि तरफ जाता है। क्या हम जंगल में जा रहे हैं?

तुम्हें दिखाई नहीं दे रहा कि ये रास्ता सिर्फ जंगल की तरफ नहीं जाता है, आलरेडी तुम जंगल में ही हो।

तुम्हें डर नहीं लग रहा यहाँ खतरनाक जानवर हो सकते हैं... चोर-डाँकू हो सकते हैं...

सिया ने उसकी बातों के कोई जवाब नहीं दिया

सिया मैं तुमसे बात कर रहा हूँ।

पता है मुझे, लेकिन अभी तुम चुप-चाप मुँह बंद करके बैठे रहो।

मैं चुप-चाप बैठा रहूँ! तुम्हारा दिमाग तो ठीक है! अभी शाम होने वाली है, वापस चलो।

वापस जाने के लिए इतनी दूर ड्राइव करके नहीं आई हूँ मैं।

सिया मज़ाक नहीं चल रहा है, मैं सिरियस हूँ।

वही तो मैं भी बोल रही हूँ कि मज़ाक नहीं चल रहा है। मैं भी सिरियस हूँ।

हार-थक कर ईशान चुप हो जाता है। गाड़ी जंगल के रास्ते से होकर तेजी से आगे बढ़ रही थी। सिया पर ईशान के कहने-सुनने का कोई फर्क नहीं पड़ रहा था। वो चुप-चाप गाड़ी ड्राइव करती जा रही थी। तभी झटके से सिया गाड़ी का ब्रेक लगाती है। गाड़ी तुरंत रुक जाती है। दोनों आगे की तरफ उचक जाते हैं। गाड़ी के ठीक सामने सड़क पर बिचो-बीच एक सफ़ेद साड़ी में जवान औरत खड़ी थी, जिसके काले लम्बे बाल उसकी कमर तक लटक रहे थे।। उसकी पीठ गाड़ी की तरफ थी और मुँह दूसरी तरफ था। सिया हार्न बजाती है लेकिन वो औरत न ही इनकी तरफ मुड़ती है और ना ही बीच रास्ते से हटती है। सिया और ईशान दोनों डर जाते हैं कि कहीं ये वही चुड़ैल तो नहीं। दोनों कार से उतरकर उसके पास जाते हैं और उसके पीछे खड़े होकर डरते हुए उससे पूछते हैं।

सिया : कौन हैं आप और रास्ते से हटती क्यों नहीं ?

औरत : आ गयी तुम, आना ही पड़ा न तुम्हें, मैं जानती थी कि तुम एक ना एक दिन जरूर आओगी, लेकिन ये नहीं जानती थी कि तुम इतनी जल्दी आ जाओगी।

कहते-कहते वो सिया की तरफ मुड़ती है। सिया उसे देख कर ऐसे रिएक्ट करती है जैसे उससे पहले मिल चुकी हो।

सिया : आप? आप तो सब कुछ जानती हैं न... तो फिर ये क्यों नहीं जानतीं कि मैं इतनी जल्दी यहाँ आने वाली थी।

औरत : तुम कुछ भूल रही हो...

सिया कुछ याद करते हुए बोलती है।

सिया : क्या? क्या भूल रही हूँ मैं?

औरत : यही कि मैं सिर्फ अतीत बता सकती हूँ, भविष्य नहीं और उसके अलावा और सब कुछ कर सकती हूँ।

सिया : कहिए कैसी हैं आप?

औरत : बस भगवान गिड़गिड़ा नाथ और माँ कल्कलहिया भवानी की कृपा से सब कुशल मंगल है। तुम बताओ, तुम कैसी हो?

सिया : जब आप सब कुछ जानती हैं तो जानते हुए भी फिर क्यों पूछ रही हैं?

औरत : ये बात तो तुमने बिल्कुल सही कहा, लेकिन वो क्या है न कि सदाचार तो निभाना पड़ता है न...

सिया : सदाचार ना निभाईये, करना ही है तो बस कुछ ऐसा कीजिये कि ये शैतान हमेशा-हमेशा के लिए हमारी जिंदगी से चले जायें, आपकी बहुत मेहरबानी होगी।

औरत : निसन्देह...

ईशान जो अब तक मूर्ति बनकर खड़ा था। उसने सिया से पूछा ये कौन है? तृषा ईशान को ऐसे देखती है जैसे ना जाने कबसे उसे जानती हो।

सिया : ईशान ये हैं तृषा काल, ये एक सिद्ध तांत्रिक हैं, ये मुझसे एक बार एक मंदिर में मिली थी। तब इन्होनें मुझे सब कुछ बताया था, लेकिन मैंने इनकी बात पर तब ज़रा-सा भी यक़ीन नहीं किया था, लेकिन

आज मुझे इनकी सारी बातों पर यक़ीन है। ये तुम्हें जानती भी हैं और पहचानती भी हैं।

तृषा : आइये आपलोग... अब गुफा में चलते हैं।

सिया : चलिये

सिया और ईशान दोनों तृषा के पीछे-पीछे पैदल चल देते हैं।

ईशान : सिया तुमने इनके बारे में मुझे पहले कुछ भी नहीं बताया... क्यों?

सिया : तुमने भी तो पहले मुझे कुछ भी नहीं बताया था, ईशान...

ईशान : सारी सिया, मैंने सोचा कि मैं तो ये सब जानकर परेशान हूँ ही, अगर तुम जान जाओगी तो तुम भी परेशान हो जाओगी। तुम तो जानती हो कि मैं तुम्हें परेशान नहीं करना चाहता क्योंकि मैं तुमसे प्यार करता हूँ।

सिया : ईशान... ये कोई छिपाने वाली बात नहीं थी। बट इट्स ओके, और हाँ प्यार हम एक दूसरे से तभी कर पाएंगे... अगर जिंदा रहेंगे।

ईशान : राइट

चलते-चलते तीनों उस गुफा के अंदर पहुँच जाते हैं। गुफा में चारो तरफ अलग-अलग रंग का धुआँ उड़ रहा था। कहीं-कहीं मशाल भी जल रही थी। यहाँ-वहाँ अजीब दिखने वाले फूल, लताएं और पौधे थे। एक काले पानी से भरा हुआ तालाब था। उसमें गाढ़े भूरे रंग के कमल के फूल खिले हुए थे। उसमें तैरने वाली मछलियों के सिर्फ कांटे थे। बत्तखों के सर पानी में और पैर ऊपर थे। सब कुछ बहुत ही विचित्र और अविश्वशनीय था।

तभी वहाँ कि सारी मशालें बुझ जाती हैं और वहाँ पर बिल्कुल अंधेरा हो गया। धड़-धड़ धड़-धड़ कि आवाज़ के साथ सब कुछ हिलने लगा। सिया और ईशान ने तुरंत एक दूसरे का हाथ पकड़ लिया था और दोनों चिल्लाने लगे

ईशान : ये क्या हो रहा है? तृषा ये क्या हो रहा है ?

सिया : तृषा कहाँ है आप? तृषा देखिये हमें डर लग रहा है। तृषा ...

ईशान : सिया यहाँ तो कुछ भी दिखाई नही दे रहा है कुछ भी समझ नहीं आ रहा है... आखिर ये हो क्या रहा है?

सिया : एक मुसीबत से निकलने के चक्कर में दूसरे मुसीबत में तो नहीं फंस गए!

ईशान : हे भगवान! आसमान से गिरे... खजूर पे अटके...

दोनों डर से एक दुसरे का हाथ पकड़ लेते हैं कि कहीं अब वो बलि का बकरा तो नहीं बन वाले। तभी उन दोनों को तृषा की आवाज़ सुनाई देती है, जो उंची आवाज़ में कह रही थी।

भगवान गिड़गिड़ानाथ की जय हो, माँ कलकलहिया भवानी की जय हो...

इसी आवाज़ के साथ गुफा में फिर से प्रकाश हो जाता है और सारी मशालें फिर से जलने लगती है। तृषा हवन कुंड के सामने बैठी थी।

तृषा : तुम दोनों यहाँ आ जाओ मेरे पास

ईशान : ये सब क्या था? मुझे कुछ भी समझ में नहीं आ रहा है।

तृषा : आओ मैं समझाती हूँ।

सिया और ईशान दोनों जाकर तृषा के ठीक सामने हवनकुंड के दूसरी तरफ डरते हुए बैठ जाते हैं।

तृषा ने मुस्कुराते हुए कहा –

अभी तक तुम दोनों ने यहाँ पर जो भी दृश्य देखे वो सब सत्य थे, सिवाय इस तालाब के

सिया : ऐसा क्या है इस तालाब में कि इसका पानी काला है? मछलियों के पास शरीर नहीं है सिर्फ ढांचा है, फिर भी वो जीवित हैं और तैर रहीं हैं। सारे कमल भूरे है। और ये बत्तख़... ये बत्तख़ उल्टे क्यों हैं पानी में?

तृषा : बताऊँगी...बताऊँगी, सब बताऊँगी, बस थोड़ा धैर्य रखो। अच्छा मैं एक-एक करके बताती हूँ। इस तालाब का जल शैतान और शैतान गुरुओं के रक्त से काला है, कमल उनके दुष्प्रभाव से भूरे हैं, शैतानों के पास शरीर नहीं होता सिर्फ छाया होती है, ये मछलियों के कांटो के ढांचे उनकी आत्माँयें है। ये पानी मे सर नीचे करके तैरने वाले बत्तख़ शैतान गुरु हैं। अधर्म और अत्याचार की वजह से इनके सर नीचे और पैर ऊपर हैं। इसमें से कुछ प्रेतों ने शैतान गुरुओं को सिद्ध किया है तो कुछ शैतान गुरुओं ने इन प्रेतात्माओं को सिद्ध किया है।

ईशान लेकिन ये सब इसमें क्यों हैं?

तृषा : क्योंकि इन्हें मैंने इसमें कैद किया है। इसमें से निकलना इनके लिए इतना आसान नहीं है, इसमें से निकलते ही ये मर जाएंगे।

सिया : तो क्या ये कभी नहीं निकल पाएंगे ?

तृषा : शायद कभी नहीं।

ईशान : तब तो बड़ी अच्छी बात है।

तृषा : इतनी भी अच्छी बात नहीं है, क्योंकि इस दुनियाँ मे सब कुछ संभव है।

सिया : मतलब कि ये निकल सकते है।

तृषा : शायद हाँ, हो सकता है कि इसका कोई मार्ग हो, लेकिन इस विषय में मुझे कुछ ज्ञात नहीं। खैर छोड़ो इस बात को।

ईशान : और ये अंधेरा क्यों हुआ था?

तृषा : जब किसी भी नयी आत्मा का इस गुफा में प्रवेश होता है, तो गुफ़ा डर जाती है और डर कर अपनी आँखें बंद कर लेती है। जिससे गुफा के अन्दर अंधेरा हो जाता है। गुफा का दिल ज़ोर से धड़कने लगता है, जिससे ज़ोर से धड़-धड़ की आवाज़ होती है। डर से गुफा काँपने लगती है, जिससे सब कुछ हिलने लगता है।

सिया : कितनी अजीब बात है न दुनियाँ में कितना कुछ होता है और हमें कुछ भी पता नहीं होता।

तृषा : ज़रुरी नहीं की हर इंसान को हर बात पता हो क्योंकि दुनियां बहुत छोटी जगह नहीं है।

ईशान : तो?

तृषा : बस अब रहने दो, और मुद्दे पर आ जाओ।

सिया : जी

तृषा : सिया अपना हाथ दो

सिया तृषा की तरफ अपना हाथ बड़ा देती है। तृषा उसके हाथ से अतीत का सब कुछ देख लेती है।

सिया : क्या हुआ ? कुछ पता चला।

तृषा : हाँ सब कुछ पता चल गया।

ईशान : तो फिर बताइये ना।

तृषा : पहले तुम अपना हाथ दो।

ईशान : जी

ईशान अपना हाथ उसकी तरफ बढ़ा देता है वो उसका हाथ भी देख लेती है।

तृषा : समझ गयी... सब समझ गयी कहानी पूर्व जन्म से लेकर इस जन्म तक की है।(ईशान की तरफ देखकर) ये जो आत्मा तुम्हारे पीछे हाथ धोकर पड़ी है, ये तुम्हें हाँसिल करके ही दम लेगी।

सिया : हाँसिल ?

तृषा : (सिया की तरफ देखकर) इस दरमियान वो तुम्हें भी नहीं छोड़ेगी। क्योंकि तुम्ही एक हो जो उसके रास्ते का असली काँटा हो।

सिया : मतलब, हमने तो वो घर भी छोड़ दिया है, तो फिर वो आत्मा हमारे पीछे क्यों पड़ी है ?

तृषा : माना कि तुमने वो घर छोड़ दिया है, तभी तो बाकी सारी आत्माओं ने तुम्हारा पीछा करना भी छोड़ दिया है।

ईशान : फिर ये आत्मा हमारे पीछे क्यों पड़ी है ?

तृषा : क्योंकी उसका तुमसे पिछले जन्म का रिश्ता है।

सिया : पिछले जन्म का रिश्ता ?

ईशान : मतलब ?

तृषा : ईशान तुम यशवर्धन और अक्षरा की कहानी तो जानते ही हो।

ईशान : हाँ तो

सिया : यशवर्धन और अक्षरा ये कौन थे ?

तृषा : जरा धैर्य रक्खो सब पता चल जाएगा।

सिया चुप हो जाती है

ईशान : हाँ, आप क्या कह रहीं थीं?

तृषा : तुम ये तो जानते हो कि ये वही अक्षरा की आत्मा है, जो तुम्हारे पीछे पड़ी है, लेकिन तुम ये नहीं जानते कि वो तुम्हारे पीछे क्यों पड़ी है ?

ईशान आश्चर्य से पूछता है- वो क्यों मेरे पीछे पड़ी है ?

क्योंकि तुम्ही यशवर्धन हो

ईशान चौंक पड़ता है

क्या ?

हाँ ईशान... पिछले जन्म में तुम्ही यशवर्धन थे। इसिलिए वो आत्मा आज भी तुम्हारे पीछे पड़ी है।

लेकिन ये बात तो उन बाबा ने मुझे नहीं बताई थी।

वो मर रहे थे ईशान... उनके पास तुम्हें बताने के लिए और वक़्त नहीं था।

ओ नो... अब क्या होगा?

सिया जो अब तक धैर्य के साथ सब कुछ सुन रही थी, अब तक उसका भी धैर्य टूट चुका था। वो खिझ कर बोली –

कोई मुझे भी बताएगा कि कौन-सी पिछले जन्म की कहानी चल रही है?

तृषा सिया को अक्षरा, यशवर्धन और उस घर की पूरी कहानी सुना देती है।

सिया : विश्वास तो नहीं होता, लेकिन अब तक जो कुछ हुआ है, उसे देखकर ऐसा लगता है कि यही सच है।

ईशान : अब आगे क्या करना है?

तृषा ईशान की ओर देखकर बोलती है-

तुमसे पहले वो रूह सिया को ख़त्म करेगी क्योंकि एक सुहागन के रहते उसके सुहाग को उजाड़ पाना किसी भी मादा शैतान के लिए आसान बात नहीं है, खासकर तब जब वो मादा शैतान उस पुरुष को हासिल करना चाहती हो।

ईशान सिया को देखते हुए तृषा से पूछता है- क्या?

हाँ,

सिया : कोई तो उपाय होगा।

तृषा : अवश्य, उपाय तो है, लेकिन तुम ध्यान से सुनो।

तृषा उन दोनों को अपनी योजना बताती है और सिया को एक माला पकड़ाते हुए बोलती है-

ये माला लो, इसमें ये जो लॉकिट है, आत्माएं इसी मे कैद होती है, इसे अपने गले में बांध लो जब भी वो आत्मा तुम्हें दिखाई दे, तो तुरंत इसका पिन खोल देना, ये जमीन पर गिर जाएगा। इसके जमीन पर गिरते ही वो इसमें कैद हो जाएगी, फिर तुम इसे जमीन से उठा लेना, लेकिन ध्यान

रहे कि ये दोबारा जमीन पर न गिरने पाये, क्योंकी आत्मा इसमें से तुरंत निकल जाएगी।

ईशान : दोबारा गिरने पर निकल कैसे जाएगी ?

तृषा : क्योंकि इसके जमीन पर गिरते ही धरती के गुरुत्वाकर्षण बल के कारण इसका ढक्कन दोबारा खुल जाएगा और वो आत्मा जैसे अंदर आयी थी, वैसे ही बाहर निकल जाएगी। उसके इसमें कैद होते ही तुरंत इसे मेरे पास लेकर चले आना तुम लोग... घर पर मत रखना ज़्यादा देर।

सिया : ठीक है, हम इसे लेकर आएंगे, लेकिन इससे अच्छा होगा कि आप ही आकर इसे ले जाएँ।

तृषा : मैं जरूर आती इसे ले जाने के लिए लेकिन इसकी कोई वजह है, जो मैं तुम्हें अभी नहीं बता सकती।

ईशान : अच्छा ठीक है तो हम चलते हैं, बाय

तृषा : बाय नहीं बोलते क्योंकि इसका हिन्दी मतलब होता है अलविदा, जो की कभी किसी को नहीं कहते, ऐसे बोलते हैं कि आकर फिर से मिलते हैं।

ईशान : ओके

सिया : हाँ ये भी सही है, लेकिन ऐसे भी तो बोल सकते हैं कि मुलाक़ात तो होती ही रहेगी।

तीनों हँसने लगते हैं।

***

अगले दिन रविवार था। ईशान और सिया की छुट्टी थी। सिया रोज की तरह ईशान के लिए बेड टी लेकर जाती है। ईशान बिस्तर पर पेट के बल सोया है। एक हाथ से तकिये को कसकर दबोचा है, और दूसरा हाथ जो अलार्म घड़ी बंद करने के लिए उठा था, वो वहीं अलार्म घड़ी के बिल्कुल पास ही पड़ा है। सकून से सोता हुआ ईशान किसी मासूम बच्चे की तरह लग रहा था। तभी सिया के दिमाग में एक मस्ती का ख्याल आता है। वो चाय की ट्रे टेबल पर रख देती है, उसके बाद अपना एक बाल तोड़कर ईशान के कान में डालकर हिलाती है। ईशान कान के पास हाथ

घुमाता है। सिया तुरंत अपना हाथ खींच लेती है। सिया कई बार ऐसा करती है। अंत में ईशान खीझकर अपने कान पर ज़ोर से चांटा मारता है। सिया की हँसी निकल जाती है। सिया के हंसने के बाद ईशान तुरंत आँख खोलकर देखता है, तब उसे सब समझ आ जाता है। उसके बाद भी वो आँख बंद करके वैसे ही पड़ा रहता है। सिया को लगता है कि ईशान ने उसकी हँसी सुनी नहीं और न ही उसे कुछ समझ आया कि उसके साथ अभी क्या हुआ है। सिया दोबारा बिस्तर पर चढ़कर फिर से वही काम करती है। लेकिन इस बार ईशान सिया को झटके से अपनी तरफ खींच लेता है। जिसकी वजह से ईशान की नाक और सिया के होंठ आपस में टकरा जाता है। जिससे ईशान के नाक पर और सिया के होंठ पर चोट लग जाती है।

ईशान अपनी नाक सुहराते हुए बोलता है-

बाप रे बाप ... तुमने आज मेरी नाक तोड़ दी।

सिया अपने होंठ सहलाते हुए बोलती है-

तुमने ही तो खींचा था।

ईशान : तुमने ही तो पहले खुजली की थी।

सिया : मैं तो बस मज़ाक कर रही थी

ईशान : मैं भी तो मज़ाक में किस ही करने वाला था।

सिया : मेरा मुंह फोड़कर ?

तुमने ही तो नाक पर मुंह लगाया था, होंठ पर लगाना चाहिए था ना

मुझे क्या पता था कि सुबह-सुबह तुम्हें बेड टी नहीं, फ्रेंच किस चाहिए... नहीं तो मैं आती ही नहीं।

हाँ तो बेड टी लायी थी, तो रख देती कान में खुजली करने की क्या ज़रूरत थी ?

मुझे क्या पता था कि तुम मेरा मुँह फोड़ दोगे... ओह... दर्द हो रहा है।

आहाहाहा... मुझे तो जैसे बहुत मजा आ रहा है, जैसे मुझे तो कुछ हुआ ही ना हो। मेरे भी तो नाक पर चोट लगी है वो भी तो दर्द कर रहा है।

सिया अपने आपको ईशान से छुड़ाने की और बिस्तर से उठने की कोशिश करती है।

अच्छा, अब छोड़ो मुझे, किचन देखना है ।

क्यों ? पहले कभी किचन नहीं देखा क्या ?

देखो, मैं मस्ती के मुड़ में नहीं हूँ, पहले ही मुझे चोट लगी है, अब मुझे जाने दो।

कितना झूठ बोलती हो तुम ? मस्ती की शुरुआत क्या कान में बाल डालकर सुबह-सुबह मैंने की थी ?

देखो अभी छोड़ दो... मुझे गुस्सा आ रहा है।

ईशान को सिया के चेहरे पर असली नाराजगी नज़र आती है, तो वो सिया को छोड़ देता है। सिया ईशान से हटकर खड़ी होती है, और वहाँ से मुड़ कर जाने लगती है। तभी अचानक से पलटकर ईशान को देखती है अभी ईशान भी उसे देख ही रहा होता है।

सिया : ओ माइ गॉड, मेरा बच्चा ...

दोनों के चेहरे के रंग उड़ जाते हैं, दोनों एक दूसरे को हैरत से देख रहे होते हैं।

ईशान : ओ सीट... सीट... सीट... वॉट डीड आई डू ?

ईशान तुरंत अपनी गलती स्वीकार करता है और उठकर बैठ जाता है। अपने दोनों कान पकड़ कर सिया को सारी बोलता है।

सिया को गुस्सा आ जाता है। वो गुस्से में ईशान से बोलती है।

देखो आज तो हमें सिर्फ चोट लगी है, लेकिन अगर तुमने दोबारा ऐसा किया न तो फिर समझ लेना...

सारी यार... प्लीज मुझे माफ कर दो, आगे से कभी ऐसा नहीं होगा, आई प्रामिस यू ,

माफी गलती की मिलती है, गुनाह की नहीं...

मतलब ?

तुम्हें सजा मिलेगी, सजा...

सजा ! कैसी सजा ?

सिया दांत पीसकर बोलती है

उठक-बैठक करो

क्या?

हाँ... करते हो या फिर मैं चलूँ?

नहीं-नहीं करता हूँ रुको...

इसके बाद ईशान कान पकड़ कर उठक-बैठक करता है। सिया खड़ी होकर गिन रही थी। तभी डोर बेल बजती है।

सिया : न जाने, इतनी सुबह –सुबह कौन आ गया ?

ईशान : (उठक-बैठक करते हुए) मैं देखूँ ?

सिया : नहीं तुम करते रहो। बीच में रुकना मत... वरना.... मैं देखती हूँ कि कौन है?

सिया कमरे के बाहर चली जाती है। ईशान उठक-बैठक करते हुए गिनता है। ग्यारह, बारह, तेरह...

सिया घर का मुख्य दरवाजा खोलती है। दरवाजे पर हरे रंग का हाफ गाउन, ऊंची सैंडिल पहने एक सुंदर से लड़की खड़ी थी। उसके बॉब कट बाल उसके चेहरे पर बार-बार आ रहे थे। लड़की की उम्र तकरीबन पच्चिस -छब्बीस साल थी। वो पूरी तरह से आधुनिक मेकअप और ड्रेस में थी।

सिया : येस ?

लड़की : हाय... आई एम जेनेलिया सिशोदीया फ़्रोम देल्ही, इज ईशान ओब्रोय लीव हियर ?

सिया : येस बट, हाउ डू यू नो हिम ?

जेनेलिया : मैं उसकी फ्रेंड हूँ, और मुझे लगता है कि आप उसकी वाइफ हैं, राइट ?

सिया : यस यू आर राइट...

दरअसल मैं एक फैशन डिजाइनर हूँ, अगले हफ्ते दिल्ली फैशन वीक है ना, तो मैं उसी के लिए ब्रांड डीलिंग के सिलसिले में मुंबई आई हूँ। मैंने ईशान को बताया था। क्या उसने आपको नहीं बताया ?

नहीं तो...

क्या वो अभी घर पर है ?

हाँ, आप अंदर आइये न ?

जेनेलिया घर के अंदर प्रवेश करती है। सिया उसे सोफ़े पर बैठने के लिए इशारा करती है और पूछती है –

बताइये क्या लेंगी आप चाय या कॉफी ?

एक कप चाय

तभी ईशान ड्राइंग रूम मे आते हुए सिया से बोलता है –

एक कप नहीं दो कप, मेरा भी ठंढा हो गया था न...

सिया : आप ? आपने काम ख़त्म कर लिया ?

सिया : हाँ... हाँ... यकीन नहीं है क्या तुमको मुझपर?

सिया : नहीं-नहीं... मैं तो बस...

जेनेलिया उठ कर खड़ी हो जाती है और खुशी से ईशान की तरफ बढ़ती हुई बोलती है-

हेल्लो... हाउ आर यू ?

इतना कहकर जेनेलिया ईशान के गले लग जाती है। सिया नाक सिकोड़ती है। ईशान उसका नाक सिकोड़ना देख लेता है।

मैं ठीक हूँ तू बता, तू कैसी है ?

मैं भी ठीक हूँ, मैं तुझे कितना मिस करती हूँ, तू अब मुझे बिल्कुल भी मिस नहीं करता ना ?

नहीं-नहीं... मैं भी कभी-कभी तुझे मिस करता हूँ।

चल झूठा, अब तेरी शादी हो गयी, तू मुझे क्यों मिस करेगा ?

ये कहकर जेनेलिया प्यार से ईशान के गाल पर हाथ थप-थपाती है फिर हटा लेती है। ईशान मुस्कुरा देता है।

सच्ची... मैं झूठ नहीं बोल रहा तुझसे...

चुप कर सब जानती हूँ मैं,

जेनेलिया इस बार ईशान का गाल अपनी उँगलियों से खींचकर मुस्कुराती है। न चाहते हुए भी ईशान मुस्कुरा देता है क्योंकि वहीं पर सिया खड़ी थी। जो उसे घूर-घूर कर देख रही थी।

तभी जेनेलिया को जैसे होश आता है। वो बाहर की तरफ आवाज़ लगाती है।

दादा शूटकेश अब ला भी दो, या लेकर जाओगे ?

बाहर से एक ड्राइवर एक बड़ी-सी ट्राली बैग अंदर लाकर रख जाता है। सिया जेनेलिया को ईशान से चिपके देखती है, तो अंदर ही अंदर उसे बहुत तेज गुस्सा आता है।

सिया : बड़ी दूर से आई हैं। चलिये मैं आपको आपका रूम दिखा देती हूँ। आप काफी थक गयी होंगी, है न ?

जेनेलिया : हाँ, मैं काफी थक गयी हूँ, लेकिन पहले मुझे फ्रेश होना है। वाशरुम किधर है ?

सिया : रुम में ही है

जेनेलिया : ओके

सिया जेनेलिया को लेकर गेस्टरुम की तरफ चली जाती है।

कुछ देर बाद ईशान नहाकर अपने कमरे मे शीशे के सामने कंघी से अपने बाल झाड़ रहा था, और बीच-बीच में गुनगुना रहा था –

मेरे सपनों की रानी कब आएगी तू ...

मिट जाए ज़िंदगानी कब आएगी तू...

तू चली आ... तू चली आ...

तू चली आ... तू चली आ...

सिया दरवाजे से कमरे में घुसते हुए बोलती है –

लो मैं आ गयी।

अच्छा किया आ गयी तो... और बताओ हालचाल

इतना कहकर ईशान मुस्कुराता है।

बहुत क्लोज़ रिलेशनशिप है तुम्हारी... जान- पहचान भी काफ़ी पुरानी लगती है ?

ईशान सिया के कहने का मतलब समझ जाता है। थोड़ा घबराते हुए बोलता है। घबराहट से उसकी आवाज़ रुक जाती है।

हाँ....नहीं... नहीं... हाँ... नहीं... ऐसा कुछ भी नहीं है... बस फ्रेंड है... कालेज़ टाइम से...

तुमने कभी बताया नहीं कि तुम्हारी ऐसी भी कोई फ्रेंड है। जो तुम्हें काफी टाइट हग करती है, बच्चो की तरह तुम्हारा गाल नोचकर पूछती है कि तुम उसे मिस नहीं करते और वो भी मेरे सामने ?

वो क्या है न... कि वो बहुत खुले विचारों की है।

हाँ... तो तुम कौन से बंद विचारों के हो ?

इतना कहकर सिया चुप हो जाती है। ईशान कंघी ड्रेसिंग टेबल पर रखकर धीरे-धीरे सिया के पास आता है। उसके दोनों कंधों पर अपना हाथ रखकर उसे बेड तक ले जाता है। दोनों साथ में बेड पर बैठते है फिर ईशान सिया से बोलता है -

सिया तुम्हें हो क्या गया है ? तुम्हें मुझ पर यकीन नहीं हैं क्या ?

सिया ईशान की आँखों मे देख कर बोलती है –

तुम पर तो है, लेकिन उस पर ज़रा-सा भी नहीं है।

सिया तुम बिल्कुल बच्चों जैसे बात कर रही हो। वो सिर्फ कुछ दिनों के लिएं यहाँ आई है, उसे कुछ जरूरी काम है। काम ख़त्म करके वो तुरंत यहाँ से चली जाएगी।

तो मैं क्या करूँ? उसने तो आने से पहले बताया भी नहीं, ऐसे कोई बिना बताए किसी के घर रहने के लिए थोड़ी ही आ जाता है।

उसने मुझे मैसज किया था, लेकिन पिछले कुछ दिनों से ये जो हो रहा था... उसी वजह से मुझे पता ही नहीं चल पाया था। समझी कुछ ?

हाँ...हाँ... सब समझ गयी, और सब जान गयी।

तो प्लीज यार भगवान के लिए, उसके सामने नॉर्मल रहना...

तभी बाहर से जेनेलिया के चिल्लाने की आवाज़ आती है – ईशान... ईशान... ईशान... सिया... सिया.... ईशान... ईशान...

साथ ही कुछ समान गिरने की भी आवाज़ होती है।

ईशान : ये तो जेनेलिया की आवाज़ है

सिया : अब क्या हुआ ? ये अचानक से चिल्ला क्यों रही है ?

ईशान : अरे हमे यहीं थोड़ी पता चलेगा कि वो क्यों चिल्ला रही है ? चलकर देखना पड़ेगा, चलो।

दोनों दौड़ते हुए जेनेलिया के पास पहुँचते हैं, वो काफी घबराई हुई दिखती है। सिया को देखते ही वो उसके गले लग जाती है, और फुट-फुट कर रोने लगती है। वो उंगली उठा कर गेस्ट रुम की तरफ इशारा करती है। उसके हलक से आवाज़ नहीं निकलती... फिर भी काँपते हुए बोलने की कोशिश करती है।

ईशान : क्या हुआ जेनेलिया ?

जेनेलिया : उस... उस... कमरे मे... कोई... कोई है... उस... कमरे में....

सिया : कौन है उस कमरे में ? यहाँ हमारे अलावा और कोई नहीं रहता।

जेनेलिया का डर से गला सुख रहा था। वो घबराते हुए बोलती है।

नहीं... वहाँ कोई... कोई है...

ईशान : तुम रुको मैं देखता हूँ, कि कौन है ?

जेनेलिया तुरंत उसका हाथ पकड़ लेती है

नहीं-नहीं. ..मैं तुम्हें अंदर नही जाने दूँगी। वो... वो... बहुत... बहुत... मतलब कि... वो... वो भूत है ... नहीं नहीं... वो एक चुडैल है।

सिया : वॉट ?

ईशान और सिया दोनों एक दुसरे का मुँह देखने लगते हैं। सिया ईशान की तरफ इशारा करती है कि उसको इस बारे में कुछ भी नहीं बताना है।

सिया : नहीं जेनेलिया ऐसा कुछ नहीं होता... और यहाँ कोई भूत-चुड़ैल नहीं है, तुम डरो मत... मैं देखती हूँ, आओ ईशान...

जेनेलिया तुरंत ईशान का हाथ छोड़कर सिया का हाथ पकड़ लेती है।

नहीं सिया... मैंने उसे देखा है... वो... वो बहुत डरावनी है... उसके बड़े-बड़े दांत हैं... अजीब रंग के बाल हैं... उसकी साडी लाल है...सब कुछ हवा में उड़ रहा है, वो बहुत भयानक है।

कहते-कहते जेनेलिया रुकने लगती है, उसके बाद बेहोश होकर सिया के ऊपर गिर जाती है।

सिया : ईशान, तुम इसे संभालो मैं देखती हूँ अंदर...

ईशान : संभल कर जाना

सिया : ठीक है

ईशान जेनेलिया को लेकर सोफ़े की तरफ जाता है, सिया गुस्से में निडर होकर गेस्ट रुम में घुस जाती है।

सिया कमरे में घुसते ही चिल्लाना शुरू करती है- कहाँ हो तुम ? आओ मैं तुमसे मिलने आई हूँ, क्या कसुर है हमारा ? क्यों तुम हाथ धोकर हमारे पीछे पड़ी हो ? आखिर चाहती क्या हो ? हमने तुम्हारा क्या बिगाड़ा है ? मैं जानती हूँ कि तुम मुझे सुन रही हो, आओ... दम है तो सामने आ जाओ... मैं तुम्हारा इंतज़ार कर रहीं हूँ... कहाँ हो तुम ?

कुछ देर तक कमरे में खामोशी रहती है। सिया दीवारों पर उसे ढूंढने की कोशिश कर रही थी। तभी ज़ोर से हवाएँ चलती हैं, खिड़कियों के परदे उड़ने लगते हैं, खिड़कियों के दरवाजे धड़ाक-धड़ाक आपस में लड़ने लगतें हैं, दीवार पर लगी दो सिनरियाँ गिरकर फुट जाती हैं, पंखा बिना स्विच

ऑन किए ही तेजी से घूमने लगता है। दरवाजे के धड़ाक से बंद होते ही सिया डर जाती है, और मुड़कर दरवाजे की तरफ देखने लगती है। तभी पीछे से आवाज़ आती है -

ले... देख ले... देखना चाहती है ना मुझे... ले... देख ले...

पूरी आवाज़ भर्रायी, फटी हुई और दोहरी थी। इस आवाज़ को खुले कानो से सुनकर सिया काँपने लगती है। उसका दिल ज़ोर-ज़ोर से धड़कने लगता है। फिर भी हिम्मत जूटा कर पीछे मुड़ती है। जो दृश्य उसके सामने था। वो देखकर उसका मुँह अवाक् खुला रह जाता है। उसका कलेजा मुँह को आ जाता है। उसकी आँखें फटी की फटी रह जाती हैं।

उस चुड़ैल का डेढ़ फुट का पैर पीछे मुड़ा हुआ था, उसकी लाल साड़ी कैसी थी, कहाँ तक थी, समझना बहुत ही मुश्किल था। उसका पूरा शरीर नीला था, एक दम ज़हर की तरह, उसके हाथ पीछे की तरफ ऐंठे हुए थे, उसकी लंबाई लगभग पाँच फीट छः इंच थी। उसके काले लंबे घने बाल घुटनों तक थे, गुस्से में उसका चेहरा एक दम नीले अंगारे की तरह लग रहा था। उसकी बड़ी-बड़ी आंखे थी। इतना भयानक दृश्य देखकर सिया काँपने लगी, धीरे-धीरे पीछे हटते हुए आखिर में दीवाल के सहारे खड़ी हो गयी। सिया ने किसी तरह हिम्मत जुटाया और हिलते होंठों से बोलना शुरु किया-

क्यों? क्यों तुम हमारे पीछे पड़ी हो ? क्या चाहती हो ? आखिर हमने तुम्हारा क्या बिगाड़ा है ? हमने तो अब वो घर भी छोड़ दिया... फिर तुम हमारा पीछा क्यों नहीं छोड़ती ?

वो चुडैल जब अपना मुंह बोलने के लिए खुलती है तो उसके लहसुन जैसे काले पीले दांत ऊपर नीचे होने लगते हैं। दोहरे और भर्राए हुए स्वर में वो बोलना शुरू करती है-

छोड़ दूँगी, अगर तू कह रही है तो तुझे छोड़ दूँगी, लेकिन तब, जब तू यशवर्धन को छोड़ देगी, छोड़ के चली जा उसे... वो मेरा है... मेरा... और मैं उसे हाँसिल करके ही दम लूँगी... बोल छोड़कर जा रही है उसे... बोल...

कौन यशवर्धन... कैसा यशवर्धन... किसका यशवर्धन... किसकी बात कर रही हो तुम ? यहाँ तो सिर्फ मैं और मेरे पति रहते है, तो फिर यशवर्धन कौन?

वही तेरा पति... वही यशवर्धन है... अब मुझे उसे अपना बनाने से कोई नहीं रोक सकता... कोई भी नहीं ...

उसके बाद वो ज़ोर से ठहाका मार कर हँसती है –

हाहाहाहाहा...... हाहाहाहाहा......

सिया के चेहरे पर हवाइयाँ उड़ने लगती हैं, वो गिरने ही वाली होती है कि पास के मेज का सहारा लेकर अपने आपको संभाल लेती है।

सिया : नहीं... नहीं... वो मेरा पति हैं, मैं उसे छोड़कर कहीं नहीं जाऊँगी, जाना तो तुम्हें पड़ेगा इस घर से दूर... उनसे दूर... मुझसे दूर...

इतना कहकर सिया जल्दी-जल्दी अपने गले मे लटके माले का पिन खोलने लगती है, लेकिन घबराहट के कारण उससे वो माला खुलता ही नहीं है।

गुस्से से चीखकर अक्षरा दोबारा बोलती है -

अच्छा! तो तुझे तेरी जान प्यारी नहीं है... तेरे पति से तुझे प्यार है। तो चल पहले अपनी जान दे... उसके बाद तो तेरा पति मेरा हो ही जाएगा।

कहते-कहते अक्षरा सिया की ओर बढ़ने लगती है। सिया जल्दी-जल्दी माला खोलने की कोशिश करती है, लेकिन हाथ काँपने की वजह से माला खुलती ही नहीं है।

दोहरी और हवा को चीर देने वाली आवाज़ में अक्षरा गरज उठती है-

ले... आज तुझे मैं मेरे रास्ते से हटा देती हूँ... फिर मेरे और यशवर्धन के बीच में कोई नहीं आएगा।

अक्षरा अब सिया के बिल्कुल करीब आ चुकी थी। सिया माला तोड़कर तुरन्त हाथ में ले लेती है।

सिया गुस्से में अक्षरा से बोलती है - चल फिर देखते हैं कि कौन... किसे रास्ते से हटाता है ?

सिया अक्षरा को माला दिखा कर जमीन पर छोड़ देती है।

अक्षरा चिल्लाती है – नहीं...

माला जमीन पर गिरते ही पूरे कमरे में शांति हो जाती है। हवा चलनी अपने आप बंद हो जाती है। सारा सामान जस का तस बिखरा पड़ा था। मानो एक भयंकर तूफान के बाद सन्नाटा-सा पसर गया हो।

थोड़ी देर बाद दरवाजे पर दस्तक होती है। हल्के धक्के से दरवाजा आराम से खुल जाता है। ईशान कमरे में घुसता है। सिया सर को दोनों घुटनों के बीच में झुकाये हुए, दोनों घुटनों को अपने हाथों से समेटे, कापते हुए सिसकियाँ ले रही थी।

ईशान तुरंत सिया की ओर बढ़ता है।

सिया... क्या हुआ ? ये सारा समान कैसे फैला हुआ है ? तुम ऐसे क्यों बैठी हो ? बोलो सिया... क्या हुआ ? क्या वो सच में यहाँ थी ? क्या तुमने उसे देखा ?

ईशान सिया के पास फर्श पर बैठ जाता है, और उसे पकड़ कर पूछता है -

उसने कुछ किया तो नहीं तुम्हें ? उसने तुम्हें छुआ तो नहीं ? बोलो सिया... कुछ तो बोलो...

सिया एकदम चुप थी। वो डर से काँप रही थी। ईशान उसे पकड़कर झकझोरता है।

सिया बताओ तो सही कि क्या हुआ ?

(काँपते हुए) ईशान... शी... शी... शी इज सो... सो हारर... सो हारर... आई... आई... सा हर...

सिया ईशान से लिपटकर रोने लगती है। ईशान सिया को गले लगाए हुए पूछता है -

क्या ? क्या तुमने उसे देखा ?

हाँ...

तभी ड्राइंग रुम से जेनेलिया की आवाज़ आती है –

ईशान... ईशान... कहाँ हो तुम ?

ईशान : अरे बाप रे... अब क्या हुआ ? चलो चलकर देखते है।

सिया : हम्म

दोनों एक दूसरे का हाथ पकड़ कर कमरे से बाहर निकलते है। वो लॉकेट के बारे में भूल जाते हैं। उनको आता देख कर सोफ़े के नीचे छिपी हुई जेनेलिया सोफ़े से बाहर निकलने की कोशिश करती है। वो सोफ़े के नीचे से ही बोलती है –

मुझे बहुत डर लग रहा है ईशान... मुझे बहुत डर लग रहा है।

सिया और ईशान दोनों एक साथ पूछते हैं – क्यों ?

जेनेलिया : अभी बताया तो था।

सिया : देखो मैं वहाँ गयी थी, वहाँ वैसा कुछ भी नहीं है जैसा तुम कह रही थी, तुम अभी बाहर आ जाओ।

जेनेलिया : (मुस्कुराते हुए बाहर निकलती है) सच में तुम वहाँ गयी थी और वहाँ कुछ भी नहीं देखा।

बाहर निकल कर जेनेलिया अपना ड्रेस झाड़ती है।

ईशान : चाहो तो तुम भी वहाँ चलकर देख सकती हो।

सिया ईशान की बात को काटते हुए बोलती है-

नहीं-नहीं... ये अभी वहाँ नहीं जा सकती...

सिया ईशान को चिंगोटी काट लेती है।

ईशान : हाँ-हाँ तुम्हारा वहाँ जाना ठीक नहीं होगा क्योंकि...

जेनेलिया इन दोनों की बात समझ नहीं पाती - क्योंकि क्या ?

सिया : कुछ भी नहीं, बस आप दोनों बैठिए, बातें करिए, मैं चाय लेकर आती हूँ।

इतना कहकर सिया ईशान को इशारों में समझा कर वहाँ से चली जाती है। ईशान हाल की टी वी ऑन कर देता है।

ईशान : आज तो हमने न्यूज़ ही नहीं देखी, देखते हैं ।

जेनेलिया : मुझे फ्रेश होना है ? क्या करूँ ?

ईशान : देखो, पुजा वाले रुम के बगल में सिया का कलेक्शन रुम है। अभी के लिए तुम उसे ही फिलहाल अपना रुम समझ लो... ठीक है ?

जेनेलिया : ओके...

जेनेलिया चली जाती है। ईशान टी वी ऑफ करके जल्दी-जल्दी गेस्ट रुम की तरफ भागता है। वहाँ सिया पहले से ही सब कुछ जल्दी-जल्दी ठीक करने में लगी थी।

ईशान : मैं भी तुम्हारी हेल्प करूँ क्या ?

सिया : पूछो मत, जल्दी-जल्दी करो।

ईशान : जिस काम के लिए तुम यहाँ आई थी, वो काम हुआ क्या ?

सिया : कौन-सा काम ?

ईशान : अरे... उसको लॉकेट में कैद करने का।

सिया : अरे हाँ, मैंने वो माला यहीं गिरा दिया था। उसके बाद पूरी शांति हो गयी थी।

ईशान : देखना कहीं गुम ना हो जाए।

सिया : शुभ-शुभ बोलो।

ईशना : शुभ-शुभ बोलने से क्या होगा ? जब तक ये शैतान हमारी जिंदगी को आज़ाद नहीं कर देते।

सिया : बकवास बंद करो और जल्दी से ढूंढो उसे, मैं दरवाज़े के पास देखती हूँ... तुम बेड के नीचे देखो।

ईशान : ठीक है।

दोनों फर्श पर बैठ कर यहाँ वहाँ ढूंढने की कोशिश करते हैं, लेकिन लॉकेट कहीं मिल ही नहीं रहा था।

सिया : तुम्हें याद है न कि हमे वो माला मिलते ही क्या करना है ?

ईशान : हाँ, पहले हम उसे किसी सेफ जगह पर रख देंगे उसके बाद तृषा के पास ले जाएंगे।

सिया : चुप करो, सबसे पहले ये याद रखना कि उसे जमीन पर...

ईशान : रख़ देना है।

मज़ाक का सामान नहीं है वो, और ना ही वो जमीन पर रखना है, और ना ही वो जमीन पर गिरना चाहिए, समझ गए कि समझाऊँ दोबारा।

नहीं-नहीं समझ गया।

गुड... तो चलो अब जल्दी से काम पर लग जाओ।

(धीरे से) खुद गुम करके मुझसे बोल रही है, जल्दी से ढूंढ दो।

क्या कहा ?

कुछ नहीं, मैं तो बस ये कह रहा था कि न जाने कहाँ गिर गया ?

देखते-देखते ईशान की निगाह श्रृंगारदान के नीचे जाती है। उसे वहाँ पर कुछ दिखता है। जैसे ही वो हाथ डालकर निकालता है। खुश हो जाता है। खुशी से उसके मुँह से चीख निकाल पड़ती है।

मिल गया...

क्या ? मिल गया ?

हाँ ये देखो...

ईशान सिया को अपने हाथ में लिया हुआ लॉकेट दिखाता है। सिया आँख फाड़ कर देखती है।

तुम जेनेलिया के पास यहीं रुको, मुझे दो... इसे लेकर मैं तृषा के पास जाती हूँ।

मुस्कुराकर ईशान अपना हाथ पीछे खींच लेता है और झटके से खड़ा हो जाता है।

नहीं दूंगा

देखो ईशान मज़ाक का सामान नहीं है वो

अचानक से दरवाजे पर खड़ी जेनेलिया की आवाज़ सुनाई देती है –

क्या मिल गया ?

सिया : कुछ नहीं।

ईशान : कुछ भी तो नहीं।

जेनेलिया : कुछ नहीं... मतलब... तुम अभी तो चिल्लाये थे कि मिल गया...

सिया अपना मुँह बड़ा सा खोल कर बात छिपाने की कोशिश करती है।

हाँ.... वो क्या है ना कि मैं और ईशान लुक्का-छिप्पी खेल रहे थे और मैं यहीं छिपी हुई थी फिर इन्होंने मुझे ढूंढ लिया।

ईशान : हाँ, इसीलिए मैं चिल्लाया था कि मिल गया।

जेनेलिया : मिल गया कि मिल गयी।

ईशान : हाँ... वही मिल गयी।

जेनेलिया : अच्छा ठीक है जो भी हो, आओ फिर चलते हैं।

सिया : हाँ... हाँ... चलते हैं न, तुम चलो हम आते हैं।

जेनेलिया : ऐसा क्या है जो मेरे जाने के बाद ही तुम लोग आओगे।

सिया सिरियस होकर बोलती है –

वो क्या है ना कि हम पति-पत्नी का कुछ पर्सनल मीटिंग है। जो तूम्हारे सामने नहीं हो सकती।

ईशान बात को फनी बनाने के लिए मुस्कुरा कर बोलता है –

हाँ... वो क्या है न कि सिया को मुझे फ्रेंच किस करनी है, तो वो तुम्हारे सामने कैसे करेगी ? वास्तव में मुझे किसेस मिलने वाली थी, तो ये मेरा

प्राइज़ है, मैं लेकर आता हूँ, तुम चलो।

सिया ईशान को घूर कर धीरे से बोलती है – अच्छा, तुम बेशर्मों की तरह तो बात मत करो।

जेनेलिया : अच्छा तो तुम दोनों रोमान्स करो, मैं चलती हूँ।

जेनेलिया जाने लगती है, ईशान और सिया एक लंबी सांस भरते हुए एक दूसरे को देखते हैं। जाते-जाते जेनलिया थोड़ी दूर पर रुक जाती है और वापस मुड़ कर पूछती है –

एक मिनट...

अभी तक सिया और ईशान चैन की सांस भी नहीं ले पाए थे कि उनकी शांति दोबारा भंग हो जाती है।

जेनेलिया : ये सारा सामान कैसे बिखरा पड़ा है? ऐसे लगता है जैसे भूकम्प आया हो।

सिया ज़ोर से गुस्से में सांस छोड़ती है, तभी ईशान जल्दी से सिया की तरफ देख कर बोलता है–

हाँ... भूकम्प ही तो आया था !

जेनेलिया : मतलब ?

सिया बात को संभालने की कोशिश करती है।

इनके कहने का मतलब है कि...

बोलते-बोलते सिया को समझ नहीं आता कि वो आगे क्या बोले।

जेनेलिया : तुम्हारे कहने का मतलब क्या है?

ईशान : इसके कहने का मतलब है कि मैं भाग रहा था और ये मुझे पकड़ रही थी।

जेनेलिया : तुम भाग रहे थे और ये तुम्हें पकड़ रही थी लेकिन क्यों?

सिया : क्योंकि हम पकड़म-पकड़ाई खेल रहे थे।

जेनेलिया : लेकिन अभी तो तुम दोनों ने कहा था कि तुम लुक्का-छिप्पी खेल रहे थे।

ईशान : हाँ... लेकिन हम उससे पहले पकड़म-पकड़ाई खेल रहे थे।

जेनेलिया : लेकिन ऐसे कौन पकड़म-पकड़ाई खेलता है कि सारा सामान गिरा दे।

सिया : हम खेलते हैं ना...

जेनेलिया : तुम दोनों बच्चे थोड़ी हो कि पकड़म-पकड़ाई और लुक्का-छिप्पी खेल रहे हो !

सिया को गुस्सा आ जाता है। वो जेनेलिया से झुँझलाकर बोलती है -

क्यों? कहीं लिखा है क्या कि सिर्फ बच्चे ही ये गेम्स खेल सकते हैं, बड़े नहीं ?

जेनेलिया धीरे से बोलती है – नहीं, मैं तो बस...

सिया : अभी तुम बाहर जाओ, प्लीज...

सिया जेनेलिया के आगे अपने दोनों हाथ जोड़ लेती है। जेनेलिया मुँह लटकाकर चुप-चाप कमरे से बाहर चली जाती है।

ईशान : सिया तुम्हें उससे ऐसे बात नहीं करनी चाहिए थी, तुम्हें पता नहीं है कि वो बहुत जल्दी किसी बात का बुरा मान जाती है।

सिया : तो तुम बताओ ईशान, मैं क्या करती ? तुमने देखा नहीं कि वो कैसे सी आई डी वालों की तरह सवाल पर सवाल किए जा रही थी। उसे ऐसा बोलकर मुझे खुद भी अच्छा नहीं लग रहा, लेकिन मेरे पास और कोई तरीका नहीं था इससे निपटने के लिए, चलो... मैं उससे बाद में माफी मांग लूँगी, लाओ वो लॉकेट अब मुझे दे दो।

ईशान सिया को वो माला दे देता है।

ईशान : लो और देखना संभाल कर जाना। काम ख़त्म होते ही मुझे कॉल कर देना।

सिया : तुम अपने और जेनेलिया के लिएं चाय बना लेना और होटल से खाना ऑर्डर कर लेना।

ईशान : ओके... लेकिन तुम अपना ख़्याल रखना रास्ते में

सिया : तुम भी

सिया और ईशान एक दूसरे को अलविदा कहते हैं और फिर सिया घर से बाहर चली जाती है। ईशान जेनेलिया के पास उसके रूम में चाय लेकर जाता है। जेनेलिया नहाकर बाल झाड़ रही थी। ईशान की ओर एक बार देख कर वो फिर से अपना बाल झड़ने लगती है।

ईशान : जेनेलिया मैं कह रहा था कि...

जेनेलिया : मैं जानती हूँ कि तुम मुझसे क्या कहने आए हो, लेकिन मैं तुमसे नाराज़ नहीं हूँ, इसलिए तुम्हें तो कम से कम वो कहने की जरुरत

नहीं ही है।

मैं जानता हूँ कि तुम मुझसे नहीं सिया से गुस्सा हो, इसिलिए मैं उसकी तरफ से तुमसे माफी मांगने आया हूँ। दरअसल आ तो सिया ही रही थी लेकिन...

लेकिन क्या ईशान ? गलती तुम्हारी पत्नी करे और माफी तुम मांगो, ये सब क्या है ईशान ? मैंने तो तुमसे कभी ऐसा एकस्पेक्ट नहीं किया था।

जेनेलिया तुम नहीं जानती हो कि हम कितनी प्रॉब्लम से होकर गुज़र रहे हैं। दरअसल तुमसे माफी मांगने से भी जरुरी था कि हम उस प्रॉब्लम को शार्ट-आउट करने की कोशिश करें, इसलिए मैंने सिया को वहाँ भेज दिया।

कहाँ भेज दिया ? और ऐसी कौन-सी प्रॉब्लम में तुम लोग फंसे हो ? तुम दोनों के झूठ पर झूठ बोलने पर ही मुझे शक हो रहा था। आख़िर मामला क्या है ?

वो सब मैं तुम्हें अभी नहीं बता सकता, क्योंकि मैं नहीं चाहता कि जिस प्रॉब्लम में हम फंसे हैं उस प्रॉब्लम में कोई और भी फंसे।

क्यों नहीं बता सकते हो ? कोई राज़ की बात है क्या ?

हाँ... कुछ ऐसा ही समझ लो कि ये बहुत बड़ी...

कहते-कहते ईशान रुक जाता है।

बहुत बड़ी क्या ईशान ?

देखो जेनेलिया तुम हमारी गेस्ट हो और हम तुम्हें इस प्रॉब्लम में इन्वाल्व नहीं कर सकते।

क्या कहा तुमने ? मैं तुम्हारी गेस्ट हूँ, राइट... सिर्फ गेस्ट हूँ, ईशान तुम भूल रहे हो कि एक टाइम पर मैं तुम्हारी बेस्ट फ्रेंड भी थी और तुम्हारी फ्रेंड होने के नाते मुझे ये हक़ है कि मैं ये जान सकूँ कि तुम लोग किस प्रॉब्लम में फंसे हो ? हो सकता है कि मेरे पास कोई समाधान हो, किसी एंगल से मैं तुम्हारी कोई हेल्प कर सकूँ।

देखो जेनेलिया मैं जानता हूँ कि ये जानने के बाद कि मैं किसी प्रॉब्लम में हूँ, तुम मेरे लिए बहुत परेशान हो, लेकिन समझने की कोशिश करो मैं तुम्हें वो बात बताकर इस समस्या में और शामिल नहीं कर

सकता। मैं तुम्हें इस सबका हिस्सा नहीं बना सकता। मुझे डर है कि अगर उसकी नज़र तुम पर पड़ गयी न... तो वो तुम्हें भी नहीं छोड़ेगी।

कौन नहीं छोड़ेगी ?

तुम्हें मेरी क़सम अगर तुमने इस सबके बारे में मुझसे और कुछ भी पूछा तो...

जेनेलिया का मुँह तुरंत बंद हो जाता है और वो ईशान का मुँह एकटक देखने लगती है।

ठीक है लेकिन...

लेकिन-वेकीन कुछ नहीं, अब तुम ये सब छोड़ो और चलो चाय पी लो।

लगभग दो घंटे बाद सिया वो माला लेकर तृषा की गुफा मे प्रवेश करती है और तृषा को पुकारती है-

तृषा... तृषा... तृषा कहाँ हैं आप ?

सिया जैसे ही कुछ कदम आगे बढ़ती है, फिर वही सब घटनाएँ होती हैं, जो तब हुई थीं जब वो गुफा में पहली बार आई थी। लेकिन इस बार सिया इन सब बातों से अंजान नहीं थी इसलिए वो सब कुछ समझ जाती है और चुप-चाप अपने स्थान पर खड़ी हो जाती है। थोड़ी ही देर बाद गुफा में फिर से प्रकाश हो जाता है।

भगवान गिड़गिड़ानाथ की जय हो... माँ कलकलाहिया भवानी की जय हो...

ये आवाज़ सुनते ही सिया के चेहरे पर खुशी आ जाती है ?

तृषा : आ गयी... आ जाओ... मेरे पास आ जाओ... सब कुशल मंगल तो है ना ?

सिया तृषा के पास जाकर मुस्कुराते हुए बोलती है –

नहीं, अभी तक तो नहीं था... लेकिन हाँ, लगता है कि अब आपकी कृपा से जल्द ही सब कुशल मंगल हो जाएगा। है ना ?

अवश्य, मुझे भी ऐसा ही प्रतीत होता है। तो निकालो फिर, दो मुझे वो माला

सिया : हाँ, अभी देती हूँ।

सिया अपने पर्स मे से माला निकाल कर तृषा की ओर बढ़ती है। अचानक सिया के हाथ अपने-आप काँपने लगते हैं। इससे पहले की सिया लॉकेट संभालती लॉकेट जमीन पर गिर जाता है। सिया का मुँह खुला रह जाता है। तृषा की आंखे फटी रह जाती हैं। सिया जल्दी से झुक कर लॉकेट उठा लेती है।

तृषा : अनर्थ... घोर अनर्थ... ये बहुत बड़ा अपशगुन है, बिल्कुल ठीक नहीं हुआ

सिया : शुक्र है कि इसका कैप नहीं खुला।

इतना कहकर सिया राहत का सांस लेती है लेकिन तृषा के चेहरे पर उदासी जस की तस बनी रहती है।

तृषा : सिया तुम इतनी लापरवाह कैसे हो सकती हो ? सिया तुम जानती हो कि ये कितना बड़ा अपशगुन है। सिया ऐसा नहीं होना चाहिए था क्योंकि इससे पहले ऐसा कभी नहीं हुआ।

सिया माले मे लटक रहे लॉकेट को देखती है।

सिया : लेकिन ये खुला तो नहीं है ना, वैसे आप तो जानती हैं कि मैंने ये जान बूझकर नहीं किया।

तृषा अपने हाथ के इशारे से सिया को चुप करा देती है और अपनी आंखे बंद कर लेती है। फिर चार बार गहरी सांस लेकर छोड़ती है। सिया के हाथ से माला लेते हुए बोलती है-

खैर, छोड़ो जो होना था, वो तो हो गया।

कुछ देर चुप रहने के बाद तृषा दोबारा बोलती है-

या मैं इस तरह से कहूँ कि जो होना होगा वही होगा... अब जो हमारे वश में है हम तो वही कर सकते हैं। परेशान होने की कोई बात नहीं है। तुम चिंता मत करो।

तो मैं चलूँ फिर ?

हाँ, अब तुम जा सकती हो।

सिया तृषा को नमस्ते कहकर गुफा से बाहर निकलती है और अपनी गाड़ी में बैठकर ड्राइव करते हुए चली जाती है।

सिया लगभग शाम के पाँच बजे अपने घर पहुँचती है। घर में घुसते ही उसे चारो तरफ सन्नाटा दिखाई देता है। सिया पूरे घर में ईशान और

जेनेलिया को ढूंढती है लेकिन जब वो कहीं नहीं मिलते हैं तो थक-हारकर वो ईशान को कॉल करती है, लेकिन ईशान का फोन नाट रिचेबल आ रहा था। सिया परेशान हो जाती है। थोड़ी देर तक लान में चहलकदमी करने के बाद किचेन में जाती है। वहाँ से चाय, चिप्स और क्रैक्स लेकर आती है। टी वी ऑन करके सोफ़े पर बैठ जाती है चैनल चेंज करते हुए यू टी वी मूवीज़ पर रुक जाती है। मोहब्बतें आ रही थी। वही देखने लगती है। बीच-बीच मे चाय, चिप्स और क्रैक्स का मजा लेती है।

रात के नौ बज रहे थे। टी वी ऑन था। मोहब्बतें का आखिरी सीन चल रहा था। ड्राइंग टेबल पर रखे हुए कप में चाय ख़त्म हो चुकी थी। एक प्लेट मे कुछ क्रैक्स थे, दूसरे प्लेट मे सिर्फ एक चिप्स थी। सिया के हाथ मे रिमोट था और उसकी आँखें बंद थी। वो नींद में ऊंघ रही थी।

तभी दरवाजे पर दस्तक होती है। डोरबेल की आवाज़ सुनाई देती है। डोरबेल तीन बार बज चुका था। चौथी बार बजते ही सिया दरवाजा खोलती है। दरवाजे के बाहर जेनेलिया ईशान की बाहों मे नशे में कुछ बड़बड़ाते हुए झूम रही थी।

जेनेलिया : ईशान मुझे थोड़ी देर और डांस करना है प्लीज़ चलो न वापिस... कितना अच्छा गाना चल रहा था ना...

दो लाइन गुनगुनाती है –

दिलबर...दिलबर...दिलबर...हाँ... दिलबर...दिलबर...दिलबर...
दिलबर...दिलबर...दिलबर...हाँ... दिलबर...दिलबर...दिलबर...
होश ना खबर है...ये कैसा असर है...
तुमसे मिलने के बाद दिलबर... हाँ...

जेनेलिया ईशान को पकड़ कर अपना पोल डांस जारी रखती है। बीच-बीच में उसके गाल, गले, सिने और पीठ को भी अलग-अलग अंदाज मे छूती रहती है। ये सब देख कर सिया के शरीर में आग लग जाती है।

जेनेलिया गाना आगे जारी रखती है-

तू मेरा ख्वाब है... तू मेरे दिल का करार...
देखले... जाने मन... देखले बस एक बार...
चूम ले जिस्म को ... हमनशीन पास आ... आ... आ...

जब ईशान देखता है कि सिया गुस्से में आंखे तरेर रही थी और जेनेलिया अपना नाचना-गाना बंद नहीं कर रही थी। तो वो जेनेलिया से बोलता है –

जेनेलिया बस अब बहुत हुआ... चुप हो जाओ... अंदर चलो

ईशान जेनेलिया का दोनों हाथ पकड़ लेता है उसे अंदर ले जाने के लिए रेडी होता है तभी जेनेलिया उसे रोकने की कोशिश करती हुई बोलती है- चुप हो जाऊँ... लेकिन क्यों? आई मिन अगर तुम कहते कि गाती रहो... अच्छा है... तो थोड़ा समझ भी आता...बट...

सिया : बट-वट छोड़ो अभी, तुमने बहुत ज़्यादा पी ली है, और तुम्हें चढ़ गयी है। अंदर आ जाओ मैं तुम्हें बेडरुम तक छोड़ देती हूँ।

सिया ईशान की तरफ इशारा करके बोलती है –

और हाँ तुम इधर-उधर कहीं मत जाना सीधे बेडरुम में मिलो। मैं तुमसे तो वहीं बात करती हूँ। जेनेलिया मेरे साथ चलो अभी... मैं तुम्हें तुम्हारे कमरे तक छोड़ देती हूँ।

ईशान चुप-चाप खड़ा होकर सिया का मुँह देख रहा था। सिया जेनेलिया का हाथ पकड़ कर उसके कमरे की तरफ लेकर चली जाती है। जाते हुए जेनेलिया ईशान की तरफ बीच में मुड़ कर देखती है और उससे बोलती है –

बाय ईशान... बाय... गुड नाइट... हैव स्वीट ड्रीम्स... गुड नाइट... लव यू...

ईशान उससे धीमी आवाज़ में बोलता है – बाय... गुड नाइट...

सिया जेनेलिया को लेकर उसके बेडरुम में चली जाती है। कमरे में लेजाकर उसे बेड पर लिटा देती है। लेटते ही जेनेलिया आँखें बंद करके सो जाती है। सिया उसे कुछ देर तक घूरती है। उसके बाद जेनेलिया का सैंडल उसके पैर से निकालकर उसे गले तक चद्दर से ढँक देती है। कमरे से निकलकर वो बाहर की तरफ दरवाजा खींचती है। उसके बाद दरवाजा बंद हो जाता है। तभी जेनेलिया बोलती है –

सिया सॉरी...

इतना कहकर वो चुप हो जाती है। उसके चुप होते ही सिया दरवाजा खोलकर कमरे में आ जाती है।

हाँ जेनेलिया तूम कुछ कह रही हो क्या ?

सारी सिया... मेरी वजह से ही इतना लेट हो गया। वो ईशान तो बोल रहा था जल्दी के लिएं... लेकिन तुम नहीं जानती की क्या हुआ था।

क्या हुआ था ?

तबतक जेनेलिया मुँह बंद करके सो जाती है। सिया फिर भी कुछ देर तक वहां खड़ी रहती है की शायद जेनेलिया कुछ बोल दे। लेकिन वो कुछ नहीं बोलती। हार मानकर सिया उसके कमरे से बाहर निकल कर दरवाजा बंद कर देती है।

सिया अपने बेडरुम का दरवाजा खोलते ही बोलती है –

क्या हुआ था ईशान ? इतना लेट कैसे हो गया ?

बिस्तर पर लेटा हुआ ईशान उठकर बैठ जाता है। अपनी तरफ आती सिया से बोलता है –

सिया मैं तुम्हें कॉल करके बताने ही वाला था कि...

तभी सिया उसकी बात ख़त्म होने से पहले ही बोलती है –

तुम्हें पता है, कि मैं कितना परेशान हो गयी थी ? मैंने तुम्हें कितनी बार कॉल करने की कोशिश की, लेकिन तुम्हारा फोन नाट रिचेबल क्यों आ रहा था ? मैं तो डर ही गयी थी कि क्या हो गया ? लेकिन तुम्हें उससे क्या ? तुम तो जेनेलिया के साथ डिस्को में डांस कर रहे होगे ? वहाँ वाइन पी रहे होगे ? तुम्हें तो वहाँ बहुत मजा आया होगा ? अपनी प्यारी जेनेलिया के साथ... अब कुछ बोलते क्यों नहीं ?

ईशान अपनी चुप्पी तोड़ता है। जो अभी तक सिया को बस देखे जा रहा था।

तुम चुप होगी तब तो मैं कुछ बोलूँगा ना, तुमने अभी मुझे बोलने का मौका ही कहाँ दिया ?

हाँ तो अब दिया ना, तो बोलो क्या हुआ था?

आज क्लब में कुछ लड़के जेनेलिया के साथ बत्तमिजी कर रहे थे।

तुम कहाँ थे उस वक़्त?

मैं उस वक़्त वाशरुम गया हुआ था, जब वापस आया तो मैंने देखा कि एक लड़के ने उसके हाथ से वाइन ले ली है और दूसरे दो लड़के उसको यहाँ-वहाँ गलत जगह हाथ लगा रहे थे फिर मैंने...

फिर तुमने उन लड़कों के साथ हाथा-पाई की... मार पीट किया... यही ना?

हाँ लेकिन वो सिया...

ईशान अभी कुछ और बोलता उससे पहले ही सिया उसे चुप करा देती है।

बस... बहुत हुआ, जेनेलिया अब यहाँ नहीं रहेगी। और ऐसा तो कभी नहीं हुआ कि हम दोनों क्लब साथ में गए हों, और वहाँ तुम्हें मार-पीट करनी पड़ी हो, अगर वो लड़के तुम्हारे साथ कुछ ... हे भगवान....

सिया तुम क्या बोल रही हो? क्या हो क्या गया है तुम्हें?

अगर तुम्हें कुछ हो जाता... तो मेरा क्या होता ईशान? मैं फिर किसके लिएं जीती?

कहते-कहते सिया रोने लगती है और ईशान का कालर पकड़ कर खींच लेती है। उसे अपने गले से लगा लेती है। जेनेलिया जो अभी तक उनके कमरे के बाहर से उनकी बातें सुन रही थी। वो वहाँ से रोते हुए अपने कमरे में चली जाती है।

***

अगली सुबह घड़ी में आठ बज रहे थे। डाइनिंग टेबल पर नाश्ता तैयार था। सिया कुछ-कुछ किचेन से लाकर वहाँ रख रही थी। नौकरानी से बीच-बीच में कछ बोल भी रही थी।

सिया : डाइनिंग टेबल पर आ जाओ दोनो .... जल्दी से... मुझे लेट हो रहा है शूट पर जाना है... जल्दी करो...

सिया के बेडरुम से ईशान की आवाज़ आती है – आ रहा हूँ... बस दो मिनट...

गेस्टरुम से आवाज़ आती है – मैं आ गयी सिया...

कहते हुए जेनेलिया गेस्टरुम से निकल कर डाइनिंग टेबल की ओर बढ़ती है। सिया डाइनिंग टेबल पर प्लेट सही कर रही थी। नौकरानी कुछ बचा हुआ नाश्ता लाकर टेबल पर रखती है। सिया जेनेलिया को देखकर मुस्कुराती है।

सिया – गुड मॉर्निंग...

जेनेलिया मुस्कुराते हुए कुर्सी खींच कर बैठती है।

जेनेलिया – वेरी गुड मॉर्निंग सिया... हाऊ आर यू डूइंग ?

सिया – वेरी वेल ...

जेनेलिया – (सिया के कपड़ों को देखकर) ओ वाव... यू आर लूकिंग गार्जियस सिया... आई डीड नाट नोटिस्ड दैट बिफोर...

सिया : ओ थैंक्स... बट यू आर लूकिंग नाइस टू...

तभी ईशान वहाँ पर आ जाता है।

ईशान : गुड मॉर्निंग एवेरी वन...

उत्तर में उसे भी जेनेलिया और सिया की तरफ से गुड मॉर्निंग सुनने को मिलता है, तभी नाश्ते के लिए दूध लेकर आ रही नौकरानी के हाथ पर काली बिल्ली छलांग लगा देती है। दूध से भरा काँच का जग गिरकर टूट जाता है और सारा दूध फर्श पर फैल जाता है। जेनेलिया के मुँह से आह भरी आवाज़ निकलती है –

ओह नो... लगता है कोई आ रहा है ?

सिया और ईशान दोनों जेनेलिया का मुँह देखने लगते हैं। तभी नौकरानी बोलती है –

नहीं मेम साहब, ये कोई शुभ संकेत नहीं है... इस तरह से दूध का गिरना बहुत बड़ा अपशगुन माना जाता है।

नौकरानी सिया की ओर देखकर बोलती है- माफ करना मालकिन मैंने बिल्ली को देखा ही नहीं।

सिया देखती है कि बिल्ली दौड़ती हुई किचेन की खिड़की से बाहर की ओर छलांग लगाती है, फिर खिड़की तुरंत हवा से अपने आप बंद हो जाती है। नौकरानी फिर से बोलती है – मालकिन मैंने जान बुझ कर नहीं किया...

जेनेलिया सिया से बोलती है – सिया वो तुमसे कुछ कह रही है। सिया नौकरनी की तरफ देख कर बोलती है –

हाँ, कान्ती मैं जानती हूँ इसमें तुम्हारी कोई गलती नहीं है। बस तुम ये दूध साफ कर दो... फिर जरा किचन भी साफ कर देना... वरना गंदा अच्छा नहीं लगता...

सिया, ईशान और जेनेलिया से बोलती है –

हाँ, तुम लोग नाश्ता ले लो... कान्ती फ्रिज में से दूसरा दूध दे देना पहले...

लायी मालकिन....

कुछ देर के लिए ड्राइंग टेबल पर खामोशी रहती है। जेनेलिया खामोशी को तोड़ते हुए ईशान को देखकर बोलती है – एक्चुअली आज शाम को चार बजे की मेरी फ्लाइट है लेकिन मुझे अभी निकलना पड़ेगा।

ईशान आश्चर्य के साथ उससे पूछता है-

ऐसे अचानक से... अभी क्यों?

जेनेलिया : क्योंकि मुझे अभी जुहू में कुछ काम है, उसके बाद बांद्रा में, फिर मैं वहीं से एयरपोर्ट चली जाऊँगी। कहीं अगर ट्रैफिक हुआ ना... तो फिर दिक्कत हो जाएगी।

सिया को तो समझ ही नहीं आता कि अचानक से क्या हो गया ?

सिया : लेकिन तुम तो अभी पाँच दिन बाद जाने वाली थी, तो फिर अचानक से... कोई प्राब्लम तो नहीं है ना ?

जेनेलिया सिया को नहीं बताना चाहती थी कि उसने कल रात को उन दोनों की बातें सुन ली थी।

जेनेलिया : अरे नहीं सिया... ऐसा कुछ भी नहीं है। मेरी जिस क्लाइंट से मीटिंग पाँच दिन बाद थी उससे मीटिंग अब कल दिल्ली में है। इसलिए मुझे जाना पड़ रहा है। वरना इतनी आसानी से मैं तुम लोगों का पीछा नहीं छोड़ने वाली थी।

कहकर जेनेलिया एक नकली-सी स्माइल पास करती है। सिया उसकी स्माइल पर ध्यान नहीं देती, लेकिन ईशान को लग जाता है कि उसकी मुस्कुराहट नकली है।

ईशान : पक्का ना?

जेनेलिया : पक्का बाबा... तुम लोग खाओ, मेरा हो गया। मैं बस अपना सामान लेकर आती हूँ।

जेनेलिया ने बस थोड़ा-सा ही खाया था। वो ड्राइंग टेबल पर टिशु पेपर से हाथ पोछकर उठ जाती है और अपने कमरे की तरफ चली जाती है। उसके जाते ही ईशान सिया को देखकर पुछता है।

ये आज अचानक से क्यों जा रही है?

सिया : बताया तो उसने कि उसकी मीटिंग कल दिल्ली में...

ईशान सिया की बात कट देता है – सच बताना कहीं तुम्हारा और उसका कोई सीन तो नहीं चल रहा है ना?

क्या बकवास कर रहे हो? ऐसा कुछ भी नहीं है, तुम्हारी कसम मैंने उससे कुछ भी नहीं कहा...

ईशान को सिया की बातों पर यकीन तो हो जाता है, लेकिन उसे जेनेलिया का ऐसे अचानक से जाना अच्छा नहीं लगता है। वो कुछ बोलता नहीं और प्लेट में से सैंडविच खाने लगता है।

सिया : अच्छा ये सब छोड़ो, जल्दी से नाश्ता ख़त्म कर लो, मेरा हो गया, मुझे शूट पर जाना है।

ईशान : आज बड़ा जल्दी हो गया तुम्हारा?

सिया : स्टाप टोंटिंग, मैं अभी आती हूँ, इतना कहकर सिया अपने कमरे में चली जाती है।

उसके जाते ही जेनेलिया अपने कमरे से अपना ट्राली बैग लेकर निकलती है। उसने आज पिंक कलर का टॉप और ब्लैक कलर का स्कर्ट पहना था। ईशान की तरफ वॉक करके आते हुए बोलती है –

अच्छा ईशान अगर तुम या सिया कभी दिल्ली आना तो जरूर मिलना...

अपना बैग हाथ से छोड़कर ईशान की तरफ आगे आती है। आँखों में आँसू लेकर उसे हग करती है। ईशान भी इमोशनल हो जाता है। लगभग दो मिनट तक दोनों एक दुसरे को हग करके रोते रहते हैं।

जेनेलिया - हमारे रिलेशनशिप का ब्रेक-अप हुआ था ईशान, हमारी दोस्ती का नहीं, लेकिन देखो ना तुम अब किसी और के हो गए हो और मैं किसी और की, लेकिन अगर पलट कर देखती हूँ, तो ऐसा लगता है कि जैसे अभी कल ही हमारा ब्रेक-अप हुआ है। मैं तुम्हें आज भी भूल नहीं पायी हूँ, ईशान और कभी भी भूल नहीं पाऊँगी। काश कि उस दिन वो सब ना हुआ होता तो आज तुम मेरे होते।

ईशान – जेनेलिया उस बात को तीन साल बीत चुके हैं, अब वो सारी बातें मैं भूल भी चुका हूँ और मूव ऑन भी कर चुका हूँ। अब मेरी भी शादी हो गयी है और तुम्हारी भी, इसलिए उस पन्ने को पलटने का कोई

फायदा नहीं। कहीं ऐसा ना हो कि उस पन्ने को पलटने के चक्कर में हमारे आज के भी पन्ने फटने लग जायें। इसलिए अब अपनी शादी-शुदा जिंदगी पर ध्यान दो, अपने कैरीयर पर ध्यान दो, मुझ पर नहीं, और अब मैं उस बारे मे कोई भी बात नहीं करना चाहता। हम अब सिर्फ दोस्त है, उसके आगे कुछ नहीं। हमे हमारे कल को छोड़कर आज पर ध्यान देना चाहिए। जो कुदरत ने दिया है, उसे स्वीकार करना चाहिए, उसका आशीर्वाद और उसका प्रशाद समझ कर... अगर हम उससे आना-कानी करते हैं तो भगवान हमसे वो भी लेता है जो उसने हमें दिया है... समझ रही हो तुम मेरी बात या नहीं?

जेनेलिया : हाँ... समझ रही हुँ।

तभी जेनेलिया की नज़र अपने कमरे से बाहर निकलते हुए सिया पर पड़ती है, तो ईशान से अलग होते हुए वो बोलती है –

सिया कहाँ गयी? दिखाई नहीं दे रही... वो मुझे सी ऑफ करने नहीं आएगी क्या?

तभी सिया उन दोनों की तरफ बढ़ती है। उसके हाथ मे गिफ्ट, दिल में जेनेलिया के जाने का पछतावा और आंख में आंसू थे

सिया : क्यों नहीं आऊँगी? ओफ़ कोर्स आऊँगी... अब तक तो तुम सिर्फ ईशान की दोस्त थी लेकिन अब तुम मेरी भी दोस्त बन गयी हो। ये देखो मैं तुम्हारे लिए एक गिफ्ट लायी हूँ। एक्चुअली ये हम दोनों की तरफ से है।

जेनेलिया सिया के हाथ से वो गिफ्ट ले लेती है और मुस्कुराते हुए उसे हग करती है। जैसे हि वो दोनों अलग हट कर खड़े होते हैं। तो जेनेलिया देखती है कि सिया रो रही है।

जेनेलिया : ओ माइ गॉड, तुम रो रही हो... लेकिन क्यों ?

सिया : तुम भी तो मुस्कुराहट के पीछे रो रही हो... देखो तो सही...

जेनेलिया : मैं तो बस यूं ही, तुम टैंशन मत लो मैं आती जाती रहूँगी।

सिया जेनेलिया के आगे हाथ जोड़कर बोलती है –

अगर मुझसे कोई गलती हो गयी हो, तो प्लीज़ मुझे माफ कर देना।

जेनेलिया सिया के हाथ पर हाथ रखकर बोलती है-

अरे नहीं सिया ऐसा कुछ भी नहीं है। मैं तो ऐसे ही कभी-कभी मज़ाक कर लेती हूँ, बस... जाते-जाते मैं तुम्हारा रोता हुआ नहीं, हँसता हुआ चेहरा देखना चाहती हूँ, चलो अब मुझे एक प्यारी सी स्माइल दे दो।

हम्म...

सिया मुस्कुराने की एक नाकामयाब कोशिश करती है।

अरे अब मुस्कुरा भी दो, देखो ना ईशान... सिया मुझे स्माइल भी नहीं दे रही।

ईशान आगे बढ़कर सिया को गले लगाता है, तो वो रोते हुए हंस देती है। ड्राइवर जेनेलिया का सामान कार में डाल कर कार स्टार्ट कर चुका था। जेनेलिया इन दोनों को बाय करते हुए गाड़ी में जाकर बैठ जाती है। गाड़ी में से भी जेनेलिया इन दोनों को बाय करती है। ये दोनों भी उसे दूर जाने तक देखते रहते है। कुछ ही सेकेंड में जेनेलिया की कार इन दोनों के आँखों से ओझल हो जाती है।

***

शाम के तकरीबन पाँच बजे थे। घर की बालकनी से हल्की-हल्की रोशनी आ रही थी। हवा की वजह से आस-पास और कोनें के पेड़-पौधे हल्के-हल्के हिल रहे थे। ईशान ड्राइंग टेबल पर चाय पी रहा था। सिया फोन पर किसी से बात कर रही थी। ईशान चाय पीते-पीते सिया की तरफ मुड़-मुड़ कर देख रहा था कि सिया कब कॉल ख़त्म करके उसके पास आकर बैठे और उसके साथ चाय पिये। टी वी पर शाम पाँच बजे की फटाफट बुलेटिन चल रही थी। लेकिन ईशान का पूरा ध्यान सिया पर था। कॉल ख़त्म हो जाती है और सिया ईशान के बगल में आकर बैठ जाती है। बैठते ही अपना चाय उठा कर पिने लगती है।

सिया ईशान से बोलती है –

ये प्रोडक्शन मैनेज़र भी ना किसी काम के नहीं होते बस टाइम से अकाउंट में पैसे आ जाएँ फिर फिल्म का ट्रेलर भले ही एक हफ्ते बाद रिलीज हो। कल आफ़िस चलकर बताती हूँ इन सबको मैं...

तभी ईशान का फोन बजता है। ईशान फोन उठाकर कान पर लगाता है।

हैलो, कौन ?

क्या मेरी बात मिस्टर ईशान ओब्रोय से हो रही है ?

हाँ, लेकिन आप कौन?

मैं सिटी हॉस्पिटल से रश्मिका बात कर रही हूँ। मिस जेनेलिया सिशोदिया का एक्सीडेंट हो गया है। आप आ सकते हैं क्या?

वॉट?

सिया चौंककर पूछती है –

ईशान क्या हुआ ? कॉल पर कौन है ?

तभी दोनों का ध्यान टी वी पर जाता है।

अभी-अभी हमारे पास बहुत बड़ी ब्रेकिंग न्यूज़ आ रही है।

एक रिपोर्टर पूरी एनरजी के साथ न्यूज़ बोलना शुरु करती है – दिल्ली से मुंबई आई मशहूर फैशन डिजाइनर जेनेलिया सिशोदिया का बांद्रा-अंधेरी हाइवे पर एक्सीडेंट हो गया है। एक्सीडेंट का कारण जेनेलिया के कार का ब्रेक फेल होना बताया जा रहा है। हादसे के दौरान ही उनके ड्राइवर की मौत हो गयी है। अभी सिशोदिया की मौत का खुलासा नहीं हो पाया है, लेकिन उनकी हालत काफी गंभीर बताई जा रही है। सूत्रों की माने तो जेनेलिया पिछले दो दिनों से मुंबई की मशहूर फिल्म निर्माता-निर्देशक सिया दीवान घर पर रुकी हुई थी। जेनेलिया सिया दीवान के पति ईशान ओब्रोय की दोस्त बताई जा रही हैं। जेनेलिया ने सिया दीवान का घर आज सुबह ही साढ़े आठ बजे के करीब छोड़ दिया था। जिसके बाद आज आराम नगर के आराध्या टावर में उन्होने रैम्प वॉक स्टाइलिश मनोज झा के साथ बारह बजे दिल्ली फैशन वीक के सिलसिले में मीटिंग खत्म किया था। ये भी बताया जा रहा है कि किसी और काम की वजह से उन्हें बांद्रा आना पड़ा था। लेकिन बांद्रा से छत्रपती शिवाजी एयरपोर्ट जाते हुए तीन बजे उनका बांद्रा-अंधेरी हाइवे पर एक्सीडेंट हो गया। हमारे संवाददाता ने बताया कि आज उनकी दिल्ली के लिए चार बजे की फ्लाईट थी।

तभी अचानक जैसे सिया को होश आता है। सिया ईशान को देखती है। उसकी आँखें टी वी के स्क्रीन पर गड़ गयी थी। उसकी आँखों से निकलते हुए आँसू रुकने का नाम नहीं ले रहे थे। सिया उसको दोनों हाथों से हिलाकर बोलती है –

चलो ईशान, चलो जल्दी...

ईशान उसके हिलाने से न ही हिलता है और न ही उसकी बाते उसे सुनाई देती है। ईशान वहाँ पर चुप-चाप जस का तस खड़ा था।

ईशान को रोता देखकर सिया भी रो रही थी। सिया दोबारा ईशान को झकझोरती है और बोलती है-

चलो ईशान... अब चलो भी... सारा न्यूज़ देखकर ही चलोगे क्या?

सिया ईशान का हाथ पकड़कर उसको खींचते हुए जल्दी-जल्दी घर के बाहर ले जाती है। तुरंत पार्किंग से उनके सामने गाड़ी आकर रुकती है। दोनों के उसमे बैठते ही गाड़ी चल पड़ती है।

जब सिया और ईशान हॉस्पिटल पहुँचते हैं, तब जेनेलिया की लाश पोस्टमोर्टम के लिए जा रही थी। जैसे ही दोनों लाश के पास पहुँचते हैं, तभी सामने से एक डॉक्टर सिया के पास आता है और बोलता है – सॉरी मैडम, हम उनको बचा नहीं पाये, क्योंकि जब वो यहाँ पहुंची थीं तो उनकी मौत पहले ही हो गयी थी।

इतना कहने के बाद डॉक्टर की नज़र चारों तरफ से उनकी तरफ आ रहे प्रेस और मीडिया वालों पर पड़ती है। उनको देखकर वो तुरंत वहाँ से चला जाता है। डॉक्टर के जाते ही सिया और ईशान को मीडिया वाले चारों तरफ से घेर लेते हैं।

मैम, आप जेनेलिया जी की मौत पर क्या कहना चाहेंगी?

सर... सुना है कि जेनेलिया सिशोदिया आपकी काफी अच्छी दोस्त थीं।

क्या उन्होनें आज आपका घर दिल्ली जाने के लिए छोड़ा था? या फिर कोई और वजह थी?

मैम... सुना है कि आप माँ बनने वाली हैं, इस हालत में ये सब कुछ आपके लिए कितना पेनफुल है? इसके बारे में आप क्या कहना चाहेंगी?

ईशान सर अभी आप कितना दर्द महसूस कर पा रहें है? मतलब अभी आपको कैसा लग रहा है? क्या कहना चाहेंगे?

मिडिया के ऐसे संवेदनहीन सवाल सुनकर सिया को बिल्कुल अच्छा नहीं लगता है। उसे इतना तेज गुस्सा आता है कि वो अपना आपा खो बैठती है।

सिया : चुप... एकदम चुप... आप लोगों में ज़रा-सी भी समझ है कि ऐसे मौकों पर कैसे सवाल पूछने चाहिए और कैसे नहीं पूछने चाहिए? हमारे गेस्ट की, जो की हमारी फ्रेंड है, उसका वहाँ रोड एक्सीडेंट में जान चली गयी है और यहाँ आप हमसे पुछ रहे हैं कि हम पर क्या बीत रही है? हम कौन-से दर्द से होकर गुजर रहें है? हमें कैसा लग रह है? शर्म नहीं आती आप लोगों को, ऐसा सवाल पूछते हुए कि मेरे पति का उनसे क्या संबंध है? वो हमारे ही घर पर क्यों रुकी थीं? हमारे ही साथ क्यों रह रहीं थीं? और क्यों चली गईं? कसम से आप लोगों को ज़रा-सी भी शर्म नहीं है, ज़रा-सी भी नहीं, इस शहर में हमारे अलावा उनका कोई अपना नहीं है और आप लोग उनकी मौत का इस तरह से तमाशा बना रहे हैं और वो भी हमारे ही सामने...

तभी एक लेडीज रिपोर्टर सिया को शांत करने के लिए बोलती है – मैम हम आपकी तक़लीफ समझते है और जानते हैं कि आप कौन-सी परिस्थितियों से होकर गुजर रही हैं।

सिया ईशान से अपना हाथ छुड़ाती है। गुस्से से उस रिपोर्टर को देखते हुए उसकी तरफ बढ़ती है। ईशान आँखों में पानी लिए चुप-चाप सब कुछ सुन रहा था। सिया उस रिपोर्टर की आँखों में आँखें डाल कर बोलती है –

नहीं... बिल्कुल नहीं... आपलोग हमारी तक़लीफ को ज़रा-सा भी नहीं समझते हैं...अगर आपलोगों को हमारी तक़लीफ का सच में ज़रा-सा भी अंदाज़ा होता ना, तो आप लोग इस वक़्त ऐसे घटिया और बेहुदा सवाल नहीं पूछते। कम से कम जब किसी की फॅमिली या फ्रेंड की मौत हो जाती है न... तो उसे ज़रा-सा मातम मनाने का वक़्त देना चाहिए। लेकिन नहीं... आप लोग नहीं दे सकते, क्योंकि आप लोगों को तो अपने चैनल की टी आर पी बढानी है। भले ही किसी की अननेचुरल डेथ हो गयी हो... तो उससे क्या हुआ? आपलोगों को तो बस अपने स्टुपिड से सवाल पूछने होते है और उससे भी बड़ी बात कि आप लोगों को उन स्टुपिड से सवालों के जवाब भी चाहिए। भगवान के लिए आपलोग अभी हमे बक्श दीजिये। मैं आपलोगों के इन घटिया से सवालों का जवाब बाद में ज़रूर दूँगी। इसलिए कृपा करके अब आपलोग मुझे जाने दीजिये।

इतना कहकर सिया तुरंत ईशान का हाथ पकड़ती है और उससे बोलती है –

अब यहाँ से चलो ईशान... अब मैं यहाँ एक मिनट भी नहीं रुक सकती। वरना मुझे नहीं पता कि मैं अब कैसे और किस तरह से इनके सवालों का जवाब दूँगी ?

सिया ईशान का हाथ पकड़ती है। बिच में से दो बोडीगार्ड आकर उन्हें उनकी कार तक जाने में मदद करते हैं। उन दोनों के गाड़ी में बैठते ही गाड़ी चली जाती है। सारे रिपोर्टर कार को जाते हुए चुप-चाप देखते रहते हैं।

***

आज जेनेलिया को मरे हुए पूरे एक-साल बीत चुके है। तृषा की गुफा के बाहर पूरब से सुबह का सूरज निकल कर सामने आ चुका है। उसकी लालिमा पूरे आसमान में बिखर चुकी है। सूरज की किरणें संसार में फैले रात के सन्नाटे को ख़त्म करके पूरी धरती और सभी जीव-जंतुओं में प्रकाश की नयी ऊर्जा का संचार कर रही हैं। जंगल के तलाब में कमल के फूल खिले हुए हैं।

एक तरफ पानी के किनारे कुछ हंस के जोड़े किलोलें कर रहे हैं, तो दूसरी तरफ पानी में कुछ बत्तख तैर रहे हैं। सूरज की रौशनी तालाब के पानी में चमक रही है। तालाब में पड़ रही सूरज की रौशनी से आकर्षित होकर कुछ छोटी-बड़ी मछलियाँ पानी के ऊपरी सतह पर उछल-कूद कर रही हैं। मेढकों ने पानी में टर्र-टर्र करना बंद कर दिया है। बीच-बीच मे मेढक भी दो-चार छलांग लगा ले रहे है। झींगुर की जगह अब पूरे वातावरण में चिड़ियों के चहचहाने की आवाज़ गूंज रही है। आसमान से उतरकर कुछ और हंसों का जोड़ा पानी में आकार बैठता है।

तृषा के गुफा के बाहर लगातार उसके मंत्रोच्चारण की आवाज़ सुनाई दे रही है।

ओम गिड़गिड़ानाथाय नमः... ओम गिड़गिड़ानाथाय नमः... ओम गिड़गिड़ानाथाय नमः... ओम गिड़गिड़ानाथाय नमः...

आज ना जाने क्यों तृषा एक हफ्ते से अन्न जल का त्याग करके भगवान गिगिड़ानाथ को प्रसन्न करने की कोशिश में लगी पड़ी है? ना जाने अब भगवान गिगिड़ानाथ से वो कौन-सा वरदान पाना चाहती है? ना जाने कौन-सी शक्ति, कौन-सा अमरत्व प्राप्त करने के लिए उसने फिर से एक बार भगवान गिड़गिड़ानाथ को अपनी गुफा में प्रगट होने के लिए मजबूर कर दिया है। तृषा दोनों हाथ ऊपर जोड़े, एक पैर पर खड़ी होकर भगवान गिड़गिड़ानाथ की मूर्ति के सामने ओम गिड़गिड़ानाथाय नमः मंत्र का जाप कर रही है। तभी भगवान गिड़गिड़ानाथ की मूर्ति से एक छाया निकल कर तृषा के सामने खड़ी हो जाती है और गंभीर आवाज़ में तृषा से बोलती है –

मैं प्रसन्न हुआ तृषा... मैं तुम्हारी तपस्या से प्रसन्न हुआ... एक हफ्ते की तुम्हारी इस अखंड और प्रचंड तपस्या ने मुझे तुम्हारे सामने प्रगट होने के लिए विवश कर दिया।

तृषा के कानों में ये आवाज़ साफ़ सुनाई देती है।

मैं भवानी कलकलहीया पुत्र गिड़गिड़ानाथ तुम्हें तुम्हारे नेत्र खोलने और मुझसे वरदान मांगने की अनुमती प्रदान करता हूँ।

तृषा अपनी आँखें खोलती है। भगवान गिड़गिड़ानाथ को प्रत्यक्ष देखकर उसकी खुशी का ठिकाना नहीं रहता है। वो अपने दोनों हाथ ऊपर करके ज़ोर-ज़ोर से चिल्लाने लगती है –

माँ कलकलहीया भवानी की जय हो... भगवान गिड़गिड़ानाथ की जय हो... माँ कलकलहीया भवानी की जय हो...भगवान गिड़गिड़ानाथ की जय हो...माँ कलकलहीया....

तभी भगवान गिगिड़ानाथ तृषा को रोककर बोलते है –

बस पुत्री... बस... अब शांत हो जाओ...

तृषा चिल्लाना बंद कर देती है।

मैं तुम्हारे कठोर तप से अत्यधिक प्रसन्न हुआ। बोलो, तुम्हें कौन-सा वरदान दूँ। अजर-अमर कर दूँ। किसी अलौकिक शक्ति का वर दूँ अन्यथा लौकिक अथवा पारलौकिक सुख, समृद्धी और शांति की कामना है तुम्हारी... बोलो इनमें से कौन-सा वरदान चाहिए तुम्हें?

नहीं प्रभु... नहीं... मुझे इनमें से कोई-सा भी वरदान नहीं चाहिए। ना ही मुझे अजर-अमर होना है, ना ही मुझे कोई अलौकिक शक्ति चाहिए और ना ही मुझे लौकिक अथवा पारलौकिक किसी सुख, समृद्धी और शांति की कामना है। प्रभु आप तो सब जानते हैं, सर्वज्ञाता हैं, मेरा जीवन पूरी तरह से मानव कल्याण के लिए समर्पित है। जिसकी वजह से मेरा चौबीस घन्टे शैतानों के साथ ही उठना-बैठना है, मैं हमेशा उन्हीं से घिरी रहती हूँ। अक्सर ये सोचकर मेरी रूह काँप उठती है कि अगर किसी दिन किसी प्रेत के हाथों मेरी मृत्यु हो जाती है तो मैं तो हजारों साल तक इस मृत्यु-लोक के प्रेत योनि में भटकती ही रह जाऊँगी। मैं नहीं चाहती कि मैं मानव कल्याण के लिए जो काम करती हूँ उसके बदले मुझे हज़ारों साल के लिए प्रेत योनि मिले। आप तो जानते हि हैं कि ये मृत्युलोक है, उसके ऊपर से कलयुग चल रहा है और यहाँ पर कभी भी किसी के भी साथ में कुछ भी हो सकता है। चाहे भले ही वो इंसान कितना भी अच्छा क्यों ना हो? इसलिए मेरी आपसे बस एक ही वरदान की इच्छा है प्रभु कि मेरे मृत्युपरांत मुझे आपके श्री कमल चरणों में थोड़ा-सा स्थान मिल जाए, अगर साफ़ शब्दों में कहूँ तो मुझे मोक्ष चाहिए।

तथास्तु, तुम्हें मरणोपरांत मेरे वरदान की वजह से आठ पहर बाद मोक्ष की प्राप्ति हो जाएगी...

धन्य हैं प्रभु... आप धन्य हैं... आप ही समस्त जीवों के उद्धार करने वाले हैं। मैं आप का अपनी अंतरात्माँ से आभार व्यक्त करती हूँ। माँ कलकलहीया भवानी की जय हो... भगवान गिड़गिड़ा नाथ की जय हो...

इतना कहकर जैसे हि तृषा हाथ जोड़कर अपनी आखें बंद करती है। वैसे ही भगवान गिड़गिड़ानाथ वहाँ से अंतर्ध्यान हो जाते हैं।

***

उस दिन रात के करीब नौ बज रहे थे। सिया और ईशान किसी होटल से खाना खा कर वापस आ रहे थे। अंधेरी ईस्ट-वेस्ट हाइवे पर सिया को एक पानीपूरी का स्टाल दिखाई देता है। कार ईशान ड्राइव कर रहा था। सिया ईशान की तरफ देखकर बोलती है –

ईशान रुको न, मेरा पानीपूरी खाने का मन कर रहा है।

ईशान कार धीमी कर देता है और सिया की तरफ मुड़े बिना ही पूछता है –

कहाँ है?

सिया सामने की ओर उंगली दिखा कर बोलती है –

वो देखो, वहाँ पर स्टाल है।

एक मिनट रुक कर ईशान बोलता है- रुको कार साइड में लगाने दो।

हम्म...

कार एक साइड में लगाकर ईशान कार रोक देता है। सिया और ईशान दोनों कार से उतर जाते हैं और चलकर पानीपूरी के स्टाल की तरफ जाने लगते हैं। स्टाल पर पहुँचते ही सिया स्टाल वाले से बोलती है-

भैया... दो प्लेट पानीपूरी देना...

स्टाल वाला सिया की तरफ मुस्कुराकर देखता है, फिर पूछता है –

मैडम खट्टा, तीखा या मीठा...

भैया मेरे लिए हाल्फ खट्टा और हाफ तीखा कर दो। और इनको मीठी वाली चाहिए।

थोड़ी देर में स्टाल वाला सिया को दो प्लेट पानी पूरी पकड़ता है। सिया आगे बढ़कर दोनों प्लेट का पानीपूरी ले लेती है। ईशान उसे देखकर मुस्कुराता है। सिया पानीपूरी दोनों हाथों मे लिए हुए ईशान की तरफ मुड़ती है। ईशान को पानीपूरी पकड़ाकर सिया उससे पूछती है –

तुम मुस्कुरा क्यों रहे हो इतना?

ईशान सिया को देखकर बोलता है – कुछ नहीं बस ऐसे ही।

हम्म ऐसे ही?

सच में यार...

सिया गंभीर होकर बोलती है – झूठ बोल रहे हो तुम...

ईशान चुप हो जाता है और एक पानीपूरी उठाकर खाना शुरु कर देता है। सिया भी खाना शुरु करती है। तभी सिया की नजर अपनी मुस्कुराहट छिपा रहे ईशान पर पड़ती है। सिया अपने मुँह में एक पानी पूरी डालकर बोलती है – बताओ, क्यों मुस्कुरा रहे हो इतना ?

ईशान मुँह की पानीपूरी ख़त्म करके बोलता है- बताया तो, कुछ नहीं, बस ऐसे ही...

सिया ईशान को मुँह चिढ़ाती है – ऐसे ही...

देखो, ज़्यादा भाव मत खाओ, अब बता भी दो वरना मैं भी ऐसे ही करूंगी।

अच्छा बताता हूँ।

सिया ध्यान देती है क्योंकि अब उसे उसके सवालों का जवाब मिलने वाला था।

पीछे से तुम्हारे लेफ्ट शोल्डर के ब्रा की पट्टी दिख रही है।

इतना कह कर ईशान हँसने लगता है।

तुम कितने बत्तमीज हो गए हो? अपनी पत्नी के ब्रा की पट्टी देखकर पब्लिकली हंस रहे हो, बता भी नहीं सकते थे पहले...

सिया पानीपूरी की प्लेट अपने दायें हाथ से बाएँ हाथ में लेती है और अपने दायें हाथ के अंगूठे से अपने बाएँ तरफ के ब्रा की पट्टी ब्लाउज के अंदर करती है। ईशान जब हंस लेता है तो बोलता है – अरे मैंने तो अभी देखा, जब वो लड़का देख रहा था, तब...

क्या? कौन सा लड़का ?

ईशान सिया के पीछे थोड़ी दूर पर पैदल चलकर जा रहे एक बॉयफ्रेंड और गर्लफ्रेंड की तरफ अपनी उंगली से इशारा करते हुए बोलता है – वो देखो, उसकी गर्लफ्रेंड उसे ठोकती- पीटती हुई ले जा रही है।

वो क्यों मार रही है उसे?

जब वो तुम्हारी तरफ देख रहा था, तब उसकी गर्लफ्रेंड ने उसे देख लिया कि वो कहाँ देख रहा है। उसकी गर्लफ्रेंड देखते ही समझ गयी कि उसकी निगाहें किस चीज को ताड़ रही हैं। फिर क्या? पानीपूरी तो खाने नहीं पाया बेचारा, तुम्हारे ब्रा की पट्टी देखने के चक्कर में मार जरूर खा रहा है। उसकी गर्लफ्रेंड यहाँ से उसका कान पकड़कर ले गयी है और देखो ना अभी भी उसको बराबर ठोक-पीट रही है। ओहो कैसे बेचारा हाथ जोड़कर माफी मांग रहा है कि अबसे ऐसा नहीं करेगा।

तुमने उसे रोका क्यों नहीं? या फिर मुझे ही बता दिया होता, कम से कम मैं ही उसे दो चपत लगा देती।

अरे इससे पहले की मैं कुछ कहता या करता उसकी गर्लफ्रेंड ही उसे पनिश करने लगी थी। तो फिर हमें कुछ करने की जरूरत ही क्या थी?

सिया ईशान की बातों से सहमति जताती है- हाँ, ये बात भी सही है।

सिया और ईशान दोनों अबतक पानीपूरी खाकर टिशु पेपर से अपना हाथ और मुँह पोछ चुके थे। ईशान सिया को चिढ़ाता है कि- वैसे भी उसने कौन-सा गुनाह किया है कि तुम उसे दो चपत लगा देती। अब तुम्हीं दिखा रही थी न, तो बस उसने देख लिया।

सिया मज़ाक में ही ईशान के बाँह पर मारते हुए बोलती है –

अच्छा, तो इसलिए तुमने मुझे नहीं बताया क्योंकि तुम्हें तो बहुत मज़ा आ रहा था।

ईशान अपने आपको प्रोटेक्ट करते हुए दो कदम पीछे हटता है।

नहीं-नहीं... ऐसा नहीं है।

सब जानती हूँ, मैं तुम्हारी शैतानियों के बारे में...

नहीं-नहीं... तुम मुझे गलत समझ रही हो।

सिया मुस्कुराते हुए बोलती है – मैं तुम्हें बिल्कुल सही समझ रही हूँ। अब चुप करो, और घर चलो फिर तुम्हें बताती हूँ।

घर का हिसाब घर पर करना ना, लेकिन अभी चलो ना उनके मजे लेते हैं।

क्या? पागल हो गए हो क्या? बच्चों जैसी बातें कर रहे हो। मैं कहीं नहीं जा रही...

प्लीज यार, चलो ना...

नहीं... घर चलो...

प्लीज, देखो... तुमने बोला तो हमने यहाँ पानी पूरी खाई ना, अब तुम मेरे लिए वहाँ तक नहीं चल सकती क्या?

सिया ईशान को देखती है। उसकी हंसी के साथ उसकी साँसे मुँह से बाहर निकल जाती हैं।

प्लीज यार...

ठीक है, चलो...

सिया और ईशान उन दोनों के पास पहुँचते हैं। लड़की अभी भी रुक-रुक कर अपने बॉयफ्रेंड को हाथ से धीरे-धीरे मार रही थी। ईशान थोड़ी दूर से ही उन्हें रोकने की कोशिश करता हुआ उनके पास पहुंचता है।

हेलो, क्या हुआ तुम दोनों सड़क पर इस तरह लड़ क्यों रहे हो?

लड़की ईशान की तरफ देख कर बोलती है –

भैया आप नहीं जानते कि ये अभी वहाँ स्टाल पर क्या कर रहा था ?

सिया : क्या कर रहा था ?

सिया ऐसे पूछती है, जैसे उसे कुछ पता ही ना हो...

लड़की : मैं आपको बताती हूँ कि ये वहाँ पर क्या कर रहा था ?

लड़की अभी गुस्से में थी, लेकिन लड़का लड़की का हाथ पकड़ लेता है और उसे शांत कराने के साथ रोकने की कोशिश करता है।

लड़का : तुम ये क्या कर रही हो आदिति ये हमारे बीच का मामला है।

आदिति : मनीष तुम मेरा हाथ छोड़ो और चुप करो। एक तो चोरी ऊपर से सीना जोरी...

आदिति अब सिया और ईशान की तरफ देख कर बोलती है –

वहाँ पर एक लेडी खड़ी थीं और ये वहीं मेरे सामने उनके ब्रा की पट्टी घूर रहा था। ऐसे तो इसने मुझे कभी नहीं घूरा, जैसे उनकी पट्टी घूर रहा था। आप बताइये इसे मेरे रहते हुए किसी और को ऐसी नज़रों से देखना चाहिए क्या? अगर अभी वो लेडी इस पर मोलेस्टेशन का चार्ज लगा देती तो? पहुँच जाता न ये जेल में, तो फिर मैं क्या करती ? मेरा तो कोई है भी नहीं इस शहर में इसके सिवाय। मैं कहाँ जाती? किसके पास ?

ईशान उसकी प्रॉब्लम को समझते हुए बोलता है –

रिलेक्स... रिलेक्स... ऐसा कुछ भी नहीं होता। यू आर टेकिंग इट इन रांग वे...

सिया ईशान की बात को काटकर उस लड़की की बात को सही साबित करने की कोशिश करती है –

नो नो नो नो नो... शी इस टेकिंग इट इन अ राइट वे, अगर मान लो वो सच में इस पर मोलेस्टेशन का चार्ज लगा देती तो?

ईशान और मनीष दोनों आँख फाड़कर बोलते है –

वॉट ?

सिया : येस

ईशान सिया को समझाने की कोशिश करता है कि वो गलत बोल रही है –

सिया हम यहाँ इनका मेटर शॉर्ट आउट करने के लिए आए हैं, ना कि और ज़्यादा कॉम्प्लिकेट करने...

सिया तुरंत ईशान को जवाब देती है –

नहीं, मैं तो इनका मैटर कॉम्प्लिकेट करने ही आई हूँ, अब तुम देख लो तुम्हें शॉर्ट-आउट कैसे करना है?

ईशान, मनीष और आदिति तीनों सिया को सवालिया अंदाज में देखते हैं कि आखिर सिया ये क्या बोले जा रही है?

सिया : तुम सब मुझे घूर क्यों रहे हो?

ईशान सिया को देखकर उससे पूछता है-

सिया क्या है ये सब?

उसके बाद तुरंत मैटर सुलझाने के लिए आदिति से बोलता है –

वास्तव में सिया ही वो लेडी है जिसको ये घूर कर देख रहा था।

आदिति और मनीष : वॉट?

सिया :सच में, क्यों... शॉक क्यों हो गए तुम दोनों?

मनीष आगे बढ़ता है, और हाथ जोड़कर सिया के आगे बोलता है –

प्लीज, आप मुझे माफ कर दीजिये। वो मैं जान-बुझकर नहीं देख रहा था, वो तो बस गलती से मेरी नज़र चली गयी थी।

सिया अपना सर हिलाकर ऐसे सवाल करती है, जैसे वो कोई पुलिस इंस्पेक्टर हो।

अच्छा बेटा, गलती से नज़र चली गयी थी तो फिर जानबूझकर नज़र हटाई क्यों नहीं? पहले ये तो बताओ।

मनीष : (गिड़गिड़ाते हुए) मैम प्लीज... माफ कर दो... प्लीज... प्लीज... प्लीज... आगे से ऐसा कभी नहीं होगा। किसी के भी साथ नहीं होगा।

सिया आज पूरा उसका मजा लेने के मुड़ में थी। वो अपनी चुटकी बजाती है और इशारे से उससे बोलती है –

ऐसे नहीं बेटा, पहले कान पकड़ो, कान पकड़ कर बोलो, फिर मैं सोचूँगी कि मुझे क्या करना है?

मनीष अपनी ही घुट पिकर रह जाता है। उसका गला सूखने लगता है कि कौन-सी मुसीबत में आ फंसा?

सिया : देख क्या रहे हो कान पकड़ो?

आदीती : कान पकड़ो ना, अब मुहूर्त निकालना पड़ेगा क्या ?

मनीष : हाँ...हाँ... नहीं...नहीं... पकड़ता हूँ।

मनीष कान पकड़कर सिया से बोलता है – सॉरी मैम माफ कर दीजिये। मैं आपसे प्रॉमिस करता हूँ कि मैं आगे से ऐसा नहीं करूंगा और किसी के भी साथ नहीं करूंगा।

सिया : इट्स ओके...

सिया ऐसे बोलती है जैसे अब जाकर उसके प्यासी आत्माँ को शांति मिली हो, लेकिन सिया की निगाहें अभी भी उस लड़के पर तन कर खड़ी थीं।

ईशान : अब बस भी करो सिया...

ईशान उन दोनों की तरफ देखकर बोलता है –

सॉरी गाइज़, हम दोनों सिर्फ यहाँ आपकी खिंचाई करने आए थे।

सिया मुस्कुराकर बोलती है –

और वास्तव में हम आपकी लड़ाई भी रोकना चाहते थे। इसलिए भी यहाँ आए थे, और हाँ तुम दोनों बहुत क्यूट कपल हो और साथ में काफी अच्छे लग रहे हो।

ईशान : चलें सिया...

सिया : येस, कम ऑन मनीष, वी वेयर जोकिंग ओनली, यू आर सो... सो स्वीट, कम एण्ड गिव मी अ हग बिफोर आई लीव।

सिया और ईशान बारी-बारी से उन दोनों को अपने गले लगाते हैं, फिर वहाँ से पीछे मुड़कर अपनी कार की तरफ जाने लगते हैं। ईशान हँसते हुए मुड़कर उन दोनों से बोलता है –

कीप फाइटिंग एण्ड लविंग इच अदर...

वो दोनों मुस्कुराकर सर हिलाते हैं।

सिया भी मुड़कर बोलती है –

बाय...

ईशान और सिया धीरे-धीरे अब कार की तरफ बढने लगते हैं। ईशान सोचता है क्यों ना सिया की खिंचाई की जाय।

ईशान : अच्छा... तो तुम्हें वो बहुत ही स्वीट और लविंग लग रहा था, और मैं नहीं लगता क्या? मुझे तो तुमने कभी ऐसे हग नहीं किया।

सिया : अच्छा तो तुम अब मेरी टांग खिंचोगे?

नहीं-नहीं... मैं टांग तो नहीं खींच रहा। मैं तो बस अपनी फिलिंग्स बता रहा हूँ।

अच्छा... अब बस भी करो, ज़रा वो देखना।

सिया उंगली उठाकर उसे सड़क के किनारे बैठी एक भिखारी औरत की तरफ दिखाती है। वो औरत हाथ जोड़कर सड़क पर आने जाने वाले लोगों से पैसे मांग रही थी। तेज ठंड में न तो उसके पास शाल थी, न ही स्वेटर और न ही पैरों में चप्पल।

सिया उस औरत को दिखाकर ईशान से बोलती है –

देखो न, कितनी काँप रही है। कितनी अजीब बात है न वो कितना गिड़गिड़ा-गिड़गिड़ा कर लोगों से पैसे मांग रही है, लेकिन पैसे देना तो दूर कोई उसे मुड़ कर देख तक नहीं रहा है। चलो ना उसको कुछ पैसे दे देते है।

ईशान सिया को देखकर न जाने अपने मन में क्या सोचता है और अपने दोनों होंठ उपर नीचे करता है। उसके बाद सिया के साथ उस भिखारी औरत की तरफ चल देता है। जब वो उस औरत से थोड़ी ही दूर पर थे। तब वो देखते हैं कि वो औरत ठंढ से काँप रही थी। वो इतनी दुर्बल दिख रही थी कि मानों उसने कितने दिनों से खाना ना खाया हो। उसका शरीर और उसका भीख मांगने का असहनीय तरीका दोनों बिना शब्दों के ही उसके जीवन के दयनिय दशा का वर्णन कर रहे थे। सिया और ईशान बस उसके पास पहुँचने ही वाले थे कि ईशान ने सिया से पूछा –

तुम्हारे पास कुछ पैसे हैं क्या उसे देने के लिए?

नहीं... तुम्हारे पास होंगे... तुम देखो ना...

शायद मेरे पास चेंज नहीं होंगे, लेकिन रुको देखता हूँ।

ईशान अपनी जेब चेक करता है। अभी उसके पास सिर्फ पाँच सौ और हज़ार की नोट थी।

ईशान : यार मेरे पास सिर्फ एक ही बीस की नोट थी और वो मैंने उस पानीपूरी वाले को दे दी। अभी तो मेरे पास सिर्फ यही है।

सिया ईशान का मुँह देखने लगती है।

ईशान सिया का चेहरा पढ़ लेता है फिर उससे पूछता है –

क्या बोल रही हो, दे दूँ इसे पाँच सौ?

कुछ ज़्यादा दान नहीं हो जाएगा?

तो?

दे दो, अब क्या कर सकते हैं? यहाँ तक आ गए हैं तो अब बिना दिये तो जा नहीं सकते ना ?

ठीक है...

ईशान और सिया उस औरत के पास जाते हैं। ईशान उसके हाथ में पाँच सौ की नोट रख देता है। वो दोनों की जोड़ी को अजर-अमर होने की दुआ देती है। सिया और ईशान वहाँ से मुस्कुराकर चले जाते हैं। वो औरत नोट खोलकर देखते ही ईशान को चिल्लाती है –

साहब... साहब... सुनिए साहब...

सिया और ईशान दोनों उसकी आवाज़ सुनते ही उसकी तरफ चलकर आने लगते हैं।

ईशान : हाँ बोलो क्या है?

औरत : साहब इतना पैसा मत दीजिये मुझे तो बस इस टाइम के खाने भर का पैसा चाहिए। ये रख लीजिये और भगवान के लिए मुझे बस इसकी जगह पचास रुपये दे दीजिये।

सिया और ईशान हैरान हो जाते हैं कि आखिर क्यों वो पाँच सौ वापस करके सिर्फ पचास रुपये लेना चाहती है।

ईशान : हमारे पास चेंज नहीं है।

सिया : और तुम्हें सिर्फ पचास रुपये ही क्यों चाहिए? पाँच सौ में क्या दिक्कत है? रख लो, बाद में यूज़ कर लेना।

वो भिखारी औरत दुखी होकर अपनी परेशानी सिया को समझाती है।

नहीं मैडम जी, आप नहीं जानतीं, रात में कोई भी गुंडा लोग आएगा और हमको मार-पीटकर हमसे बचा हुआ सारा पैसा छिन ले जाएगा। आपके पास खुल्ला नहीं है न तो आप थोड़ी देर रुको मैं अभी आपको दुकान से खुल्ला करके देती है। आपका पैसा कहीं शराब दारू में न जाकर आपके पास ही रहेगा तो अच्छा रहेगा। बस आप थोड़ी देर रुको मैं अभी

लेकर आती है। भगवान के लिए जाना मत, बस थोड़ी देर में मैं आती है।

इतना कहकर भिखारन जल्दी-जल्दी खाने के स्टाल पर चली जाती है और वहाँ से खाना खरीदने लगती है। सिया और ईशान दोनों एक दूसरे को देख रहे थे।

ईशान : अजीब औरत है। भला भिखारी भी कबसे लोगों को पैसा वापस करने लगे? मुझे तो थोड़ी पागल लगती है, देखा नहीं कैसे गर्दन हिला-हिला कर बात कर रही थी?

सिया : हाँ, मैं तो खुद ही हैरान हूँ कि ये इतनी इनोसेंट और ईमानदार कैसे है? कितनी दुबली-पतली है? शरीर पर शाल, स्वेटर तक नहीं है। पैर में चप्पल तक नहीं है। तो कल जाकर उन पैसों से खरीद लेती वापस करने की क्या जरूरत थी?

अरे तुमने सुना नहीं कि वो अभी क्या बोल रही थी? कि अभी रात में कोई आएगा और मार-पीटकर उससे उसके सारे पैसे ले जाएगा। समझ नहीं आता कि भगवान कुछ लोगों को ऐसी जिंदगी क्यों देते है?

सिया : पता नहीं, वो दिन रात मेहनत करके इस ठंढ में अपने पेट के लिए भीख मांगती है और कोई उससे मार-पीटकर सारा पैसा उससे छीन ले जाता होगा। कितने निर्दयी लोग हैं ना?

ईशान : हम्म... तो अब हम क्या कर सकते हैं इसमें ?

सिया : नहीं मैं सोच रही थी कि...

तभी भिखारन अपने एक हाथ में एक पन्नी के थैले में खाना और दूसरे हाथ में चार सौ पचास रुपये लेकर उनके पास आ जाती है। और एक दयनीय-सी मुस्कान के साथ ईशान को साढ़े चार सौ वापस करते हुए बोलती है –

आपका बहुत-बहुत धन्यवाद साहब... आज आपने मुझपर दया करके मुझे भूखे पेट सोने से बचा लिया। नहीं तो आज भी मुझे भूखे पेट सोना पड़ता। भगवान आपका भला करे। ये ले लीजिये आपके बाकी के पैसे।

भिखारन ईशान की तरफ अपना पैसे वाला हाथ बढ़ा देती है कि ईशान वो पैसे उससे ले ले। ईशान हाथ बढ़ाकर उससे पैसे ले लेता है। ईशान के पैसे लेते ही उस भिखारन के होंठों पर मुस्कान और आँखों मे

अपने आप आँसू आ जाते हैं। भिखारन अपने दोनों हाथ जोड़कर उन दोनों से बोलती है – अच्छा मालिक अब आप लोग निकल जाइए। ठंढ बढ़ती जा रही है। मैंने आज सुबह से ही कुछ खाया नहीं है तो मुझे खाना भी खाना है, बड़ी जोरों से भूख लगी है। नहीं तो कोई आएगा और मेरा खाना भी छीन ले जाएगा।

इतना कहकर भिखारन पीछे मुड़ जाती है और जमीन पर बैठ कर अपना पन्नी खोलकर भगवान को भोग लगाती है कि आज भगवान के आशीर्वाद से एक बार फिर उसे खाना मिल गया। उसके बाद वो जल्दी-जल्दी खाना चालू कर देती है मानो एक युग से भूखी हो या फिर शायद इसलिए कि कहीं कोई आकर उसका खाना ना छिन ले।

सिया और ईशान दोनों ठहर कर उसे देखने के बाद वापस अपने रास्ते की तरफ मुड़ जाते हैं। उसकी ये दशा देखकर सिया का नारी हृदय द्रवित हो उठता है। सिया ईशान से बोलती है –

कितनी अजीब बात है न कि हमारे पास सब कुछ है, उसके पास कुछ भी नहीं है। हम रोज तीन से चार बार खाते है और वो मुश्किल से रोज सिर्फ एक वक़्त की रोटी जूटा पाती है या फिर शायद किसी-किसी दिन भूखी सो जाती है। हम अपने रुम का हीटर चला कर बेड पर रज़ाई-गद्दे में आराम से सोएँगे और वो इस ठंढ में बिना कुछ ओढ़े-बिछाए फुट पाथ पर सोएगी। उसे कितनी बेचैनी होती होगी सोने में? उसे कितना डर लगता होगा हर रोज? इस फुटपाथ पर इतनी ठंढ में आखिर वो कैसे सोती होगी?

कहते- कहते सिया की आँखों में आँसू आ जाते हैं। वो अपना सर घूमाकर ईशान की तरफ देखती है। ईशान चुप-चाप उसकी बाते सुनते हुए उसके साथ चल रहा था। सिया ईशान की चुप्पी से खीझकर उससे पूछती है –

तुम कुछ बोलते क्यों नहीं?

ईशान अपनी खामोशी तोड़ता है।

अब मैं क्या बोलूँ? भगवान ने उसे यही जिंदगी दी है। शायद ये जो उसके साथ हो रहा है उसके किसी जन्म के किसी कर्म का फल होगा।

तबतक सिया और ईशान अपने कार तक पहुँच चुके थे। सिया को ईशान की बातें अच्छी नहीं लगती हैं। वो परेशान हो जाती है और अपने गिरते हुए आँसू पोछकर बोलती है –

मैं क्या बोल रही हूँ और तुम क्या बोल रहे हो ? कुछ समझ भी रहे हो तुम मेरी बातों को कि मैं क्या बोल रही हूँ?

ईशान सिया को आँसू पोछते हुए देख लेता है। वो सिया के कंधे पर अपने हाथ रखकर उसे समझाता है –

अब उसकी हालत पर तुम क्यों रो रही हो? ये उसकी लाइफ है, उसकी प्रॉब्लम है, इसमें तुम्हारी तो कोई गलती नहीं है। तो तुम्हें बिल्कुल भी परेशान होने की जरूरत नहीं है।

सिया सिसकियाँ ले रही थी। ईशान उसे अपने सिने से लगाते हुए बोलता है –

तुम भी न... रोना बंद करो... अच्छा बताओ क्या हुआ? क्यों रो रही हो?

रहने दो... तुम नही समझोगे मेरी फिलिंग्स

बताओगी तब तो समझूँगा तुम्हारी फिलिंग्स, बताओ तो सही कि आखिर क्या बात है?

सिया सिसकते हुए बोलती है-

नहीं... ऐसे नहीं...

तो फिर कैसे?

पहले प्रॉमिस करो कि तुम मना नहीं करोगे।

क्या मना नहीं करूंगा?

ईशान सिया को सामने लाकर पूछता है क्योंकि उसे सिया की बातों से कुछ गंभीर बात का अंदेशा होता है।

ऐसा क्या बताने वाली हो तुम?

नहीं पहले प्रॉमिस करो तब बताऊँगी।

ईशान सिया के दोनों गाल पर हाथ रख कर मुस्कुराता है।

ठीक है, प्रॉमिस... मना नहीं करूंगा, तुम बोलो क्या बात है?

सिया उस भिखारन की तरफ उंगली उठा कर बोलती है –

हम कुछ दिनों के लिएं उसे अपने घर में नहीं रख सकते हैं क्या? प्लीज... बस कुछ दिनों के लिए।

ईशान पहली बार सिया को बच्चों की तरह से कुछ मांगते हुए देखता है। आज पहली बार वो सिया के अंदर के मासूम बच्चे को देख पा रहा था। सिया की ये हरकत देख कर उसकी हँसी छुट जाती है।

सिया क्या बच्चों जैसी नादान बातें कर रही हो, हम उसे जानते तक नहीं। अगर कल को कुछ चुरा कर भाग गयी तो?

नहीं भागेगी, हम उसे आउट हाऊस मे रख देंगे।

वॉट?

प्लीज... प्लीज... मैं उसे कुछ दिनों में कहीं किसी काम पर लगवा दूंगी, फिर वो हमारे घर से चली जाएगी।

ठीक है... अगर तुम इतना बोल रही हो, तो ठीक है, चलो ले चलते हैं।

सिया और ईशान वापस उस जगह जाते हैं, वो देखते हैं कि वो औरत फुटपाथ पर बिना कुछ ओढ़े बिछाए अपनी फटी साड़ी में घुटने समेट कर काँपते हुए सोने की कोशिश कर रही थी।

सिया उसके पास जाकर खड़ी हो जाती है और बोलती है –

सुनो, मेरे घर चलोगी?

वो चौंककर उठ बैठती है।

कौन?

मैं... मैं हूँ...

हाँ... मैडम जी आप लोग गए नहीं, क्यों? क्या बात है?

मेरे घर चालोगी क्या?

भिखारन उठ कर खड़ी हो जाती है और खुशी से बोलती है-

काम करने की लिए... हाँ... हाँ... मैं काम करने के लिए चलूँगी। पता है मैडम जी... मुझे भिखारन जानने के बाद कोई काम ही नहीं देता। इसीलिए तो मुझे भीख मांगकर खाना पड़ता है। नहीं तो मैं काम करके कमाना चाहती हूँ। अपने पैसे का खाना चाहती हूँ। लेकिन कोई काम पर ही नहीं रखता ना जाने ऐसा क्या खोट है मुझमें?

सिया अपने मन में सोचती है कि शरीर में जान नहीं है लेकिन मुँह मे जुबान है कि काम कर सकती हूँ। काम करना चाहती हूँ।

सिया खुश होकर बोलती है –

ठीक है, चलो काम करना... चलो मेरे साथ...

हम्म...

उसके बाद सिया और ईशान वहाँ से चलने लगते है। वो सिया के पीछे-पीछे चलने लगती है।

तभी सिया उससे मुड़कर बोलती है –

अपना सामान तो ले लो...

मैडम जी आज सुबह मैं शौच करने गयी थी। तो किसी ने मेरा सारा सामान मेरे झोले सहित चुरा लिया। उसी में मेरा शाल, स्वेटर, कपड़ा सबकुछ था। वो सब कुछ एक ही साथ चुरा ले गया। अब मैं क्या करूँ?

इतना कहकर वो फुट-फुट कर रोने लगती है। सिया उसके कंधे पर हाथ रखकर उसे चुप कराते हुए बोलती है –

कोई बात नहीं, तुम रोओ मत... मेरे साथ चलो, मेरे घर पर सब कुछ है। मैं तुम्हें सब दूँगी।

वो रोते हुए बोलती है-

हम्म...

तीनों गाड़ी में जाकर बैठ जाते हैं। सिया और ईशान आगे बैठ जाते हैं और उसे पीछे बैठाते हैं। ईशान गाड़ी ड्राइव कर रहा था। उसके बाद गाड़ी तेजी से हाइवे पर आगे बढ़ती जा रही थी। सब चुप थे। तभी ईशान उससे पूछता है –

तुम्हारा नाम क्या है ?

साहब...इन्दु...

***

वक़्त का पहिया एक साल और घूम चुका था। शाम का समय था। तृषा को आज सिया और ईशान के घर जाना है। आज उनके बच्चे पार्थ का जन्मदिन था। तृषा ने आज सिया का दिया हुआ सफ़ेद सूट पहना था। तृषा अब अपनी गुफा से निकल कर सिया के घर जाने के लिए बिल्कुल तैयार थी। तृषा काफी खुश दिखाई दे रही थी । वो गुफा से बाहर निकलने के लिए गुफा के दरवाज़े की तरफ बढ़ती है। तभी उसे तालाब के पास से

किसी के हँसने की अजीब-सी आवाज़ सुनाई देती है।

हीं हीं हीं हीं हीं...

हा हा हा हा हा...

गुफा के द्वार की तरफ बढ़ते हुए तृषा के कदम इस हँसी की आवाज़ सुनकर अपने आप रुक जाते हैं। उसका कलेजा ज़ोर-ज़ोर से धड़कने लगता है। वो डर जाती है। उसके माथे पर हल्की-हल्की पसीने की बूंदें आने लगती है। तृषा डरते हुए चुप-चाप तालाब की ओर जहाँ से आवाज़ आ रही थी उस तरफ बढ़ती है। आज से पहले उसने ये हँसी गुफा में कभी नहीं सुनी थी। और तृषा को ये भी पता था कि सारे शैतान और शैतान गुरु गुफा में आने के बाद शक्तिहीन हो जाते हैं तो फिर ऐसी हँसी हंसने का साहस कौन और कैसे कर सकता है? तृषा अपने इस संदेह को साफ़ करने के लिए धीरे-धीरे तालाब तक पहुँच जाती है। वहाँ पर जाने के बाद न ही उसे हंसने की कोई आवाज़ सुनाई देती है और न ही वहाँ पर उसे किसी के होने का एहसास होता है। एक पल के लिए तृषा इस बात को अपना भ्रम मान बैठती है। उसे सिया के घर जाने के लिए देर हो रही थी इसलिए वो वहाँ से मुड़ कर जाने लगती है। तृषा तेजी से अपने कदम आगे बढ़ाती है, मगर वो ध्यान नहीं देती कि सामने पत्तथर था। शायद उसका पैर पत्थर से टकरा जाता है या फिर सामने से कोई उसके मुँह पर मुक्का मारता है या उसे कोई पीछे से खींच देता है। उसके साथ क्या हो रहा है ? कौन कर रहा है? उसे कुछ भी जब तक समझ में आता और वो अपने आप को संभाल पाती तब तक वो पीठ के बल पीछे की तरफ तड़ाक से गिर जाती है। पिछे रखे पत्थर पर उसका सर तेजी से जाकर टकरा जाता है और उसका सिर तरबूज की तरह फट जाता है। मात्र पाँच सेकेंड में वहाँ पर पूरी तरह से खून फैल चुका था। तृषा की आंखे ऊपर की ओर खुली रह गयी थीं। उसका मुँह खुला का खुला रह गया था। यहाँ तक कि वो चूँ की आवाज़ तक नहीं निकाल पायी थी। दो सेकेंड तक तड़प तक नहीं पायी थी। मात्र कुछ ही सेकेंड के खेल में वो जिते-जागते इंसान से अब एक मुर्दा लाश बन चुकी थी। सिया का दिया हुआ वो सफ़ेद सूट उसके जीवन के आखिरी वस्त्र के साथ ही साथ उसका क़फ़न भी बन चुका था। वहाँ पर कोई भी उसका अपना रोने-बिलखने वाला नहीं था। उसकी लाश वहाँ

पर लावारीश की तरह पडी थी। उसके लाश या खून पर भिनकने के लिए एक मक्खी तक वहाँ नहीं थी। उफ़्फ़ कुछ मौतों की खबर इस दुनियाँ में महामारी की तरह फैल जाती है तो कुछ मौतों की खबर मरने वाले के साथ ही मर कर दफ़्न हो जाती है।

इस दुनियाँ की कितनी अजीब बात है न कि कभी-कभी जो लोग हमेशा दूसरों की मदद करते हैं, हमेशा दूसरों को उनकी परेशानियों से निकालते हैं जब वो खुद किसी परेशानी में होते हैं तो न ही खुद की मदद कर पाते हैं और न ही कोई दूसरा उनकी मदद करता है। अगर साफ़ शब्दों में कहूँ तो कुछ लोग कभी-कभी दूसरों की जान बचाते-बचाते खुद ही न सिर्फ बली का बकरा बनते हैं बल्कि कभी-कभी बली चढ़ भी जाते हैं। तब न ही कोई उन्हें बचाने वाला होता है और न ही कोई उनके लिए रोने वाला होता है, वो भी तक नहीं जिसके लिए वो बली चढ़ जाते हैं। खैर अच्छे लोगों के लिए तो इस दुनियाँ मे न, तो न ही सही लेकिन उस दूनियां में सब कुछ अच्छा ही होता है। क्योंकि कहा भी गया है –

परहित सरिस धरम नहीं भाई।
पर पीड़ा सम नहीं अधमाई।।

सज्जनों ने कहा है कि हमे दूसरों का भला इस शर्त पर नहीं करना चाहिए कि हमे वापस उनसे कोई लाभ हो, क्योंकि किसी के कल्याण के लिए किए गए कार्य का मोल लेना मतलब धर्म का धंधा करना ही होता है। नेकी करना एक अच्छी बात है लेकिन आज के युग में नेकी करते हुए खुद ही दरिया में समा जाना, मेरे विचार से तो मूर्खता भरा काम है और इसलिए मैं इस बात से बिल्कुल असहमत हूँ और इसका घोर विरोध करता हूँ।

तृषा के मरते ही उसके सिर के पास दो काले पैरों वाले साये आकर खड़े हो जाते हैं। एक काली आकृति किसी नर शैतान की लग रही थी। दूसरी काली आकृति किसी मादा शैतान की लग रही थी। दोनों शैतान अपने कमर पर हाथ रखकर ऊपर का हिस्सा पीछे झुका-झुका कर हंसने लगते है। उसी आवाज़ में जो कुछ देर पहले आ रही थी-

हीं हीं हीं हीं हीं...

हा हा हा हा हा...

तृषा के मरने के बाद गुफा के आंतरिक हिस्सों की शक्तियां कम होने लगी थी। शैतान और शैतान गुरु एक-एक करके अपने सामर्थ्य के अनुसार तालाब से बाहर आने लगे थे। धीरे-धीरे उन्हें तालाब से आज़ादी मिल रही थी। वो अब गुफा में भटकना शुरु कर देते हैं। वो अभी गुफा से बाहर नहीं जा पा रहे थे, क्योंकि गुफा की बाहरी शक्तियाँ अभी भी प्रभावशाली थी।

इसलिए अथक प्रयास के बावजूद कोई भी शैतान गुफा से आज़ाद नहीं हो पा रहा था। शैतानों के हंसने, चीखने-चिल्लाने, उनके बात करने और रोने से पूरी गुफा गूँज रही थी।

शाम के चार बज चुके थे अब तृषा के गुफा के अंदर शैतानो मे एक कोलाहल-सा छाया हुआ था। शैतान इधर-उधर उड़ रहे थे, दौड़ रहे थे, रेंग रहे थे। कुछ इन्सानों के भयंकर रूप में थे। तो कुछ शैतानों के भयंकर रूप में थे। तो कुछ जानवर के रूप में थे। कुछ हंस रहे थे, कुछ रो रहे थे, कुछ चीख-चिल्ला रहे थे, कुछ बातें कर रहे थे। सारे शैतान गुफा से बाहर निकलने के सैकड़ों असफल प्रयास कर चुके थे, और अब भी कर रहे थे, लेकिन कोई भी शैतान गुफा से अभी तक आज़ाद नहीं हो पाया था। लेकिन तालाब से अधिकतर शैतान और शैतान गुरु आज़ाद हो चुके थे। किसी भी शैतान ने तृषा को अभी तक छूने या शैतानी रूप देने की कोई कोशिश नहीं की लेकिन अगर की भी होगी तो वो अपने नापाक इरादों में कामयाब नहीं हुए होंगे क्योंकि तृषा पर भगवान गिड़गिड़ानाथ का आशीर्वाद जो था। अब सभी शैतानों ने तृषा से अपना सारा ध्यान हटा कर अपने आपको आज़ाद करने में लगा दिया था।

इधर रात के नौ बज रहे थे। मुंबई मे जुहू स्थित सिया के बंगले पर आज उसके बेटे पार्थ का जन्मदिन था। केक कट चुका था। उसके जन्मदिन की पार्टी काफी ज़ोर-शोर से चल रही थी। कुछ मेहमान खाना खाकर अब अपने घर जा रहे थे। सिया और ईशान मेहमानों को गले लग कर और बाय बोलकर विदा कर रहे थे। लगभग सारे गेस्ट जा चुके थे। सारे नौकर भी अपना काम ख़त्म करके अपने घर जा चुके थे । सिया और ईशान अपने कमरे में बात कर थे। पार्थ बेड के बीच में सो रहा था। सिया और ईशान जमीन पर बेड के एक साइड में बैठे हुए थे। रात बहुत

काली थी। हल्की-हल्की हवा खिड़की से होकर अंदर आ रही थी। सिया ईशान की कोई बात काट कर बीच में बोलती है –

ईशान इस बार तृषा नहीं आयीं पिछली बार वो तो सबसे पहले आई थीं और पार्थ को आशीर्वाद देकर चली भी गयी थीं। पिछले दो सालों में एक भी बार ऐसा नहीं हुआ कि वो हमारे घर के किसी फंक्शन में न आई हों। फिर इस बार क्या हुआ कि न तो वो आयीं और न ही उन्होने अपने न आने का कोई कारण बताया। जबकि सबसे पहले मैं इस बार उन्हें ही इनवाइट करने गयी थी।

ईशान एक गहरी सांस लेकर छोड़ता है और बोलता है –

हो सकता है कि उन्हें कोई ज़रूरी काम आ गया हो, कुछ ऐसा जिसे वो छोड़कर न आ सकती हों, इसलिए न आयी हों।

सिया : नहीं ईशान मुझे ऐसा नहीं लगता, जरूर वो किसी प्रॉब्लम में होंगी। वो फोन भी तो यूज़ नहीं करती हैं कि मैं उनसे कॉल करके कुछ पुछ लूँ।

ईशान : अगर उनके पास फोन होता भी तो भी तुम्हारी उनसे बात थोड़ी ही हो पाती, उस एरिया में नेटवर्क कहाँ रहता है। तुम्हें याद नहीं कि जब भी हम वहाँ जाते हैं तो हमारे फोन का नेटवर्क पूरी तरह से गायब हो जाता है।

सिया : हाँ तुम्हारी बात तो सही है, हो सकता है कि शायद इसी वजह से तृषा फोन नहीं रखती होंगी।

ईशान : हम्म...

सिया : तृषा के गुफा में न तो कोई दरवाजा है और न ही कोई वहाँ पर पहरा देता है फिर भी बिना उनकी मर्जी के न तो कोई अंदर आ सकता है और न ही कोई बाहर जा सकता है। और आश्चर्य की बात तो ये है कि गुफा में आने जाने वाले हर किसी की उनको पूरी खबर रहती है। यकीन नहीं होता की दुनिया में ऐसी चीजें भी होती हैं।

ईशान : चलो छोड़ो ये सब... अभी मुझे दूध दे दो और तुम भी चेंज करके सो जाओ। मुझे कल जल्दी ही कॉलेज जाना है। कुछ मीटिंग है।

सिया : अच्छा...

सिया श्रिंगारदान के सामने से अपने बाल का जुड़ा बांधकर साइड में रखे टेबल पर से दूध का गिलास ट्रे सहित उठा कर ईशान की तरफ बढ़ती है। उसे दूध पकड़ा कर बोलती है –

हाँ, ठीक है। अगर कल जल्दी कॉलेज जाना है तो लैपटॉप बंद करके दूध पी लो और सो जाओ।

ईशान : अच्छा, जो हुक्म सरकार...

ईशान लैपटॉप के स्क्रीन में देखते हुए दूध पकड़ता है और सिया ईशान का मुँह देखते हुए उसके हाथ के पास दूध का ट्रे कर देती है। ईशान के हाथ से लगकर दूध गिर जाता है। गिरते ही काँच की गिलास टूट जाती है और सारा दूध फर्श पर बिखर जाता है।

ईशान : सीट, ओ माइ गॉड, सॉरी

सिया : चुप करो, तुम्हारे सॉरी का मैं अचार डालूँ। तुम्हें दूध ध्यान से उठाना चाहिए था न मैंने बोला था कि लैपटॉप बंद कर दो... लेकिन नहीं...

सिया ईशान को देखकर आंखे बड़ी-बड़ी करने लगती है। तभी काँच का गिलास टूटने से पार्थ की नींद खुल जाती है। वो रोना शुरु कर देता है।

सिया : लो अब ये भी उठ गया। अब तो मैं ये साफ नहीं करूंगी। रुक जा अभी आती हूँ।

इतना कहकर सिया बेड का चक्कर लगा कर बेड के दूसरी तरफ जाती है जहाँ पार्थ था।

ईशान : अच्छा, तुम पार्थ को संभालो मैं अभी इसे साफ कर देता हूँ।

ईशान बेड पर लैपटॉप रखकर नीचे पैर करता है और चप्पल पहनने लगता है। सिया पार्थ को गोद में लेकर चुप कराने लगती है लेकिन उसका रोना और बढ़ जाता है।

सिया : नहीं तुम रुको, तुम मत करना अभी मैं इसे चुप कराकर साफ कर देती हूँ। वरना अगर तुम्हें चुभ गया तो दिक्कत हो जाएगी।

ईशान : नहीं चुभेगा, तुम टेंशन मत लो, मैं साफ करता हूँ। मैंने गिराया है तो मैं ही साफ भी करूंगा।

सिया : नहीं-नहीं, तुम्हें ये सब करने की कोई जरूरत नहीं है।

ईशान : क्यों ?

सिया : क्योंकि तुम्हें ये सब करने की आदत नहीं है।

ईशान : तो तुम कौन-सा रोज ये सब करती हो।

हाँ... हाँ... समझ गयी मैं, सब समझ गयी। जाओ नीचे देखो बंशीधर होगा या उसकी पत्नी होगी। वो दोनों शायद आज अभी गाँव से वापस आने वाले थे। कल से उनकी बारी है काम करने की... उन्हें अपना मकान भी चेंज करना था तो देख लो अगर वो सब हों तो उन्हें ही बुला लो साफ करने के लिए... नहीं तो मैं ही साफ कर दूँगी। वैसे भी इन्दु को तो जगाना मत वो थक गयी होगी आज पूरे दिन उसने बहुत काम किया है।

ईशान : अच्छा बाबा, मैं जाता हूँ।

ईशान चला जाता है। सिया पार्थ को चुप कराने लगती है। जब ईशान वापस आता है तो देखता है कि सिया साफ कर रही थी। पार्थ सो गया था। ईशान वहीं आकर पैर के बल बैठ जाता है जहाँ सिया साफ कर रही थी। बैठकर सिया को देखने लगता है।

सिया : क्या है ?

ईशान: कुछ नहीं।

सिया : अच्छा

ईशान काँच उठाते हुए बोलता है –

लगता है बंशीधर और उसकी पत्नी अभी आए नहीं हैं या फिर आकर चले गए हैं।

सिया : तो मैं क्या करूँ ?

तभी ईशान को उंगली में काँच चुभ जाता हैं।

ईशान : आ, शी... शी...

सिया की नजर ईशान की काँच चुभे हुए उँगलियों पर पड़ती है। उसकी उँगलियों से खून निकल रहा था। सिया तुरंत ईशान की उँगलियाँ पकड़ लेती है। परेशान होकर उसे डांटती है –

मना किया था ना कि छूना मत लेकिन तुम्हें एक बार का बोला हुआ कुछ समझ में ही नहीं आता, है न? बोला था कि तुम्हें ये सब करने की आदत नहीं है मत करो लेकिन नहीं, मैं जो बात मना करूंगी तुम्हें वही करना है। क्योंकि तुम्हें बात तो माननी नहीं है। बाप रे कितना खून निकल रहा है। चलो उठो यहाँ से... अब देखती हूँ कल कौन-सी मीटिंग

होती है।

सिया ईशान की उँगलियाँ अपने हाथों से दबाकर उसे बेड की तरफ लेकर आती है।

सिया गुस्से में ईशान से बोलती है –

बैठो यहाँ, हिलना मत यहाँ से। अभी डिटॉल और फ़र्स्ट किट लेकर आती हूँ।

सिया बाहर जाकर जल्दी से फ़र्स्ट किट लेकर आती है और उसके बाद बाथरुम से डिटॉल लाती है। डिटॉल रुई में लगाकर खून साफ करती है। ईशान चिल्लाता है –

शी...शी...आ...आ... तभी ईशान सिया की आँखों से निकलते हुए आंसू देखकर सिया से पूछता है –

दर्द तो मुझे हो रहा है फिर तुम क्यों रो रही हो ?

सिया : अब चुप करो, मुझे तुम्हारी कोई बकवास नहीं सुननी है।

सिया अब तक डिटॉल से ईशान की कटी हुई तीनों उँगलियाँ साफ कर चुकी थी। वो उन तीनों उँगलियों पर अलग-अलग बैंडेज लगाकर अलग-अलग पट्टियाँ बांध देती है। वहाँ से उठती है और बाथरुम में जाकर अपने कपड़े चेंज करके आती है। फिर फर्श का दूध साफ करके बिस्तर पर आकर लेट जाती है।

सिया, ईशान और पार्थ तीनों पीठ के बल सोये थे। पार्थ की आँखें बंद थी। सिया और ईशान खुली हुई आँखों से छत की ओर देख रहे थे। सीलिंग पर लटका सफ़ेद पंखा चल रहा था। नाइट बल्ब टिम- टिमा रहा था। बाहर की खिडकियों से अंदर धीरे-धीरे हवा आ रही थी। तभी कमरे की चुप्पी को तोड़ते हुए सिया बोलती है –

ईशान इस तरह से दूध का गिरना शुभ नहीं होता। तुम्हें याद है आज से दो साल पहले जब जेनेलिया की मौत हुई थी तब भी हमारे घर में दूध से भरा जग ऐसे ही गिरा था।

ईशान सिया को समझने की कोशिश करता है –

सिया तब की बात अलग थी और आज बात दूसरी है। जरूरी नहीं है कि इस बार का दूध गिरना भी हमें कुछ वैसा ही संकेत दे रहा हो। समझ रही हो ना तुम मेरी बात कि मैं क्या बोल रहा हूँ ?

सिया : हम्म

ईशान अपनी बात जारी रखता है –

वैसे भी आज तो वो तृषा की गुफा में कैद है। उसके बाद से अब हमारी जिंदगी में कोई भूत, प्रेत या दूसरा शैतान नहीं है।

सिया : आज के लिए तो तुम्हारी बात सही है। लेकिन अगर कल को वो फिर हमारे पीछे पड़ जाती है तो हम क्या करेंगे ? यही सोचकर कभी-कभी मेरी रूह काँप जाती है। अब हम तीनों के अलावा हमारे परिवार में बचा ही कौन है। अगर वो कल को वापस आ गयी न तो वो हमारे इस छोटी से दुनियाँ को उजाड़ कर रख देगी। वो तुमसे मुझे, मुझसे तुम्हें, और हमारे बच्चे को हमसे अलग कर देगी। कभी-कभी मुझे बहुत डर लगता है बहुत... इतना कि वो सारी बातें फिर से एक बार मेरी आँखों के सामने से गुजरने लगती हैं। मेरी रूह काँप उठती है। मैं स्तबद्ध रह जाती हूँ।

ईशान सिया के अंदर के इस डर को निकालने की एक और कोशिश करता है –

सिया तुम कितना निगेटिव सोचती हो, जैसा तुम सोच रही हो, वैसा कुछ भी नहीं है। अब बस जो बीत गया, वो बीत गया, उसे एक बुरा सपना समझ कर भूल जाओ और मुझे एक बात बताओ कि तुम्हारे मन में आज ऐसे ख्याल क्यों आ रहे हैं ? तुमने आज से पहले तो ऐसा कुछ नहीं बोला मुझसे ? इन दो सालों मे ना जाने कितनी दफा घर में दूध गिरा होगा लेकिन आज ही तुम्हें ऐसे ख्याल क्यों आ रहे हैं ? और वो भी इतने इमपलसिव !

सिया करवट लेकर ईशान की ओर मुड़ती है। सिया के करवट लेते ही ईशान भी उसकी तरफ करवट लेकर मुड़ जाता है।

सिया : क्योंकि आज पहली बार इन दो सालों में हमारे बुलाने के बावजूद तृषा हमारे घर नहीं आई हैं। इससे पहले वो हमारे घर के सारे फंक्शन मे प्रेजेंट रहती थीं। लेकिन आज वो पहली बार नहीं आयीं और उनके ना आने की वजह से ही ऐसे ख्याल मेरे दिमाग में आ रहे हैं।

ईशान : ठीक है, तुम्हारी तसल्ली के लिए हम कल चल कर तृषा से मिल लेते हैं। तब तुम्हारे मन में ऐसे ख्याल आने बंद हो जाएंगे तब तो

सब ठीक हो जाएगा ना ?

सिया : हाँ, ये सही रहेगा।

ईशान : अब तुम सो जाओ गुड नाइट

सिया : गुड नाइट

दोनों आँख बंद करके सो जाते हैं।

***

सिया और ईशान के बंगले की घड़ी में सुबह के नौ बज गए थे। सिया और ईशान ड्राइंग टेबल पर नाश्ता कर चुके थे।

सिया : अच्छा ईशान मेरा हो गया, तुम अच्छे से खा लो। आज मेरा ऑफिस जाने का मन नहीं कर रहा है, लेकिन जाना पड़ेगा। एक मूवी का प्रोमोशन है, मैं दो तीन बजे तक वापस आ जाऊँगी। उसके बाद हम तृषा के पास जाएंगे आखिर पता तो चले कि वो आई क्यों नहीं थीं। तुम कब तक वापस आओगे ?

ईशान : बस, आज एक मीटिंग है और तीन लैक्चर हैं। दो तीन बजे तक मैं भी आ जाऊंगा। तुम्हें ज्यादा वेट नहीं करना पड़ेगा, चलो... मेरा भी हो गया।

सिया : हाँ, ठीक है, लेकिन प्लीज... पिछली बार की तरह लेट मत होना। क्योंकि पिछली बार वहाँ से लौटते हुये काफी लेट हो गया था। एक तो वो जंगल एरिया है।

ईशान वॉश बेशिंग में हाथ धोकर तोलिए से हाथ पोछते हुए बोलता है –

नहीं बाबा... लेट नहीं होउंगा... पक्का...

सिया : चलो अगर पक्का कहा तो पक्का मान लेती हूँ लेकिन अगर लेट हुआ तो कॉल करके बता देना क्योंकि शाम को मैं पार्थ को अकेले नहीं छोड़ सकती हूँ।

ईशान घर से बाहर निकलते हुए बोलता है –

अगर मैं लेट हुआ तो कॉल करके बता दूंगा। तुम टेंशन मत लो।

इतना कहकर ईशान अपने गाड़ी में बैठकर चला जाता है। सिया अपना पर्स टाँगकर हाथ में फोन लेती हैं और ड्राइंग टेबल से मेन गेट की ओर बढ़ती है। बीच-बीच में सोफे पर खेलते हुए पार्थ को देखती और मुस्कुराते हुए जाती है। इन्दु से बोलती है -

इन्दु पार्थ को दोबारा नाश्ता कराने से पहले नहला देना। उसे बाथ टब में मत नहलाना कितना भी जिद करे तो भी, आज उसे नाश्ते में सैंडविच दे देना। उसको देखती रहना। बहुत शैतान हो गया है। मैं दो-तीन बजे तक आ जाऊँगी। ठीक है ना ?

इन्दु : हाँ, मैडम जी ठीक है।

***

जैसे ही शाम के चार बजकर तीस मिनट होते हैं, वैसे ही तृषा का शरीर भगवान गिड़गिड़ा नाथ के आशीर्वाद से वहाँ से लुप्त हो जाता है। तृषा का शरीर लुप्त होते ही उसे मोक्ष की प्राप्ति हो जाती है। लेकिन शैतान इस बात पर कोई ध्यान नहीं देते, उनका सारा ध्यान खुद को आज़ाद करने में लगा था।

शाम को साढ़े पांच बज रहे थे। ईशान कार ड्राइव कर रहा था। जंगल का वीरान रास्ता था। गाड़ी की स्पीड लगभग अस्सी थी। उस सड़क पर बहुत कम गाडियाँ चल रही थीं। सिया कॉल पर किसी से बात कर रही थी। ईशान मुख्य सड़क से गाड़ी मोड कर जंगल के अंदर ले लेता है। गाड़ी में एफ़ एम पर कोई गाना चल रहा था।

सिया : ईशान, साउंड कम करो, मुझे कुछ सुनाई नहीं दे रहा है। हाँ... मैगी बोल, नहीं यार तू जानती हैं न कि अभी मैं बेंगलुरु नहीं आ सकती। पार्थ अभी छोटा है और तेरे जीजा जी भी पार्थ से कुछ कम नहीं हैं।

अचानक से कॉल कट जाती है।

सिया : लो गया नेटवर्क, अब तो आएगा भी नहीं... अभी कितना दूर है ईशान ?

ईशान : बस पाँच किलोमीटर और ?

सिया : रात हो रही है, जल्दी करो हमे वापस भी जाना है।

ईशान : हाँ, तो रात तो होगी ही न अब, मैंने बोला था कि कल चलते हैं... लेकिन तुम मान ही नहीं रही थी।

सिया : देखो, मुझे कल शाम के बाद से ही अच्छा नहीं लग रहा था, इसलिए मैंने आज आने के लिए ज़ोर दिया। वरना कल आने में मुझे भी कोई दिक्कत नहीं थी। कल वैसे भी मेरी छुट्टी ही है। लेकिन पता नहीं क्यों सब कुछ अजीब-सा लग रहा है। बुरे-बुरे से ख्याल आ रहे हैं। इसी वजह से मैंने तुम्हें आज आने के लिए ज़ोर दिया।

ईशान : ठीक है, ठीक है। बस करो अब हम पहुँच गए हैं बस तीन किलोमीटर और ...

अचानक से गाड़ी अपने आप रुक-रुक कर चलने लगती है। थोड़ी दूर जाते ही गाड़ी बंद हो जाती है। ईशान दोबारा कार स्टार्ट करने की कोशिश करता है, लेकिन कार रिस्टार्ट नहीं होती है, उसके कई बार कोशिश करने पर भी कार स्टार्ट नहीं होती। थक- हार कर वो गुस्से में दरवाजा खोलकर बाहर निकलता है। सिया भी बिना कुछ बोले कार से बाहर निकलती है। सिया डरते हुए ईशान से पूछती है - क्या हुआ, कार खराब हो गया क्या ? तृषा की गुफा भी यहाँ से काफी दूर है। और यहाँ तो कोई कार बनाने वाला भी नहीं मिलेगा। ऊपर से रात हो रही है। सब मेरी ही गलती है, मैंने ही तुम्हें आज फोर्स किया शाम को यहाँ आने के लिए लेकिन मैं क्या करती, सच में, मैं बहुत डर गयी थी।

ईशान सिया के पास आता है, और सिया के कंधों पर हाथ रखकर उसके आँखों में अपनी आंखे डाल कर बोलता है –

हाँ सिया... मैं सब जानता हूँ। इसमें तुम्हारी कोई गलती नहीं है। ट्रस्ट मी।

सिया : नहीं ईशान, ये सब मेरी ही गलती है। जो प्रॉब्लम बाद में आने वाली थी वो अभी हमारे सर पर आ गयी। प्लीज ईशान... प्लीज... मुझे माफ कर दो, मुझे बहुत डर लग रहा है।

ईशान सिया के दोनों गालों को अपने हाथों से पकड़ कर बोलता है-

सिया... मेरी तरफ देखो, मेरी बात सुनो, तुम्हें परेशान होने की या माफी मांगने की कोई जरूरत नहीं है। ठीक है? तो अभी ये अपने आँसू पोछो और मैं हूँ न तुम्हारे साथ, तो तुम्हें डरने की कोई जरूरत नहीं है। तुम्हें मुझे पर भरोसा है?

सिया : खुद से ज़्यादा भरोसा है।

ईशान : गुड, देखो यहाँ से तृषा की गुफा ज़्यादा दूर नहीं है, बस दो-तीन किलोमीटर होगी। वहाँ तक हमें पैदल ही जाना पड़ेगा और हमें आज रात उनकी गुफा में ही बितानी पड़ेगी, क्योंकि मुझे नहीं लगता कि तृषा इतनी रात को कोई अरेंजमेंट कर पाएँगी। आओ चलते हैं।

सिया ईशान का हाथ पकड़ लेती है और दोनों पैदल ही चलने लगते हैं। सिया का भय और उसकी चिंता उसके चेहरे पर साफ दिखाई दे रहा थी। शाम काली होतो जा रही थी, और दिल का डर किसी अनहोनी की शंका से बढ़ता जा रहा था।

डर तो ईशान को भी लग रहा था लेकिन ईशान ये सोचकर अपना डर छिपा लेता है कि " अगर मैं भी डर गया तो सिया को ढांढस कौन बंधाएगा ? तब तो उसकी रही-सही हिम्मत भी टूट जाएगी। "

सिया डरे और दबे स्वर में ईशान की खामोशी तोड़ने की कोशिश करती है।

सिया : ईशान क्या सोच रहे हो तुम ?

ईशान : बस कुछ नहीं, कुछ भी तो नहीं।

ईशान अपने भय को छिपाने की कोशिश करता है।

लेकिन हाँ तुम कुछ सोच रही हो। बताओ अब क्या खिचड़ी पक रही है तुम्हारे दिमाग में ?

सिया : मुझे पार्थ की चिंता हो रही है उसने हमारे बिना अब तक एक भी रात नहीं गुजारी है।

ईशान : हाँ, तुम्हारी ये बात तो सही है कि ये उसकी और हमारी पहली रात होगी, जब हमारा बेटा हमारे बिना और हम उसके बिना रात गुजारेंगे। लेकिन तुम चिंता मत करो... इन्दु और सवीता हैं न वहाँ पर, वो पार्थ को संभाल लेंगी।

सिया : हाँ, मैं जानती हूँ कि इन्दु हमारे बेटे को अच्छे से संभाल लेगी लेकिन सविता का सारा ध्यान तो चौबीस घंटे सिर्फ खाने में लगा रहता है। अगर इन्दु न हो तो मैं एक पल के लिए भी पार्थ को सविता के पास न छोड़ुं।

ईशान : सिया तुम भी नौकरों पर इतना ज़्यादा ध्यान देती हो... छोड़ो भी ना अब।

सिया : हाँ, छोड़ तो देना ही पड़ेगा, लेकिन अगर फोन में नेटवर्क होता तो मैं इन्दु को कॉल करके बोल देती की आज हम आ नहीं पाएंगे।

ईशान : अगर फोन में नेटवर्क होता तो हम मैकेनिक को न बुला लेते और आज ही यहाँ से निकल जाते।

सिया : बात तो तुम्हारी सही है लेकिन अब कर भी क्या सकते हैं ?

ईशान : हम्म्म

थोड़ी देर के लिए चलते-चलते दोनों खामोश हो जाते हैं। दोनों जंगल के सुनसान रास्ते पर चुप-चाप आगे बढ़ रहे थे। बीच -बीच में झींगुर के बोलने की आवाज़ सुनाई दे रही थी। एक-आध चमगादड़ भी पेड़ों के इधर-उधर उड़ रहे थे। सिया और ईशान मुड़-मुड़ कर इस आस में पीछे देख रहे थे कि शायद अभी पीछे से कोई गाड़ी निकल आए। लेकिन उस वीरान और सुनसान रास्ते पर ना ही किसी गाड़ी के आने की कोई आवाज़ सुनाई देती और ना ही किसी कार की लाइट दिखाई देती।

शाम के साढ़े छह बज चुके थे। तृषा की लाश को गुफा में से गायब हुए अब दो घंटे हो चुके थे। उसकी मौत को अब चौबीस घंटे से भी अधिक का वक़्त हो चुका था। तृषा की गुफा में अब शैतानो के लिए आज़ाद होना आसान हो गया था। वो अब लगातार गुफा से आज़ाद होने की कोशिश कर रहे थे। तभी अट्टहाश करते हुए शायद कोई बहुत ही ताकतवर शैतान आज़ाद हो जाता है।

उजाला अब अँधेरे में घुल चुका था। हवा में एक अजीब सन्नाटा था, जो कानों को चीरता जा रहा था। झींगुरों की लगातार आती आवाज़ें उस खामोशी को और बढ़ा रही थीं। पेड़ों की टहनियाँ ऐसे काँप रही थीं जैसे किसी अदृश्य ने उन्हें जकड़ लिया हो। काली हवाएँ सूखे पत्तों को झकझोरती हुई गुज़र रही थीं, और हर सरसराहट ऐसा एहसास दे रही थी मानो कोई छिपा हुआ साया धीरे-धीरे पास आ रहा हो। लगता था जैसे ये हवाएँ सिर्फ पत्तों को नहीं, बल्कि अपने साथ कोई दफ़्न राज़ भी हिला रही हों। विरानगी बढ़ती जा रही थी। हर तरफ़ एक ऐसी ठंडक फैल चुकी थी जो शरीर से ज़्यादा आत्मा को जकड़ रही थी। अब सिर्फ़ सन्नाटा सुनाई नहीं दे रहा था, बल्कि महसूस हो रहा था — जैसे... कहीं पास ही, कोई हर कदम पर निगाह रखे बैठा हो।

इधर सिया और ईशान काफी देर से चुप-चाप तृषा की गुफा के ओर चले जा रहे थे। तभी सन्नाटे में जान फूँकती हुई सिया बोलती है –

पिछले दो सालों में हम यहाँ कितनी बार आ और जा चुके हैं, लेकिन ऐसा कभी नहीं हुआ कि कभी भी हमारी गाड़ी आते या जाते वक़्त रास्ते में खराब हुई हो। ना जाने क्यों ऐसा पहली बार हुआ है?

पता नहीं, लेकिन तुम्हारी बात मे दम तो है।

सिया अचानक से अपना पैर उठा लेती है

आ... शी...आ...शी...आ...शी... ईशान... ईशान मेरा पैर...

सिया दर्द से कराहने लगती है उसके चेहरे के रंग अचानक से बदल जाता है।

मेरे पैर में कुछ चुभ गया...शी...आ...शी...आ...शी...

ईशान उसके कन्धे पर हाथ रखकर उसे पकड़ता है।

ईशान : क्या हुआ सिया ?

ईशान तुरंत अपने फोन का टॉर्च जलाता है। और देखकर दंग रह जाता है कि लगभग तीन इंच का एक कांटा सिया के दायें पैर के सैंडल को छेद कर उसके तलवे के आर-पार हो गया था।

ईशान : ओ माइ गॉड... तुम्हें तो इतना बड़ा कांटा चुभ गया है।

सिया ईशान के दोनों बाहों को कसकर पकड़ लेती है। मुँह भींचकर दर्द से कराहते हुए बोलती है –

ईशान...ईशान...अब मुझसे खड़ा नहीं हुआ जा रहा है। प्लीज... ईशान कुछ करो... प्लीज ईशान... कुछ करो...

ईशान के तो जैसे होश उड़ गए थे। अब तो उसका डर और भी बढ़ गया था। लेकिन अपने डर को अपने अंदर छिपाते हुए वो सिया को सहारा देकर उसे सड़क के एक तरफ ले जाते हुए बोलता है –

आओ... आओ इधर बैठो, इस तरफ आओ, मैं निकालता हूँ , तुम बैठो...

ईशान सिया को सड़क के किनारे रखे एक मीटर ऊँचे एक चौकोर पत्थर पर बैठाता है।

बैठो यहाँ...

ईशान पैर के बल सड़क पर बैठ जाता है। सिया का दायाँ पैर जिसमें कांटा चुभा था, उसे अपने दोनों हाथों से पकड़ लेता है। सिया अपने दोनों हाथ उसके कंधे पर रख देती है और कसकर ईशान के दोनों कंधे दबाती है और कराहती है –

ईशान... ईशान बहुत दर्द हो रहा है ईशान... ईशान अब मुझसे बर्दाश्त नहीं हो रहा ईशान... मैं मर जाऊँगी, मैं अब मर जाऊँगी... अब मैं नहीं जिऊंगी। बहुत दर्द हो रहा है।

ईशान को खुद भी अब डर लग रह था और सिया का दर्द देखकर दर्द भी हो रहा था। लेकिन सिया को उसके डर और दर्द का एहसास न हो इसके लिए ईशान ने अपने चेहरे पर सिकन की एक रेखा तक नहीं आने दी थी, और फिर एक बार अपने दोनों हाथों से कसकर सिया का दायाँ पैर पकड़ लेता है। सिया को चुप कराने की कोशिश करता है –

सिया कराहना बंद करो

आ...शी...ओ...शी...नहीं...आ...शी... ईशान बहुत दर्द हो रहा है.... ईशान.... बहुत दर्द हो रहा है। ईशान अब बरदाश्त नहीं हो रहा... मुझे अब बहुत दर्द हो रहा है।

अरे, तुम चुप तो करो, तभी तो मैं काँटा निकालूँगा।

नहीं ईशान नहीं, तुम निकलोगे तो बहुत दर्द होगा

निकालना तो पड़ेगा ही न, उसी में तो नहीं छोड़ सकते हैं न अब

नहीं...ईशान शी...आ...शी...आ...ओ...मैं नहीं निकालने दूँगी। ईशान गुस्से में सिया पर चिल्लाता है –

चुप... एकदम चुप... एक दम चुप... अब अपनी आँखें बंद करो और खोलना मत अभी...

ईशान के चिल्लाने से सिया डर जाती है और थोड़ी देर बाद कर अपनी आँखें बंद कर लेती है। ईशान का ऐसा गुस्सा पहले भी वो एक दो बार देख चुकी थी, क्योंकि उसे पता था कि बिना डांट सुने न ही वो चुप होगी और न ही ईशान को कांटा निकालने देगी। यही सोचकर वो अपनी आँखें बंद कर लेती है। ईशान सैंडल के नीचे से कांटे को धीरे-धीरे पकड़ने की कोशिश करता है, लेकिन वो पूरी तरह से अंदर घूँस चुका था इसलिए वो पकड़ में ही नहीं आ रहा था। दस-बारह मिनट के बाद काफी मुश्किल से

किसी तरह उस कांटे को ईशान अच्छी तरह से पकड़ पता है।

ईशान सिया का मुँह देखकर उसे पूछता है -

तुमने आँखें तो बंद की हैं न ? खोली तो नहीं

नहीं.. खोली नहीं... आ... शी आ... शी ओ निकला नहीं क्या ?

नहीं, अभी नहीं, दो मिनट और रुको, बस दो मिनट

ईशान कांटे को पकड़ कर खींच लेता है पूरा काँटा बाहर आ जाता है। खून से रंगा हुआ लाल तीन इंच का कांटा अब ईशान के दायें हाथ में था।

सिया लंबा चिल्लाती है – आ......शी......

ईशान : बस बस... हो गया। ये देखो तुम्हारा कांटा, इतना लंबा और इतना मोटा कांटा तुमने अपने अंदर कैसे घुसा लिया था ? हे भगवान दर्द नहीं हुआ क्या? पक्का बहुत मज़ा आया होगा तुम्हें, है ना ?

ईशान कांटे की तरफ देखकर ये बात मज़ाक में बोलता है। सिया दर्द से परेशान थी। सिया झल्ला कर ईशान के ऊपर बरस पड़ती है –

चुप करो तुम, तुम्हें शर्म नहीं आती बीबी को इतना दर्द हो रहा है, ऊई माँ... अभी-अभी इतना बड़ा कांटा निकला है और मैं दर्द से कराह रही हूँ। ओ.... शि.... और तुम्हें मज़ाक सूझ रहा है।

सिया गुस्से में अपना मुँह दूसरी तरफ कर लेती है। उसकी आँखों मे पानी भरा था। रुक-रुक कर उसके पैर से खून टपक रहा था। दर्द में होने के बावजूद भी अब वो कराह नहीं रही थी। गुस्से में सिया अपना मुँह बनाती है। सिया का दर्द देखकर अब तक के छिपे हुए ईशान के भी आँसू बाहर निकल आते हैं। वो अपनी आँखों से गिरते हुए आँसू को अपनी छोटी उंगली पर लेकर उसे अपने बाए ओर छिड़कता है। सिया उसे ऐसा करते देखकर उसे बोलती है –

अब तुम क्यों रो रहे हो ? कांटा तो मुझे चुभा था न?

कांटा भले ही सिर्फ तुम्हें ही चुभा था लेकिन दर्द तो मुझे भी हुआ है न। मैं तो बस तुम्हें हँसाने की थोड़ी-सी कोशिश कर रहा था। पता ही नहीं चला कि तुम्हें हँसाने की जगह तुम्हें रुला दिया मैंने... सॉरी सिया, प्लीज मुझे माफ कर दो।

ईशान दोनों हाथों से अपने कान पकड़ लेता है। उसके आँख में आँसू भर गया था। सिया ईशान को देखकर दर्द में होते हुए भी हल्का-सा

मुस्कुराने की कोशिश करती है।

सिया : ईशान मैं जानती हूँ कि तुम मुझे हँसाने की ही कोशिश कर रहे थे, लेकिन इस बार तुम्हारा आइडिया फ्लॉप हो गया क्योंकि मुझे दर्द हो रहा है। लेकिन मेरी खुशी के लिए तुम्हें तकलीफ हो ये मुझे बिल्कुल मंजूर नहीं, तुम्हारी मुस्कान के लिए मैं ऐसे हजारों दर्द को मात दे सकती हूँ।

सिया फिर मुस्कुराने की कोशिश करती है

सिया : अच्छा चलो छोड़ो ये सब, अब मैंने मुस्कुरा दिया , तुम भी अब मुस्कुरा दो।

ईशान के चेहरे पर हल्की-सी स्माइल आ जाती है। ईशान सिया के पैरों की तरफ से मुँह उसकी तरफ करता है और बोलता है –

बस तुम्हारे चेहरे की यही स्माइल मुझे चाहिए थी। इस स्माइल के लिएं हँसना-रोना तो क्या मेरी जान तक निसार है।

सिया अपने चेहरे के दर्द को छिपाने की कोशिश करती है और अपनी स्माइल बरकरार रखते हुए बोलती है –

इस जंगल में तुम बहुत ही रोमांटिक बातें कर रहे हो, जंगले में ही रहने का इरादा है या अब चलोगे भी ?

सिया ईशान को पकड़ कर उठने की कोशिश करती है। ईशान उसके कंधे पर अपना हाथ रखकर उसे दोबारा बैठा देता है और बोलता है –

बस... दो मिनट दो मुझे... तुम्हारे पैर से ये खून टपक रहा है, पहले इसपर कुछ बांध लेते हैं फिर चलते हैं यहाँ से

सिया : ठीक है

ईशान अपने पैंट की जेब से रुमाल निकालता है और पास की कुछ हरी घाँस उखाड़ लेता है। उसके पत्तों को अपने हथेली से मसलकर गीला करता है। उसके बाद आधी गिली घांस सिया के पैर के तलवों के ऊपर और आधी हरी घाँस सिया के पैर के तलवों के नीचे रखकर अपने रुमाल से बांध देता है। फिर सिया की ओर देखता है। इस बीच सिया बिना पलक झपकाए चुप- चाप ईशान को देख रही थी।

सिया : इस घाँस को बांधने से क्या होगा ?

ईशान : घाँस से जो रस निकलेगा वो खून बहना बंद कर देगा और धीरे-धीरे घाव भी ठीक कर देगा।

सिया हल्का-सा मुस्कुराती है। अपने बाएँ हाथ की मुट्टी अपने बाएँ गाल पर टिका कर बोलती है -

अच्छा जी... आपको ये देशी नुश्खे कब पता चले ? मुझे तो इसके बारे में कुछ पता ही नहीं था।

ईशान : तुम्हें इसलिए पता नहीं था क्योंकि तुम्हारा कोई गाँव नहीं था न, बस इसीलिए...देखो तुम शुरु से ही शहर में पली-बढ़ी हो। और घाँस या उसकी जाति-प्रजाति के इस गुणो के बारे में निसंदेह तुमने न तो कभी कुछ देखा होगा और न ही कभी कुछ सुना होगा। खैर छोड़ो तुम तो इन सबके बारे में जानती भी नहीं होगी। तो इनके एक्सिडेंटल यूज़ के बारे में तुम्हें कैसे पता होगा ?

सिया : हाँ-हाँ... क्यों नहीं? जैसे तुमने तो बॉटनी मे पी एच डी की है ना ?

ईशान : नहीं-नहीं मैंने बॉटनी में नहीं, सोशिओलोजी में पी एच डी की है। तुम्हें पता भी नहीं है कि तुम्हारे पति ने किसमें पी एच डी की है ?

सिया : देखो मुझे सब पता है कि तुमने किसमें पि एच डी की है और किसमें नहीं, लेकिन मुझे अभी किसी भी सबजेक्ट का लेक्चर नहीं चाहिए। प्लीज... अब चलो यहाँ से, वैसे ही काफी रात हो चुकी है। पता नहीं क्यों मुझे डर लग रहा है। अब हमे जल्दी से तृषा की गुफा तक पहुँचना होगा।

सिया उठ खड़ी होती है। ईशान के कंधे पर हाथ रखकर बोलती है –

अब उठो, चलोगे भी या यहीं पर बॉटनी का लेक्चर रात भर देते रहोगे।

ईशान उठ कर खड़ा होता है और मुस्कुराकर बोलता है –

नहीं- नहीं बाकी का रास्ते में दे दूंगा।

इतना कहकर ईशान हंसने लगता है। सिया नाराज़ होकर बोलती है –

चुप करो, मुझे अब इस जंगल मे कोई लेक्चर नहीं सुनना। वैसे भी अब मेरा दिमाग खराब हो रहा है।

रात काली होने की वजह से सिया को डर लग रह था। पैर का दर्द चेहरे पर साफ़ झलक रहा था। सिया का सारा भार उसके दायें पैर पर था और उसने दर्द से अपना बायां पैर उठा रखा था। सिया ईशान का दायाँ हाथ अपने बाएँ हाथ से पकड़कर उसे ऊपर खींचती है।

सिया : अब उठो भी या आज पूरी रात यहीं बिताने का प्लान है क्या तुम्हारा ? क्या कर रहे हो ?

ईशान : शु लैश बांध रहा हूँ। एक मिनट रुको।

सिया : तुम्हें रात के अंधेरे में भी शु लैस दिखाई दे रहा है। हे भगवान! क्या नज़र पायी है तुमने ?

ईशान शु लैश बांध कर खड़ा हो जाता है। अचानक से सिया का बैलेंस बिगड़ जाता है और वो ईशान के ऊपर गिर पड़ती है। ईशान उसे तो संभाल लेता है लेकिन सिया को संभालने के बाद उसका खुद का बैलेंस बिगड़ जाता है। सिया का बैलेंस बनने के बाद भी अभी तक सिया पूरी तरह से ईशान पर ही निर्भर थी। ये दोनों लोग बिल्कुल सड़क के बाईं ओर खड़े थे। जहाँ सिर्फ सड़क के नीचे खाई ही थी। ईशान सड़क के बाईं ओर गिर जाता है और सिया भी उसी के साथ-साथ गिर जाती है। दोनों लुढ़कते-लुढ़कते सड़क के बाईं ओर चले जाते हैं क्योंकि वो पूरा ढलान था। अब वो दोनों काफी तेजी से नीचे की ओर लुढ़क रहे थे। इस बात की गनीमत थी कि कहीं भी झाड-पतवार, कटीले पेड़-पौधे या कोई पत्थर उनके ढलान के रास्ते में नहीं पड़ा। एक दूसरे के ऊपर नीचे होते हुए वो दोनों एकदम खाई के अंत में पहुँच जाते हैं। जहाँ से सड़क किसी पहाड़ की चोटी पर दिखाई दे रहा था। वो दोनों जहाँ जाकर अंत में रुक पाये थे वो पूरा समतल था। लगभग वहाँ से तीस मीटर की दूरी पर एक झरना गिर रहा था। वो झरना जमीन पर लगभग दस मीटर चौड़ा बह रहा था। जमीन पर पड़े हुए सिया और ईशान आनन-फानन में एक दूसरे से अलग होते हैं। आँखों के इशारे से दोनों एक दूसरे को इस अनएक्सपेक्टेड गलती के लिए ब्लेम कर रहे थे। लेकिन अपने आप ही दोनों अपनी-अपनी गलती मान लेते हैं और एक दूसरे को माफ कर देते हैं।

ईशान : तुम्हें चोट तो नहीं लगी न !

सिया : नहीं, इस बार तो नहीं लगी। भगवान का लाख-लाख शुक्र है कि लुढ़कते हुए रास्ते में कोई काँटा या पत्थर नहीं पड़ा वरना न जाने क्या होता ?

ईशान : होना क्या था? मैं भी तुम्हारी तरह अभी तक लूला या लंगड़ा हो गया होता।

सिया : शुभ-शुभ बोलो, कम से कम ऐसे अनाप-शनाप तो मत बको, भगवान के लिएं... प्लीज... वरना दोनों लूले-लंगड़ों को यहीं रात बितानी पड़ेगी।

ईशान : हाँ, इस जंगल में रात बिताने में आज काफी मज़ा आएगा वैसे। क्यों ना आज रात यहीं पर आउटडोर हनीमून प्लान करें ? इस बारे में तुम्हारा क्या ख्याल है?

सिया : हाँ हाँ (चिढ़कर) क्यों नहीं ? (दुखी होकर) मेरी हालत देखकर तुम्हें जरा-सा भी तरस नहीं आता न...

सिया नाराज़ होकर एक तरफ बैठ जाती है और कुछ सोचने लगती है। सिया के पैर जमीन पर फैले हुए थे। उसके चेहरे पर उदासी साफ दिखाई दे रही थी। थोड़ी देर रुकने के बाद ईशान भी सिया के बगल में पैर फैलाकर बैठ जाता है। ईशान कुछ समय चुप-चाप सामने देखता है फिर बाएँ देखने के बाद दायें मुड़कर सिया से बोलता है-

मुझे पता है कि तुम काफी परेशान हो और घबराई हुई हो । पहले तो तुम्हारे पैर में इतना बड़ा काँटा चुभ गया और अब इतनी मुश्किल से जब वो बाहर निकला तो हम इतनी उंचाई से नीचे इस खाई में आ गिरे। आज हमारी कार का इतनी रात को यहाँ आकार धोखा देना तो मुझे जिंदगी भर याद रहेगा। मैं तो बस तुम्हारे चेहरे की उदासी कम करने की कोशिश कर रहा था।

सिया सामने से अपनी नजरें उसकी ओर मोड़ती है और धीमी दर्द भरी आवाज़ में बोलती है –

ईशान मैं जानती हूँ कि तुम मेरा दर्द बांटने की कोशिश कर रहे थे। और सच कहूँ तो इसमें तुम्हारी कोई गलती नहीं है मैं बेवजह ही तुम पर चिढ़-चिढ़ कर रही हूँ। इस दर्द और अचानक आई मुसीबत की वजह से मैं अपना आपा खो बैठी हूँ। तुम देखो न कि आज वक़्त का पहिया ऐसा

घुमा है और हमें इस मोड पर लाकर खड़ा कर दिया है, जहाँ आगे-पीछे न तो कुछ सुनाई दे रहा है और न ही कुछ दिखाई दे रहा है। इसमें तुम्हारी कोई गलती नहीं है ये वक़्त का ही खेल है जिसने हमें यहाँ पहुंचा दिया है। अब तो मुझे कुछ भी समझ नहीं आ रहा है कि आगे क्या करना है ?

ईशान : तुम्हें कुछ भी सोचने या समझने की जरूरत नहीं है मैं हूँ न... तुम रुको...

ईशान उठ कर खड़ा हो जाता है। चारो तरफ देखने की कोशिश करता है। रात काली होने की वजह से कुछ भी साफ दिखाई नहीं दे रहा था। चारों तरफ बस झींगुर के बोलने की आवाज़ सुनाई दे रही थी। बीच-बीच में, चमगादड़ भी आसमान में उड़ते हुए बोल रहे थे। सेंबल के पेड़ पर एक उल्लू बैठ कर इन दोनों को देखने की कोशिश कर रहा था। लेकिन रात काली होने की वजह से उल्लू अपने तात्कालिक बुद्धि का प्रयोग करके इनके होने का आभास ही कर पा रहा था। जमीन पर समान ऊंचाई की छोटी घाँस उगी हुई थी। वहाँ खड़े पेड़ों के बीच की दूरी आपस में काफी ज्यादा थी। ईशान अपने पीछे मुड़ता है, उसे अपने पीछे कल-कल करते हुए धीमी-धीमी पानी की आवाज़ सुनाई दे रही थी। मालूम हो रहा था कि थोड़ी ही दूर पर कोई झरना बह रहा था। अचानक से आपस मे लड़ रहे दो चमगादड़ में से एक इनसे थोड़ी दूरी पर आकर गिर जाता है। उसके गिरते ही पट की आवाज़ होती है। सिया तुरंत फुर्ती से अपना एक पैर सम्हाल दूसरे पैर पर उठ कर खड़ी हो जाती है। और ईशान का हाथ पकड़ लेती है। दोनों डरकर चौकन्ना हो जाते हैं।

सिया : ईशान क्या गिरा होगा ?

ईशान : पता नहीं ।

सिया : फिर भी... तुमने कुछ देखा क्या ?

ईशान : यार मेरे पास आँखें हैं, टॉर्च नहीं है कि इस अंधेरे में मुझे दिखाई दे कि वहाँ क्या गिरा है? तुम भी तो यहीं थी।

तो मैंने कहाँ कहा कि तुम्हारी आँखें टॉर्च हैं। मैं तो बस पूछ रही थी। टॉर्च से याद आया कि हमारे पास फोन तो है न। तुम अपने फोन का टॉर्च जलाओ न फिर दिख जाएगा।

अरे हाँ यार ऊपर से नीचे गिरने की वजह से मैं तो भूल ही गया कि हमारे पास फोन भी है।

इतना कह कर ईशान अपने पैंट कि जेब चेक करने लगता है। उसके बाद शर्ट कि जेब चेक करता है। फिर पैंट कि जेब चेक़ करता है ?

सिया : क्या हुआ ?

ईशान : यार मिल नहीं रहा।

सिया : हे भगवान... कहीं गिर तो नहीं गया ?

ईशान परेशान होकर अपने पीछे कि जेब से वैलेट निकालता है।

ईशान : हाँ, लग तो रहा है।

सिया : लग तो रहा है का क्या मतलब ?

ईशान : मेरा मतलब है कि फोन गिर गया।

सिया सांस लेकर बोलती है- अच्छा, अब क्या होगा ?

सिया को ईशान के हाथ में किसी चीज के होने का आभास होता है। वो उसके हाथ को पकड़ लेती है।

सिया : और ये तुम्हारे हाथ में क्या है ?

ईशान खीझकर बोलता है- वैलेट है यार, और क्या है?

ईशान अपना वैलेट पैंट कि जेब में पीछे संभाल कर रखते हुए सिया से बोलता है –

तुम्हें तो ऐसा लग रहा है कि जैसे मैं झूठ बोल रहा हूँ।

सिया : नहीं, मैं तो बस पूछ रही थी, मुझे लगा था कि तुम...

कि मैं फिर से मज़ाक कर रहा हूँ, है ना...

सिया : हाँ, (थोड़ा रुककर) अच्छा रुको मैं मेरा फोन निकालती हूँ। धत तेरी कि....मैं तो भूल ही गयी कि मेरे पास भी फोन है।

ईशान : नहीं...नहीं...नहीं... तुम्हें निकालने की जरूरत ही नहीं है। तुम रहने दो, उसे अपने पर्स में ही आराम करने दो। तुम ये कैसे नहीं भूल गयी कि तुम्हारे पास साइड में तुमने पर्स भी टांग रखा है।

सिया : एक्सक्यूजमी...चुप भी रहो तुम... जैसे तुम्हें याद नहीं था कि तुम्हारे जेब में फोन है, वैसे ही मुझे भी याद नहीं था कि मेरे पास फोन है। और वैसे भी तुम्हारा हो या मेरा हम दोनों के फोन के बारे में पहले मैंने ही याद दिलाया। हाँ नहीं तो...

ईशान : याद दिलाया से तुम्हारा क्या मतलब है? पहले फोन नहीं निकाल सकती थी तुम अपना...

सिया को तेज से गुस्सा आ जाता है। वो अपनी आँखें बड़ी-बड़ी कर लेती है। चिल्ला कर बोलती है –

अरे तुम्हें हो क्या गया है? कैसी बहकी-बहकी बातें कर रहे हो तुम ?

ईशान समझ जाता है कि अब सच में सिया काफी गुस्से में आ गयी है। गुस्से में सिया अपने फोन का टॉर्च जलाकर ईशान के मुँह पर दिखाती है। तभी सिया को दिखता है कि ईशान मुस्कुरा रहा है। टॉर्च की रोशनी मुँह पर जाते ही ईशान ग़ंभीर हो जाता है सिया इस बात को समझ जाती है। कि ईशान इस बार भी मजाक कर रहा था। उसके बाद सिया लाइट उस तरफ घूमाती है जिधर से कुछ गिरने की आवाज़ आई थी। उधर एक चमगादड़ जमीन से ऊपर की ओर उड़ती दिखाई देती है। ईशान भी देखता है कि वो एक चमगादड़ थी। ईशान के इस मज़ाक को जानने के बावजूद भी सिया चल रहे इस ड्रामें को बरकरार रखती है।

सिया : हे भगवान काश...काश कि ये चमगादड़ कि जगह एक साँप होता, और आकर मुझे डांस लेता तो मैं मर जाती तो कम से कम ये आदमी इस वीरान जंगल में मेरे अकेले होने का फायदा तो नहीं उठाता। मुझे इस तरह बेवजह डांटता तो नहीं, अपनी मर्दांगी तो नहीं दिखाता।

कहने के साथ ही सिया अपना मुँह और दोनों हाथ ऊपर कि ओर कर लेती है जैसे कि वो भगवान से कोई दुआ मांग रही हो।

हे भगवान उठा ले मुझे... मुझे अब इस आदमी के साथ नहीं रहना मैं आज पहली बार इसका असली रूप देख रही हूँ वो भी इस वीरान...सुनसान...अंधेरी काली रात में, और वो भी इस जंगल में... मुझे नहीं पता था कि ये आदमी इस जंगल में मेरे साथ ऐसे बर्ताव करेगा।

ये सब सुन कर ईशान आश्चर्यचकित रह जाता है। उसे लगता है कि सिया ये सब क्या अनाप-सनाप बके जा रही है। सिया को रोकने के लिए वो उसके सामने जाकर उसके दोनों हाथों को पकड़ कर बोलता है –

सिया...ये...ये सब तुम क्या बोले जा रही हो? पागल हो गयी हो क्या मैं तो बस मज़ाक कर रहा था। तुमने सिरियसली दिल पे ले लिया।

सिया गुस्से में बोलती है –

लेकिन मैं मज़ाक नहीं कर रही हूँ। हट जाओ तुम मेरे रास्ते से आज मेरे मरने कि प्रार्थना भगवान को स्वीकार करनी ही होगी। हे भगवान सुन रहा है ना तू, आज तू सुन ले मेरी बात। मुझे अब ये दुनिया छोड़कर तेरे पास आना है। मुझे नहीं रहना अब इस आदमी के साथ एक छत के नीचे...

सिया मन में ही ये सोचकर हँसती है कि अभी सर के ऊपर एक छत है ही कहाँ ?

उसके बाद फिर अपना ड्रामा कायम रखती है। वहीं जमीन पर बैठकर एक दम खामोश हो जाती है। ईशान शांतिपूर्वक उसके पास आकर धीरे से बैठ जाता है। एक पैर पालथी मारकर और दूसरा पैर घुटने से समेट कर

ईशान : सिया क्या हो गया है तुम्हे?

इतना कहकर ईशान संभल जाता है कि कहीं फिर से कोई मिस्टेक न हो जाए।

मैं तो बस मज़ाक कर रहा था यार, मुझे क्या पता था कि तुम इतना गंभीरता से ले लोगी। देखो मुझे पता था कि वो चमगादड़ ही था, इसलियें मैंने इस बात को गंभीरता से नही लिया था। लेकिन सच मे... तुम्हें तंग करने में मुझे बहुत मजा आता है। इसलिए सोचा की थोड़ी और मस्ती कर लेते हैं। और भले ही इंसान कितनी भी बड़ी प्रॉब्लेम में क्यों न हो उसे हमेशा हँसते-मुस्कुराते हुए रहना चाहिए? क्योंकि उदास हो जाने से या रोते रहने से तो कोई प्रॉब्लम सॉल्व नहीं होगी? इसलिए हमेशा हँसते हुए इंसान को प्रॉब्लम फ़ेस करना चाहिए ।

ईशान सिया को इमोशनल ब्लैकमेल करने की कोशिश करता है।

अक्सर मेरी माँ यही बात मुझसे कहा करती थी कि उदास हो जाने से परेशानियाँ हल नहीं हो जाती है, इसिलिए हरदम मुस्कुराते रहना चाहिए। इसलिये मैं तो बस वही कर रहा था।

अपना इमोशनल डायलॉग मारने के बाद ईशान चुप हो जाता है कि शायद अब सिया अपनी नाराजगी ख़त्म कर देगी। लेकिन ये ड्रामा करने के बावजूद भी ईशान को कोई सकारात्मक परिणाम नहीं मिलते हैं।

सिया मन ही मन सोचती है कि आज तक तुमने मुझे तंग करके बहुत मजा लिया है ईशान बाबु... आज मेरी बारी है और मैं इतनी आसानी से तो हार नहीं मानने वाली हूँ। थोड़ा तंग तो मैं भी तुम्हें आज करूंगी जैसे तुमने आज तक मुझे किया है। चाहे तुम कितनी भी भावुक बातें कर लो, मम्मी-पापा को बीच में ले आओ, लेकिन मैं आज तुम्हें परेशान तो अच्छे से करूंगी। आखिर पहली बार ये आइडिया मेरे दिमाग में आया है, मैं इसका पूरा फायदा उठाऊँगी। जरा तुम्हें भी तो पता चलना चाहिए कि खुद किसी को तंग करने में और दूसरों से तंग होने में क्या फर्क होता है? ये सोचकर सिया मन ही मन मुस्कुराती है लेकिन ये खुशी अपने चेहरे पर जाहिर नहीं होने देती है और अपने चेहरे पर ईशान के प्रति नाराज़गी बनाये रखती है। जो की ईशान को साफ़ दिखाई देता है। अपनी योजना को असफल होते देख कर ईशान एक और प्रयास करता है –

सिया का हाथ पकड़ने की कोशिश करता है, वो अपना हाथ खींच लेती है।

सिया देखो... मेरी बात समझने की कोशिश करो, माना कि मुझसे गलती हुई है। मुझे इस तरह से तुम पर चिल्लाना नहीं चाहिए था। लेकिन मैं चिल्लाया ये मेरी सबसे बड़ी गलती है, मैं मानता हूँ, और उसके लिए मैं तुमसे माफ़ी भी मांगता हूँ, प्लीज़ मुझे माफ कर दो। देखो, तुम तो ये बात अच्छे से जानती हो कि जब हम किसी से बेहद मोहब्ब्त करते हैं तो कभी-कभी हम उसके साथ शैतानी करते हैं, मनमानी करते हैं, हमेशा उसे चिढ़ाते-रिगाते रहते हैं। उसे तरह-तरह से छेडते हैं। परेशान करते हैं। लेकिन सबसे ज्यादा प्यार भी तो हम उसे ही करते हैं न। इसलिए तो तंग भी उसे ही करते हैं। अब तुम बताओ जब प्यार मैं तुमसे करता हूँ तो तंग भी तो तुम्हें ही करूंगा न, अब ऐसा तो हो नहीं सकता कि प्यार मैं तुमसे करूँ और तंग पड़ोसन को करूँ।

एक पल के लिए सिया मुड़कर ईशान को देखती है, लेकिन गुस्से में, अगले ही पल वो फिर वही सामने की ओर देखने लगती है। जहाँ वो पहले देख रही थी। सिया के एक बार मुड़ कर देखने से ईशान का हौसला बढ़ता है वो खुश होकर सोचता है कि सही जा रहे हो ईशान बाबू, सही जा रहे हो, कोशिश करते रहो, कामयाबी जरूर मिलेगी, बस तुम लगे रहो। हिम्मत

मत हारना... लेकिन इस बार तुमने कुछ ज्यादा ही मजे ले लिए, इस बार सिया हर बार की तरह आसानी से मानने वाली नहीं है। हाँ, अभी नहीं तो थोड़ी देर बाद ही सही लेकिन मानेगी तो जरूर... बस अभी कुछ ज्यादा ही भाव खा रही है। ईशान फिर से अपनी पैंतरेबाजी शुरु करता है।

तुमने मुड़ के देखा, तुमने मुड़ के देखा, अब तो तुम्हें मानना ही पड़ेगा। देखो तुम अब और नहीं रूठ सकती हो वरना अब मैं रूठ जाऊंगा। तो तुम्हारे लिए मनाना बहुत मुश्किल हो जाएगा क्योंकि अब मैं थक चुका हूँ। सोच लो एक बार... अगर मैं रूठ गया न तो अब इस जंगल में तुम्हें बचाने वाला कोई दूसरा नहीं होगा। हाँ... और तुम अकेली पड़ जाओगी... बिल्कुल अकेली...

ईशान सोचता है कि ये ऐसे तो नहीं मान रही है, तो चलो कोशिश करता हूं ये डर जाए और फिर मान जाए। फ़िर वो सिया को ऐसे डराने की कोशिश करता है जैसे बड़े लोग छोटे बच्चों को डरावनी कहानियाँ सुनाते हैं।

अगर मैं तुमसे रूठ गया ना, तो मैं तुम्हें यहीं छोड़कर चला जाऊंगा। फिर तुम यहीं रहना अकेले। फिर मैं यहाँ से जाकर बिल्कुल आराम से तृषा के गुफा में सो जाऊंगा। खर्राटे लेते हुए... चद्दर तान के... फिर रात के बारह बजेंगे या फिर तीन भी बज सकते हैं घड़ी में... अरे उसी घड़ी में जो तुमने पहन रखा है... और नहीं तो क्या मेरे में? मैं तो यहाँ रहूँगा भी नही... फिर मेरे में बारह बजें या तीन... तुम्हें कैसे पता चलेगा? बारह बजते ही टिक-टिक टिक-टिक की आवाज़ आएगी। तुम्हारी घड़ी से अरे जैसे रोज आती है। अचानक से बिजली चमकेगी और थोड़ी ही देर में उसके कड़कने की आवाज़ यहाँ तक आएगी। बिजली कड़कने की आवाज़ से तुम्हें डर लगता है न, बिल्कुल भी डरना मत... फिर अचानक हवा चलने लगेगी बिल्कुल... साँय-साँय... हवा इतनी तेज होगी कि सारे सूखे और... और जमीन पर गिरे हुए पत्ते हवा के साथ उड़ने लगेंगे। तेज हवा से सारे पेड़ों की टहनियाँ और हरे पत्ते हवा में ज़ोर-ज़ोर से हिलने लगेंगे। जो टहनियाँ नरम होंगी वो हवा की दिशा में झुक-झुक कर अपने पहले वाले स्थान पर वापस आयेंगी। इतनी तेज हवा चलेगी कि तुम्हें भी लगेगा कि कहीं मैं भी इस आँधी-तूफान में उड़ ना जाऊ और तुम्हारा दुपट्टा तेज

हवा के झोकें में उड़ जाएगा। तुम चाहकर भी उसे पकड़ नहीं पाओगी... फिर तुम थक हारकर बैठ जाओगी। उसके बाद एक भूत निकल कर आएगा जंगले में से... जिसके पूरे शरीर पर बड़े-बड़े काले बाल होंगे। उसका शरीर बहुत भारी होगा बिल्कुल विचित्र और आदिमनव जैसा... फिर तुम डर जाओगी... लेकिन तुम डरकर क्या कर लोगी? वो तो तुम्हें उठा कर ले ही जाएगा क्योंकि मैं तो यहाँ रहूँगा नहीं तुम्हें बचाने के लिए, क्योंकि तुमने तो मुझे नाराज़ कर दिया है, तो ज़ाहिर-सी बात है मैं तो जा चुका होऊंगा।

तभी ईशान मन में सोचता है कि अरे पागल तू उसे मनाने की कोशिश कर रहा है या डराने-धमकाने की। देख ऐसे तो कत्तइ नहीं मानेगी जब मानेगी तो प्यार से ही मानेगी।

इतनी डरावनी बातें सुनने के बाद भी सिया टस से मस नहीं होती है। वहीं उसी तरह से बैठी रहती है, फिर ईशान गिरगिट की तरह अपना रंग बदलता है –

तुम्हें पता है कि जब मैं पिछले महीने गोवा गया था तो क्या हुआ था ?

हाँ...हाँ... मुझे पता है कि तुम मन ही मन जानना चाहती हो कि क्या हुआ था? लेकिन मैं नहीं बताऊगा... नही तो तुम नाराज़गी छोड़कर हैवानियत पर उतर जाओगी। अच्छा-अच्छा बता ही देता हूँ जब तुम इतना ज्यादा पूछ ही रही हो तो –

आई थिंक मैं न कुछ ज़्यादा ही ड्रंक था, लेकिन मुझे कुछ भी प्रॉपर याद नहीं है कि वास्तव में उस रात क्या हुआ था ? लेकिन जब सुबह मैं उठा तो मुझे पता चला कि मैंने उस लड़की के साथ....

सिया आश्चर्य से भरी निगाहें लेकर अपनी गर्दन ईशान की तरफ घूमाती है –

वॉट ? वॉट डीड यू जस्ट से ?

वास्तव में... वो... वो... ना...

क्या वो.. वो ?

तभी ईशान अपना रंग बदलता है-

हाँ... अब तुम तो मुझसे बात कर नही रही हो, तो मैंने सोचा की... खैर छोड़ो... देखो ना, इस बार तुमने मुझसे बात भी कर लिया।

ईशान मुस्कुराते हुए बोलता है-

अब तुम मुझसे नाराज़ नहीं हो सकती हो। अब तो तुम्हें मुझसे बात करनी ही होगी।

इतना सुनकर सिया ईशान का झूठ और उसका मक़सद दोनो पकड़ लेती है और अपनी नाक फिर से सामने की ओर कर लेती है और फिर से नाराज़ हो जाती है।

ईशान खीझकर बोलता है – देखो... तुम अब मुझसे और गुस्सा नही रह सकती, अब तो तुमने मुझसे बात भी कर लिया, फिर तुम्हारी नाराज़गी तो टूट गयी न? तो फिर बोलती क्यों नहीं ?

इतना सब कुछ सुनने के बाद भी सिया चुप रहती है।

अपनी बात कहकर ईशान खामोश हो जाता है और सोचने लगता है कि मैं ऐसा क्या करूँ कि सिया मान जाए?

सिया मन ही मन मुस्कुरा रही थी और सोचती है कि -

ईशान ओब्रोय, इस बार इतनी आसानी से तो मैं नहीं मानने वाली हूँ। वैसे तुम्हें क्या लगता है कि मैं सच में तुमसे इतनी देर नाराज़ रह सकती हूँ? नहीं... कभी भी नही... लेकिन क्या करूँ डार्लिंग? आज तुम्हें तंग करके मुझे बहुत मजा आ रहा है, लेकिन इस बार मैं इस मजे को इतनी आसानी से ख़त्म नहीं करना चाहती हूँ। सारी डियर... वैसे सच में तुम भी न कितने बुद्धु हो, अरे जब मैं तुमसे रूठी ही नहीं तो तुम मुझको मनाओगे कैसे आखिर? आई मीन कि अब मुझे वो कहावत याद आ रही है –"सोते हुए को तो जगाया जा सकता है लेकिन जो सोने का नाटक कर रहा हो उसे जगाना काफी मुश्किल होता है।" वैसे तुम मुझे माफ करना ईशान आज मैं तुम्हें न जाने क्यों कुछ ज्यादा ही तंग कर रही हूँ। पता नहीं क्यों ? तुम्हें मैं जितना ही तंग कर रही हूँ, न जाने क्यों मुझे उतना ही मजा आ रहा है।

ईशान सिया को मनाते-मनाते तन और मन से बिल्कुल थक चुका था, लेकिन मन में सोचता है – मनाना छोडने से पहले मुझे एक आखिरी कोशिश तो कर ही लेनी चाहिए क्या पता कि मान ही जाए?

ईशान : सिया अब इतना भी क्या रूठना। मान भी जाओ न यार... देखो अब अगर तुम नहीं मानी न तो मैं मनाना ही छोड़ दूंगा, क्योंकि मैं पूरी तरह से थक चुका हूँ। पहले भी तो मैंने कितनी बार ऐसा मज़ाक किया है लेकिन इस तरह से तो तुम पहले कभी नहीं रूठी, फिर इस बार ही क्यों ? अरे ऐसा क्या हो गया? आई मीन कि हाँ... इस बार कुछ ज्यादा ही हो गया लेकिन इतनी देर से तो तुम्हें मनाने की कोशिश ही कर रहा हूँ न यार। देखो सच में अब मैं तुमसे दिल से माफी माँग रहा हूँ प्लीज़ ... मुझे माफ कर दो। आई प्रामिस यू कि अबसे ऐसा कभी नहीं होगा। तुम्हारी कसम... सच में... देखो, अब मैं तुम्हारी कसम तो झूठी नहीं न खाऊँगा यार... अब तो माफ कर दो न... अब तो बात कर लो प्लीज़... अब जाना भी है या यही जंगल मे रूठते-मनाते ही रात गुज़ारनी है।

इतना कहकर ईशान चुप हो जाता है कि अब तो थोड़ी देर में सिया जरूर कुछ बोलेगी।

सिया अपने मन में सोचती है – कसम तो तब लगती है न जब मैं तुमसे रूठी होऊँ। मैं तो तुमसे रूठी ही नहीं तो मैं मानूँगी फिर कैसे ? और इसी वजह से कसम तो लग ही नहीं सकती और रही बात यहाँ जंगल में रात गुज़ारने की, तो जब तुम साथ हो तो फिर मुझे किस बात का डर है। वो लोग कहते हैं न कि अगर लड़का अच्छा हो तो जंगल में भी आपकी लड़की को लेकर रह सकता है, तो आज इस बात को होने देते हैं।

ईशान सिया के पास से उठ कर खड़ा हो जाता है और कहता है-

अच्छा, अब तुम्हीं बताओ कि मैं क्या करूँ कि तुम मान जाओगी?

अच्छा मैं न अब एक काम करता हूँ। अब न मैं तुम्हें मनाने के लिए उठक-बैठक कर लेता हूँ। जब तक तुम नहीं मानोगी तब तक मैं करता ही रहूँगा।

इतना कहकर ईशान शुरु हो जाता है – एक, दो, तीन, चार, पाँच... ईशान दोनों कान पकड़ कर गिनती करते हुए उठक बैठक करने लगता है।

सिया सोचती है कि- "लगता है कि अब तो मानना ही पड़ेगा। मान जा सिया मान जा, किसी के सब्र का इतना भी इम्तिहान नहीं लिया जाता कि उसके सब्र का बांध ही टूट जाए। आखिर कब तक रूठी रहने का

नाटक करेगी? बस कर अब बहुत हो चुका। उसकी हालत पर तरस खा। लगभग डेढ़ घन्टे से वो मना रहा है और तु इतना पत्थर दिल कबसे हो गयी। देख अब तो उसने तेरी कसम भी खा ली। तू अब क्या चाहती है बोल? बस अब तू उठ और ये सब रोक दे। बस ख़त्म कर ये नाटक। अब और नहीं... बस...

सिया ईशान को रोकने के लिए बस अब उठने ही वाली थी कि तभी उसका प्रतिद्‌वंदी मन बोल उठता है -

अरे रुक जा सिया, रुक जा, रुक... रुक... रुक। आगे से वो तेरे साथ ऐसा कभी नहीं करेगा, क्योंकि उसने तेरी कसम खाई है। इसलिए ये तेरे पास आखिरी मौका है, उसे तंग करने का, बस थोड़ी देर और रुक जा... ज़रा उसे भी तो मज़ा चखने दे अपने कर्मों का। बस थोड़ी देर और... वैसे भी ये तेरे पास आखिरी मौका है।

नहीं सिया, तू अब बहुत गलत कर रही है, प्लीज़ भगवान के लिए अब ये सब रोक दे।

नहीं सिया, बस थोड़ी देर और मजे ले ले। और वैसे भी, मैं कहाँ कह रही हूँ कि तू सही कर रही है। बस थोड़ी देर की ही तो बात है।

सिया तुझे महंगा पड़ जाएगा, अब बस कर दे वरना...

चुप कर तू बस थोड़े से और मजे ले लेने दे।

इधर सिया के दोनों मन में अभी आपसी प्रतिद्‌वंद चल ही रहे थे कि इधर ईशान सौ तक की गिनती पार कर चुका था।

ईशान हाँफते हुए बोले जा रहा था – एक सौ पाँच... एक सौ छह... एक सौ सात... एक सौ आठ... एक सौ नौ... उसकी उठक बैठक जारी थी।

अचानक ईशान उठक-बैठक करना रोक देता है। अपने दोनों घुटनों पर अपने दोनों हाथ रख कर हाँफने लगता है। हाँफते-हाँफते उसे गुस्सा आ जाता है क्योंकि अब उसके सब्र की इम्तिहां हो चुकी थी। गुस्से में ही वो झुके हुए हाँफ कर बोलता है-

इतनी पत्थर दिल तो नहीं थी तुम... आखिर कब से हो गयी? मैंने कितना कुछ किया लेकिन तुम्हें ज़रा-सा भी तरस तक नहीं आया। मैंने ये तक कहा कि आगे से मैं कभी-भी ऐसा नहीं करूंगा। फिर भी तुम न मानी, जबकि तुम जानती हो कि मैंने इस बार कितना बड़ा सेक्रिफ़ाइज

किया है। मैंने तुम्हारी कसम तक खाई वो तो झूठी नहीं हो सकती थी न, लेकिन तुम्हारा दिल ज़रा-सा भी नहीं पसीजा।

कहते-कहते ईशान ज़मीन पर अपने दोनों हाथ रखता है और ज़मीन का सहारा लेकर बैठ जाता है। उसके दोनों पैर आधे सिमटे हुए और आधे फैले हुए थे। उसके दोनों हाथ घुटने के ऊपर रखे हुए थे। ईशान उदास होकर गुस्सैली आवाज़ में बोलता है-

वैसे तो आज तक तुमने मुझे पचास से ज्यादा पुश-अप कभी नहीं करने दिया, वो भी दोनों कान पकड़कर। आज पहली बार तुम्हें मनाने के लिए मैंने एक सौ दस बार पुश-अप किया। लेकिन हाँ आज मैं थक गया तुम्हें मनाते-मनाते, टूट गया पुश-अप करते-करते, लेकिन तुम टश से मश तक ना हुई।

कहते-कहते ईशान का गुस्सा तेज हो जाता है और वो गुस्से में झल्ला कर बोलता है-

न मानने की मन ही मन कसम खा रखी थी ना तुमने, ना मानो, भाड़ में जाओ... मेरी बला से...

दोनों तरफ लगभग दस से बारह मिनट तक खामोशी छाई रही.... क्योंकि अभी जो सारी बातें ईशान ने बोली थीं कि - "मत मानो भाड़ में जाओ... मेरी बला से..." ये बातें इस बार सच में सिया को बुरी लगी थीं, लेकिन बीतते वक़्त के साथ उसे अपनी गल्ती का एहसास हो रहा था कि ईशान के इतना मनाने के बाद भी सिया ने न मान कर बहुत बड़ी गलती की है। क्योंकि ये पहली बार था कि जब ईशान उससे नाराज़ हुआ था और वो भी इस तरह से नाराज़ हुआ था। अब ईशान को मनाना सिया को बड़ा मुश्किल लग रहा था और नाराज़ भी वो क्यों ना हो आखिर उसने क्या कुछ नहीं किया सिया को मनाने की लिए? लेकिन सिया नहीं मानी, इसलिए सजा भुगतने की बारी अब सिया की थी, अब रूठने की बारी ईशान की थी और मनाने की सिया की।

सिया को इस बार मामला उसके हाथ से निकलता हुआ नज़र आ रहा था। इससे पहले की मामला उसके हाथ से निकल जाये सिया इस मामले को संभालने के लिए तैयार हो गयी थी।

सिया उठ कर ईशान के पास जाती है और उसकी बायीं तरफ में काफी नजदीक होकर बैठ जाती है। आधे समेटे हुए पैर फैलाकर और नकली खांसी खाँस कर ईशान के अंदर का हाल जानने की कोशिश करती है-

(मुस्कुराते हुए) लगता है जनाब सच में नाराज़ हो गए हैं अपनी बीबी से... और नाराज़ भी क्यों ना हों? आखिर बीवी ने भी कुछ ज्यादा ही नखरे नहीं दिखा दिये आज... क्यों ?

ईशान का चेहरा गुस्से में लाल था। वो अपने मुँह को दो छण के लिए सिया की तरफ करके वापस सामने की ओर देखने लगता है। गुस्से से उसकी नाक फूल रही थी। सिया अपने आपको बचाते हुए बोलती है –

आई मीन कुछ ज्यादा नहीं ... बल्कि बहुत ही ज्यादा नखरे दिखा दिये हैं।

सिया धीरे से बोलना शुरु करती है-

आपने उसे मनाने के लिए क्या कुछ नहीं किया और वो, वो मानने के जगह अपने नखरे पर नखरे दिखाती गयी। सच में उसने बहुत परेशान किया है आपको... गुस्सा होना तो जायज़ है। इसमें कोई दो राय नहीं है कि उसे भी समझना चाहिए था कि वो अपना भाव इतना ज्यादा बढ़ा रही है अगर अभी उसके भाव आसमान से जमीन पर आ गिरे तो क्या होगा? तब तो उसे इस जंगल में पूछने वाला भी कोई और नहीं होगा, फिर क्या करेगी वो? वैसे एक बात तो माननी पड़ेगी कि आप अपनी बीवी से कितना प्यार करते हैं, आपने उसको मनाने के लिए क्या कुछ नहीं किया? लेकिन उस कम्बख़्त का कलेजा तक न पसीजा... तनिक भी नही। वो डिज़र्व करती है आपकी बला से भाड़ में जाना... वो है ही इसी लायक, कुत्ती- कमीन कहीं की...

थोड़ी देर चुप रहने के बाद...

खैर ये सब छोड़िए, लेकिन आपने एक बार भी ये तक नहीं सोचा कि आपने कसम तक खाई लेकिन फिर भी वो क्यों नहीं मानी? क्यों? आखिर क्यों? मुझे तो कुछ झोल लगता है। आपको नहीं लगता?

इतना कहकर सिया ज़रा-सा मुस्कुराती है। ईशान सवालिया अंदाज में फिर दो सेकेंड के लिए गुस्से में अपना सर सिया की तरफ घूमाता है फिर तुरंत ही सामने देखने लगता है। जैसे कि उसने पूछा हो – मतलब?

सिया तुरंत मुस्कुराना बंद करके बोलती है – मतलब कि आप सच में बहुत बड़े वाले वो हो। सच तो ये है कि वो आपसे कभी रूठी ही नहीं थी तो फिर आखिर मानती कैसे? वो तो सिर्फ आपसे रूठने का नाटक कर रही थी। इसिलिए तो वो नहीं मानी, वैसे आपने ये वाली कहावत तो सुनी होगी ना कि

"सोते हुए को तो जगाया जा सकता है लेकिन जो सोने का नाटक कर रहा हो उसे जगाना बड़ा ही मुश्किल होता है।"

सिया जरा मज़ाकिया अंदाज़ में बोलती है-

वरना जब आपने वो गोवा वाली बात बोली थी न तभी वो आपको पीटने लगती, हाँ नहीं तो... वैसे एक बात और है कि जब आपने कसम खाई थी तब तो उसे मान ही जाना चाहिए था लेकिन उसका मानना था कि जब मैं रूठी ही नहीं हूँ तो कसम तो लगेगी ही नही तो फिर मानने ना मानने का क्या मतलब ? सही कह रही हूँ न मैं... वैसे भी वो तो सिर्फ रूठने का नाटक कर रही थी। कोई सच में थोड़ी न रूठी थी।

लेकिन सच बताऊँ जब आप उठक-बैठक कर रहे थे तब तो उसका मन डोल ही गया था कि अब तो वो आपको रोक ही दे, लेकिन ये सोचकर उसने आपको नहीं रोका क्योंकि आपको तंग करने का ये उसके पास आखिरी मौका थाना, आपने आगे से तो उसे कोई मौका देना नहीं था, आपने तो कसम तक खा ली थी न बस इसिलिए, और वो तो अच्छे से जानती है कि आप उससे कितना प्यार करते हैं तो आप झूठी कसम तो खाएँगे नहीं, है न? बस यही सोचकर उसने इसका भरपूर आनंद उठाना चाहा लेकिन इस सब के बीच उसने आपको बहुत ही ज्यादा तकलीफ दे दी।

कहते-कहते सिया भावुक हो गयी, उसकी आँखों और आवाज़ में अपने किए पर शर्मिंदगी साफ झलकने लगी थी। लेकिन ईशान अब भी चुप था, खोमोशी के साथ अपने नाक पर गुस्सा लिए हुए सब कुछ सुन रहा था।

सिया ने अब अपने पछतावे को दोबारा जाहिर करना शुरू किया-

ये सब कुछ करके उसने आपको बहुत तकलीफ दी है, कुछ न करके भी उसने बहुत कुछ किया है। हाँ ईशान... उसने हद से ज्यादा आज

आपका दिल दुखाया है। थोड़े ही शब्दों में कहूँ तो उसने वास्तव में आपके आत्मसम्मान को आहत किया है। उसने आपके उस विश्वास को तोड़ा है जो इस दुनियाँ में सबसे ज्यादा आपने किसी पर किया हो।

कहते कहते अब सिया के आँखों में आँसू आ जाते हैं, उसका चेहरा उदास हो जाता है, और आवाज़ में भर्राहट आ जाती है।

हाँ, ईशान मैं आपकी गुनेहगार हूँ, ये सब करके मैंने आपका बहुत ही अपमान किया है आपको बहुत्त ही दर्द दिया है, प्लीज... आप मुझे माफ कर दीजिये, प्लीज... वरना मैं अपने आपको कभी माफ नहीं कर पाऊँगी, प्लीज... आप मुझे माफ़ कर दीजिये।

सिया के इतना कुछ कहने के बाद भी ईशान की चुप्पी बरकरार रहती है। वो अपना सारा ध्यान अंधेरे में सामने की ओर केन्द्रित रखता है। उसके चेहरे पर अब भी गुस्सा था। वो ये सोचता है कि-

जो तुमने किया, हो सकता है कि वो मज़ाक रहा हो, लेकिन जो मैंने किया वो मज़ाक नहीं था, चाहे वो मेरे आँसू थे या मेरी भावनाएं, ये सब झूठ नहीं थे। लेकिन हाँ, जो अभी कुछ देर पहले तुमने किया वो करके तुमने कभी ना भरने वाला जख्म मुझे दिया है, आज तुमने मेरी फिलिंग्स के साथ खिलवाड़ किया है, और वो भी इस तरह... इतना घटिया मज़ाक करके वास्तव में तुमने मुझे और मेरे प्यार को धोखा दिया है। तुम्हारी इस गलती के बदले तुम्हें सजा मिलेगी ... सजा... जिसके लिएं मैं तुम्हें कभी भी माफ नहीं करूंगा सिया... कभी भी नहीं। कभी न भरने वाले जख्म के बदले कभी न ख़तम होने वाली सजा मिलेगी तुम्हें। जैसे मेरा दर्द मुझे जिंदगी भर के लिए तड़पाएगा वैसे ही मेरे बात न करने की सजा तुम्हें जिंदगी भर के लिए दर्द देगी। हाँ सिया... अब मैं तुमसे पहले की तरह कभी भी बात नहीं करूंगा। और अगर कभी करना भी पड़ा तो पहले की तरह तो कभी भी नहीं करूंगा। हमेशा गुस्से में ही करूंगा। और अगर कभी प्यार से करना भी पड़ा न, तो वो प्यार नहीं होगा एक नाटक होगा... नाटक... ठीक वैसा ही जैसा अभी-अभी तुमने किया है।

सिया रो रही थी। आहें भर रही थी, अपने किए पर सौ दफ़ा पछता रही थी। अपना रोना और अपनी तकलीफ तो उसे असल लगती है लेकिन

ईशान की ये नाराज़गी उसे पल के लिए उसे झूठ लग रहा था, लेकिन अगले ही पल उसे इस बात का एहसास हो रहा था कि ईशान ने फिर से ऐसा ना करने की उसकी कसम भी तो खा रखी है। और इस बार ईशान कोई मजाक नहीं कर रहा है। इस बार वो सच में उससे नाराज़ है। कहीं ईशान इस गुस्से में कोई गलत कदम ना उठा ले जिसके लिए सिया को अपने किए पर जिंदगी भर पछताना पड़े, ये सोचकर सिया का दिल सिहर उठता है। लेकिन अगले ही पल वो ईशान को मनाने की कोशिश में एक बार फिर से लग जाती है। पहले से भी अधिक समझ और सूझ-बुझ के साथ कि वो इस बार जरूर ईशान को मना लेगी।

ईशान प्लीज मुझे माफ कर दो। मैं जानती हूँ कि मुझसे बहुत बड़ी गलती हो गयी है और सच में ये माफी के काबिल नहीं है, लेकिन इसके बदले तुम मुझे जो भी सजा दोगे मुझे मंजूर होगा लेकिन प्लीज मुझसे बात न करने की सजा तो न दो प्लीज। ये सजा मुझे मंजूर नहीं है, मुझसे बात करो प्लीज, मैं तुमसे बात किए बिना नहीं जी सकती, मैं मर जाऊँगी, एक तुम्ही तो मेरे अपने हो इस दुनिया में... दूसरा कौन है मेरा? प्लीज़ तुम ऐसा मत करो। तुम चाहो तो मुझे डांटो... मुझ पर गुस्सा करो... चिल्लाओ... लेकिन प्लीज़ चुप मत रहो... नहीं तो मुझे मार ही लो।

सिया ईशान का हाथ पकड़ कर अपने आपको मारने की कोशिश करती है लेकिन ईशान अपना हाथ खींच लेता है। और चुप रहता है। इसके बाद सिया दोबारा ईशान के दोनों हाथ कस कर पकड़ लेती है। वो छुड़ाने की कोशिश करता है लेकिन सिया ने इस बार काफी मजबूती से उसके हाथ पकड़ लिए थे, हालांकि वो इस बार अपने आपको मार नहीं रही थी। ईशान जहाँ गुस्से में अपने हाथ छुड़ा रहा था, वहीं दूसरी तरफ सिया की ओर देख भी नहीं रहा था। ईशान जान बूझकर सिया की तरफ नहीं देखता है कि कहीं उसका मासूम-सा, उदास चेहरा देख कर उसका दिल पिघल ना जाए और कहीं उसे अपना फैसला ना बदलना पड़ जाये।

ईशान... मेरी तरफ देखो ईशान... बस... एक बार मेरी तरफ देखो... प्लीज़ बस एक बार मेरी तरफ देखो... तुम जो चाहे वो करो, लेकिन प्लीज़... भगवान के लिए मुझसे बात करो।

सिया के आँखों से लगातार आँसू बह रहे थे। वो रोती जा रही थी और ईशान को मनाने की कोशिश करती जा रही थी।

अच्छा तुम्हीं बताओ कि मैं क्या करूँ कि तुम मुझसे बात करोगे। मैं जानती हूँ कि मेरी ही गलती है, मैंने बहुत ही ज्यादा कर दिया, लेकिन था तो मज़ाक ही ना?

तभी ईशान सिया का हाथ झिड़क देता है। और गुस्से में चिल्लाकर बोलता है-

लेकिन मैं मज़ाक नहीं कर रहा हूँ, सुना तुमने। मैं मज़ाक नहीं कर रहा। और ये जो मैं कर रहा हूँ न ये तुम्हारी तरह न मानने वाला कोई ड्रामा नहीं है, ये एक हकीक़त है, अपने कान खोलकर सुन लो और समझ भी लो, मैं इतना चिल्लाया (चीखकर), गिड़गिड़ाया (खीझकर)। कभी न तोड़ने वाली कसम तक खाई। यहाँ तक की इतने पुश-अप तक किए। लेकिन फिर भी... फिर भी तुम नहीं मानी। क्यों... क्योंकि तुम्हें इस जंगल में, इस काली रात में, इस मुसीबत की घड़ी में ड्रामा करना था। रूठने-मनाने का ड्रामा। तो आओ करते हैं मेलोड्रामा... रूठने मनाने का... रूठ जाओ। तुम रूठती क्यों नहीं?

ईशान अपनी बंद मुट्ठी की तर्जनी उंगली से सिया को संबोधित करता है-

देखो... मुझे मनाने की तुम्हें ज़रा भी जरूरत नहीं है क्योंकि आज मैं मानने वाला नहीं हूँ। कहीं ऐसा ना हो कि तुम्हारे इस धर-पकड़ के चक्कर में मुझे तेज से गुस्सा आ जाए और आज पहली बार तुम पर मेरा हाथ उठ जाए और वैसे भी मैं नाटक नहीं कर रहा हूँ, तुम्हारी तरह... इसलिए तुम्हें चेतावनी दे रहा हूँ।

ईशान की बातें सुनकर आज सिया के होश पहली बार उड़ जाते हैं, डर और दर्द से वो काँप रही थी। उसने आज तक ईशान की बचकानी बातें ही देखी और सुनी थी, आज ईशान की ये बड़ों वाली बातें सुनकर वो कुछ न सोचने और समझने की स्थिति में पहुँच चुकी थी।

ईशान : इस जंगल में... रात होने के बावजूद... तुमने इतना बड़ा ड्रामा करके इतना ज्यादा टाइम कंज्यूम किया है, तो ये रात यहीं गुज़ारो, तुम भी और मैं भी... वैसे भी आगे जाकर तुम्हें कोई सोफा या बेड नहीं मिल

जाएगा। घाँस पर चुप-चाप से सो जाओ। तुम्हारी वजह से आज मुझे भी घाँस पर ही सोना पड़ेगा और वो भी खुले में, वैसे भी रात के साढ़े दस बज ही चुके हैं।

सिया रोते-रोते अपने पैर धीरे-धीरे पीछे की तरफ खींचती है और खड़ी हो जाती है

सिया : नहीं ईशान...नहीं, मुझे तुम्हारी ये सज़ा बिल्कुल मंज़ूर नहीं है।

ईशान : अपराधी को सज़ा तय करने का कोई हक़ नहीं है।

सिया : हाँ, जरूर... लेकिन अपना पक्ष रखने का हक तो है ना।

मुझे तुम्हारी कोई बात नहीं सुननी है और ना ही तुमसे आज के बाद मुझे कोई भी बात करनी है।

तुम्हारे लिए न है तो न ही सही ईशान, लेकिन मेरे लिए तुमसे बात करना, सांस लेने के जैसा है, मैं तुमसे बात किए बिना जिंदा नहीं रह सकती। मैं मर जाऊँगी।

ईशान सिया की बातों को अनसुना करके मुड़ कर दूसरी तरफ अपना मुँह करके बैठ जाता है। सिया जहाँ खड़ी थी, वो भी ईशान की तरफ देखते हुए वही बैठ जाती है। बिना कुछ कहे चुप-चाप लगातार आँसू बहाती है। बार-बार अपने किए पर पछताती है और अपने आपको कोसती है कि मैंने ऐसा क्यों किया ? मुझे ऐसा नहीं करना चाहिए था।

सिया को रोते और पछताते हुए लगभग एक घंटे का वक़्त बीत चुका था। दूसरी तरफ ईशान अभी गुस्से में ही था। सिया को भूख लग रही थी और सिया की बातों को सोचकर ईशान का गुस्सा बढ़ रहा था। ईशान की पीठ की तरफ सिया का मुँह था। ईशान के चेहरे के तात्कालिक भाव का सिया को कोई अंदेशा नहीं हो पा रहा था। सिया अपना पर्स खोलती है कि शायद उसे कुछ खाने को मिल जाए, और भाग्यवश उसे डेयरी मिल्क की दो चॉकलेट मिल जाती हैं। चॉकलेट देखकर वो खुश हो जाती है फिर कुछ सोचकर ईशान से बोलती है-

मुझे भूख लग रही है।

सामने से उसे सिर्फ खामोशी ही सुनाई देती है।

ईशान मुझे भूख लग रही है

ईशान की तरफ से उसे कोई उत्तर नहीं मिलता है।

सिया फिर से बोलती है-

ईशान मुझे भूख लग रही है। मुझे कुछ खाने के लिए चाहिए।

इस बार ईशान अपने दोनों हाथ फैलाकर गुस्से मे चिल्लाकर बोलता है-

तो मैं क्या करूँ? जंगल में कुछ है खाने के लिए, अगर हो तो खा लो, मैंने कोई तुम्हारा हाथ तो नहीं पकड़ रखा है न? एक काम करो, कुछ न मिले न... तो हवा पी लो और शांत हो जाओ और तब भी पेट न भरे, तो आओ मुझे खा लो, हो सकता है कि तब तुम्हारी भूख मिट जाए।

ईशान की ये बातें सुन कर सिया समझ जाती है कि आज ईशान को जितना गुस्सा आया है, उतना उसे पहले कभी नहीं आया और आज ठीक हो जाए इस बात की कोई गारंटी भी नहीं है। इसलिए सिया शांत हो जाती है, और एक चॉकलेट फाड़कर खाती रहती है और रोती रहती है। सिया अपने पर्स से एक डायरी और पेन निकालकर कुछ लिखने लगती है। लिख लेने के बाद सिया उसी डायरी में पेन डालकर छोड़ देती है और दूसरा चॉकलेट फाड़ती है, उसमे से एक बाइट खाकर बाकी उसी डायरी पर रैपर सहित रख देती है।

ईशान घुटने पर अपना मत्था रखकर शायद सो गया था। सिया की तरफ उसकी पीठ थी। सिया अपने दोनों हाथों से अपने आँसू पोछती है और वही ज़मीन पर लुढ़ककर लेट जाती है। लेटते ही उसके फोन का बारह बजे की रात वाला अलार्म बजता है। वो उसे बंद करके सो जाती है।

सिया की घड़ी में रात के दो बज रहे थे। चारो तरफ गहरा सन्नाटा छाया हुआ था। रात एकदम काली और डरावनी थी। हर तरफ से झींगुर के बोलने की आवाज़ आ रही थी। रह-रह कर पेड़ भी ऐसे हिल रहे थे जैसे एक पेड़ से दूसरे पेड़ पर कोई कूदकर बैठ रहा हो। सर-सर और खड़-खड़ की ऐसी आवाज़ आ रही थी जैसे सूखे पत्ते और झाड़ियों में से होकर कोई गुज़र रहा हो।

सोये-सोये ही सिया को कुछ अजीब सा लगता है उसे अपने आस-पास किसी के होने का आभास होता है। उसे ऐसा लगता है कि जैसे किसी की साँसे उसके सांसों से टकरा रही हो, कोई हो जो उसके शरीर को

घिनौनी तरह से छु रहा हो। उसे कानों को अप्रिय लगने वाली और डरा देने वाली किसी मर्द की भर्राई हुई आवाज़ सुनाई देती है। सुनते ही उसके रौंगटे खड़े हो जाते हैं।

मेरे साथ चलो सिया... मेरे साथ चलो... मैं तुम्हें ले जाने आया हूँ अपने साथ... हमेशा-हमेशा के लिए...

बोलने की तीव्रता बहुत धीमी थी। आवाज़ के स्ट्रेंज और अन्क्लीअर होने के बाद भी सिया को उसके भाव समझ मे आ गए थे। फिर दोबारा वही आवाज़ सिया को सुनाई पड़ती है-

मेरे साथ चलो सिया... मेरे साथ चलो... मैं तुम्हें ले जाने आया हूँ, अपने साथ... हमेशा हमेशा के लिए...

सिया चौंक-चौंक कर चारो तरफ देख रही थी। वो डर रही थी। वो जानना चाहती थी कि ये आवाज़ कहाँ से आ रही है और किसकी है। वो कौन है? वो कहाँ से आया है? और उसे कहाँ ले जाना चाहता है? अचानक सिया को लगता है कि उसकी आँख खुल गई। वो अपने मुँह के ठीक ऊपर उल्टा लटका हुआ मुँह देखती है। जो कि उसके मुँह से मात्र एक फिट की दूरी पर था, और उसे ही देख रहा था। बड़ी-बड़ी काली आँखें, बड़े-बड़े काले बाल, टूटे हुए से लटकते बड़े-बड़े दांत, चेहरे पर लाल खूनी निशान... सिया को ऐसा लगता है कि उसने उसे देखा है कहीं... शायद बार-बार देखा है। शायद वो उसे जानती है। पहचानती है। लेकिन उसने उसे कहाँ देखा है? डरकर भी उस स्थिति में वो यही सोचती है कि आखिर उसने उसे कहाँ देखा है। वो लगातार सिया को अपने साथ चलने के लिए बोल रहा था।

सिया के मन का डर लगातार बढ़ रहा था। उसका शरीर पसीने से भीगा जा रहा था। वो काँप रही थी। उसका गला सूख रहा था। वो अपनी आँखें बंद करके इससे बचने की कोशिश कर रही थी लेकिन अपनी पलकों पर उसका कोई काबू नहीं था। वो बोलना चाहती थी। चिल्लाना चाहती थी। हालांकि वो बोल रही थी, चिल्ला रही थी लेकिन उसके गले से आवाज़ बाहर ही नहीं निकल रही थी। वो शैतान लगातार अट्टहास कर रहा था। सिया के कानों में लगातार उसकी बात गूंज रही थी कि सिया मेरे साथ चलो। लेकिन सिया उसके साथ नहीं जाना चाहती थी। अचानक

सिया को लगता है कि किसी ने उसका गला पकड़ लिया है और दोनों हाथों से दबा रहा है और वो उसे लेकर उड़ रहा है। सिया चिल्लाती है।

नहीं... छोड़ो मुझे... छोड़ो... ईशान... बचाओ मुझे... बचाओ...

अचानक सिया की आँखें खुल जाती है और वो उठ कर बैठ जाती है और देखती है कि वहाँ ऐसा कुछ भी नहीं है। सब कुछ ठीक है। तब जाकर वो चैन की सांस लेती है। डरावने सपने की वजह से उसका गला सुख गया था। वो अपने पर्स से पानी का बोतल निकाल कर पानी पिती है। बोतल का ढक्कन बंद करके वापस वहीं जमीन पर रख देती है। उसका शरीर पसीने से तर था। वो अपने आँचल से अपने चेहरे का पसीना पोछती है। अचानक वो देखती है कि ईशान जहाँ सोया था, वो वहाँ पर नहीं है, सिया तुरंत चारो तरफ देखती है। उसे कहीं भी ईशान दिखाई नहीं देता है। उसके होश उड़ जाते हैं। उसके मन में अजीब-अजीब से ख्याल आने शुरु हो जाते हैं।

हे भगवान... ईशान इस जंगले में... इस अंधेरी रात में... मुझे अकेला छोडकर कहाँ चला गया? कहीं सच में वो मुझे छोडकर तो नहीं चला गया न ? नहीं-नहीं... वो मुझे यहाँ अकेले छोडकर कैसे कहीं जा सकता है? नहीं... नहीं... ईशान मुझे यहाँ अकेला छोडकर कहीं नहीं जा सकता... कहीं ऐसा न हो की वो मुझसे मज़ाक कर रहा हो। नहीं...

इतनी रात को वो मुझसे मज़ाक तो नहीं कर सकता है। वैसे उसने मेरी कसम भी तो खाई थी कि वो दोबारा ऐसा कुछ भी नहीं करेगा। तो फिर वो गया कहाँ? अरे सिया तू पागल है वो कहीं नहीं गया होगा। देख यहीं कहीं आस-पास होगा। सिया को थोड़ी दूर पर सूखे पत्तों के खड़कने की आवाज़ आती है। उसे लगता है कि वो ईशान है। वो आवाज़ लगाना शुरु कर देती है-

ईशान... ईशान... क्या तुम हो वहाँ? ईशान... क्या तुम हो?

शायद ईशान बहुत दूर नहीं था. लेकिन सिया की आवाज अब वो पास होकर भी नहीं सुन सकता था।

सिया सोचती है कि अगर वहाँ पर ईशान होता तो वो कुछ बोलता ज़रूर... लेकिन अगर ईशान नहीं है तो जरूर वहाँ पर कोई और या फिर कुछ और है लगता है कि देखना पड़ेगा। सिया को डर तो लग ही रहा था

लेकिन थोड़ी-सी हिम्मत करती है और अपने फोन का टॉर्च जलाकर उठ खड़ी होती है। सिया अपना पर्स वहीं भूल जाती है।

उसके पीछे उसकी डायरी के ऊपर पड़ा उसका जूठा चॉकलेट पड़ा था। जो आधा ढंका हुआ था। दूसरे चॉकलेट का रैपर वहीं थोड़ी दूर पर उड़ रह था। सिया डरती तो है लेकिन फिर भी अपने कदम उसी तरफ लंगड़ाते हुए बढ़ाती है जिधर से वो आवाज़ आ रही थी। बीच-बीच में फोन के टॉर्च से देखने की कोशिश करती है कि आखिर वहाँ पर क्या था अगर ईशान नहीं था तो? लेकिन उसे कुछ भी दिखाई नहीं देता है वो आवाज़ दूसरी तरफ दूर जाने लगती है। सिया उस आवाज़ के पीछे-पीछे चल रही थी। रास्ते मे पड़ने वाली लताओं को हटाते हुए और ईशान को पुकारते हुए सिया आगे बढ़ रही थी। जहाँ पर वो दोनों सोये थे... सिया अब वहाँ से काफी आगे निकल चुकी थी।

इधर ईशान पेशाब करके वापस आता है। सिया उसे अपनी जगह पर नहीं मिलती है। उसे कुछ समझ नहीं आता कि सिया बिना उसके इतनी रात को कहाँ चली गयी। ईशान वहाँ पर पड़ा हुआ सिया का पर्स, चॉकलेट, डायरी और पेन सब कुछ जल्दी से समेट कर उठ खड़ा होता है और आवाज़ लगाता है -

सिया कहाँ हो तुम? सिया... सिया... कहाँ चली गयी यार तुम?

सिया कहीं किसी मुसीबत में न फंस गयी हो, ये सोचकर ईशान का दिल घबरा उठता है कि कहीं सच में अब कोई नयी परेशानी न शुरु होने वाली हो। वो वहीं पर खड़ा होकर चारो तरफ सिया को पुकारता है लेकिन उसे कहीं भी कोई आवाज़ नहीं सुनाई देती है। अचानक ईशान की नज़र एक तरफ पड़ती है जिधर सिया गयी थी, उस तरफ पत्तों पर उसके सैंडल के निशान उभरे हुए थे। ईशान उसी तरफ आवाज़ लगाते हुए आगे बढ़ जाता है-

सिया... सिया... कहाँ चली गई यार? इस जंगल में भी इसे चैन नहीं है, इसे यहाँ भी लुक्का-छिप्पी खेलनी है। इसे किसी चीज़ से ज़रा-सा भी डर नहीं लगता कि अगर कहीं (पेशाब करने) जाना है तो कम से कम मुझे बता कर तो जाती, तो क्या मैं उसे रोक लेता? न जाने कहाँ चली गई कसम से इसने तो मुझे परेशान ही कर दिया है, उस तरह न सही तो इस

तरह ही सही।

इधर सिया चलते-चलते थक जाती है, अब तो न ही उसे कोई आवाज़ सुनाई देती है और न ही उसे ईशान दिखाई देता है। वो सोचने लगती है-

बस सिया... बस... अब इसके आगे जाने की जरूरत नहीं है पता नहीं तू किस चीज़ के पीछे चल रही है, कुछ है भी या नहीं जिसके पीछे तू जा रही है या तेरे दिमाग का भ्रम ही है सिर्फ,

अचानक वही पत्तों के सरसराहट की आवाज़ फिर से सुनाई देनी शुरु हो जाती है। तभी सिया फिर से चलना शुरु ही करती है कि फिर रुक जाती है-

ठहर जा सिया... ठहर जा... ये जंगल है। हो सकता है कि यहाँ कोई जानवर हो या फिर कोई शैतानी आत्मा हो, जो तुझे अपने पीछे ले जा रही हो। अब तू वापस वहीं जाएगी जहाँ पर ईशान था, कहीं ऐसा न हो कि वो वापस आकर तुझे ढूंढ रहा हो, और न जाने तू यहाँ किस चीज के पीछे चली आई। ज़रा-सा तो किसी चीज़ से खौफ खाया कर झाँसी की रानी लक्ष्मीबाई...

अचानक से सिया को अपने कंधे पर कुछ महसूस होता है और उसे लगता है कि उसके पीछे कोई शैतान खड़ा है। जिसके गरम सांस उसकी पीठ को छु रहा हा, वो अचानक से मुड़ पड़ती है -

कौन है?

मैं हूँ सिया... मैं हूँ...

ईशान को देखकर जैसे सिया के जान में जान आ जाती है।

तुम वहाँ से यहाँ कैसे चली आई ? और वो भी इतना दूर... और तुम यहाँ खड़ी होकर कर क्या रही हो?

ईशान... मेरी आँख खुली तो तुम वहाँ पर नहीं थे। कहाँ चले गए थे? मैं डर गई थी।

हाँ, तो मैं उधर झरने के तरफ़ पेशाब करने चला गया था। मुझे वहाँ थोड़ा अच्छा लगा तो मैं वहीं कुछ देर रुक गया था।

हाँ, तो बता के जाना चाहिए था न, तुम्हें पता है कि मैं कितना परेशान हो गई थी? मेरी तो डर के मारे जान ही निकली जा रही थी।

जान तो मेरी भी निकल गई थी जब वापस आकर मैंने तुमको वहाँ पर नहीं पाया, मैंने ये सोचकर तुम्हें नहीं जगाया कि तुम सो रही थी और खामख्वाह ही परेशान हो जाती, वैसे भी तुम पहले से ही इतना परेशान थी कि मैं तुम्हें जगाकर और ज़्यादा परेशान नहीं करना चाहता था।

मुझे पता है कि तुम मुझे परेशान नहीं करना चाहते थे, लेकिन कम से कम एक बार जगाकर बता तो देते कि मैं पेशाब करने जा रहा हूँ। तुम्हें पता है मैंने वहाँ पर काफी देर तक तुम्हारा इंतजार किया था। मैंने तुम्हें कितनी आवाज़ भी लगाई, लेकिन ये सब करने के बाद भी मुझे वहाँ पर तुम्हारी नामौज़ुदगी का ही एहसास हुआ।

झरना इतना सुंदर था कि वहाँ का नज़ारा देखने के चक्कर में मैं भूल ही गया था कि तुम वहाँ पर अकेली सो रही हो।

और जो मैंने इतनी सारी ऊंची आवाजें लगाईं... उसका क्या?

शायद झरने की आवाज़ के नीचे तुम्हारी आवाज़ दब गई होगी।

हो सकता है, लेकिन मुझे लगा कि तुम इस तरफ हो, इधर से पत्तों के हिलने की और सरसराहट की आवाज़ आ रही थी बस इसलिए मैं वहाँ से इधर की तरफ आ गई थी। मुझे लगा था कि शायद वो तुम ही थे। लेकिन उस सरसराहट के पीछे काफी देर तक चलने के बाद मुझे लगा की मैं गलत जा रही हूँ, इसलिए मैं यहाँ रुक गई थी। उसके बाद मेरे मन में ऐसा ख्याल आ रह था कि जैसे कोई जंगली जानवर या भूत है मैं जिसके पीछे चल रही थी। वरना अब तक उस आवाज़ के पीछे-पीछे न जाने मैं कहाँ चली गई होती, तब तो तुम मुझे मिलते भी नहीं। भगवान का लाख-लाख शुक्र है कि उन्होनें मुझे सही वक़्त पर सतबुद्धी दे दी।

हाँ हाँ... ठीक है। चलो अब यहाँ से चलते हैं।

सिया और ईशान दोनों वापस उधर ही जाने लगते हैं जिधर से वो आए थे। बीच-बीच में दोनों एक दूसरे से बात करते हैं।

सिया : अच्छा, तुमने वो चॉकलेट खाई क्या?

ईशान : कौन-सी ? जो तुमने जूठी करके रखी थी, मेरे लिए।

नहीं बाबा, वो मैंने प्यार से रखा था तुम्हारे लिए, लेकिन तुमने अभी तक चखा भी नहीं। अभी तक नाराज़ हो क्या मुझसे?

नहीं अभी तक तो नाराज़ नहीं हूँ, लेकिन काफी लंबे समय तक नाराज़ रहना चाहता हूँ। तुमने आज मुझे हद से ज्यादा परेशान किया है।

हाँ, मैं मानती हूँ कि मेरी ग़लती है, लेकिन प्लीज मुझे माफ कर दो। बस एक बार और आखिरी बार... प्लीज... तुम अगर जिंदगी भर मुझसे इस बात का जिक्र करोगे तो मैं जिंदगी भर इस बात के लिए तुमसे माफी मांगने को तैयार हूँ, और सिर्फ तैयार ही नहीं हूँ, बल्कि जिंदगी भर मांगूँगी भी... जब भी कभी तुम इस बात का जिक्र करोगे। लेकिन देखो प्लीज अभी माफ कर दो, बाद में भी तुम मुझे माफ कर देना या कर सकते हो, लेकिन अभी तुम्हें भूख लगी होगी प्लीज़ चॉकलेट खा लो... प्लीज...

ईशान अपने मन में सोचता है कि -

ईशान देख... क्या तू जिंदगी भर सिया से नाराज़ रहेगा? और क्या तू उससे नाराज़ होकर जी पाएगा? क्या जिंदगी भर के लिए तू अपने मन में सिया के लिए नफरत पाल कर रख सकता है? नहीं ना... तू ये बात अच्छे से जानता है कि सिया से नफरत करके जितनी तकलीफ तू सिया को देगा उससे कई गुना तकलीफ उसको तकलीफ में देख कर तुझे होगी। देख गुस्से को कभी भी प्यार से ही जीता जा सकता है और सिया भी प्यार से ही तेरा दिल वापस जीतने की कोशिश तो कर रही है। तू भी अपने प्यार से अपने गुस्से को जीत ले और सिया के प्रति अपनी नाराज़गी को खत्म कर दे। उसको माफ़ कर दे और तू तो जानता है कि किसी को भी माफ करना कितनी बड़ी बात है, जो हर किसी के बस की कत्तई नहीं होती है। इससे जितनी ज्यादा खुशी सिया को मिलेगी उससे अपार खुशी तुझे मिलेगी। पूरी जिंदगी प्यार और परवाह के सहारे गुजारी जा सकती है लेकिन नफरत और लापरवाही के सहारे कभी नहीं, और नहीं तो इसकी वजह से दो दिलों के दरमियां प्यार की जगह नफरत घुलती चली जाती है। मेरी बात मान... इसी में तुम दोनों की भलाई है कि अभी इस वक़्त तू सिया को माफ कर दे। देखना इससे सिया के चेहरे पर आई खुशी को देखकर तेरा सारा दुख दर्द और गुस्सा छु मंतर हो जाएगा। वैसे भी दोनों एक दूसरे से कितना प्यार करते हो, अब दो दिलो के दरमियां फासले नहीं होने चाहिए।

इतना कुछ सोचने समझने के बाद ईशान सिया को माफ करने का मन बना लेता है। तभी सिया बोलती है-

क्या सोच रहे हो?

कुछ नहीं, बस ये सोच रहा हूँ कि चॉकलेट खा लूँ, मुझे भूख लग रही है।

हाँ, तो इसमें सोचने वाली क्या बात है? पर्स में है ना, तो निकाल लो, या फिर दो, मैं निकाल देती हूँ।

नहीं... नहीं... तुम रुको मैं निकालता हूँ।

अच्छा, ठीक है। लेकिन मुझे भी देना थोड़ा सा...

नहीं... नहीं... मैं नहीं दूंगा। तुमने तो पूरा एक खा लिया और मुझे बताया भी नहीं।

हाँ, तो तुम कुछ सुनने के मुड़ में ही कहाँ थे।

उसके बाद तुमने मेरे में से भी खा लिया...

नहीं यार तुम्हारा तो मैंने सिर्फ जूठा किया था।

हाँ, कि बाद में ये वाला भी तुम ही खा लो, है ना।

अरे... ऐसा नहीं है, तुम समझ ही नहीं रहे हो।

मैं सब समझ रहा हूँ और जानता भी हूँ कि तुमने ये मेरे लिए ही रखा था। लेकिन फिर भी...

ईशान बच्चों की तरह मुँह बनाकर बोलता है-

मैं इसमें से तुम्हें नहीं दूंगा, थोड़ा-सा भी नहीं...

अच्छा मत देना, थोड़ा सा भी मत देना लेकिन पहले निकाल कर खा तो लो

हाँ ये ठीक है

चलते-चलते दोनों रुक जाते हैं। ईशान सिया के पर्स से चॉकलेट निकाल लेता है फिर सिया की ओर देखता है। सिया उसी का मुँह देख रही थी। ईशान सिया का पर्स उसे पकड़ा देता है। सिया अपना पर्स टांग लेती है। उसके बाद दोनों फिर से आराम-आराम से चलने लगते हैं। दोनों इस बात से पूरी तरह बेखबर थे कि कहीं से कोई उनका पीछा कर रहा था।

ईशान चॉकलेट से रैपर हटाकर पहली बाइट लेता है। सिया देख कर ललचा रही थी। ईशान सोचता है कि सिया ललचा रही है। तो उसे भी

थोड़ा-सा दे देता हूँ, लेकिन फिर सोचता है कि नहीं, इतनी आसानी से तो नहीं, थोड़ा-सा ललचा कर ही दूंगा।

ईशान : ऐसे मत देखो कि कहीं गिर जाए, वैसे भी तुम्हें नहीं मिलने वाला।

सिया : हाँ, हाँ जानती हूँ। मुझे भी नहीं चाहिए।

सिया दूसरी तरफ देखते हुए चलने लगती है। ईशान मजे में सिया को ललचा-ललचा कर खा रहा था। सिया भी बीच-बीच में तिरछी नजरों से देख रही थी कि कहीं चॉकलेट ख़त्म तो नहीं हो गया। ईशान शुरु से ही इस बात का ध्यान दे रहा था कि सिया उसे छिप-छिप कर देख रही है।

ईशान : इट्स यम्मी, वेरी यम्मी

सिया : तो मैं क्या करूँ?

कुछ कहो ना, कुछ भी

जंगल में बेल पका, कौवे के किस काम का?

वाह कितनी अच्छी कहावत है। कुछ भी कहो, लेकिन चॉकलेट खाकर मजा आ रहा है।

तो मैं क्या करूँ? – सिया खीझकर पूछती है।

ईशान सिया की तरफ चॉकलेट बढ़ाता है। लगभग एक-चौथाई बचा था।

ईशान : तुम खा सकती हो इसे

सिया : सच में?

हाँ, सच में।

मज़ाक तो नहीं कर रहे ना?

नहीं ...

चॉकलेट को अपनी तरफ आता देख सिया के चेहरे पर एक हंसी और बच्चो जैसी खुशी आ जाती है। जिसे देख कर ईशान के सारे गिले- शिकवे दूर हो जाते हैं और वो फुले नहीं समाता है।

अभी ईशान ने चॉकलेट पूरी तरह से सिया की तरफ बढ़ाया भी नहीं था कि सिया जल्दी से पूरा चॉकलेट उसके हाथ से लेकर अपने मुँह में डाल लेती है कि बाद में कोई धोखा-धड़ी न हो जाए या कोई मसला न रह जाए।

ईशान : अरे... अरे... अरे... रुको... तुम तो पूरा खा गयी। अभी तो उसमें से मुझे भी खाना था।

सिया के मुँह में चॉकलेट भरी हुई थी, लेकिन वो बोलने की कोशिश करती है-

जब तुमने मुझे दे ही दिया है, तो अब तुम क्या खाओगे इसमें से? सॉरी लेकिन अब तुम्हें नहीं मिल सकता क्योंकि ये पूरा मेरे मुँह के अंदर है।

इतना कहकर सिया सारा चॉकलेट मुँह में एक तरफ कर लेती है और दूसरी तरफ से थोड़ा-थोड़ा चबाकर खाती है। ईशान पहले अंगड़ाई लेता है, फिर सिया के बाईं तरफ से सिया के सामने आकर खड़ा हो जाता है। सिया रुक जाती है। ईशान मुस्कुरा रहा था। ईशान सिया की कमर को अपने दोनों हाथों से पकड़ लेता है, और मुस्कुराते हुए मादकता भरी आवाज़ में बोलता है-

हाँ जी, बिल्कुल सही कहा आपने, हाथ से निकालना या फिर ले पाना तो अब सच में बहुत ही मुश्किल है, फिर क्यों ना सीधा मुँह में ले लिया जाये। क्या ख्याल है आपका? वैसे ख्याल बुरा नहीं है, जरा सोच कर देखो।

ईशान सिया की कमर को और कसकर पकड़ लेता है। दोनों अब एक दूसरे के हद से ज्यादा करीब थे। ईशान की साँसे अब सिया की साँसों से टकरा रही थीं। सिया की साँसे ईशान के धडकन से टकराकर उसे रति की ओर धकेल रही थीं। ईशान सिया की कमर को अपने बाहों के तंज़ से आज़ाद कर देता है और सिया के दोनों गाल अपने हाथों से पकड़ लेता है। ईशान के ऐसे छूअन से सिया का बदन सिहर उठता है।

उसके रोएँ फुट जाते हैं, वो अपनी आँखें बंद कर लेती है। ईशान सिया के दोनों गाल अपने हाथों में भर कर उसका मुँह अपने मुँह के करीब लाता है। सिया अपना मुँह चलाना बंद कर देती है और बोलती है-

छि... कितने गंदे हो तुम, मेरे मुँह का उगला हुआ तुम्हें अपने मुँह मे चाहिए...छि छि छि... कितनी गंदी सोच है तुम्हारी?

ईशान अपनी पूरी आँखें खोलकर बोलता है-

शी... आवाज़ मत करो। मैंने कहा मुझे चाहिए तो चाहिए...

सिया अपने आपको बचाने की कोशिश करती है।

तुमने सुना नहीं क्या? कि मैंने क्या कहा? इश्क और जंग में सब कुछ जायज है। अब बिना चूँ-चाँ किए देती हो, या फिर जबरदस्ती करनी पड़ेगी।

सिया उत्तर में अपना सर हिलाती है-

नहीं नहीं... देती हूँ... देती हूँ... रुको...

सिया मुस्कुरा रही थी, लेकिन शर्मा भी रही थी। उसके मुँह में चॉकलेट भरी हुई थी। वो ईशान के और करीब आई — इतनी कि उसकी साँसें ईशान के चेहरे को छूने लगीं। पल भर में उसने अपनी मुस्कान के साथ वो मीठा स्वाद ईशान को भी चखा दिया, जिसके लिए वो बेकरार था। चॉकलेट की मिठास और उस पल की खामोशी, दोनों ने मिलकर उनके बीच आई दूरियों को भर दिया। जब वो अलग हुए, दोनों बस एक-दूसरे को देख रहे थे, मानो कोई मीठा राज़ साझा कर लिया हो, जो सिर्फ़ उन्हीं के बीच रहना था।

कसम से... मजा आ गया। आज तो चॉकलेट खाकर मन भी भर गया और पेट भी। मैंने तो सोचा भी नहीं था कि आज का डिनर इतना टेस्टी होगा, लेकिन मानना पड़ेगा इस अंधेरी रात को तुमने एक हसीन-शाम में तब्दील कर दिया। वाह... क्या चॉकलेट खिलाती हो तुम। वैसे जान सकता हूँ कि इसकी ट्रेनिंग कहाँ से ली तुमने ?

सिया मुस्कुराती है और ईशान के करीब आकर शरारत भरी आवाज़ में बोलती है-

जी ट्रेनिंग तो कहीं से नहीं ली मैंने, बस मेरे शौहर के दिमाग का एक नया खुराफात था ये। जैसे आपके लिए पहली बार था, वैसे ही मेरे लिए भी पहली बार था ये। वैसे मैं भी जानना चाहुंगी कि ये नया आइडिया आया कहाँ से आपके दिमाग में ? क्योंकि मैं भी इससे काफी इम्प्रेस हूँ।

ओह रियली, कुछ खास नहीं... लेकिन आपकी जानकारी के लिए ये जरूर बताना चाहूँगा कि मोका-ए वारदात पर ये सीन अपने आप क्रिएट हो गया या फिर ये भी कह सकते हैं कि आवश्यकता ही अविष्कार की जननी है। आपका इस बारे में क्या ख्याल है?

जी ख्याल तो कुछ भी नहीं है, बस आपकी जानकारी के लिए आपको एक सूचना देना चाहुंगी कि इन सबके बीच एक चीज़ बड़ी अच्छी हुई।

और वो क्या?

आज मेरे मुँह की सारी गंदगी साफ हो गयी।

गंदगी साफ हो गयी से क्या मतलब है तुम्हारा ?

एक्चुअली आज मैं दाँत साफ़ करना भूल गयी थी, और मेरे मुँह से बहुत गन्दी बदबु भी आ रही थी।

सिया जानबूझकर ईशान को चिढ़ाने के लिए झूठ बोलती है। अपनी बात खत्म करके सिया हंसने लगती है। सिया की बात सुनकर ईशान को घिन्न आ जाती है। वो अपना एक हाथ पेट पर और दूसरा गले पर रख लेता है।

ईशान : छि... कितनी गंदी हो तुम? अपने मुँह की सारी गंदगी मेरे मुँह में उड़ेल दी और मैं सारी की सारी निगल गया। तुमने मुझे पहले क्यों नहीं बताया कि आज तुमने दांत साफ़ नहीं किया है।

सिया : अच्छा जी, एक तो चोरी ऊपर से सीना जोरी, मैं बताती तो तुम्हें तब न जब तुम मुझे कुछ बोलने देते। तुमने मुझे कुछ कहने ही कहाँ दिया? तुम तो जबरदस्ती पर आ गए थे। याद है तुमने मुझे क्या कहा था?

सिया ईशान की नकल करती है, ठीक वैसे ही जैसे अभी कुछ देर पहले उसने किया था। वो ईशान के सामने जाकर उसकी कमर को अपने दोनों बाहों से कसकर पकड़ लेती है। अपना मुँह उसके मुँह के पास ले जाकर उसी अंदाज़ में बोलती है-

शी... आवाज़ नहीं... तुमने सुना नहीं क्या? मैंने कहा मुझे चाहिए तो चाहिए। इश्क और जंग में सब जायज़ है। बिना चूँ-चाँ किए अपने मुँह की गंदगी मेरे मुँह में देती हो या मैं जबरदस्ती करूँ।

तो फिर मैं क्या करती जनाब मैंनें भी ट्रान्सफर कर दिया।

ये सुनकर ईशान का मुँह बन जाता है। वो मक्खियों की तरह अपनी नाक सिकोड़ने लगता है।

सिया : ओहो... जनाब से गलती हो गयी। मुझे अफ़सोस है, लेकिन अब क्या ही हो सकता है ?

सिया इतना कहकर हंसने लगती है। फिर थोड़ी देर रुककर बोलती है-

चिंता मत करो मैंने आज दांत साफ़ किया था। वो तो मैं बस मज़ाक कर रही थी।

नहीं, ऐसा नहीं है तुम ये सब मुझे बहलाने के लिए बोल रही हो ना? सच बताओ।

सिया अपना गला पकड़कर कसम खाती है-

सच में यार तुम्हारी कसम

तो फिर मुझसे झूठ क्यों बोला ?

वो तो बस ऐसे ही मैंने तुमसे मज़ाक किया था।

ईशान आगे बढ़ता है और सिया को डराते हुए बोलता है-

अच्छा जी

सिया बिना डरे बोलती है –

हाँ जी

ईशान सिया को खींचकर अपने सिने से लगा लेता है। सिया उसकी धड़कने साफ सुन रही थी। दोनों एक दूसरे की बाहों में चैन की सांस ले रहे थे। दोनों के हाथ एक दुसरे की पीठ से कसकर लिपटे हुए थे। थोड़ी देर खामोशी रहती है। फिर ईशान सिया से पुछता है-

क्या सोच रही हो तुम?

सिया : अच्छा किया तुमने जो मुझे अपने गले से लगा लिया। मैं काफी देर से यही करने की सोच रही थी।

ईशान : तुमने मुझे पहले क्यों नहीं बताया मैं तुम्हें पहले ही अपने गले से लगा लेता। वैसे आज मुझे हग करने का मन तुमने कैसे बना लिया। कोई बात है क्या ?

पता नहीं। बस यूं ही। आज एक अजीब सी फीलिंग आ रही थी। आज हमारे बीच जो कुछ भी हुआ या फिर उस बात के स्ट्रेस को लेकर मैं बेचैन हो गयी थी ना जाने क्यों? बस तुम्हें हग करना चाहती थी और...

अचानक से ज़ोरों की हवा चलती है। सारे पेड़ ज़ोर-ज़ोर से हिलने लगते हैं। सूखे पत्ते तेजी से इधर-उधर उड़ने लगते हैं। सिया के बाल भी अजीब तरह से उड़ने लगते हैं। उसके आंचल से उन दोनों का मुँह अपने

आप ढंक जाता है। तभी सिया को ना जाने कैसे इतना ज़ोर का धक्का लगता है कि वो अपने आप को संभाल नही पाती है और पूरी तरह से ईशान पर अपना भार डाल देती है। ईशान अपने आपको संभालने में नाकाम रहता है और पीठ के बल गिर जाता है। सिया उसके ऊपर गिरती है। सिया को लगा धक्का ईशान ने भी महसूस किया था। सिया के बालों और उसके आंचल से निकलकर ईशान की नज़र ताड़ के पेड़ पर पड़ती है, जो कि उनके ऊपर ही गिरने वाला था। ईशान अपनी बाहों मे सिया को लिए ही तेजी से दूसरी तरफ करवट लेता है क्योंकि उनके पास उठ कर खड़े होने का वक़्त नहीं था। अभी दूसरी तरफ ईशान लुढ़ककर रुका भी नहीं था कि ऊपर से गिरते दुसर पेड़ की टहनी पर उसकी नज़र पड़ती है। फिर से सिया को बाहों में लिए वो फुर्ती से दूसरी तरफ करवट लेता है। ईशान तुरंत उठकर खड़ा हो जाता है और सिया को भी खड़ा कर देता है। उनके खड़े होने से पहले ही दोनों पेड़ जमीन पर गिर चुके थे। चारों तरफ देखते हुए एक दूसरे को संभाल रहे थे। ये सब कुछ इतना जल्दी में हुआ था कि उन्हें कुछ भी सोचने-समझने या कहने-सुनने का वक़्त ही नहीं मिल पाया था।

एकाएक दोनों की नजर अपनी तरफ तेजी से भागते हुए सात फुट के शैतान पर पड़ती है। उसकी बड़ी-बड़ी लाल-लाल आँखें थीं। उसका चेहरा टूटा-फूटा और सड़ा-गला-सा था। उसके पुरे शरीर पर काले सफेद भेड़ियों की तरह से बाल थे। जब वो ह... आ... आ... की आवाज़ें निकाल रहा था, तो उसके काले-काले बड़े-बड़े दाँत दिखाई दे रहे थे। ये सब देख कर सिया और ईशान के होश उड़ चुके थे। उनके रोएँ फुट चुके थे। सिया तो काँप रही थी। डरावनी आवाजें निकालते हुए शैतान इन्हीं की तरफ बढ़ता जा रहा था। भले ही वो धीरे-धीरे चल रहा था लेकिन तब भी वो तेजी से इनकी तरफ बढ़ रहा था। अचानक से मानों ईशान को होश आता है और वो सिया का हाथ मजबूती से पकड़ लेता है फिर बोलता है - सिया भागो...

सिया भी काँपते हुए अपने होश संभालती है। फिर दोनों तेजी से दूसरी तरफ भागने लगते हैं। वो उन दोनों को दौड़ा लेता है। थोड़ी दूर भागकर जैसे ही वो पीछे देखते हैं शैतान उनके पीछे ही था।

सिया जल्दी चलो...

चलो ...

उसके बाद दोनों बिना पीछे मुड़े सरपट भागते हैं। भागते-भागते दोनों झरने के पास पहुँच जाते हैं फिर दोनों एक दूसरे का मुँह देखते हैं कि झरना पार करें या जिधर से पानी गिर रहा था उधर पहाड़ी के ऊपर चढें।

क्या सोच रहे हो तुम ?

मैं सोच रहा हूँ कि ऊपर ही चढ़ना पड़ेगा, क्योंकि पानी मे शैतानों की ताकत बढ़ जाती है।

तो फिर सोच क्या रहे हो ? चलो जल्दी।

हाँ चलो।

दोनों हाँफ रहे थे। जिधर ढलान कम था वो उधर से चढ़ना शुरू करते हैं। जल्दी-जल्दी चढ़ने की वजह से उनकी थकान और बढ़ती जा रही थी। पहाड़ी पर चढ़ते-चढ़ते उन दोनों को एक घन्टे का समय हो चुका था। सिया की घड़ी में तीन बजकर पचास मिनट हो रहे थे। सिया ईशान का हाथ पकड़कर बोलती है-

बस अब मुझसे नहीं चला जाता ईशान ... मेरा पैर बहुत दर्द कर रहा है। मैं अब नहीं चल पाऊँगी।

ईशान सिया के पैरों की तरफ देखता है। उसके पैर में बंधा रुमाल पूरी तरह से खून से भीग चुका था।

हे भगवान, तुम्हारे पैर से कितना खून निकल रहा है ? तुमने मुझे पहले क्यों नहीं बताया ?

बता कर भी क्या करती? हम रुक तो सकते नहीं थे। वो हमारे पीछे ही पड़ा हुआ था।

हाँ... रुक तो नहीं सकते थे लेकिन कम से कम मैं तुम्हें उठा तो लेता ही, गोद में या फिर अपनी पीठ पर... तुम्हें मुझे बताना चाहिए था।

सिया : नहीं, ईशान मैं तुम्हारी लाइफ पार्टनर हूँ, और लाइफ पार्टनर बन कर ही जिना चाहती हूँ और लाइफ पार्टनर बनकर ही मरना चाहती हूँ, तुम पर बोझ बनकर नहीं।

सिया क्या बकवास कर रही हो ? चुप रहो और जल्दी से मेरी पीठ पर चढ़ जाओ हमें यहाँ से जल्दी ही निकलना होगा।

नहीं ईशान, मैं नही...

ईशान गुस्से में सिया को डांटता है -

चुप... एकदम चुप... तुम पागल हो गयी हो। मुझे इस बात पर जरा-सी भी बहस नहीं चाहिए। अब तुम जल्दी करो।

ईशान वहीं पर सिया को अपनी पीठ पर चढ़ाने के लिये झुक जाता है। ना चाहते हुए भी सिया को ईशान की पीठ पर चढ़ना पड़ता है। सिया को ईशान अपनी पीठ पर बैठाकर उठकर खड़ा हो जाता है।

ईशान : तुमने मुझे अच्छे से पकड़ा तो है ना।

सिया : हाँ, अब जल्दी चलो, कहीं वो अभी भी हमारे पीछे न हो।

ईशान : अब पता नही।

ईशान आगे ऊपर पहाड़ पर चढ़ने लगता है।

सिया : एक बात बोलूँ तुमसे।

ईशान : हाँ, बोलो ना।

मुझे लग रहा है कि वो इधर ही आ रहा है।

और तुम्हें ऐसा क्यों लग रहा है ?

क्योंकि मेरे पैरों में खून लगा है और अब भी टपक रहा है। शैतानों की सूंघने की शक्ति हम इन्सानों से हजार गुना ज्यादा होती है।

तुम ये बात इतने दावे के साथ कैसे कह सकती हो ?

ये बात एक बार तृषा ने मुझे बताई थी।

अच्छा तो तुम कहना क्या चाहती हो ? अब साफ-साफ कहो।

ठीक है, तो फिर अब ध्यान से मेरी बात सुनो।

हाँ बोलो

मुझे नहीं लगता कि अभी इस वक़्त तृषा इस जंगल में मौजूद हैं, बल्कि मुझे तो ये भी लगता है कि शायद वो अब जिंदा भी नहीं हैं।

ईशान सिया की बात काटते हुए बोलता है-

क्या बकवास कर रही हो?

सिया चीख कर बोलती है-

मैं बकवास नहीं कर रही हूँ, पहले तुम मेरी पूरी बात तो सुनो।

ईशान चुप होकर एक पल के लिए रुक जाता है। वापस चलना शुरु करते हुए बोलता है -

हाँ ठीक है पूरी करो, मैं सुन रहा हूँ..

पहली बात कि तृषा जिंदा नहीं हैं, वरना वो जरूर हमारी मदद करतीं, और दूसरी बात आज हममें से कोई एक ही जिंदा वापस जाएगा और वो होगे तुम।

तुम्हें हो क्या गया है ?

सिया दोबारा खीझ उठती है और ईशान पर चिल्लाकर बोलती है-

चुप... एक दम चुप... जब तक मेरी बात खत्म न हो जाए बोलना मत... सुना तुमने...

हम्म।

मैं भाग नहीं पा रही और अगर मैं तुम पर बोझ बनी रही तो तुम भी नहीं भाग पाओगे। और अब मुझे ऐसा लग रहा है कि उसने मुझे टार्गेट कर लिया है और मेरे बाद वो तुम्हें भी नहीं छोड़ेगा ...

अभी सिया अपनी बात खत्म भी नहीं कर पायी थी कि अचानक से पीछे से कोई अदृश्य शक्ति तेजी से उसे अपनी ओर खींच लेती है और वो ईशान से काफी दूर जाकर गिर जाती है। ईशान चौंककर पीछे की ओर मुड़ता है-

सिया..

ईशान...

सिया इस बार पूरी ताकत से चिल्लाती है- ईशान...

अपनी-अपनी जगह पर दोनों के तोते उड़ चुके थे। हवा तेज हो चुकी थी। ह... अ... की आवाज़ चारो तरफ गूंज रही थी, मानों किसी गुफा से होकर आ रही हो। ईशान तेजी से सिया की तरफ दौड़ रहा था। सिया अब जल्दी से उठकर ईशान की तरफ भागने ही वाली थी कि अचानक से सिया के पैरों मे रस्सियां बंध जाती हैं। ईशान सिया के पास पहुँचने ही वाला था। सिया अपने हाथ उठाती है कि ईशान सिया के हाथ पकड़ कर उसे रोक ले लेकिन तभी वो रस्सी उसे दूसरी तरफ खींच कर तेजी से ले जाने लगती हैं। सिया जोर से चिल्लाती है-

ईशान... बचाओ मुझे... ईशान... पकड़ो मेरा हाथ.... .

सिया बस मैं आ गया...

लेकिन ईशान सिया तक पहुँच कर भी उसके हाथ को नहीं पकड़ पाता है। सिया अब बहुत तेजी से ईशान से दूर जा रही थी। ईशान अब

जितना भी तेज दौड़ रहा था, लेकिन वो सिया तक नहीं पहुँच पा रहा था। दोनों एक-दूसरे का नाम लेकर चिल्ला रहे थे। सिया अब पहले से भी तेज़ रफ्तार से ईशान से दूर होती जा रही थी। अब सिया के पीछे-पीछे ईशान झाड़ियों से होकर दौड़ रहा था। शैतान के खींचने की अपेक्षा ईशान का दौड़ना धीरे चलनें के बराबर होता जा रहा था। सिया मदद के लिए अपने दोनों हाथ फैलाकर ईशान को पुकार रही थी। अब सिया और ईशान के बीच की दूरियाँ काफी बढ़ चुकी थीं। ईशान दौड़ ही रहा था कि उसका पैर एक पत्थर से टकरा जाता है। वो धड़ाक से बड़ी-बड़ी घांसों पर गिर जाता है। उसके मुंह पर ज़ोर से चोट लग जाती है। सिया अपना पूरा ज़ोर लगाकर इस बार ईशान को पुकारती है – ईशान...

ईशान धरती से अपना मुँह उठाकर सामने की ओर देखता है। जिधर से वो शैतान सिया को घसीट कर ले जा रहा था। लेकिन उसके आँखों के सामने बड़ी-बड़ी घाँस थी, जिसकी वजह से उसे कुछ दिखाई नहीं दे रहा था। ईशान अपने दोनों हाथ जमीन पर टेक कर जल्दी से उठ खड़ा होता है। उसके सर से खून टपक रहा था। उसका निचला होठ कट गया था, वहाँ से भी खून निकल रहा था। वो जल्दी से उस जगह दौड़ कर जाता है जहाँ आखिरी बार उसने सिया को देखा था। वहाँ आकर उसके कदम रुक जाते हैं। उसकी साँसे थम जाती हैं। उसे एक सदमा लगता है कि हाँ... अब उसने सिया को हमेशा-हमेशा के लिए खो दिया। कुछ देर थमने के बाद वो ज़ोर से चिल्लाता है-

सिया....

ईशान फफक-फफक कर रोने लगता है। फिर जल्दी-जल्दी आस-पास की झाड़ियों पर नज़र दौड़ाता है – सिया... सिया...

फिर दायीं तरफ दौड़ता है-

सिया... सिया...

ईशान चारों तरफ दौड़-दौड़ कर सिया को पुकारता है लेकिन कहीं से भी उसे सिया की कोई आवाज़ नहीं सुनाई देती है। जब थक जाता है तो वहीं पर घुटने टेक देता है। उसके चेहरे का रंग उड़ चुका था। उसका मुंह अवाक् खुला हुआ था। मानों एक जिंदा लाश घुटने के बल पड़ी हो। उसके आँखों से आंसु पहले धीरे-धीरे निकलते हैं फिर उसकी आँखों से आंसुओं

की अविरल धारा बहनें लगती है। उसकी नजर घाँस पर चमक रहे सिया के पायल पर पड़ती है। ईशान जो अबतक घुटने के बल खड़ा था वो अब घुटने पर बैठ जाता है। वो पायल उठा कर अपने आंखों के पास लाता है और उसे छूकर कुछ सोचता है। उसकी आँखों के आँसू अब पायल पर गिर रहे थे। सोचते-सोचते वो कहीं यादों में खो जाता है-

घड़ी में सुबह के सात बज रहे हैं। ईशान अपनें बेड से उठकर खिड़की से बाहर समुन्द्र से निकलते हुए सूरज को देख रहा है। आकाश मे कुछ चिड़िया चहकते हुए उड़ रही हैं। सुबह की ताज़ी हवा खिड़की के पर्दों को हिलाते हुए अंदर आ रही है। तभी सिया ट्रे में ब्लैक-टी लिए अंदर आती है और ईशान से बोलती है -

गुड मार्निंग... उठ गए तुम... ये लो तुम्हारी ब्लैक टी... आज मैं ज़रा जल्दी में हूँ। मंदिर भी जाना है। आज महाशिवरात्रि है। मेरा उपवास है।

इतना कहकर सिया वहाँ से चली जाती है। तभी ईशान की नज़र सिया के पायल पर पड़ती है। वो चुप-चाप बिना सिया को बताए उसके पायल को उठा कर अपने साइड के गद्दे के नीचे रख लता है। अभी ईशान मुड़ा ही था कि सिया वापस से कमरे में आती है। ईशान सतर्क हो जाता है।

सिया : यहाँ मेरी पायल गिरी थी क्या ?

ईशान : नहीं तो... मुझे नहीं पता... क्यों ? खो गयी क्या ?

सिया : पहले देखो तो सही फर्श पर... बिना देखे ही, नहीं तो मुझे नहीं पता...

सिया मुँह चिढ़ाकर बोलती है।

ईशान नाक सिकोड़कर – तुम यहाँ पायल ढूँढने आई हो या मुझे चिढ़ाने आई हो।

आई तो हूँ पायल ढूँढने ही वैसे... लेकिन सोचा कि लगे हाथों अपने महादेव जी की भी पूजा कर लेती हूँ।

अच्छा ठीक है। तुम करो अपने महादेव की पुजा, लेकिन मुझे तंग मत करो सुबह- सुबह... मैं जा रहा हूँ वाशरुम।

ईशान सिया के सामने नाटक करता है कि उसे ऐसे नाटक पसंद नहीं, लेकिन वास्तव में उसे सुबह-सुबह ऐसे ही मज़ाक पसंद थे।

और मैं जा रही हूँ पायल ढूँढने...

दस मिनट बाद जब ईशान तौलिये से अपना मुंह पोछते हुए बाहर आता है, तो उसे सिया शक-भरी निगाहों से देख रही थी। ईशान को समझते देर नहीं लगती कि सिया को शक हो गया है। ईशान सिया को तिरछी नज़रों से देखते हुए आईने के सामने आकर खड़ा हो जाता है। ईशान बात को बदलने की कोशिश करता है-

आज मैं भी शिव मंदिर चलने की सोच रहा हूँ।

दोनों एक दूसरे को तिरछी नजरों से देख रहे थे। सिया ईशान की ओर बढ़ती है-

मंदिर तुम बाद में जाना पहले मेरी पायल दे दो...

मेरे पास नहीं है तुम्हारी पायल तो मैं कहाँ से दूंगा?

ईशान चौकने का नाटक करता है जैसे वास्तव में उसे पायल के बारे में कुछ भी पता न हो लेकिन उसके चेहरे से हल्की-सी हंसी बाहर आ जाती है, सिया तुरंत पकड़ लेती है।

देखो ज्यादा भोला बनने की जरूरत नहीं है मैं तुम्हारा रोज का ये नाटक अच्छे से जानती हूँ। सीधे से मेरा पायल दे दो। मुझे मंदिर भी जाना है। देर हो रही है। ईशान आईने के सामने बाल झाड़ता हुआ बोलता है-

यार तुम तो गुंडा-गर्दी पर उतर आयी हो ...

सिया ईशान का दायाँ हाथ पकड़ती है और उसे अपनी ओर घुमाते हुए बोलती है-

सीधी तरह से देते हो या नहीं...

सिया थोड़ा रुक कर बोलती है-

यार ये मज़ाक का वक्त नहीं है।

मैं मजाक नहीं कर रहा .. सच में। अच्छा ठीक है अगर तुम्हें लग रहा है कि तुम्हारी पायल मेरे पास है तो बताओ कि तुम्हारे पास इसका क्या सबूत है? बताओ... इतना कहकर ईशान अपने दोनों हाथ पीछे की ओर कर लेता है और सवालिया अंदाज में सिया को देखता है।

सबूत... सबूत चाहिये तुम्हें तो सुनो... मेरे पास सबूत ये है कि तुम जहाँ खड़े हो मैंने आज सुबह वहीं पायल पहनी और सीधा किचन में गयी

और चाय बनाकर सीधा यहीं आई। फिर जब मैं यहाँ से वापस जा रही थी तो मुझे लगा कि मेरे एक पैर में पायल नहीं है तो मैंने चेक़ किया तो सच में नहीं थी। फिर मैं सीधा किचन में गयी वहाँ ढूंढा, तो वहाँ नहीं मिला, फिर वहाँ से ढूंढते-ढूंढते यहाँ तक आई तो कहीं नहीं मिला, मतलब कि कहीं नहीं गिरा, तो इसी रुम में ही गिरा होगा। और तुमने ही उठाया होगा क्योंकि अभी तक तो काम वाली बाई भी नहीं आई है। मतलब कि जब कोई दूसरा घर में आया ही नहीं तो किसी दूसरे ने तुम्हारे सिवा पायल उठाया ही नहीं, तो अब बताओ कि मेरी पायल धरती खा गयी या आसमान निगल गया। या फिर बिस्तर से ना उठने वाले उस चार महीने के पार्थ ने चुरा लिया है, या फिर अंत में ये हो सकता है कि मैंने खुद चुरा कर इल्जाम तुम पर लगा दिया हो, ताकि मुझे मंदिर जानें में देर हो जाए।

इतना कहकर सिया मुस्कुराती है-

इसके बाद लास्ट में बचा कौन ? वो हो तुम, और ये बात मैं अच्छे से जानती हूँ कि इस घर में एक तुम ही हो, जो इकलौते सबसे बड़े चोर हो। और अब मैं तुम्हें ये भी बता देती हूँ कि ये घटना घटी कैसे ? जब मैं तुम्हारे लिए ब्लैक टी लेकर आई थी, मेरा पायल तभी गिरा होगा और तुमने चुरा कर रख लिया होगा।

सिया गुस्से में बोलती है -

यहाँ मुझे देर हो रही है। मंदिर में भीड़ बढ़ जाएगी, लेकिन इस सबके बावजूद तुमने मुझे पायल देना जरूरी नहीं समझा। बोलो क्यों?

ईशान इधर-उधर नजरें चुरा कर बोलता है-

अरे ऐसा नहीं है यार...

तो फिर कैसा है ? बताओ कैसा है ? और मेरी आँखों में देख कर बोलो यही बात जो तुमने अभी कही...

आँखों में... आँखों में क्या देखूँ ?

ईशान को अपनी चोरी पकड़ी गयी मालूम होती है। इसलिए सावधानी बरतता हुआ बोलता है –

अच्छा रुको तुम, मैं ढूँढता हूँ, इधर ही कहीं होगी। मिल जाएगी।

सिया हँसकर बोलती है - अच्छा ठीक है जल्दी ढूंढो फिर... मुझे देर हो रही है।

जब चोरी पकड़ी जाती है तो बच्चे अपना मुँह छिपाने की कोशिश करते हैं, ठीक वैसे ही पायल ढूँढने का नाटक करते हुए ईशान भी अपना मुँह इधर-उधर छिपाने की कोशिश कर रहा था।

ईशान : मैं तो ढूंढ ही रहा हूँ, ज़रा तुम भी देखो न बेड के उस तरफ, मैं इस तरफ ढूंढ रहा हूँ।

सिया : अच्छा

सिया बेड के उस पार जाती है, जिधर ईशान उसे भेज रहा था।

सिया : बेड के नीचे देखो ना।

हाँ, देखती हूँ।

इधर ईशान तुरंत गद्दे के नीचे अपना हाथ डालता है और पायल निकाल लेता है। सिया को दिखाते हुए बोलता है -

ये देखो मिल गया। मुझे लगता है कि जब तुम चाय देने आई थी, ये तभी इधर गिर गया होगा।

सिया मुस्कुराती है और ईशान की बातों में हामी भरती हुई उसके पास आती है। और उसके हाथ से अपना पायल ले लेती है। फिर उसकी ठुड्डी पकड़ कर बच्चों की तरह हिलाते हुए बोलती है-

अरे...अरे...अरे... मेरे बाबू की चोरी पकड़ी गयी। मैंने इधर बेड के नीचे देखा था बाबू, इधर कोई पायल नहीं गिरा था। लेकिन गद्दे के नीचे देखना भूल गयी थी। मेरी गलती है मैं मानती हूँ इस बात को। वरना आज इतना बड़ा श्री कृष्णा का एपिसोड नहीं बनता। आपके द्वारा चोरी किया हुआ मेरा पायल आपके आशीर्वाद के रूप में मुझे वापस मिल चुका है, अब आप मुझे आज्ञा दें कि मैं चलूँ, क्योंकि मुझे देर हो रही है।

अपनी बात खत्म करके सिया वापस जाने लगती है। तभी ईशान उसका बायां हाथ अपने दायें हाथ से पकड़ लेता है। फिर रोमांटिक अंदाज में बोलता है-

आशीर्वाद मुफ्त में नहीं मिलता आजकल, आजकल के भगवान भी एड्वान्स हो गए हैं, उन्हें कुछ तो भोग भी लगाना पड़ता है भक्त...

सिया को ईशान के इरादे समझने में देर नहीं लगती है, इसलिए वो बिना मुड़े ही बोलती है – मतलब ?

मतलब की इस भगवान को भी कुछ भोग लगा दो, क्योंकि बिना भोग लगाए ये भगवान तुम्हें जानें नहीं देगा।

ईशान एक झटके में सिया को अपनी तरफ मोड़ लेता है, सिया तुरंत अपना दायाँ हाथ ईशान के सिने पर रख देती है। अब दोनों के बीच बहुत कम दूरियाँ थीं। सिया हाथ से अपने और ईशान के बीच की दूरी बरकरार रखते हुए बोलती है-

मैं कुछ समझी नहीं।

सिया की कोशिश ईशान के ज़ोर के आगे कम पड़ रही थी, क्योंकि ईशान उसको धीरे-धीरे अपने और करीब लाता जा रहा था।

ईशान : अब इतनी भी भोली मत बनों मेरी राधा, जैसे तुम्हें सच में कुछ समझ नहीं आ रहा। सीधे से एक मॉर्निंग किस का भोग लगा दो, फिर जाओ।

सिया : पागल हो गए हो क्या ? सुबह-सुबह...

मुस्कुराती है

तुमसे चुम्मा-चाटी करके जाऊँगी तो मंदिर में क्या करूंगी ?

मतलब की यहाँ नहीं करोगी, लेकिन मंदिर में जाकर करोगी चुम्मा-चाटी...

मेरा मतलब वो नहीं था पागल, मैं कह रही थी कि अगर मुंह जूठा हो जाएगा तो मैं पूजा कैसे करूंगी ? अच्छा अब छोड़ो मुझे तुम बहुत शरारती हो गये हो।

दरवाजे कि घंटी कि आवाज़ आती है।

लगता है मेड आ गयी। छोड़ो मुझे मैं तो तुम्हें आकर बताती हूँ।

सिया मुस्कुराती है और जाने लगती है, जाते-जाते मुड़कर ईशान को फ्लाइंग किस देती है। ईशान खुशी से उछलकर उसे पकड़ लेता है और फिर हाथ में फ्लाइंग किस लिए बेड पर गिर जाता है।

अचानक से ईशान का भ्रम टूट जाता है कि वो अपने रुम के बेड पर गिरा है, उसे एहसास होता है कि नहीं वास्तव में तो वो जंगल में ऊंची-

ऊंची घाँस के बीच में बैठा है। उदास... बेसुध... गुमसुम सा... उसके आँखों से आसुओं की अविरल धारा अभी भी बह रही है। उसके हाथ में सिया की पायल है। ईशान सिया के पायल को अपने होठों से चूम लेता है। ईशान उस पायल को अपने सिने से लगाकर दर्द भरी आवाज़ में चिल्ला पड़ता है-

सिया...

बहुत दूर से आती हुई ईशान कि आवाज़ सिया को सुनाई पड़ती है। सिया एक चट्टान में छिपकर खुद को उस शैतान से बचाने कि कोशिश कर रही थी। उसकी आवाज़ बाहर न जाए इसलिए उसने अपने मुँह को दोनों हाथों से ढक रखा था। नुकिली-चट्टानों पर घसीटे और पटके जाने कि वजह से उसके पूरे शरीर पर गहरे घाव आ गये थे। उसके पुरे शरीर पर जहां-तहां से खून निकल रहा था, घसीटे जाने कि वजह से उसके कपड़े कई जगह से फट चूक थे। कई जगह से उसकी चमड़ी छिल गयी थी। उसके दो-तीन दाँत भी टूट गये थे। जिनसे खून निकल रहा था। वो शैतान सिया को पागल कुत्ते की तरह हर जगह ढूंढ रहा था। सिया डरते हुए उसे छिप कर देख रही थी। वो शैतान कभी-कभी एक जगह से गायब होता था और दूसरी जगह प्रगट हो जा रहा था। कभी धरती पर तो कभी आसमान में... कभी पेड़ पर... तो कभी पानी में...

सिया को जल्द ही इस बात का एहसास हो जाता है कि इस शैतान से उसे ईशान तो क्या, अब खुद भगवान भी नहीं बचा सकते थे। सिया अपनी आँखें मूँद कर, दोनों हाथ जोड़कर मन ही मन भगवान से प्रार्थना करती है कि -

हे भगवान अब मेरी ज़िंदगी तो खत्म हो रही है, लेकिन मेरे पति और बच्चे की आप हमेशा रक्षा करना...

मुँह से हाथ हटाने कि वजह से शैतान को सिया के साँसों से उसका पता चल जाता है और वो सिया के सामने आकर खड़ा हो जाता है। जैसे ही सिया अपनी आँखें खोलती है उसकी आँख फटी की फटी रह जाती है। वो कुछ सोचती-समझती या फिर कुछ करती इससे पहले ही शैतान उस पर टूट पड़ता है। सिया अपना पूरा ज़ोर लगाकर चिल्लाती है -

ईशान...

सिया कि आवाज़ सुनते ही ईशान उस तरफ दौड़ पड़ता है जिधर से सिया कि आवाज़ आई थी। शैतान सिया को एक पंजा मुँह पर मार चुका था। शैतान के पंजा मारते ही सिया के गालों से खून गिरने लगता है। दूसरी बार में वो सिया के पेट पर पंजा मारता है। सिया का पेट फट जाता है जैसे कई चाकू एक साथ चल गये हों। शैतान सिया को गला पकड़कर उठाता है और उसे चट्टान पर पटक देता है।

तबतक सिया को ढूंढते हुए ईशान वहाँ पर आ चुका था। लेकिन उसने वहाँ आने में देर कर दी थी। क्योंकि उस काले चट्टान पर खून से लतफत पार्थिव शरीर छोड़कर सिया जा चुकी थी। फिर से झिंगुरों ने वहाँ बोलना शुरु कर दिया था। चमगादड़ आसमान में फिर से उड़ रहे थे। चारो तरफ देखने के बाद ईशान की नजर पेट के बल पड़े हुए सिया के शरीर पर जाती है। ईशान जस का तस खड़ा रह जाता है क्योंकि खून से लतफत सिया के शरीर कि हालत देख कर उसे यकीन हो जाता है कि अब सिया जिंदा नहीं है। ईशान एक पत्थर की मूर्ति बनकर खड़ा हो गया था। मानों जैसे उसमें जान ही ना हो। थोड़ी देर तक बुत बनकर खड़े रहने के बाद ईशान गिरते संभलते सिया की तरफ बढ़ता है। सिया के पास पहुँचकर वो घुटनों के बल धम्म से बैठ जाता है। ईशान सिया कि बांह पकड़कर उसे पलटता है। पलटते ही उसे सिया के शरीर पर गहरे जख्म दिखाई देते है। सिया के शरीर के कई हिस्सों से खुन निकल रहा था। ईशान सिया के शरीर की हालत देख कर पागलों की तरह से चिल्लाने लगता है –

सिया...सिया...सिया कुछ बोलो न... तुम कुछ बोलती क्यों नहीं... तुम मुझे इस तरह छोड़ कर नहीं जा सकती हो। तुम मुझे इस जंगल में अकेला छोड़कर नहीं जा सकती। तुम कुछ बोलती क्यों नहीं। कुछ तो बोलो।

इतना कहकर ईशान फुट-फुट कर रोने लगता है -

नहीं... नहीं सिया... नहीं... मैं तुम्हारे बिना नहीं जी सकता सिया मैं मर जाऊंगा सिया... मैं मर जाऊंगा। प्लीज सिया... कम बैक सिया... कम बैक... तुम वापस आओगी न... तुम आओगी न वापस मेरे पास... सिर्फ एक बार बोल दो

उसके मुँह से लार गिरना शुरू हो जाता है। नाक पानी से भी जाता है।

सिया... प्लीज एक बार बोल दो... सिया... सिया...

ईशान... चिल्ला-चिल्लाकर सिया के ऊपर अपना सर पटकता है.... रोता है... कि सिया की लाश वापस से इंसान बन जाए।

जी भर कर रो लेने के बाद ईशान फिर बोलना शुरु करता है-

ठीक है... तुम नहीं बोलोगी न... तुम नहीं बोलोगी... तुम वापस भी नहीं आओगी न... नहीं आओगी? तो ठीक है... जिस तरह से तुम मर गयी न उसी तरह अब मैं भी मर जाऊंगा। अभी उसकी बात खत्म भी नहीं हुई थी कि ये शदमा बर्दाश्त न कर पाने कि वजह से वो बेहोश हो जाता है।

कुदरत की कितनी अजीब विडम्बना है न कि जिसके बिना हम एक पल भी नहीं जीना चाहते, जिसे हम सबसे ज्यादा प्यार करते हैं वो इंसान आँखों के सामने से हमारी दुनियाँ से चला जाता है और हम कुछ नहीं कर पाते हैं। कितनी अजीब बात है कि हम जिसे कहते हैं कि -"हम एक पल भी तुम्हारे बिना नहीं जी पाएंगे। " वो इंसान हमारी आँखों के सामने दम तोड़ देता है और हम एक पल ही नहीं बल्कि सालों-साल जिंदा रहते हैं। ये सब देखकर तो यही लगता है कि ये सारे वादे, सारी कसमें झूठी होती हैं। सात जन्मों तक निभाया जानें वाला ये पवित्र रिश्ता एक जन्म तक भी नहीं निभता। कभी न टूटने वाला ये पवित्र बंधन एक पल में ही टूट जाता है। यहाँ तो यही सच है कि सात वचन और सात फेरे सात जन्म तक कभी नहीं चलते, वो तो एक ही जन्म में दम तोड़ देते हैं। सच कहूँ तो इस जिंदगी का कोई भरोसा नहीं कि कब ये आपका साथ छोड जाये और इस जिंदगी में मिलने वाले साथियों का भी कोई भरोसा नहीं कि वो कब ये सारे रिश्ते-नाते तोड़कर इस बंधन से खुद को आज़ाद कर लें और जाते-जाते इस भीड़-भाड़ वाली दुनियाँ में आपको ऐसे तन्हाँ छोड़ जाएं कि उनके जाने के बाद तन्हाई ही आपकी हमसफर बन जाती है। सबसे करीबी इंसान के इस दुनिया से चले जाने के बाद होने वाली तकलीफ की अभिव्यक्ति शब्दों के माध्यम से कभी नहीं की जा सकती है, लेकिन शब्दों के माध्यम से अभिव्यक्त करने की नाकाम ही सही लेकिन कोशिश जरूर की जा सकती है। बस इतना मान लीजिये कि आपके जीने की सारी वजह, इच्छाएं और आशाएँ उस इंसान के मरने के साथ ही हमेशा-हमेशा के लिए मर जाती हैं। इस नश्वर संसार के गहन

अंधेरे में उम्मीद की आखिरी किरण भी अपनी आखिरी उम्मीद इस तरह कहीं खो देती है कि जिंदगी भर भी उसे ढूँढने के बाद भी आप कभी भी उसे वापस नहीं पा सकते। आपको ये सब एक झूठ और आपकी आँखों को ये सब एक धोखा लगता है और आपका मन इस सच्चाई को स्वीकार करने के लिए कभी तैयार नहीं होता है। सृष्टि के किसी भी कल्प में आप उस इंसान को इस दुनियां में वापस नहीं ला सकते ये जानते हुए भी आप उस इंसान को इस दुनियाँ में वापस लाने के लिए भगवान के सामने हाथ जोड़कर मिन्नतें करते है। आप खुद को ये एहसास दिलाने में लग जाते हैं कि काश... काश कि ये सब एक झूठ हो... काश... काश कि ये सब आपकी आँखों का धोखा हो... काश... काश कि उस इंसान को इस दुनियां में वापस लाने की आपकी प्रार्थना स्वीकार हो जाये, काफी देर तक सोचने के बाद आपको आखिर में इस बात का एहसास होता है कि ये बात संभव नहीं है। इस जीवन में तो क्या... कभी भी नहीं। फिर भी आपकी अंतरात्मा चीख-चीखकर, चिल्ला-चिल्लाकर भगवान से यही पूछती है कि क्यों ? आखिर हमारे साथ ही ऐसा क्यों हुआ?

ईशान को बेहोशी की हालत में एक सपना आता है, जिसमे सिया उसे अपनी ही लाश से अलग हटकर बैठी हुई दिखाई देती है। सिया का शरीर और उसके बाल ऐसे चमक रहे थे जैसे कि उस पर कोई दिव्य प्रकाश पड़ रहा हो। सिया सफ़ेद साड़ी में भी बिल्कुल एक नयी दुल्हन की तरह सोलह श्रृंगार किए हुए तैयार थी। मानों वो किसी बहुत दूर के सफर पर जा रही हो। सिया के पूरे शरीर से सफ़ेद चमकती हुई ठंढी भाप उड़ रही थी। वास्तव में वो सिया की आत्मा थी, जो अपना शरीर तो छोड़ चुकी थी लेकिन दुनियाँ छोड़ने से पहले एक आखिरी बार अपने पति को अलविदा कहने आई थी।

ईशान चुप-चाप.... एकदम गुमसुम-सा सिया को देख रह था। उसकी आँखों से आँसू टपक रहे थे। मानों ईशान कहना चाहता हो कि तुम मुझे इस सफर में अकेले छोड़कर नहीं जा सकती । सिया उदास और गंभीर स्वर में ईशान को देख रही थी। दोनों की आँखें बस आँखों ही आँखों में दिल का दर्द आखिरी बार बयान कर रही थीं। मानों एक साथ में कितनी शरारतें करना, कितना रूठना मनाना, कितनी छेड़खानियाँ, कितने सारे

वादे पूरे करना, कितनी सारी बातें और कितना हँसना-हँसाना अभी बाकी था, जो अब बाकी ही रह जाएगा, क्योंकि सिया अब सब कुछ छोड़कर जा रही है हमेशा-हमेशा के लिए... ईशान को इस जीवन के सफर में अकेला छोड़कर जा रही है हमेशा-हमेशा के लिए...

सिया आँखों से चल रहे इस कष्टदाई बातचीत को विराम देती है, और अपने दोनों हाथ आगे बढ़ाकर ईशान की दायीं हथेली आराम से अपने हथेलियों में भर लेती है। वापस ईशान की आँखों मे देखकर बोलती है-

ईशान... हम दोनों का सफर यहीं तक था...

सिया रोती है लेकिन उसकी आँखों से आँसू नहीं गिरते क्योंकि अब उसका शरीर पार्थिव नहीं है। ईशान सिया की बात काटकर बोलता है -

नहीं सिया.... नहीं....

और आज साथ चलने का ये सफर यहाँ इस तरह खत्म होता है।

नहीं... सिया... नहीं... प्लीज ऐसा मत कहो।

सिया : रोते हुए... मुझे माफ करना, इस जीवन के सफर में मैं तुम्हें अकेले छोड़कर जा रही हूँ। तुम्हारी कसम... मैं जाना नहीं चाहती थी ईशान... लेकिन मुझे जाना पड़ रहा है तुम्हें छोड़कर... मुझे माफ कर देना ईशान। अगर हो सके तो मुझे माफ कर देना... क्योंकि इसमें मेरी रज़ा ज़रा-सी भी नहीं है।

नहीं... सिया नहीं...

ईशान अपना दूसरा हाथ भी सिया के हाथ पर रख देता है। दोनों के हाथ एक-दूसरे के हाथ को पकड़ लेते हैं और दोनों मिलकर रोते हैं। ईशान नहीं-नहीं कर रहा था। सिया अपना स्वर गम्भीर करके बोलती है-

ईशान मेरे जाने के बाद तुम पार्थ का अच्छे से ख्याल रखना और अपना भी... बिल्कुल अच्छे से, ठीक जैसे मैं रखती थी। सुबह बिना मेरी आवाज़ सुने उठ जाना क्योंकि अब कभी मेरी आवाज़ तुम्हें सुनने को नहीं मिलेगी। हो सके तो अलार्म लगा लेना... सात बजे तक उठ जाना वरना युनिवर्सिटी के लिए लेट हो जाओगे। चाय बनाना अब तो सीख लेना... अपने कपड़े, तौलिया, शॉक्स, वैलेट, शूज, टाइ, चश्मा सब शाम को ही संभाल कर रख लेना... वरना सुबह जल्दी-जल्दी में देर हो जाएगी ... हो सके तो टाइ बांधनी सीख लेना क्योंकि मैं नहीं रहूँगी तुम्हारी टाई

बांधने के लिए... बाहर का खरीद कर मत खाना कुछ भी वरना तुम्हारी तबीयत खराब हो जाएगी... शाम को पार्थ को जल्दी खाना खिला देना... उसे लोरी सुना देना... उसे नींद नहीं आती बिना लोरी सुने... तुम भी समय से खाना खाकर सो जाना क्योंकि मैं नहीं आऊँगी तुमसे बात करके तुम्हें सुलाने के लिए। फिर से कह रही हूँ एक बार हमारे पार्थ का ख्याल रखना क्योंकि मैं नहीं रहूँगी अब उसका ख्याल रखने के लिए... अब तुम्हें ही उसे माँ और बाप दोनों का प्यार देना है ईशान... तुमसे एक और बात कहना चाहती हूँ। लेकिन समझ नहीं आ रहा कहूँ कैसे?

बोलो न सिया... क्या बात है? बोलो न...

ईशान मैं तुमसे ये कहना चाहती हूँ। मैं तुमसे कहना चाहती हूँ कि... प्लीज अगर हो सके तो तुम दूसरी शादी करके अपना घर फिर बसा लेना क्योंकि मैं जानती हूँ कि मेरे जाने के बाद न ही तुम अपना ख्याल रख पाओगे और न ही पार्थ का... और तुम दोनों बाप-बेटे हद से ज़्यादा शैतानी मत करना क्योंकि मैं नहीं रहूँगी वहाँ तुम्हें सिखाने-समझाने के लिए...

जाते-जाते सिया का प्यार और परवाह ईशान को अपनी हालत पर तरस खाने के लिए मजबूर कर रहा था। उसकी पत्नी को उसकी इतनी फिक्र है कि जाते-जाते भी वो ईशान की खुशियों के बारे मे सोच रही थी, और अपनी जगह किसी और को देने की बात कर रही है जो किसी भी औरत को गंवारा नहीं होता ताकि उसके जाने के बाद उसके पति को अकेले न रहना पड़े।

ईशान कि आंखों में आंसू थे और मुंह से शब्द नहीं निकल रहे थे-

नहीं... सिया नहीं.... मेरी जिंदगी में... मैं तुम्हारे सिवा किसी और की कल्पना भी नहीं कर सकता।

सिया ईशान को समझाने की कोशिश करती है-

देखो ईशान... दुनियाँ का यही दस्तूर है कि हर आने वाले को एक दिन जाना पड़ता है। कोई आगे जाता है तो कोई पीछे... तुम मेरे जाने के बाद इस तरह टूट कर बिखर नहीं सकते क्योंकि तुम्हें पार्थ को भी संभालना है। तुम कमजोर नहीं हो। तुम मजबूत हो ईशान... तुम मजबूत हो।

नहीं सिया... नहीं...नहीं... नहीं...

सिया ईशान से अपने दोनों हाथ छुड़ाती है और सिसक कर बोलती है-

अच्छा ईशान... अब मेरे पास और वक़्त नहीं है। अब... अब मुझे जाना होगा। जाने से पहले मेरी एक आखिरी ख़्वाहिश है।

ये कहते कहते सिया के होठ फफक पड़ते हैं।

हाँ बोलो न सिया... बोलो न...

ईशान... ईशान... बस एक आखिरी बार मुझे अपने दिल से लगा लो।

कहकर सिया अपने दोनों हाथ ईशान के सामने फैला देती है। दोनों कसकर एक दूसरे को अपनी बाहों में भर लेते हैं और फफक-फफक कर रो पड़ते है।

अब इस दुनियाँ में नहीं ईशान... किसी ऐसी जगह मिलना जहाँ बिछड़ने का रिवाज न होता हो।

ये सिया के आखिरी शब्द थे, क्योंकि इसके बाद ईशान को लगता है कि सिया अब उसकी बाहों से गायब होकर चली गयी हमेशा-हमेशा के लिए... ईशान अपना गला फाड़कर चिल्लाता है- सिया....

चिल्लाने के साथ ही उसे होश आ जाता है। वो देखता है कि सिया खून से लतफत उसकी बाहों मे पड़ी है। वो फिर से फुट-फुटकर रोने लगता है -

सिया... तुम मुझे छोड़कर नहीं जा सकती सिया... सिया...

तभी उसे खुद से पांच फिट की दूरी पर खड़ा शैतान दिखाई पड़ता है। ये वही शैतान था जिसे उसने थोड़ी देर पहले देखा था। शैतान ह... अ... की दोहरी आवाज़ निकालते हुए उसी की तरफ बढ़ा चला आ रहा था। जहाँ एक तरफ उसकी आँख और नाक से पानी बह रहा था वहीं अब दूसरी तरफ डर के मारे उसका शरीर पसीना-पसीना हो रहा था। उसका गला डर से सुख रहा था। शैतान को अपने करीब आता देख ईशान डरकर सिया के खून से लतफत शरीर से चिपक जाता है। धीरे-धीरे चलकर शैतान अब एकदम ईशान के पास आ चुका था। ह... अ... की आवाज़ अब ईशान के कान के पर्दों को फाड़ देने वाली थी। इससे पहले की शैतान उस पर टूट पड़ता उसके मुँह से अचानक ही हनुमान चालीसा निकल पड़ता है-

जय हनुमान ज्ञान गुणसागर,

जय कपिस तिहूं लोक उजागर,
रामदूत अतुलित बलधामा,
अनजनी पुत्र पवनसुत नामा,
महावीर विक्रम ...

हनुमान चालीसा सुनते ही शैतान वहाँ से गायब हो जाता है। आँख मूँद कर हनुमान चालिसा पढ़ रहे ईशान के कानों में शैतान की आवाज़ आना बंद हो जाती है। उसे लगता है कि शायद हनुमान चालीसा सुनकर शैतान चला गया। जब वो आँख खोलता है तो वास्तव में वहाँ का माहौल शांत था और शैतान वहाँ से जा चुका था। ईशान अपने मन में सोचता है कि आखिर कब तक वो हनुमान चालीसा पढ़कर अपने आपको बचाता रहेगा, शायद अब उसे वहाँ से निकल जाना चाहिए। ईशान जाने के लिए उठ खड़ा होता है कि तभी उसकी नज़र सिया की लाश पर पड़ती है। सिया के हाथ ईशान के पैर पर पड़े थे। ईशान भरी आँखों के धुंधलेपन से सिया को आखिरी बार देख रहा था कि अब उसे सिया को वहीं छोड़कर जाना पड़ेगा। तभी उसे ख्याल आता है कि वो यहाँ पर सिया की लाश को ऐसे ही जंगली जानवरों के लिए नहीं छोड़ सकता है उसे यहीं पर सिया का अंतिम संस्कार करना होगा। क्योंकि अब उसके शरीर में इतनी भी शक्ति नहीं बची थी कि वो अपने शरीर के बोझ को ढो सके, तो फिर निष्प्राण सिया को लेकर वो इस जंगल में कहाँ–कहाँ भटकता फिरेगा? लेकिन अगर सिया जिंदा होती तो वो जरूर अपने कंधे पर टांग कर उसे जंगल में भी ढोता। हनुमान चलिसा पढ़ते हुए ही ईशान जंगल में सुखी लकड़ियाँ इकट्ठा करता है।

आधे घंटे बाद सिया की चिता सज चुकी है। ईशान आखिरी बार सिया का मुँह भी देख चुका है। ईशान सिया के सर की तरफ सूखे पत्तों में पत्तथर रगड़कर आग लगा देता है। धीरे- धीरे पत्तों में लगी आग लकड़ियों में पकड़ लेती है और तेज हो जाती है। सिया की चिता धु-धु करके जलने लगती है। ठीक उसी तरह ईशान के सारे ख्वाब... सारे सपने सिया की चिता के साथ ही जल रह थे। ईशान धम्म से वहीं जमीन पर बैठ जाता है। जहाँ वो फुट-फुट कर रो रहा था, वहीं उसके मुंह से हनुमान चालीसा भी निकल रही थी।

कुदरत का भी कैसा-कैसा फरेब है न कि कभी-कभी बुरे हालातों में भी ऐसी पाबंदी लग जाती है कि इंसान किसी के मौत का मातम भी ढंग से नहीं मना पाता है। यहाँ तक कि उसे रोने के लिए भी सोचना पड़ता है।

न जाने आग कैसे इतनी तेज हो जाती है कि एक ही घंटे में चिता जलकर राख हो जाती है। चिता जलने के साथ ही ईशान जी-भर कर रो चुका था। अब तो वो बस शांत था। उसकी आंखे रो-रोकर लाल हो गयी थीं। उसका गला सुख गया था। उसका मुंह सुखकर काँटा हो गया था। उसके शरीर पर जहां-तहां चोट के निशान थे। उसके जूते कब और कहाँ टूट कर निकल चूक थे, उसे कुछ भी याद नहीं था? पत्थर पर गिरने से उसका मत्था फुट गया था वहाँ से खून निकल रहा था। उसके दायें हाथ और बाएँ होठ से भी खून निकल रहा था। उसके पैरों के मोजों के चित्थड़े उड़ गए थे। उसके पैरों में अनगिनत काँटे चुभे थे। उसकी हथेलियाँ पत्थर पर गिरने से छिल गयी थीं। कुल मिलाकर बस इतना कह सकते हैं कि उसकी हालत इतनी दयनीय और बेबस हो गयी थी कि उसे दूर से भी देखकर कोई भी पागल करार दे सकता था। लेकिन सिया का जाना उसे इतना दर्द दे रहा था कि उसे अपने किसी भी चोट से ज़रा-सा भी दर्द महसूस नहीं हो रहा था।

अचानक फिर से ईशान के कानों में शैतान के गरजने की आवाज़ सुनाई देने लगती है। इससे पहले की शैतान प्रत्यक्ष रूप से उसके सामने प्रगट होता ईशान फिर से हनुमान चालीसा का पाठ आरंभ कर देता है। जिसकी वजह से शैतान की आवाज़ आना बंद हो जाती है। ईशान उठकर खड़ा हों जाता है। चिता की तरफ देखते हुए अपने शर्ट की बटन खोलने लगता है। अपनी शर्ट निकल देता है, जिसके नीचे उसने बनियान पहनी थी। ईशान अपने शर्ट में सिया की थोड़ी-सी अस्थियाँ बांधता है और हनुमान चालीसा पढ़ते हुए वहाँ से चल देता है।

चलते-चलते सुबह हो जाती है। झींगुर की आवाज़ आना बंद हो गयी थी। सुरज पूरब में निकल चुका था। चिड़ियों के चहंकने की आवाज़ चारों तरफ से आ रही थी। हरी-हरी घांसे और पेड़ों के हरे पत्ते सुबह की हवा में धीरे-धीरे हिल रहे थे। आसमान में चिड़ियों का झुंड एक तरफ से दूसरी तरफ जा रहा था। अब काली अंधेरी रात खत्म हो चुकी थी। सुबह की ठंडी

हवा ईशान के शरीर से लगकर उसके दिल और दिमाग को ठंढा करने की नाकाम कोशिश कर रही थी। लेकिन ईशान अपने गम के सागर में इस तरह डूबा हुआ था कि उसे अपने आस-पास की इस मनोहर दृश्य का ज़रा भी एहसास नहीं था। उसके चेहरे पर एकमात्र करुण रस का स्थायी भाव शोक आक्षिप्त था। चलते-चलते ईशान उसी सड़क पर पहुँच जाता है, जहाँ से बिती रात वो दोनों गिर कर खाई में चले गए थे। तभी ईशान की नज़र दूर से आती हुई हंटर जीप पर पड़ती है। वो जीप तृषा की गुफा की तरफ से आ रही थी। पास आते-आते जीप रुक जाए इसलिए ईशान जीप को दूर से ही हाथ देकर रोकने की कोशिश करता है। उसके दिमाग में एक सवाल आता है कि इतनी सुबह-सुबह इस वीराने में कौन हो सकता है। आखिर वो कहाँ से आ रहा है और कहाँ जा रहा होगा? क्या वो रात भर तृषा की गुफा की तरफ ही था या फिर वो सुबह वहाँ गया है, और भी ऐसे ही बहुत सारे सवाल उसके दिमाग में चलने लगते हैं। तभी हंटर जीप उसके सामने आकर रुक जाती है। ईशान अपना उठा हुआ हाथ नीचे कर लेता है।

हंटर जीप पर कोई पच्चीस-छब्बीस साल की लड़की ड्राइवर की सीट पर बैठी थी। उसके लंबे बाल लाल रंग से रंगे हुए थे। वो लड़की लाँग पिंक कुर्ती और ब्लू जींस में थी। अपना काला चश्मा उतार कर ईशान की तरफ देखकर मुस्कुराती है। फिर अपने होठों से नशीली आवाज़ में पूछती है-

कहाँ जाएंगे आप ?

जी... बस आगे हाइवे तक छोड़ दीजिये, बाकी मैं वहाँ से चला जाऊंगा।

लड़की की नजर ईशान की शरीर के घावों पर पड़ती है, एकाएक उसकी मुस्कुराहट गायब हो जाती है। आश्चर्य से पूछ पड़ती है-

ओह नो... आप तो काफी जख्मी हैं। मुझे लगता है कि आपको अस्पताल जाना चाहिये। आप मेरी जीप में आ जाइए मैं आपको पास के अस्पताल में छोड़ दूँगी।

ईशान लंगड़ाते हुए जीप तक आता है और उसके बगल की सीट पर बैठ जाता है। जीप स्टार्ट हो जाती है। लड़की सामने देखकर ड्राइव करने लगती है। थोड़ी देर सोचने के बाद ईशान उस लड़की से बोलता है-

आपने कहा कि आप मुझे पास के अस्पताल में छोड़ देंगी लेकिन यहाँ तो आस-पास कोई अस्पताल ही नहीं है। अस्पताल तो क्या यहाँ आस-पास कोई पेट्रोल पंप तक नहीं है।

लड़की हामी भरती है-

हम्म्म...

फिर सामने देखते हुए बोलती है-

तो आपको पता है कि पास में कोई अस्पताल तो क्या एक पेट्रोल पंप तक नहीं है। मतलब कि इस जगह की काफी जानकारी है आपको...है न।

ईशान को आश्चर्य होता है कि कहीं ये कोई पागल तो नहीं है। या फिर हो सकता है की इसे इस जगह के बारे में कुछ पता न हो।

क्या बोल रही हैं आप ?

सारी... वास्तव में मैं मज़ाक कर रही थी, वैसे मुझे इस जगह की कोई जानकारी नहीं है ... एक काम करती हूँ मैं आपको हाइवे पर ही छोड़ देती हूँ... ठीक रहेगा न...

हम्म...

वैसे क्या नाम है आपका ?

मेरा नाम ईशान है... ईशान ओब्रोय...और आपका मेरा नाम जानकर क्या करेंगे आप? लेकिन अगर मैं नहीं बताऊँगी तो आप बुरा मान जाएंगे...है न नहीं... ऐसा कुछ भी नहीं है। नहीं... अब आपने पुछ लिया है, तो जान भी लीजिये। माईसेल्फ़ माया खन्ना... मतलब कि माया... स्लेव ऑफ माइ ओन डिजायर्स मतलब ?

मतलब... मतलब कि कुछ नहीं। मैं अपने आपको इंटरोड्यूस ही ऐसे ही करती हूँ किसी के भी सामने। दिस इज माइ स्टाइल...

लड़की ने ये बात बड़ी ही बेबाकी से बोली थी, जैसे उसे इस दुनिया की कोई फ़क्र ही नहीं थी। लेकिन ईशान को माया की हरकतें और बात करने का तरीका बहुत ही वियर्ड लगता है। उसे लगता है कि नॉर्मल इंसान ऐसे तो बात नहीं करते हैं। कहीं ये ड्रग्स तो नहीं लेती है न...

क्या सोच रहे हैं आप कि कहीं मैं ड्रग्स तो नहीं लेती न? नहीं... नहीं... मैं ऐसा क्यों सोचुंगा भला आपके बारे में ? ईशान मन में सोचता है कि आखिर इसे कैसे पता चल गया कि मैं क्या सोच रहा हूँ ?

अब आप ये सोच रहे हैं कि मुझे कैसे पता चला कि आप क्या सोच रहे हैं ?

ईशान शॉक होकर चुप हो जाता है। अब आप ये भी नहीं सोच पा रहे हैं कि जो कुछ भी आप सोच रहे हैं वो सब कुछ मुझे कैसे पता? तो आपकी जानकारी के लिए बता दूँ कि मुझे सब कुछ पता है कि बिती रात आपके साथ क्या कुछ हुआ है इस जंगल में ? मतलब ? मतलब कि आपके हर एक सवाल का जवाब दूँगी मैं... पहले ये कि कहीं मैं ड्रग्स तो नहीं लेती न... तो हाँ मैं ड्रग्स लेती थी, लेकिन आज से पाँच साल पहले लेती थी। एम डी... एम ए... कोकीन... लेकिन पिछले पाँच सालों से मुझे इनमें से कोई-सा भी ड्रग नहीं मिला और ना ही किसी ने लाकर दिया। अब आप ही बताए इतना वक़्त हो चुका है लेकिन इतने अरसे बाद भी न जाने क्यों मुझसे ड्रग्स का नशा उतरता ही नहीं?

ईशान घबराहट में माया की तरफ देखता है, उसे कुछ भी समझ नहीं आता कि ये लडकी क्या बोल रही है?

सीरियसली... हैव यू गॉन क्रेज़ी? वॉट इज़ आल दिस नॉनसेन्स यू आर टाकिंग? जस्ट स्टॉप द जीप... आइ डौंट वांट टू गो विथ यू एनिमोर

माया सामने देखकर स्टेयरिंग से अपना हाथ हटा लेती है। जीप की स्पीड तेज हो जाती है। ईशान गुस्से में माया की इन हरकतों को देख रहा था। माया मुस्कुरा रही थी।

काफी स्मार्ट हो तुम... बड़ी जल्दी तुमने मुझे पहचान लिया। वेरी इंटेलिजेंट बॉय... लेट्स क्लैप फॉर यू

ईशान की नज़र जीप के बाएँ शीशे पर पड़ती है। उसे माया के दोनों आँखों में कोई पुतली ही नज़र नहीं आती है। तभी उसकी नज़र माया के हाथ और पैरों पर पड़ती है। जो मानव संरचना के ठीक विपरीत थे। ईशान को इस बात का अनुमान हो जाता है कि ये कोई लड़की नहीं एक डायन है। माया अचानक से ईशान की तरफ मुड़ती है। तब ईशान को उसक सड़े-पके होठ और काले दांत दिखाई देते हैं। उसके हाथों और पैरों की बनावट अब भेड़िये की हो चुकी थी। ईशान हाँफते हुए बाहर की ओर उझकता जा रहा था। माया अब हमला करने को तैयार थी। माया चिल्लाकर बोलती है-

क्योंकि मैं पाँच साल पहले मर चुकी हूँ।

इससे पहले की माया ईशान पर टूट पड़ती ईशान जीप से बाहर कूद जाता है। जीप सड़क के किनारे जा रही थी। किनारे पर ऊंची घाँस थी। घाँस पर गिरने से ईशान को कम चोट लगती है। जीप आगे जाकर सड़क से उतर कर पलट जाती है। खाई में जाकर पेड़ से टकरा कर उसमें आग लग जाती है और जीप धु धु करके जलने लगती है।

ईशान के पीछे मुंबई पुलिस की एक गाडी आकर रुकती है। उसमे से दो पुलिस इन्सपेक्टर और तीन हवलदार निकलकर ईशान के पास आते हैं। ईशान बहुत थक चुका था। वो जमीन से उठने की कोशिश करता है लेकिन उठ नहीं पाता है। दो हवलदार दौड़ कर उसके पास आते हैं और उसे सहारा देकर खड़ा करते हैं। खड़ा होते ही ईशान बेहोश होकर एक हवलदार के कंधे पर लद जाता है। ईशान को होश तब आता है जब उसके चेहरे पर पानी का छींटा मारा जाता है। धुंधली आँखों से उसे दो इंस्पेक्टर और तीन हवलदार दिखाई देते हैं। वो धीरे से बोलता है-

पानी... पानी...

एक इंस्पेक्टर ईशान का मुंह पकड़कर ऊपर उठाता है और गिलास से उसके मुंह में पानी गिराता है। पानी पीकर जैसे ही ईशान उठ कर बैठता है तभी उससे एक इंस्पेक्टर पुछ पड़ता है –

तू गाड़ी से कूदा था या किसी ने तुझको धक्का दिया था?

नहीं... मैं कूदा था

लेकिन क्यों ?

क्योंकि अगर मैं नहीं कूदता तो मैं मारा जाता

मारा जाता... लेकिन क्यों?

क्योंकि वो डायन मुझे मार देती

कौन ?

वही डायन... जो जीप चला रही थी।

कौन चला रेली थी जीप ? डायन... दिमाग तो ठीक है न तेरा क्या बकवास कर रेला है ?

तभी दुसरा इंस्पेक्टर जिसका नाम सैमुअल था, बोल पडता है –

तावड़े एक मिनट... एक मिनट... एक मिनट... शायद ये लड़का सही बोल रहा है

ईशान उसकी तरफ अपनी गरदन गुमाता है - आपको कैसे पता ?

सैमुअल : जब तेरी गाड़ी हमारे जीप के पास से गयी थी तो तू तो ड्राइवर की सीट के बगल में बैठा था, लेकिन ड्राइवर की सीट पर कोई नहीं था। फिर भी तू उधर ही देखकर कुछ बात कर रहा था।

तावड़े : क्या बोले जा रहा है तू... मेरे को तो कुछ भी समझ में नहीं आ रेला है, कहीं तेरा भेजा तो नहीं सटक गेला है न ?

सेमुअल अपना हाथ भींच कर बोलता है-

नहीं तावड़े.... नहीं... कहीं तुम सब मुझे पागल न बोलो यही सोचकर तो मैंने तुम सबको कुछ भी नहीं बताया और इस बात को इग्नोर मार दिया, लेकिन अब नहीं। क्योंकि अब मेरे पास इस बात का गवाह ही नहीं बल्कि एक सबूत भी है।

इतना कहकर सेमुअल अपना कैमरा निकालता है और एक वीडियो दिखाता है। जिसमे पीछे से एक हंटर जीप निकलती है। ईशान ड्राइवर की सीट पर किसी से बात कर रहा है लेकिन ड्राइवर की सीट पर कोई बैठा नहीं था। जीप आगे निकल जाती है। वीडियो देख कर उन्हें अपनी आँख पर भरोसा नहीं होता है। वो सब जल्दी-जल्दी गाड़ी में बैठते हैं और गाड़ी हाइवे की तरफ चली जाती है।

***

चार घंटे बाद ईशान अपने बंगले पर पहुंचता है। उसके माथे और हाथ पर पट्टी बंधी हुई थी। वो अपने घर की कॉल डोर बजाता है। थोड़ी देर बाद इन्दु साड़ी से हाथ पोछते हुए मेन डोर की तरफ बढ़ती है। दरवाजा खोलते ही वो निराश-हताश और घायल ईशान को देखती है और चौंक पड़ती है।

इन्दु : आपको चोट कैसे लगी मालिक ? मालिक क्या हुआ आपको ? रातभर कहाँ थे आपलोग ? पार्थ बाबा का तो रो-रोकर हाल बुरा हो गया है। कम से कम एक फोन तो कर देते। मैंने भी कई दफा कोशिश की,

लेकिन आप लोगों का फोन ही नहीं लग रहा था। पता नहीं क्यों ? लेकिन मुझे तो बहुत घबराहट हो रही थी। सब खैरियत तो है न मालिक।

ईशान उसके किसी भी बात का जवाब नहीं देता है, बस बुत बनकर वहीं खड़ा रहता है। उसकी आँखें एकदम लाल हो गयी थीं। उसका चेहरे का रंग एक दम फीका हो गया था। उसका अंग-अंग टूट रहा था। उसकी मानसिक और शारीरिक पीड़ा अब सहन के बाहर थी। ईशान कुछ नहीं बोलता है, लेकिन उसकी खामोशी बहुत कुछ बोल देती है। इन्दु दिल की साफ और एक समझदार औरत थी। उसे ये समझते देर नहीं लगती कि कुछ तो बुरा हुआ है, लेकिन इतना बुरा हुआ है कि अब सिया इस दुनियाँ में ही नहीं है वो ये बात नहीं समझ पाती है। इन्दु आगे बढ़कर ईशान का हाथ पकड़कर उसे अंदर ले जाती है।

आइये मालिक अंदर आइये। आप बाहर कब तक खड़े रहेंगे। मैडम आती ही होंगी। आप सोफ़े पर बैठ जाइए। इन्दु ईशान को सोफ़े पर बैठाती है और जग से गिलास में पानी गिराती है। पानी का गिलास ईशान की तरफ बढ़ाते हुए बोलती है-

मालिक पानी पी लिजीये और अब बताइये कि आपको चोट कैसे लगी है ? नाश्ते में कुछ खायेंगे आप ? क्या बना दूँ ? सच में मेरा तो जी बहुत घबरा रहा था। वैसे मालकिन है कहाँ ? आप कुछ बोलते क्यों नहीं।

अपने किसी भी सवाल का जवाब न पाने की वजह से इन्दु का शक बढ़ता जाता है क्योंकि ईशान एक हाजिर-जवाब इंसान था लेकिन आज वो एक-शब्द भी नहीं बोल रहा था। इन्दु खुद को ही टालने की कोशिश करती है और किचन की तरफ जाती हुई बोलती है-

आप फ्रेश हो जाइए मुझे लगता है कि आपने सुबह से कुछ भी खाया नहीं है। मैं आपके लिये टेबल पर नाश्ता लगा देती हूँ। मैडम ने आज काँदे पोहे बनाने के लिए बोला था, लेकिन आज पता नहीं कहाँ हैं अभी तक ?

अपनी बात खत्म करते ही इन्दु किचन के अंदर चली जाती है। ईशान को पार्थ का ख्याल आता है। वो उसके कमरे में चला जाता है। इन्दु ने नहला धूला कर पार्थ को उसके बिस्तर पर सुला दिया था। ईशान पार्थ के बगल में बैठ कर उसका सर सहलाने लगता है। उसकी आँखें पार्थ से पछतावे का गिला कर रही थीं -

तू मुझे माफ़ कर दे बेटा, तुम्हारी माँ को तो नहीं बचा पाया, लेकिन खुद बदकिस्मती से बच गया। अब तो मर भी नहीं सकता क्योंकि जाते-जाते तुम्हारी माँ ने मुझे तुम्हारी ज़िम्मेदारी सौंप दी है।

तभी कमरे में इन्दु की आवाज़ सुनाई देती है जिससे ईशान की बातों पर विराम लग जाता है।

मालिक मैंने नाश्ता लगा दिया है आप चलकर कर लीजिये, नहीं तो ठंढा हो जाएगा।

दरवाजे पर खड़ी इन्दु ईशान के इस विपत्ति के बारे में कुछ समझ नहीं पा रही थी। वो ये नहीं समझ पा रही थी कि ईशान का व्यवहार इतना कैसे बदल गया है? आखिर कौन-सी वो बात है जो ईशान को अंदर ही अंदर खाये जा रही है? ऐसी कौन-सी घटना-घट गयी है कि सिया अभी तक घर नहीं आई है? कहीं इनके साथ कोई दुर्घटना तो नहीं घट गयी है? कहीं मालकिन अस्पताल में तो नहीं हैं? कहीं ऐसा तो नहीं है की मालकीन इस दुनियाँ में...

तभी ईशान की आवाज़ आती है -

तुम चलो मैं आता हूँ।

इन्दु सकुचाते हुए पूछती है-

मालिक एक बात पुछनी थी।

ईशान थोड़ी देर रुक कर अपना सर हिलाता है-

हम्म... कहो...

मालिक कल से पार्थ बाबा बहुत रो रहे थे। आप बताते क्यों नहीं कि मालकिन कहाँ हैं और कब तक आएंगी ? सब खैरियत तो है न ?

ईशान बिना कुछ कहे उठ खड़ा होता है और चुप-चाप कमरे से बाहर निकल जाता है। इन्दु उसके पीछे-पीछे आती है।

मैं आपसे पुछ रही हूँ मालकिन कहाँ हैं आप कुछ बताते क्यों नहीं ?

इन्दु ईशान का बायां हाथ पकड़ लेती है-

मेरी बात का जवाब दीजिये मालिक

ईशान अपना आपा खो देता है। इन्दु का हाथ झटककर चिल्लाते हुए बोलता है-

मर चुकी है वो... अब कभी वापस नहीं आएगी। सुना तुमने... जा चुकी ही वो हमे छोड़कर... हमेशा-हमेशा के लिए...

क्या ? क्या बोल रहे हैं मालिक ?

हाँ...इन्दु हाँ... अपने इन्हीं हाथों से उसका अंतिम संस्कार करके आ रहा हूँ मैं

मुझे यकीन नहीं हो रहा मालिक

ईशान बिती रात की सारी बातें इन्दु को बताता है कि कैसे हादसों का सिलसिला शुरु हुआ और सिया के खत्म होने के बाद भी खत्म नहीं हुआ और कैसे वो मौत के मुंह से बचकर आ रहा है।

ईशान की बात सुनकर घबराहट से इन्दु की सांस फूलने लगती है। वो अपने सर पर हाथ रखकर धम्म से फर्श पर बैठ जाती है।

नहीं मालिक... ये सच नहीं हो सकता... अहहहहह... अहहहहहह... मैं नहीं मानती इस बात को कि मेरी मालकिन अब इस दुनियां में नहीं हैं

ईशान भी उसके पास में बैठ जाता है और उसे चुप कराते हुए बोलता है –

संभालो अपने आपको इन्दु... तुम सम्भालो अपने आपको...

इन्दु अपना होश खो बैठती है। वो ईशान की बाहें पकड़ कर उसे झकझोरती है।

कह दो मालिक कि ये सब एक झूठ है। सच नहीं है। ये... ये... एक मज़ाक है मालिक... ये एक मज़ाक है। मेरी मालकिन के साथ ऐसा नहीं हो सकता। कभी भी नहीं हो सकता। कह दो न मलिक कि ये सब झूठ है। ये सब सच नहीं हो सकता... कह दो न मालिक कि मालकिन जिंदा हैं और आप मजाक कर रहे हैं।

कैसे कह दुं इन्दु? मैं कैसे कह दूँ कि ये सब झूठ है? तुम्ही बताओ मैं कैसे कह दूँ? काश... काश कि ये सब झूठ होता। काश... काश कि ये सब एक मज़ाक होता... एक नाटक होता। लेकिन नहीं इन्दु... नहीं... ये सच है। सिया हमे छोड़कर जा चुकी है। हमेशा-हमेशा के लिए... अब वो कभी वापस नहीं आएगी कभी नहीं। मुझे समझ नहीं आ रहा कि मैं अब तुम्हें कैसे समझाऊँ ?

आपको मुझे समझने की कोई जरूरत नहीं है मालिक मैंने तो मालकिन को आखिरी बार देखा तक नहीं। तो मैं कैसे मान लूँ कि अब वो जिंदा नहीं हैं ?

इन्दु... इन्दु... इन्दु... तुम्हें मानना ही पड़ेगा। क्योंकि यही सच है। नहीं आ सकती सिया अब कभी भी वापस। न ही हमारी जिंदगी में और न ही इस घर में। मर चुकी है वो। सुन रही हो न तुम। हमारी सिया मर चुकी है।

ईशान फुट-फुटकर रोने लगता है। इन्दु खुद तो रो ही रही थी, लेकिन ईशान को रोता देख कर उसे चुप कराने की कोशिश करती है।

मालिक मत रोएँ। मत रोएँ मालिक। अगर पार्थ बाबा उठ गए तो वो भी रोने लगेंगे। अपनी हालत तो देखिये। अब तो आप रोने की हालत में भी नहीं हैं। अहहहहहह... अहहहहहह... अहहहहहह... अहहहहहह... कम से कम आप तो आ गए न। वरना पार्थ बाबा का क्या होता। कल को जब वो आप दोनों के बारे में मुझसे पूछते तो मैं उनको क्या बोलती ? क्या समझाती ? मैं तो बाद में बेघर और अनाथ होती मालिक। पहले तो उनके ही सर से माँ-बाप का साया उठ जाता और मेरा भी तो आप लोगों के सिवा इस दुनियाँ में कोई भी नहीं है मालिक, लेकिन मैडम जी की कमी तो कोई भी पूरी नहीं कर सकता। उन्होने ही तो इस घर में मुझे पनाह दिया लेकिन आज खुद ही इस घर से चली गईं। वो हमें बहुत याद आएँगी मालिक वो हमें बहुत याद आएंगी। क्या कुछ नहीं दिया मुझे? खाने को खाना... पहनने को कपड़े... सर ढंकने को छत... और मैंने... मैंने...बदले में उनको क्या वापस दिया मालिक ? मैं तो उनके लिए मर भी नहीं सकी मालिक... मर भी नहीं सकी। काश... काश की उस शैतान ने उनकी जगह मुझे मार दिया होता। मालिक मैंने इस घर का नमक खाया है लेकिन नमक का कर्ज भी अदा नहीं कर सकी मालिक। मैं इस घर के नमक का कर्ज अदा करना चाहती हूँ मालिक। जब मालकिन ही जिंदा नहीं हैं तो मैं क्यों जिंदा रहूँ ? मैं भी मरूँगी मालिक... मैं भी मरूँगी। हे भगवान मेरी जगह मालकिन को जिंदा करदे। मुझे अपने पास बुला ले भगवान... मुझे अपने पास बुला ले। बस मैडम जी को वापस भेज दे... बस उनको उनके परिवार के पास वापस भेज दे।

कहते हुए इन्दु उठती है और गिरते-पड़ते अपने कमरे की तरफ भागती है। और अपने कमरे में घुसते ही दरवाजा अंदर से बंद कर लेती है। दरवाजा बंद होते ही ईशान को कुछ भी समझ नहीं आता है, और वो इन्दु-इन्दु कहते हुए उसके कमरे की तरफ भागता है। और जाकर उसका दरवाजा बाहर से पिटने लगता है।

इन्दु... इन्दु... इन्दु क्या कर रही हो तुम? दरवाजा खोलो। पागल मत बनो। क्या हो गया है तुम्हें? मैं कहता हूँ कि दरवाजा खोलो। इन्दु... तुम सुन रही हो न। दरवाजा खोलो। इन्दु...

ईशान को कमरे के अंदर के दृश्य का संज्ञान हो जाता है। वो अपने हाथ से धक्का देकर दरवाजा खोलने की कोशिश करता है लेकिन कई कोशिश के बाद भी दरवाजा नहीं खुलता है। फिर वो जल्दी से दौड़ते हुए स्टोर रुम की तरफ जाता है, और वहाँ से हथौड़ा ढूंढ कर ले आता है। फिर वो हथौड़े से पीट-पीटकर दरवाजा तोड़ता है। उसे दरवाजा तोड़ने से पहले ही बहुत कुछ पता चल चुका था लेकिन दरवाज़ टूटते ही अंदर का दृश्य देखकर उसके होश उड़ जाते हैं। इन्दु पंखे से झूल रही थी। शायद उसके प्राण निकल चुके थे। ईशान जल्दी से उसके पास पहुंचता है और उसके पैर से धक्का दिये हुए स्टूल को सीधा करके पहले इन्दु का पैर उसपर रखता है फिर अपना पैर रखकर ऊपर चढ़ जाता है और फांसी खोलता है। फांसी खुलते ही उन दोनों का बैलेंस बिगड़ जाता है और दोनों बेड पर गिर जाते हैं। ईशान फुर्ती से उठता है और पास से जग उठाकर सारा का सारा पानी इन्दु के सर पर उढ़ेल देता है। पानी पड़ते ही इन्दु की आँखें खुल जाती हैं। फिर ईशान अपना आपा खो कर इन्दु पर चिल्लाता है-

तुम पागल हो गयी हो क्या ? ये क्या करने जा रही थी तुम ? मरकर तुम साबित क्या करना चाहती हो ? कि तुम मुझसे भी ज्यादा प्यार करती हो सिया से। यही साबित करना चाहती थी न तुम। अरे अगर मरना ही था तो मैं नहीं मर सकता था क्या ? मुझे मरना चाहिए था न, पत्नी थी वो मेरी। वो मेरी जिंदगी थी। वो... वो इंसान थी जिसे मैं इस दुनियाँ में सबसे ज्यादा प्यार करता हूँ।

इन्दु धीरे से बिस्तर पर उठ कर बैठ जाती है

तुम आज मरकर यही साबित करना चाहती थी कि तुम सिया से बहुत प्यार करती हो, और मैं नहीं करता। या फिर सिर्फ एक तुम ही हो जो उसके लिए मर सकती हो। मैं तो मर ही नहीं सकता। या फिर मरना ही नहीं चाहता। क्योंकि मैं तो स्वार्थी हूँ न, मैं तो अपने बेटे के आड़ में अपने लिए जीना चाहता हूँ।

तो तुम्हारी जानकारी के लिए मैं बता दूँ कि अगर तुम ऐसा सोच रही हो न तो तुम मेरे बारे में बिल्कुल गलत सोच रही हो। मरना तो मैं भी चाहता हूँ, इनफ़ैक्ट तुमसे पहले मर भी चूका होता और तुम्हें कुछ भी पता नहीं चलता कि किसके साथ क्या हुआ और कौन कहाँ गया ? लेकिन नहीं। मैं नहीं मर सकता। क्योंकि मुझपर ज़िम्मेदारी है पार्थ की। क्योंकि जाते- जाते सिया ये ज़िम्मेदारी सिर्फ मुझे देकर गयी है, तुम्हें नहीं। इसलियें पार्थ सिर्फ मेरी ज़िम्मेदारी है। सिर्फ मेरी। तुम्हारी तो कोई ज़िम्मेदारी ही नहीं बनती है न।

बस मालिक। बस। अब और नहीं। अब कितना शर्मिंदा करेंगे आप मुझे ? मैं मानती हूँ कि ये मेरी गलती है इसलिए मैं आपसे माफी भी मांगती हूँ।

इन्दु अपने दोनों हाथ जोड़ लेती है।

और आज मैं आपसे वादा करती हूँ कि हालात चाहे कितने भी बुरे हो, आज के बाद मैं कभी भी ऐसा कोई कदम नहीं उठाऊँगी।

हाँ इन्दु... क्योंकि पार्थ को तुम्हारी बहुत जरूरत है। सिया के न होने के बाद अब वो उतनी ही तुम्हारी ज़िम्मेदारी है जितनी की मेरी

मालिक आप तनिक भी चिंता मत कीजिये अब पार्थ बाबा को मैं संभालूँगी।

हम्म

मैं बहुत थक गया हूँ। मुझे थोड़ी देर आराम करना है।

इतना कहकर ईशान अपने कमरे में जाने लगता है। तभी इन्दु उसे टोकती हुई बोलती है -

लेकिन मालिक नाश्ता...

क्या तुम्हें लगता है कि मैं अभी कुछ भी खा पाऊँगा।

लेकिन मालिक

बस.. बाद में

ईशान एक लंबी आह भरता है और उसकी आंखों से आंसू निकल जाते हैं। और बिना इन्दु की तरफ देखे अपने कमरे में चला जाता है।

***

घड़ी में शाम के छः बज चुके हैं। सूरज के डूबने के बाद उसकी लालिमा डुबनी बाकी है। चारों तरफ शांती है। बंगले के आस-पास के पेड़ों के पत्ते भी नहीं हिल रहे हैं। पच्छियों का झुंड पूरब से पश्चिम की ओर जा रहा है। बंगले की सारी बत्तियाँ बंद हैं। चारों तरफ ऐसे सन्नाटा पसरा है, जैसे पूरा वातावरण शोक में डूबा हुआ हो।

इन्दु पार्थ को बोतल से दूध पिला रही है। चौबीस घंटे का वक़्त बीत चूका था। आज से पहले ऐसा कभी नहीं हुआ था कि उसने अपने माँ का चेहरा इतनी देर तक न देखा हो, उसकी आवाज़ इतनी देर तक न सुनी हो। जैसे ही उसे अपने माँ की याद आ रही थी वो रो रहा था, लेकिन हर बार इन्दु किसी तरह उसे चुप करा रही थी, लेकिन खुद वो रो पड़ती थी।

साढ़े छः बज चुके हैं। कमरे के दरवाज़े पर दस्तक होती है ईशान देखता है कि पार्थ को गोद में लेकर इन्दु दरवाज़े पर खड़ी है। इन्दु देखती है कि ईशान सिया की तस्वीर अपने सिने से लगाए ज़मीन पर बैठा हुआ है। उसकी हालत पहले से भी अधिक दयनीय है। उसके आंखें और अधिक सूज गयी हैं। उसका चेहरा फूल गया है। बाल बिखरे हुए हैं। ईशान धीमी आवाज़ में बोलता है -

हम्म... इन्दु... बोलो

मालिक आप कुछ खाएँगे... मैं बना दूँ?

नहीं। तुम खुद के लिए बना लो। पार्थ को भी खिला देना। मेरा मन नहीं है कुछ खाने का।

अपने बाप की आवाज़ सुनते ही पार्थ चौंककर चारों तरफ देखने लगता है। ईशान की नज़र भी पार्थ पर पड़ती है। वो पापा-पापा चिल्लाने लगता है। वो इन्दु की गोंद से उतर कर ईशान की तरफ दौड़कर जाता है। उसे अपने करीब आता देख ईशान अपनी बाहें फैला देता है -

मेरा बच्चा...

मेरा बच्चा कहकर उसे कई बार चूमता है। ईशान रोने लगता है। उसे रोता देखकर पार्थ भी रोने लगता है। इन्दु दरवाजे पर खड़ी चुप-चाप इन दोनों को देख रही थी। जी भरकर रो लेने के बाद दोनों एक दूसरे से अलग होते हैं। इन्दु भी अपनी आँखें पोछती है। पार्थ की काँख पकड़कर ईशान उससे बोलता है-

कैसा है मेरा बेटा? डीड यू मिस मी? आई... आई मिस यू सो मच...

इतना कहकर ईशान अपने आँसू छिपाने की कोशिश करता है। जिस बात का ईशान को डर था आखिर वही हुआ। पार्थ अपनी तोतली आवाज़ में ईशान से पूछ ही लेता है –

पापा... पापा... म्म... म्म... तहां ऐ...

ईशान खामोश होकर अपनी नजरें चुराने लगता है। पार्थ उसके गाल पर अपना हाथ रख कर फिर पूछता है -

माम्म... म्म... म्म... तहां ऐ?

ईशान झपटकर पार्थ को अपने गले से लगाकर फफक-फफक कर रो पड़ता है।

बेटा तेरी माँ अब कभी नहीं आएगी। अब वो कभी तुझे देखने को भी नहीं मिलेगी। तुझसे बात करने भी नहीं आएगी। अब वो चली गयी है। हमे हमेशा-हमेशा के लिए छोडकर।

मानों जैसे ईशान को पार्थ की बात समझ आ गयी हो। वो म्म-म्म कहकर रोना शुरु करता है तो फिर चुप ही नहीं होता। ईशान उसे अपने गले से हटाकर फिर सामने खड़ा करता है और उसे चुप करने की कोशिश करता है –

मैं तुझे कैसे समझाऊँ कि तेरी माँ अब कभी वापस नहीं आएगी? तू ये बात समझने के लिए अभी बहुत छोटा है। मैं कैसे समझाऊँ तुझे की तेरी माँ के साथ क्या हुआ है ? क्यों वो हमारे साथ नहीं है और क्यों वो अब कभी वापस नहीं आएगी?

सब कुछ सुनने के बाद भी कहाँ उस दो साल के बच्चे को कुछ समझ आने वाला था। उसे तो हर हाल में बस उसकी माँ वापस चाहिए थी, वो तो इसी जिद पर अड़ा था, लेकिन उस नादान को कहाँ पता था कि उसके

लाख रोने-चिल्लाने के बाद भी अब उसकी माँ वापस नहीं आने वाली है। ईशान उसे जितना ही समझाने की कोशिश करता वो उतना ही रोता जा रहा था। ईशान की उसे चुप कराने की हर कोशिश नाकाम जाती है। ईशान अंत में तंग आ जाता है और चिल्ला पड़ता है-

चुप... एक दम चुप... माँ... माँ... माँ करके मेरा सर खाएगा क्या तू ? क्या मैं ही तेरी माँ को खा गया ? जब वो उसे मार रहा था, तो तू आया क्यों नहीं उसे बचाने के लिए? मैं तो वहाँ होकर भी नहीं बचा सका उसे, तो कम से कम तू ही बचा लेता। मैं तो बड़ा होकर भी कुछ न कर सका, तो तू क्या उखाड़ लेता ?

ईशान की आवाज़ सुनते ही इन्दु और पार्थ दोनों अपने जगह पर डरकर चुप-चाप खड़े हो जाते हैं, फिर इन्दु हिम्मत करके दौड़कर आती है और ईशान को उठा लेती है।

मालिक ये क्या बोल रहे हैं आप ? कैसे बोल रहे हैं ? पार्थ बाबा अभी बच्चे हैं। इनको ये सब कुछ समझ में नहीं आएगा।

नहीं समझ में आएगा, तो मेरा सर क्यों खा रहा है ? इसे लेकर जाओ यहाँ से। अभी मेरी ऐसी हालत नहीं है कि कोई मेरा सर खाये और मैं उसे खानें दूँ। मुझे नहीं पता कि मैं ऐसे क्यों बिहैव कर रहा हूँ ? लेकिन प्लीज अभी इसे लेकर जाओ यहाँ से।

इन्दु पार्थ को लेकर कमरे से बाहर चली जाती है।

इन्दु के जाते ही ईशान खुद में ही घुट-घुटकर बड़बड़ाने लगता है।

कोई मुझे दो पल सकुन से मातम भी नहीं मनाने देता यहाँ। मैंने मेरी लाइफ लाइन खो दी। अपना प्यार खो दिया। मैं तो लूट गया। बर्बाद हो गया। सिया... सिया... तुम कहाँ हो सिया ?

इन्दु पार्थ को अपने कमरे में लेकर जाती है। उसे अपने कंधे पर थपकी देकर चुप कराती है। पार्थ अब रोते-रोते सो चुका था। इन्दु उसे अपने बिस्तर पर सुला कर उसके बगल में बैठ जाती है, और सोचती है कि कैसे आज से डेढ़ साल पहले सिया ने फुटपाथ पर उसके सर पर अपना हाथ रखा था, और कैसे उसे सड़क से उठा कर इस बंगले में लेकर आई थी। कैसे आज से चार महीने पहले जब उसको तेज बुखार था तो सिया ने किसी सगे से बढ़कर उसक ख्याल रखा था –

सुबह के छः बजे थे। इन्दु किचन में चाय बना रही थी। तभी किचन में घुसते ही सिया उस पर नाराज़ होने लगती है।

इन्दु... मैंने तुमसे कहा था न कि आज चाय मैं खुद बना लूँगी। तुम्हारी तबीयत ठीक नहीं है, तो तुम्हें सुबह उठ के चाय बनाने की क्या जरूरत है? वैसे भी सविता आज जल्दी ही आएगी और सारे काम आज से वही करेगी जब तक तुम्हारी तबीयत ठीक नहीं हो जाती। अपनी हालत देखी है तुमने। कितनी कमजोर हो गयी हो ? अगर तुम ठीक से नहीं रहोगी तो पार्थ को कौन संभालेगा ? अब मुझ अकेले का बस का तो वो रहा नहीं जबसे तुम आई हो उसका सारा ख्याल तो तुम्हीं रखती हो, और वो मुझसे ज्यादा वक़्त तो तुम्हारे साथ ही बिताता है।

मालकिन आपकी सब बात सही है, लेकिन मुझे अच्छा नहीं लगता कि मैं आराम से कमरे में पड़ी रहूँ और आप खुद चाय बनायें। ऐसा कभी हुआ है क्या, जबसे मैं इस घर में आई हूँ?

इन्दु यही तो तुम्हारी खासियत है कि तुम सिर्फ एक अच्छी इंसान ही नहीं हो, बल्कि हमें अपना परिवार भी मानती हो। लेकिन जबसे तुम इस घर में आई हो तबसे दोनों टाइम का चाय तो तुम्हीं बनाती हो न। तो अगर आज चाय मैं बना दूँगी तो मैं कोई छोटी तो नहीं हो जाऊँगी न। हटो तुम। आज मैं बनाती हूँ चाय फिर तुम बताना कि मैं कैसी चाय बनाती हूँ ?

नहीं मालकिन। आप ऐसा बिल्कुल न करें। ये मेरा काम है। और मैं कर लूँगी। आप देखिये मुझे बिल्कुल भी बुखार नहीं है। आप जाइए मैं चाय बनाकर लाती हूँ।

सिया सोफ़े पर जाने से पहले इन्दु का हाथ पकड़कर उसका बुखार देखती है। उसे लगता है कि इन्दु को बुखार है।

अरे तुम्हारा हाथ तो बहुत गरम है। तुमने बताया क्यों नहीं, कि तुम्हें अब भी बुखार है?

कहकर सिया उसके मत्थे पर हाथ रखती है।

हे भगवान। तुम्हारा तो पूरा शरीर तप रहा है और मेरे मना करने के बाद भी तुम सुबह-सुबह किचन में आ धमकी। तुम भी न इन्दु... बिल्कुल ही हद कर देती हो। चलो अपने कमरे में अंदर कंबल में चलो। चलो जाओ

जल्दी अब।

अरे नहीं मालकिन मुझे कुछ नहीं हुआ। बस जरा-सा बुखार है। अपने आप ठीक हो जाएगा। आप चलिए न सोफ़े पर मैं चाय ला रही हूँ।

फिर चाय। तुम अपने कमरे में चल रही हो या नहीं।

सिया उसका हाथ पकड़कर उसे किचन से बाहर उसके कमरे की तरफ लेकर बढ़ती है।

मालकिन सुनिए तो सही।

चुप... एकदम चुप। अब चुप-चाप तुम मेरे साथ चलो।

सिया उसे उसके कमरे में ले जाकर उसके बेड पर उसे बैठा देती है और आलमारी से कंबल निकालकर उसे ओढा देती है।

बिस्तर से उतरना मत और मेरे पीछे आने की तो तुम्हें बिल्कुल जरूरत नहीं है। यहीं पड़ी रहो मैं अभी दवाई और चाय लेकर आती हूँ।

सिया कमरे से चली जाती है और लगभग दस मिनट बाद कमरे में चाय और दवाई लेकर आती है।

ये लो चाय, आज मेरे हाथ की पिकर बताओ कि कैसी बनी है ?

दोनों चाय पिती हैं फिर सिया इन्दु को दवाई खिलाकर उसे सुलाते हुए बोलती है-

तुम अभी आराम करो मैं देखती हूँ सविता अभी आई या नहीं।

जब सिया जाने लगती है तो बिस्तर पर लेटी इन्दु उसका हाथ पकड़ लेती है।

मालकिन अगर आपने मुझे आज सहारा नहीं दिया होता तो आज भी मैं फुटपाथ पर पड़ी होती इसी हालत में। मुझे तो समझ ही नहीं आता कि मैं आपके इस एहसान कब, कहाँ और कैसे चुकाउंगी?

सिया मुड़कर मुस्कुराती है –

तुम काफी कोशिश करती हो मेरा ये अहसान चुकाने का... है न... देखना एक दिन वक़्त आएगा जब तुम्हें ये मौका भी नसीब होगा, बस तब तुम कहीं चूक मत जाना और रही बात तुम्हारे फुटपाथ पर न होकर मेरे साथ रहने की। तो ये सब ऊपर वाले की इच्छा से ही होता है, हम तो बस निमित्त मात्र हैं।

कॉल बेल की आवाज़ आती है तो सिया जाते हुए बोलती है-

लगता है कि सविता आ गयी और हाँ तुम चिंता मत करो जल्द ही तुम्हें मेरा अहसान चुकाने का अवसर भगवान देगा।

कहकर सिया कमरे से चली जाती है।

इन्दु का सोचना ख़त्म होता है और अब वो खुद से बातें करना शुरु कर देती है।

हाँ मालकिन, आपने सही कहा था कि एक दिन आपका ये एहसान मैं जरूर उतारूंगी, लेकिन इस तरह आपके जाने के बाद ये मैंने कभी नहीं सोचा था। हे भगवान... तुझे अच्छे लोगों को ही अपने पास बुलाने की इतनी जल्दी क्यों रहती है ?

इतना कहकर इन्दु फिर से किसी पुरानी बात को सोचने लगती है।

***

घड़ी में रात के आठ बज रहे थे। अपने कमरे में ईशान अब भी सिया की फोटो लिये दीवाल से सटकर बैठा हुआ था। उसकी आँखों से आँसुओ की धारा अब भी ऐसी नदी की तरह बह रही थी जो कभी नहीं सूखती, चाहे कितनी भी गर्मी पड़े। वो इतना रो चूका था कि अब उसमें और अधिक रोने की शक्ति ही नहीं बची थी। अब तो उसके पास सिर्फ सिया के साथ गुजारे लम्हों की यादों का ही सहारा था। चाहे वो अच्छी थी या बुरी थी। चाहे वो खट्टी थी या मीठी थीं। जो कुछ भी थी उसके लिए सिया ही थी। उसका दिन उसी से शुरु होता था और उसी पर खत्म हो जाता था।

यहाँ आपसे मैं सिर्फ इतना ही कहना चाहूँगा कि आज आपके पास जो भी है, चाहे जैसा भी है, उसकी कद्र करना सिखिये। उसकी बुराइयों को नहीं अच्छाइयों को देखिये। जब आप उसकी बुराइयों, गलतियों को हटाकर उसकी अच्छाइयों को देखेंगे तो बेवजह ही वो इंसान आपको अच्छा लगने लगेगा, और जब वो आपको अच्छा लगेगा तो खुद-ब-खुद आपके प्यार की मिठास बढ़ने लगेगी, और जब मिठास बढ़ेगी तो अपने आप बहुत सारी अच्छी यादें बनती चली जाएंगी। खुदा-न-ख्वास्ता कि कोई ऐसा दिन भी आए जब सिया की तरह वो इंसान आपकी जिंदगी में न रहे, तो आपके पास क्या बचेगा ? कभी सोचा है इस बारे में। नहीं न... सोच कर देखना। तब आपके पास सिर्फ उसकी यादें रह जाती हैं। जिसे आप कभी नहीं भूल पाते, ताउम्र वही आपके साथ रहती हैं, और जब-जब

आप उन्हें याद करते हैं उस इंसान के जगह उनकी यादें ही आकर आपको रुला जाती हैं।

ईशान अपनें गम के सागर में डूब चुका था। हर तरफ सिया के यादों की, उसके बातों की लहरें आ-जा रही थीं। कमरे के हर कोनें में सिया की यादें बिखरी पड़ी थीं। उसके रूठने-मनाने, हँसने-हँसाने की बातें कमरे में हर तरफ़ फैली हुई थीं। बेड, आलमारी, दरवाजे, खिड़की, ड्रेसिंग टेबल से लेकर उसके सिटिंग टेबल तक हर जगह ईशान को उसके होने का एहसास हो रहा था। उसके यादों के सागर में न जाने ईशान कब उतरता है और कहीं खो जाता है-

रविवार की दोपहर थी। ईशान और सिया सोफ़े पर बैठ कर पोपकार्न खा रहे थे। पार्थ अपने कमरे में सो रहा था। एल ई डी टी वी ऑन थी। फिल्म तेरे नाम का आखिरी सीन चल रहा था। भूमिका चावला ज़हर खाकर मर चुकी थी। ये देख कर ईशान के आँखों में आँसू आ गए थे। तभी सिया की नज़र उस पर पड़ती है – ओहो... तुम तो काफी इमोशनल हो गए।

नहीं-नहीं... ऐसा कुछ भी नहीं है। ईशान अपने आँसू पोछते हुए कहता है।

अच्छा एक बात पूछूं तुमसे

हाँ पूछो न... क्या बात है ?

सिया मजाक में बहुत आहिस्ता-आहिस्ता बोलती है- अगर कल किसी वजह से मैं मर गयी तो तुम क्या करोगे ?

ईशान समझता है कि सिया मजाक कर रही है।

वैसे तो ऐसा कभी होगा नहीं लेकिन अगर ऐसा कभी हुआ भी तो मैं यमराज से लड़कर तुम्हें अपने पास वापस लाऊँगा। ऐसा कभी मत सोचना कि इतनी आसानी से तुम्हारा मुझसे पिछा छूट जाएगा। समझी न तुम।

अच्छा जी तो तुम मेरे लिए यमराज से भी लड़ जाओगे, लेकिन मान लो कि अगर यमराज ने मुझे तुम्हारे साथ वापस नहीं भेजा तो। मतलब कि वो तो बहुत शक्तिशाली हैं न। तब तुम क्या करोगे ?

अब ईशान गंभीरता से बात करता है।

अच्छा... आजकल तुम बहुत बोलने लगी हो। आज तो कह दिया फिर कभी मत कहना। वरना उस दिन के बाद से मैं तुमसे बात ही करना बंद कर दूंगा।

नहीं-नहीं... तुम ऐसे मत बोलो न। मैं तो बस मज़ाक कर रही थी। लेकिन आज तुमसे दिल की एक बात कहना चाहती हूँ, और वो मजाक नहीं है।

इस बार सिया ईशान को वास्तव में परेशान लगती है। हाँ, बोलो न क्या बात है ?

पता नहीं क्यों? लेकिन कभी-कभी मुझे लगता है कि तुमसे पहले मैं ही ये दुनियाँ छोड़कर जाऊँगी। तुम्हारी कसम मैं मज़ाक नहीं कर रही हूँ।

ईशान गंभीर मुद्रा में पूछता है-

और तुम्हें ऐसा क्यों लगता है ?

पता नहीं क्यों? लेकिन बस... लगता है।

सिया की फोटो अपने सिने से लगाये ईशान वहीं सो जाता है।

घड़ी में सुबह के तकरीबन चार बज रहे थे। उसके सपने में तृषा आती है। वो सफ़ेद साड़ी में थी। उसके शरीर के चारो तरफ दिव्य प्रकाश था। वो एकदम शांत थी। ईशान उससे पूछता है-

तृषा आप कहाँ थी ? हमारे साथ इतना कुछ हो गया आप हमें बचाने क्यों नहीं आयीं ?

ईशान के आँखों से आँसू निकल पड़ते हैं।

ईशान अगर मैं जिंदा होती तो मैं जरुर आती तुमलोगों की मदद के लिए, लेकिन मैं तो पहले ही मर चुकी थी। अगर मैं ज़िंदा होती तो ये सब कुछ शुरु ही नहीं होता।

ईशान सिसकियाँ लेते हुए चौंक पड़ता है-

आप मर चुकी थीं। मतलब... लेकिन कब और कैसे ?

तृषा अपने मौत की सारी कहानी ईशान को सुनाती है।

अच्छा, अब मेरी बात ध्यान से सुनो। मैं तुमसे आखिरी बार मिलने आई हूँ, और तुम्हें ये बताने आयी हूँ कि सारे शैतान अब एक-एक करके गुफा से मुक्त हो रहे है। आज या कल में अक्षरा भी वहाँ से मुक्त हो जाएगी। उसके बाद उसके लिए तुम्हें ढूँढना कोई मुश्किल काम नहीं है।

मैं यहाँ सिर्फ तुम्हारी जान बचाने के लिए आई हूँ। इसलिए मैं जो कह रही हूँ, तुम्हें वही करना होगा।

क्या करना होगा मुझे ?

तुम्हें ये मुल्क छोड़कर जाना होगा। हमेशा-हमेशा के लिए और वो भी आज ही।

क्या ?

हाँ, और अपने जीवन में कभी भी यहाँ लौट कर मत आना। वरना वो तुम्हें जिंदा नहीं छोड़ेगी। भूल कर भी कभी यहाँ कॉल या मैसेज मत करना। कभी नहीं।

तो क्या इंडिया छोड़ने से वो मेरा पिछा छोड़ देगी?

मैं इस बात का दावा तो नहीं कर सकती कि ये देश छोड़ने से वो तुम्हारा पीछा हमेशा के लिए छोड़ देगी। लेकिन हाँ इतना जरूर कह सकती हूँ की अगर तुम इंडिया से बाहर रहोगे तो उसके लिए तुम्हें ढूँढना बहुत ही मुश्किल होगा। क्योंकि पहले तो वो इंडिया के ही कोने-कोने में तुम्हें ढूंढेगी, उतने में ही उसे कई साल लग जाएंगे। उसके बाद ही वो इंडिया के बाहर जाएगी। अभी के लिए मैं तुम्हें यही सलाह दे सकती हूँ।

ठीक है। मैं आज ही अपने बच्चे को लेकर ये देश छोड़ कर चला जाऊंगा, वैसे भी अब यहाँ मेरा बचा ही क्या है ? अपने परिवार को तो मैंने पहले ही खो दिया था, और अब तो अपनी सिया को भी खो चुका हूँ। अब मैं अपने बच्चे के लिए कोई भी रिस्क नहीं ले सकता हूँ।

अच्छा ईशान अब मेरे पास और वक़्त नहीं है, मुझे ही जाना होगा। तुम अपना और अपने बच्चे का ख्याल रखना।

अपनी बात खत्म करके तृषा वहाँ से अंतर्ध्यान हो जाती है।

अगले दिन ईशान, इन्दु और पार्थ शाम के चार बजे की फ्लाइट से कैलिफोर्निया पहूँच जाते हैं। ईशान खुद तो कैलिफोर्निया में ही रुकता है लेकिन पार्थ और इन्दु को खुद से अलग करके उन दोनों को न्यू यॉर्क भेज देता है। ताकि अगर कल को अक्षरा वहाँ आ भी जाए तो उसे पार्थ के बारे में कुछ भी पता न चले वरना क्या पता कि वो पार्थ को भी नुक्सान पहुंचाने की कोशिश करे।

ईशान कैलिफोर्निया में अपने दोस्त जे जे दारुवाला मतलब झुनझुन दारुवाला से मिलता है। जे जे ने बी एच यू में ईशान के साथ ही पी एच डी की थी। वो कैलिफोर्निया स्टेट यूनिवर्सिटी में हिन्दी का प्रोफेसर था। उसकी मदद से ईशान को भी वहीं पर समाजशास्त्र के असिस्टेंट प्रोफेसर की नौकरी मिल जाती है। ईशान अब कैलिफोर्निया में रहने लगा था।

***

सुप्रिया और ईशान अब भी उसी पार्क में थे, जहाँ ईशान ने सुप्रिया को अपना अतीत बताना शुरु किया था। सुप्रिया जो कि अभी तक ईशान की बात एक उपन्यास की कहानी की तरह सुन रही थी, वो चौंककर ईशान की बात को काट देती है –

मुझे तुम्हारे लॉस का बहुत अफसोस है ईशान, लेकिन तुम्हारे बच्चे और इन्दु का क्या हुआ ? मतलब न्यू यॉर्क जानें के बाद भी वो तुम्हारे कांटैक्ट में हैं या नहीं।

मेरे यहाँ आने के बाद इन्दु के लिए पार्थ को अकेले संभालने में बहुत दिक्कत हो रही थी। एक दिन वो दोनों न्यू यार्क में एक पार्क के बाहर रोड क्रास कर रह थे, तभी एक रोड एक्सीडेंट में उन दोनों की डेथ हो गयी।

ईशान जानबूझकर सुप्रिया से झूठ बोलता है क्योंकि वो नहीं चाहता था कि कल को किसी भी तरह अक्षरा को पार्थ के बारे में कुछ भी पता चले क्योंकि आज भी उसे अक्षरा का खौफ है कि कहीं वो यहाँ भी न आ जाये।

सुप्रिया : ओह माइ गॉड... आई एम सो सारी... माइ सिमपेथि इज आलवेज़ विथ यू।

ईशान हल्का सा मुस्कुराता है-

थैंक्स फॉर योर कनसर्न... लेकिन अब मैं उस बात से मुव ऑन कर चूका हूँ। दिल के उन सारे दर्द, तकलीफ़ और पुरानी यादों को मैं दिल के किसी कोने में दफ़्न करके आगे निकल चुका हूँ।

मुझे खुशी है कि इतना सब कुछ होने के बाद भी, टूटकर बिखरने के बाद भी तुमने अपने आप को संभाला है, तुम हिम्मत नहीं हारे हो।

तुम्हारा जिंदगी को देखने का एक अलग ही नज़रिया है। मुझे तुम्हारी यही बात सबसे अलग और सबसे अच्छी लगती है। जिसकी वजह से मैं तुमसे प्यार करती हूँ।

अच्छी बात है कि तुम इसी वजह से मुझे प्यार करती हो, लेकिन तुम्हें मैं बता दूँ कि मेरी जिंदगी का कोई ठिकाना नहीं है, क्योंकि अक्षरा यहाँ कभी भी आ सकती है और कभी भी कुछ भी हो सकता है, बस इसी वजह से मैं अपनी ज़िंदगी खुलकर जीता हूँ, क्योंकि मुझे नहीं पता कि मेरे पास जिंदगी और कितनी बची है? लेकिन मुझे ये ज़रूर पता है कि किसी न किसी दिन तो वो यहाँ जरूर आएगी और तब क्या होगा वो मुझे नहीं पता। लेकिन तुम्हें अब ये पता है कि मेरी जिंदगी जोखिम में है, और मुझसे जुडने के बाद तुम भी अपनी जिंदगी को जोखिम में डाल लोगी। लेकिन हाँ तुम्हें अब ये राज़ मालूम है। तो कल तुम मुझपर कोई भी इल्ज़ाम नहीं लगा सकती हो मेरे होने या ना होने के बाद भी ...

चुप करो तुम। हमारे साथ ऐसा कुछ भी नहीं होगा। भगवान पर भरोसा रखो। अच्छा सोचो। सब कुछ अच्छा ही होगा।

नहीं सुप्रिया... ऐसा नहीं है कि अगर हम अच्छा सोचेंगे तभी हमारे साथ अच्छा ही होगा और अगर बुरा सोचेंगे तो हमारे साथ बुरा ही होगा। सच कहूँ तो वही होगा जो होना होगा। जो हमारी क़िस्मत में लिखा होगा, वही होगा और मुझे नहीं लगता की कल को मुझसे शादी करके तुम भी सुरक्षित रहोगी। मेरे साथ-साथ तुम्हारी जिंदगी भी खतरे में पड़ जाएगी और मैं ये बिल्कुल नहीं चाहता कि कल को तुम्हारे साथ भी वही हो जो आज तक मेरे सभी अपनों के साथ हुआ है।

ईशान प्लीज... भगवान के लिए ऐसा बोलना बंद करो। इस टॉपिक को यहीं खत्म करो अभी... प्लीज... मैं तुम्हारे आगे हाथ जोड़ती हूँ।

ईशान एक रहस्यमयी मुस्कान मुस्कुरता है। जिसे सुप्रिया इगनोर कर देती है।

ठीक है। अगर सब कुछ जानने के बाद भी तुम्हें मंज़ूर है तो मैं इसमे क्या कर सकता हूँ ? लेकिन मैं तो यही कहुँगा कि एक बार फिर सोच लेना। आगे जैसी तुम्हारी मर्ज़ी। अच्छा देर हो गयी है मैं चलता हूँ। तुम भी हॉस्टल चली जाओ।

दोनों एक दूसरे को हग करते हैं फिर एक दूसरे को बाय बोलकर अपने-अपने घर चले जाते हैं।

***

अगले दिन सुप्रिया और ईशान का एक रेस्टोरेंट में मिलने का प्रोग्राम है। ईशान सुप्रिया का इंतजार कर रहा है। उसने आज ब्लैक जींस और व्हाइट टी-शर्ट पहना है। ग्रे-ब्राउन शुज़ उसको काफी स्मार्ट लुक दे रहे हैं। वो काफी बेचैनी से सुप्रिया का इंतज़ार कर रहा था कि तभी रेस्टोरेन्ट में सुप्रिया प्रवेश करती है। पहले अपनी नज़रें चारो तरफ दौड़ाती है फिर कोने में ईशान को देखकर मुस्कुराते हुए उसकी तरफ़ बढने लगती है। स्ट्रेट बाल और रेड लिपिस्टिक उसको बहुत ही आकर्षक बना रहे थे। आज उसने ग्रीन कलर की हाल्फ गाउन और रेड हिल सैंडल पहनी थी। सुप्रिया ऐसे चल कर आती है जैसे किसी एजेंसी के लिए रैम्प वॉक कर रही हो। सुप्रिया ईशान के करीब आती है फिर दोनों एक दूसरे को हग करके बैठ जाते हैं।

टूड़े यू आर लूकिंग गोर्जियस

थैंक्स

वेलकम

क्या लोगी कोल्ड कॉफी या हॉट कॉफी या फिर कोई अदर ड्रिंक

वन कोल्ड कॉफी विथ आइस

वेटर... वेटर...

उसकी तरफ एक वेटर आता है और बोलता है –

येस सर... वॉट इज़ योर ऑर्डर ?

टू कोल्ड कॉफी विथ आइस

समथिंग एल्स सर

नो... थैंक्स

ओके सर... वेट फॉर टू मिनट

या

आज तो बड़ी हॉट लग रही हो। रास्ते में कितनों का कत्ल किया ?

पता नहीं। मैंने ध्यान नहीं दिया। लेकिन दो-चार का तो हो ही गया होगा।

दोनों ठठा कर हँस पड़ते हैं। हँसना रोककर ईशान सुप्रिया से पुछ पड़ता है-

वैसे... तुमने मुझे यहाँ पर क्यों बुलाया है ?

वेट वेट वेट... अभी जस्ट मैं यहाँ पहुंची हूँ मुझे थोड़ी सांस तो ले लेने दो।

ईशान अपने मन में सोचता है –

ऐसा लगता है जैसे दौड़ कर आई है। सांस तो ले लेने दो।

क्या सोच रहे हो तुम ?

कुछ नहीं... यू जस्ट टेक योर टाइम

ओके थैंक्स

तभी वहाँ पर कोल्ड कॉफी की दो कप ट्रे में लेकर वेटर पहुंचता है।

सर योर कोल्ड कॉफी

येस प्लीज़

वेटर एक-एक करके दोनों काफी वहाँ पर रख देता है। बदले में दोनों उसे धन्यवाद देते हैं। वेटर के जाते ही दोनों एक-दूसरे को देखते हैं और स्माइल पास करते हैं।

अगर अब तुम ठीक हो तो मुझे बताओगी कि मुझे यहाँ क्यों बुलाया है ?

ओह... तुम बहुत एक्साइटेड हो। क्यों? या फिर तुम्हें कहीं जाना है। कहीं तुम जल्दी में तो नहीं हो?

नहीं सुप्रिया... ऐसा कुछ भी नहीं है। अगर तुमने मुझे यहाँ बुलाया है और अब खुद भी आ ही गयी हो तो फिर इंतज़ार किस चीज़ का कर रही हो ? अब बता भी दो न। मैं अब और इंतज़ार नहीं कर सकता।

अच्छा ठीक है। बताती हूँ। रुको।

ईशान अपना सर हिलाकर उसकी बात स्विकार करता है।

मैंने तुम्हें इसलिये यहाँ बुलाया है क्योंकि मुझे तुमसे हमारे बारे में कुछ ज़रूरी बात करनी है।

और वो क्या है ?

मुझे लगता है कि अब हमे शादी कर लेनी चाहिए।

क्या ? क्या कह रही हो ? तुम्हें नहीं लगता कि ये फैसला तुमने बहुत जल्दी में ले लिया।

नहीं मुझे नहीं लगता कि मैंने किसी जल्दबाज़ी में ये फैसला लिया है। और तुम्हें ऐसा क्यों लगता है कि ये सब कुछ बहुत जल्दी हो रहा है ?

नहीं... मेरे कहने का मतलब है कि हम सिर्फ पिछले पाँच महीने से एक दूसरे को जानते हैं।

तो तुम्हें क्या लगता है कि शादी करने के लिए चार-पाँच साल का रिलेशनशिप होना ज़रूरी है।

नहीं सुप्रिया... मेरा वो मतलब नहीं था।

तो क्या मतलब था तुम्हारा ?

मैं तुमसे इस बात पर ज़्यादा बहस नहीं करना चाहती हूँ। बस एक बात मुझे साफ-साफ बता दो कि क्या तुम इस रिश्ते को लेकर सिरियस हो ? क्या तुम मुझसे सच में शादी करना चाहते हो या नहीं ?

हाँ सुप्रिया... मैं इस रिश्ते को लेकर सच में गंभीर हूँ लेकिन...

लेकिन क्या ?

सुप्रिया बहुत ही आवेग में आ गयी थी। वो ईशान पर चिढ़ गयी थी और लगातार ईशान को घूरे जा रही थी।

ईशान मैं तुमसे साफ-साफ शब्दों में जानना चाहती हूँ कि क्या तुम मुझसे शादी करना चाहते हो या नहीं ?

बात ये नहीं है सुप्रिया...

मुझे मेरे सवाल का जवाब चाहिए। बस...और कुछ नहीं। क्या तुम मुझसे शादी करना चाहते हो या नहीं ?

हाँ... लेकिन...

ठीक है फिर लेकिन-वेकीन छोड़ दो।

सुप्रिया... तुम...

हाँ.... और तुम्हें भी परेशान होने की कोई जरूरत नहीं है क्योंकि मैं बहुत खुश हूँ कि अब फाइनली हम दोनों शादी करने जा रहे हैं। कल सुबह मैं तुम्हें शादी की तारीख़ पंडित से पूछ कर बता दूँगी।

ईशान चुप रहता है। सुप्रिया की खुशी का कोई ठिकाना नहीं था क्योंकि अब वो अपने ड्रीम बॉय से शादी करने वाली थी लेकिन सुप्रिया की खुशी ईशान को बहुत तक़लीफ़ दे रही थी। सुप्रिया को इस बात का एहसास नहीं होता है कि ईशान सच में तकलीफ में है। सुप्रिया अपनी कुर्सी से उठते हुए कहती है-

ठीक है... तो फिर मैं चलती हूँ।

अपनी बात खत्म करके सुप्रिया वहाँ से चली जाती है। सुप्रिया का ये व्यवहार और बात करने का तरीका ईशान को बहुत बुरा लगता है। मानों सुप्रिया जबर्दस्ती उसके पीठ पर शादी का बोझ लादना चाहती थी। ईशान के लिए ये बात बिल्कुल उसे आश्चर्य में डाल देने वाली थी कि सुप्रिया ने तनिक भी उसकी इच्छा की परवाह नहीं की, कि वो शादी को लेकर क्या सोचता है?

जब ईशान ये सब सोच रहा था तभी वहाँ पर सुप्रिया अपने स्कूटी कि चाभी ढूंढते हुए वापस आ जाती है। और वो देखती कि ईशान बहुत हैरान-परेशान है। वो गहराई से कुछ सोच रहा है। यहाँ तक कि ईशान को उसके आने तक का एहसास भी नहीं था। अब सिया को अपनी गलती पता चलती है। वो वहीं कुर्सी पर फिर से बैठ जाती है। जब ईशान अबने विचारों के सागर में गोते खा रहा था। तभी सुप्रिया उससे बोलती है-

क्या सोच रहे हो तुम ?

ईशान ने सिया कि बातों पर ध्यान नहीं दिया क्योंकि तन से तो वो वहीं मौजूद था लेकिन उसका मन कहीं और था।

सुप्रिया एक बार बोलकर चुप हो जाती है और ये सोचती है कि उसे थोड़ी देर सोच लेने देती हूँ। न जाने बेचारा क्या सोच रहा है?

ईशान को भले ही आज सुप्रिया से प्यार हो गया था लेकिन आज भी उसके लिए सिया का प्यार और सिया को भूलना आसान नहीं था। भले ही सुप्रिया ने ईशान की जिंदगी में आज अपनी जगह बना ली थी, लेकिन आज भी वो उसकी जिंदगी में एक दूसरी लड़की ही थी क्योंकि उसका पहला और सच्चा प्यार तो सिया ही थी। क्या यही था उसका सच्चा प्यार ? कि इतनी जल्दी वो किसी और से शादी कर लेगा जबकि सिया को गए हुए अभी छः महीने भी नहीं हुए हैं। इतनी जल्दी वो सिया की जगह

किसी और को नहीं दे सकता। वो सुप्रिया को सिया की तरह कभी भी बेइन्तहाँ प्यार नहीं कर पाएगा। अभी तो उसे ये भी नहीं पता कि क्या वो सच में सुप्रिया से प्यार करता है? या ये भी सिर्फ उसके मन का वहम है।

इतनी देर तक सुप्रिया ईशान को चुपचाप देख रही थी और जब उससे रहा नहीं जाता है तब ईशान को हिलाकर उससे पूछ पड़ती है-

क्या सोच रहे हो तुम तभी से ?

मानों ईशान को होश आ जाता है। अपने सामने बैठी सुप्रिया को देखकर वो चौंक जाता है।

तुम तो चली गयी थी न, तो वापस कहाँ से आ गयी?

क्यों ? मैं वापस नहीं आ सकती क्या ? मैं तो ये स्कूटी की चाभी लेने आई थी, लेकिन तुम कहाँ खोये थे ?

नहीं-नहीं... मैं ऐसा भी कुछ खास नहीं सोच रहा था।

अच्छा... ठीक है। तुमसे एक बात पूछूं।

हाँ बोलो न

तुम मुझसे शादी तो करना चाहते हो न? आई मीन तुम खुश तो हो न हमारी शादी से?

चलो देर से ही सही। लेकिन एट लिस्ट तुमने पूछा तो सही।

सुप्रिया मैं इस शादी से खुश भी हूँ और तुमसे शादी करना भी चाहता हूँ, लेकिन अभी नहीं मुझे थोड़ा वक़्त चाहिए।

सुप्रिया खामोश हो जाती है। उसके मुस्कुराते चेहरे पर मायूसी छा जाती है।

हम्म... कोई बात नहीं। मैं समझ सकती हूँ। मैं तुम्हारी भावनाओं की कद्र करती हूँ, लेकिन क्या मैं जान सकती हूँ कि अभी तुम्हें और कितना वक़्त चाहिए।

सुप्रिया कम से कम सात-आठ महीने... क्योंकि हमारे वहाँ परिवार में किसी की डेथ होने के एक साल तक कोई भी शुभ काम नहीं किया जाता है। बस इसलिये मुझे आठ महीने की मोहलत और दे दो।

मैं अब समझ पा रही हूँ कि तुम अपनी जगह सही हो इसलिये मैं इस फैसले में तुम्हारे साथ हूँ।

सुप्रिया मुझे तूमसे एक और बात कहनी है।

बोलो न

सुप्रिया अब तुम मेरे अतीत के भी पन्नों से वाक़िफ़ हो और तुम ये भी जानती हो कि मेरी लाइफ में सिया की क्या अहमियत है? और आज भी मैं उससे कितना प्यार करता हूँ?

येस... आई नो

लेकिन तुम ये नहीं जानती कि मेरी लाइफ में मैं तुम्हें कभी भी सिया की जगह नहीं दे पाऊँगा। मेरी लाइफ में तुम्हें अपने लिए दूसरी जगह बनानी पड़ेगी। प्यार तो मैं तूमसे भी करता हूँ लेकिन सिया जितना कभी नहीं कर पाऊँगा।

सुप्रिया शांत थी ईशान उससे दोबारा पूछता है।

तुम समझ रही हो न कि मैं क्या कह रहा हूँ?

हाँ... हाँ... मैं समझ रही हूँ।

वास्तव में, अब हम कुछ महीनों बाद शादी करने वाले हैं तो मैंने सोचा कि सब कुछ तुम्हें साफ-साफ बता दूँ ताकि बाद में तुम्हें मुझसे कोई शिकवा या शिकायत न रह जाए। तुमसे अपने दिल की बात कहकर अब मुझे तसल्ली हो गयी।

मुझे अच्छा लगा कि तुमने सब कुछ मुझे साफ-साफ बताया। मुझे तुम्हारी सारी बातें सच्ची लगीं और मुझे तुम्हारी सब बातें मंज़ूर हैं। आठ महीने बाद ही अब हम शादी करेंगे।

दोनों एक दूसरे को देखकर मुस्कुराते हैं।

***

आठ महीने का लंबा वक़्त बीत चुका है। आज सुप्रिया और ईशान की सगाई है और कल ही वो दोनों भारतीय रीति-रिवाज़ के अनुसार एक डोर से पवित्र बंधन में बंध जायेंगे। आज भी पार्थ के बारे में ईशान ने सुप्रिया को कुछ नहीं बताया है क्योंकि आज भी उसे अक्षरा के लौट आने का खौफ है। आज सगाई के लिए कैलिफोर्निया में एक शानदार पार्टी लान बुक है। चारों तरफ लोग हाथ में ड्रिंक्स लिये आपस में बात कर रहे

हैं। वेटर्स पार्टी में लोगों को ड्रिंक्स सर्व कर रहे हैं। जहाँ कुछ लोग अपने मार्केटिंग, फाइनेंस और बैंकर की जॉब में अच्छा पेरफ़ोर्मेंस देने की वजह से खुश हैं तो वहीं कई सरे लोग इस फील्ड के टार्गेट और प्रेशर से तंग आने की वजह से दूसरे फील्ड में जाना चाहते हैं।

तभी एक जनाब अपने दिल की बात एक मित्र से बताते हैं- एक बात तो सच है की जहाँ से जितना पैसा आता है वहाँ से उतनी परेशनियाँ भी आती हैं। फिर चाहे वो जॉब हो, बिज़नेस हो या फिर किसी कलाकार का जीवन।

पार्टी में चहल-पहल का माहौल बढ़ता ही जा रहा है। कुछ लोग म्यूजिक पर अपने पार्टनरस के साथ डांस कर रहे हैं तो कुछ लोग काउंटर पर जाकर शॉट्र्स का मजा ले रहे हैं।

सुप्रिया आज अपनी सगाई के लिए कमरे में तैयार बैठी थी। पिंक कलर के ब्राइडल गाउन में वह सचमुच किसी परी से कम नहीं लग रही थी। उसके सिर पर बने हल्के कर्ल वाले ऊँचे जुड़े से कुछ घुँघराले बाल उसके गालों को छूते हुए उसकी खूबसूरती में चार चाँद लगा रहे थे। गोल्ड और पिंक रंग की ज्वेलरी उसके सोलह श्रृंगार को पूर्ण कर रही थी। चेहरे पर हल्की-सी मुस्कान थी — जो आज उसकी सबसे बड़ी शोभा बन गई थी।

तभी दरवाज़ा खुला, और ब्लैक गाउन पहने सैवी कमरे में दाख़िल होती है

सैवी : ओ माइ गॉड... डार्लिंग आज तो तुम बहुत ही प्यारी लग रही हो। बिल्कुल जैसे कोई बार्बी डॉल हो।

सुप्रिया : बड़ी जल्दी आ गयी तू। मैं तेरा कबसे इंतजार कर रही थी ? कहाँ थी अभी तक ? बोल।

वो सुप्रिया मैं न बस आ रही थी कि जैक की कॉल आ गयी, फिर मैं उसे लेने चली गयी थी। उसकी गाड़ी ख़राब हो गयी थी।

ठीक है। ठीक ही। तुझे तो पता है न कि इस दुनियाँ में तेरे सिवा कोई भी मेरा अपना नहीं हैं। एक तू ही तो है मेरी बेस्ट फ्रेंड... और अगर तू ही अब देर से आएगी तो फिर कैसे चलेगा ? बता...

सुप्रिया सच में। तेरी कसम मैं बहाना नहीं कर रही हूँ। मेरे साथ ही जैक आया है और वो ईशान के रुम में गया है और मैं यहाँ आ गयी हूँ। अच्छा तू रुक मैं ईशान से मिलकर आती हूँ बस मैं यूं गयी और यूं आ गयी।

सैवी जाने के लिए मुड़ती है कि तभी सुप्रिया उसका हाथ पकड़ लेती है।

रुक तू कहीं नहीं जाएगी अभी आई है और अभी ही जा रही है ईशान से मिलने। और मैं यहाँ अकेली रहूँगी, तुझे इसकी फिक्र नहीं है। कैसी दोस्त है तू ?

सैवी दरवाजे की तरफ देखते हुए मुँह बनाती है फिर सुप्रिया की तरफ मुड़ती है और मुस्कुरा कर बोलती है -

अच्छा ठीक है। तू कह रही है तो मैं कहीं नहीं जाऊँगी।

आ मेरे पास बैठ और बता सारे लोग आ गए कि नहीं अभी तक।

पता नहीं मैं तो सीधे यही आ गयी। मैंने किसी पर और ध्यान ही नहीं दिया।

दोनों आपस में बात करने लग जाती हैं।

ईशान अपने कमरे में बैठा हुआ है। उसे अभी भी समझ नहीं आ रहा कि क्या सही है और क्या गलत ? उसने आज ब्लैक कलर का रेमंड सूट पहना हुआ है। उसका शुज भी ब्लैक है। उसने शूट के अंदर पिंक कलर का शर्ट पहना हुआ है। उसकी लंबी टाई आज उसे एक पर्फेक्ट दूल्हे का लूक दे रही है। उसके एक कलाई में रिस्टलेर वॉच है। उसके चेहरे पर अन्तर्मन के द्‌वंद के कारण उदासी छाई है। तभी कमरे में रेड कलर के शूट में जैक की एंट्री होती है।

हैलो डूड... हाउ आर यू ?

ईशान उसे देखकर स्माइल करता है और उसकी तरफ बढ़ता है।

मैं ठीक हूँ। तू बता कैसा है ?

मैं भी ठीक हूँ।

गुड

दोनों एक दूसरे के गले मिलते हैं।

कब आया तू ?

जस्ट अभी-अभी। सोचा कि पहले तुमसे मिल लूँ। फिर पार्टी में जाऊँ।

ठीक है तब। तुम चलो नीचे... मैं जे जे को लेकर आता हूँ, न जाने वो कहाँ रह गया ?

जे जे कौन ?

वो मेरा एक फ्रेंड है जो रिंग मैंने सुप्रिया के लिए बनवायी थी वो थोड़ी बड़ी हो गयी है तो वो उसे ही चेंज करने गया है।

अच्छा। ठीक है। फिर मैं चलता हूँ। तुम भी जल्दी आना।

हाँ बस... जे जे आ जाए फिर मैं भी आता हूँ।

जैसे ही जैक कमरे से निकलकर बाहर जाता है, वैसे ही कमरे में जे जे आ जाता है।

ईशान को देखकर वो अपना गिल्ट जाहीर करता है-

यार सारी। वो न शॉप पर बहुत भीड़ थी। बड़ी मुश्किल से तो चेंज हो पाया है।

ठीक है कोई बात नहीं... तुम आ गए न चलो अब नीचे चलते हैं।

कुछ ही देर बाद ईशान और सिया एक-दूसरे को अंगूठी पहनाते हैं। सुप्रिया बहुत खुश है जबकि ईशान खुश होने का नाटक कर रहा है। तालियों की गड़गड़ाहट से लॉन गूंज उठता है। दोनों को लोग आ-आ कर बधाइयाँ और गिफ्ट देते है और बदले में वो सबको धन्यवाद देते हैं।

दो घंटे का वक़्त बीत चुका है। अब पार्टी खत्म हो चुकी है। मेहमान अपने घर जा चुके हैं। सुप्रिया अपने फ्लैट में सोफ़े पर बैठकर गिफ्ट चेक कर रही है। वो अपने आने वाले नए जीवन के लिए बहुत ही उत्साहित है। सारे गिफ्ट देखकर वो उन्हें फिर से पैक कर देती है। फिर किचन में जाकर कॉफी बनाकर लाती है। काफी पीते हुए आने वाले अपने कल के बारे में सोचकर बहुत खुश होती है। सोचते-सोचते वो अपने ख़यालों में गुम हो जाती है-

सुबह के वक्त वो बिस्तर से सोकर उठती है और अपने आपको पेरिस के एक होटल में पाती है। उसकी और ईशान की शादी हो चुकी है और वो यहाँ हनीमून के लिए आए हैं। वो मुस्कुराकर अंगड़ाई लेती है और काफी तरोताजा महसूस करती है। सुबह की हल्की नर्म धूप कमरे के अंदर आ

रही थी। ईशान पीठ के बल उसके बगल में सोया है। उसके कमर के निचले हिस्से पर चद्दर है और ऊपर से वो निर्वस्त्र है। उसका मुंह सुप्रिया की तरफ है। क्लीन सेव में वो इतना आकर्षक लग रहा है कि उसके इस रूप को देखकर किसी का भी दिल मचल उठता। उसके मुंह, गाल, बांह, गर्दन, माथे, पीठ पर लिपिस्टिक का निशान था। सुप्रिया उसके बाल अपने बाएँ हाथ से सहलाती है और उठकर उसके गालों पर किस करती है। फिर अपनी पीठ वापस सीधी करके बैठ जाती है। उसके बाद बीती रात के उन हसीन लम्हों के बारे में सोच कर मुस्कुराती है। जो की शादी के बाद का उसका सपना था और अब पूरा हो चुका था। बीती रात खिड़की से अंदर आ रही चाँदनी, कमरे में जल रहे व्हाइट बल्ब, बेड पर बिछी हुई व्हाइट बेडशीट और ईशान की बाहों में सुप्रिया अपने जीवन की शुरुआत कर रही थी। ये सब सोचकर बगल में सोये ईशान को देखकर वो फिर से एक बार मुस्कुरा उठती है। सुप्रिया अपने ऊपर से चद्दर हटा कर बेड से नीचे उतरती है और चप्पल पहनकर वाशरुम में चली जाती है, वापस आकर खिड़की से बाहर देखने लगती है। जहाँ सुबह की नर्म धूप, हल्की हवा के साथ कमरे में आ रही थी। वो पूरब से उगते हुए अपने जीवन के नए सवेरे को देख रही थी। सुहावने मौसम में बीती रात के संगम और आने वाले जीवन के बीच के दर्पण का पूरा आनंद ले रही थी। तभी उसकी निगाह चद्दर ऊपर खींचकर करवट बदलते ईशान पर पड़ती है। ईशान अब पीठ के बल उतान सो रहा है जिसके चेहरे पर बीती रात की वजह से एक स्माइल है। उसके चेहरे पर लगे हुए लिपिस्टिक को देखकर सिया का मन दोबारा डोल उठता है। क्लीन सेव में सोता हुआ ईशान इतना मासूम और सुंदर लग रहा था कि सिया के लिए अब अपने आपको उसके तरफ आकर्षित होने से रोक पाना नामुमकिन था। सुप्रिया रति के सागर डूबने के लिए अपने कदम ईशान की तरफ बढाती है और जाकर ईशान के पास बैठ जाती है। एक बार तो वो अपने आप को रोकने की कोशिश करती है। लेकिन कामवशात् वो अपने आप को रोक नहीं पाती है और अपने दोनों होठ ईशान के होठ पर रखकर अपनी आंखें बंद कर लेती है। उसके आँखें बंद करते ही ईशान की आँखें खुल जाती हैं और उसकी रात की वासना फिर से एक बार जाग उठती है। वो सुप्रिया के दोनों गालों को

पकड़ लेता है। उन दोनों के होंठ एक दूसरे के करीब आते हैं, जैसे बरसों की कोई प्यास एक पल में बुझने को हो।
ईशान सुप्रिया को अपने करीब खींच लेता है — अब उनके बीच बस सांसों की गर्मी बाकी रह जाती है।
कमरे में खामोशी है, पर उन धड़कनों की आवाज़ सब कुछ कह रही है जो लफ़्ज़ नहीं कह पाते। सुप्रिया अपनी नर्म उँगलियों से ईशान के चेहरे को छूती है — उसके माथे, गालों पर हल्का-सा स्पर्श छोड़ती जाती है ईशान उसकी आँखों में देखता है, जैसे उनमें ही अपना पूरा संसार पा लिया हो। कुछ पल के लिए वक्त थम-सा जाता है — हवा में बस उनकी सांसें सुनायी दे रही थी। फिर अचानक ईशान उसे अपनी बाहों में समेट लेता है। उनकी नज़दीकियाँ अब शब्दों से नहीं, एहसासों से बयान हो रही हैं। कमरे की खिड़की से आती हल्की हवा परदे हिला रही है, और उसी के साथ उनके बीच का हर फासला मिटता चला जाता है...

तभी कॉल बेल बजती है। और सुप्रिया के सारे सपनों पर पानी फिर जाता है और उसे होश आता है। तब उसे समझ आता है कि अभी तो सिर्फ सगाई हुई है शादी कल है, और हनीमून उसके बाद... सुप्रिया के सामने टेबल पर रखे कप में कॉफी खत्म हो चुकी थी। वो सोफ़े से उठ कर मुख्य द्वार की तरफ बढ़ती है। बीच में सुप्रिया की एक नज़र घड़ी पर पड़ती है। छः बज रहे थे। दरवाजा खोलते ही उसे दरवाजे पर सैवी खड़ी मिलती है।

हाय सुप्रिया...

हैलो... आ... अंदर आ। तू अचानक कैसे ?

दोनों एक दूसरे के गले मिलती हैं उसके बाद सैवी सुप्रिया को वहाँ आने का कारण बताती है-

तुझे पता है मेरी मम्मी ने मुझे यहाँ पर भेजा

अच्छा

हाँ, वो बोल रही थी कि शादी से चौबीस घंटे पहले दुल्हन को अकेले नहीं रहना चाहिए। इसलिए मैं यहाँ आ गयी।

तूने अच्छा किया कि चली आई मैं भी अकेले ही थी। अब तेरे आने से मुझे कोई कंपनी देने वाला तो कम से कम मिल गया। आ चल मैं तुझे शॉपिंग का सारा समान दिखती हूँ। मुझे तुझसे बहुत सारी बातें भी करनी

है।

दोनों सोफ़े पर आकर बैठ जाती हैं और एक दूसरे से बातें करने लगती हैं।

***

रात के दस बज चुके थे। ईशान और जे जे दोनों डाइनिंग टेबल पर डिनर कर रहे थे। दोनों टी-शर्ट और लोवर में थे। जे जे ईशान की खामोशी को पढ़ने की कोशिश कर रहा था लेकिन उसे कुछ भी समझ में नहीं आ रह था। इतनी शांति से दोनों खाना खा रहे थे कि लग ही नहीं रहा था कि वहाँ कल किसी की शादी है। पूरे घर में ऐसा सन्नाटा पसरा हुआ था मानों कि मातम मनाया जा रहा हो। जे जे को इतनी शांति अच्छी नहीं लगती है क्योंकि वो बाल बच्चों वाला आदमी था। उसके घर में हर वक़्त हर जगह कचर-पचर बातें चलती रहती थी। वास्तव में उसका एक संयुक्त परिवार था। माता-पिता, बीबी, दो बच्चे, एक अविवाहित भाई, एक तलाक़शुदा बहन के साथ-साथ उसकी अस्सी साल की दादी के अलावा उसके दूर के मामा जी भी उसके घर में रहते थे। उनका परिवार पंजाब से था। इसलिए उन पर वहाँ का भी प्रभाव था। उसने ईशान के घर की शांति भंग करते हुए ईशान से बात करना शुरु किया।

क्या बात है? तू इतना खामोश क्यों है? आख़िर क्या सोच रहा है ? डूड... कल तेरी शादी है। तू टेंशन मत ले। तेरा भाई है न सब कुछ संभालने के लिए

नहीं यार जे जे। वो बात नहीं है। तू समझेगा नहीं कि मैं परेशान क्यों हूँ ?

बताएगा तब तो कुछ समझ आएगा मुझे

मैं भी जानता हूँ कि कल मेरी शादी है लेकिन मुझे समझ में नहीं आ रहा कि मैं इस बात पर खुश रहूँ या मातम मनाऊँ। मेरे टेंशन की एक वजह नहीं है, बहुत सारी वजहे हैं। तू यहाँ रहते हुए भी कुछ नहीं कर पाएगा। तेरे होते हुए भी मेरी जान जा सकती है, सुप्रिया की भी या पार्थ की भी या फिर हम तीनों की एक साथ।

क्या बोले जा रहा है तू ? मुझे तो कुछ भी समझ नहीं आ रहा। तू मुझे सही से बता कि तेरे दिमाग़ में क्या चल रहा है ?

देख यार जे जे। पहली बात तो ये है कि तुझे, सुप्रिया को और बाक़ी सबको भी यही लगता है कि मैं सुप्रिया से प्यार करता हूँ इसलिए उससे शादी कर रहा हूँ, लेकिन ऐसा कुछ भी नहीं है।

तो फिर कैसा है ? तेरे कहने का मतलब है कि तू सुप्रिया से प्यार नहीं करता फिर भी उससे शादी कर रहा है। लेकिन अगर तू उससे प्यार नहीं करता तो फिर उससे शादी क्यों कर रहा है ?

कौन-सा जवाब दूँ मैं तुझे ? मेरी मजबूरी का या उसकी ज़रूरत का। वैसे भी मैंने उससे सच में कभी प्यार नहीं किया उससे प्यार करना सिर्फ एक नाटक था मेरा

देख... तू मुझे दोनों के जवाब दे

पहली बात तो ये की मैं सुप्रिया से कोई प्यार नहीं करता और ये शादी सिर्फ़ सिया के कहने की वजह से कर रहा हूँ ।

मतलब ?

मतलब कि सिया ने मुझसे कहा था कि मैं उसके जाने के बाद किसी दूसरी लड़की से शादी कर लुं, और दूसरी बात ये कि मैं सुप्रिया से प्यार नहीं करता और सिर्फ उसकी जान बचाने के लिए ये शादी कर रहा हूँ।

मतलब?

मतलब ये अगर मैंने उससे प्यार करने और शादी करने का नाटक न किया होता तो उसके दिल की बिमारी बढ़ सकती थी, उसके दिल का छेद बढ़ सकता था, या उसका दिल धड़कना रुक भी सकता था, मतलब कि उसकी जान भी जा सकती थी।

उससे शादी करना मेरी मज़बूरी भी थी उसकी जान बचाने के लिए और मेरी ज़रुरत भी थी सिया से किया हुआ वादा निभाने के लिए

देख... तुझे ये शादी तो करनी ही पड़ेगी चाहे तु सुप्रिया की जान बचाने के लिए करे या फिर सिया भाभी से किया हुआ वादा निभाने के लिए करे। क्योंकि इतना सब हो चुका है। सगाई भी हो चुकी है, तो तुझे ये शादी भी करनी ही पड़ेगी।

तू ठीक कह रहा है लेकिन

मुझे सच-सच बता कहीं सुप्रिया को ये पता तो नहीं है कि तू उससे प्यार नहीं करता ?

नहीं... उसे ये नहीं पता और उसे ये भी नहीं पता कि पार्थ और इन्दु जिन्दा हैं और यहीं न्यू-यॉर्क में ही रहते हैं, बाकी सब कुछ पता है उसे ...

तेरी ये दोनों बातें तो मुझे समझ आ रही हैं कि तूने ऐसा क्यों किया। लेकिन तू कह रहा था कि और भी कई सारी प्रॉब्लम हैं तो बाकी की और क्या प्रॉब्लम हैं ?

दोनों खाना खा चुके थे, इसलिए बारी-बारी से दोनों हाथ धोकर मुँह पोछते हैं। ईशान के मन का बोझ अभी हल्का नहीं हुआ था, आज वो अपने दिल की सारी बातें जे जे को बता देना चाहता था। दोनों बातें करते हुए ईशान के कमरे में चले जाते हैं। ईशान कमरे का ए सी और लाइट ऑन करता है। फिर दोनों खिड़की के पास रखे आमने-सामने की कुर्सी पर बैठ जाते हैं। दोनों के बीच में एक गोल- सा टेबल था। जे जे बात को फिर से मुद्दे पर लाने की कोशिश करता है-

हाँ... तो तू बता रहा था कि तू उससे शादी क्यों नहीं करना चाहता ?

अगर मैंने उससे शादी कर ली तो वो मेरी पत्नी बन जाएगी।

जे जे को मज़ाक सूझता है और वो बीच में उसकी बात कट देता है।

भाई... शादी के बाद तो कोई भी लड़की पत्नी ही बनती है, भाभी थोड़ी न बनती है।

ईशान जे जे के इस मज़ाक से गुस्सा हो जाता है और उसपर खीझकर बोलता है-

पहले मेरी बात तो सुन ले साले

जे जे तुरंत अपना मुड़ बदल लेता है-

हाँ बोल

अगर वो मेरी पत्नी बन जाएगी तो मुझसे पहले उसकी जान को खतरा हो जाएगा।

और वो कैसे ?

मान ले कि अगर मुझे ढूंढते हुए कल को अक्षरा यहाँ तक आ जाती है और जब उसे पता चलेगा कि मेरी शादी हो चुकी है तो सबसे पहले तो वो मेरी पत्नी को मारेगी। उसके बाद ही वो मुझे मार पाएगी।

तू ये कहना चाहता है कि तेरी पत्नी को मारने के बाद ही अक्षरा तुझे मार सकती है उसके ज़िदा रहते क्यों नहीं ?

क्योंकि पत्नी के रहते हुए किसी भी डायन या चुड़ैल के लिए उसके पति को मारना आसान नहीं होता और ये बात मुझे तृषा ने बताई थी।

अच्छा लेकिन यही बात उल्टी क्यों नहीं लागू होती जब तेरे रहते हुए उस शैतान ने सिया भाभी को मार दिया था ?

क्योंकि वो सिर्फ सिया को मारना चाहता था, उसे हासिल नहीं करना चाहता था। अगर वो भी सिया को हासिल करने के उद्देश्य से मारता तो कभी नहीं मार सकता था। ठीक वैसे ही अगर अक्षरा मुझे हासिल करने के उद्देश्य से नहीं मारती तो कभी भी मार सकती थी। लेकिन हासिल करने के लिए उसे अपना रास्ता पहले साफ़ करना पड़ेगा।

देख मुझे ये तो बिल्कुल समझ में नहीं आ रहा कि कौन-सा शैतान या चुड़ैल किसको किस वजह से नहीं मार सकता लेकिन ये समझ में आ गया कि तू सुप्रिया की जान बचाने के लिए उससे शादी नहीं करना चाहता है

अभी को तू मेरी बात समझ पाया है

लेकिन तूने कभी ये सोचा है कि अगर कल को सुप्रिया को पार्थ की सच्चाई और तेरा उससे प्यार न करने की बात उसे पता चल गयी तो क्या होगा ?

देख अगर कल को कुछ भी ऐसा होता है तो तू तो मेरे साथ रहेगा ही, कि मैंने क्यों उसको पार्थ और इन्दु के बारे में नहीं बताया? क्योंकि मुझे पता है कि वो मुझसे पहले मेरे अपनों को चुन-चुन कर मारती है तो क्यों मैं हर किसी को उनके जिन्दा होने की बात बताउं? आज मैं तुझसे एक वादा चाहता हूँ कि जब तक मैं जिन्दा हूँ तू पार्थ के जिन्दा होने की बात कभी भी किसी को नहीं बताएगा।

जे जे ईशान को इस बात का वादा देता है कि ईशान के जीते जी वो पार्थ के जिन्दा होने की बात कभी भी किसी को नहीं बताएगा।

और रही ये बात कि मैं उससे प्यार नहीं करता तो ये तेरे सिवा किसी को भी पता नहीं है। मेरे जीते जी और मरने के बाद भी किसी को पता नहीं चलेगा जबतक कि तू किसी से ये बात नहीं बताएगा। मुझसे वादा कर कि मेरे जीवन में या मेरे मरने के बाद भी ये बात सिर्फ तुझे ही पता थी और तुझे ही पता रहेगी तू ये बात कभी भी किसी को नहीं बताएगा।

जे जे ईशान के हाथ पर अपना हाथ रखकर उसे वादा देता है।

मैं कभी भी किसी को ये बात नहीं बताऊंगा।

एक आख़िरी बात मुझे नहीं पता कि कब क्या हो जाएगा ? क्योंकि शायद कल मैं रहूँ या न रहूँ क्योंकि अक्षरा नाम की तलवार मेरे गर्दन पर हर वक़्त लटक रही है और जिस दिन भी उसने मुझे देख लिया वो मुझे किसी और के देखने के लिए जिन्दा नहीं छोड़ेगी और मुझे हमेशा-हमेशा के लिए इस दुनियाँ से दूर लेकर चली जाएगी।

चुप कर तु... ऐसा कुछ भी नहीं होने वाला है। तू बस अच्छा सोच, सब कुछ अच्छा ही होगा। एक साल हो गया अब तक तो नहीं आई तो अब क्या आएगी वो अक्षरा यहाँ...

ये दोनों यहाँ एक गलती कर रहे थे जो बात-बात में उसके नाम का ज़िक्र कर रहे थे। ये बात तो आपको भी पता है कि अगर बार-बार कोई आपका नाम लेता ही तो उसको पता चलता है कि कोई तो है जो कि मुझे याद कर रहा है। लेकिन शैतानों की ये शक्ति हम इन्सानों से कहीं ज़्यादा होती है।

तू मुझसे वादा कर कि आज हमने जितनी भी बातें की हैं आज के बाद एक दूसरे से कभी भी हम इस बात का जिक्र नहीं करेंगे।

मैं कभी भी किसी को इस बारे में नहीं बताऊंगा, वादा...

लेकिन तू मुझे एक बात बता कि मेरे घर में तो इतनी सुंदर पत्नी है फिर भी हर दूसरे दिन मुझे किसी और से सच्चा वाला प्यार हो जाता है लेकिन तुझे भाभी के जाने के बाद सुप्रिया से प्यार क्यों नहीं हुआ ?

ईशान अपनी कुर्सी से उठकर मुस्कुराते हुए जे जे के पीछे जाकर खड़ा हो जाता है। उसकी पीठ थपथपा कर बोलता है-

अबे छिछलेदर... चपड़गंजु... आवारा... साले... घर में इतनी सुंदर पत्नी होते हुए भी तुझे हर रोज किसी दूसरी लड़की से प्यार हो जाता है और वो भी सच्चा वाला। तेरा दिल इंसान का है, या बंदर का जो हर रोज किसी भी बंदरीया पर आ जाता है। ठीक से रहा कर तू वरना भाभी से जाकर मैं तेरी शिकायत कर दूंगा। जब बेलन से वो तेरी धुलाई करेंगी न तो सारा भँवरा बनकर कलियों पर मडराना भूल जाएग तु... समझा की नहीं समझा...

देख मैं जानता हूँ कि तू मज़ाक कर रहा है और ऐसा कुछ भी नहीं करेगा। लेकिन तुने मेरे बात का सच में अभी भी जवाब नहीं दिया।

ठीक है, तो सुन फिर मेरी बात। तुझे सच में तो प्यार भाभी से ही है। बाकी तुझे हर रोज जो किसी भी नयी लड़की के साथ फील होता है न उसे आकर्षण कहते हैं जो तुझे हर बार किसी नयी लड़की से हो जाता है।

तो तेरे कहने का मतलब है कि लव एट फ़र्स्ट साइट नाम की कोई चीज़ नहीं होती।

देख। मैंने ऐसा तो नहीं कहा है कि लव एट फ़र्स्ट साइट नाम की कोई चीज ही नहीं होती... होती है। डेफ़िनेटली होती है। लेकिन तू बता आखिर कब तक ? और कितनी बार ? सच कहूँ तो लव एट फ़र्स्ट साइट जिंदगी में सिर्फ एक बार होता है। सिर्फ़ एक बार... बार-बार नहीं....

वाह तू तो बहुत ज्ञानी है। तेरे साथ रहकर मैं भी किसी दिन ए लिस्टर लवर्स में गिना जाने लगुंगा।

ईशान जे जे का सर पकड़ कर हिलाता है।

अबे लैला-मझनु की औलाद पहले मेरी पूरी बात तो सुन ले।

हाँ बोल... बोल आगे क्या उपदेश देना चाहता है ?

ईशान उसकी कंपट्टी पर पीछे से मज़ाक में ही ज़ोर से रखकर देता है।

चुप कर... कुछ भी।

सॉरी सॉरी सॉरी... अच्छा बोल क्या बोल रहा है?

तुझे पता है कि मुझे सुप्रिया से दोबारा प्यार क्यों नहीं हो सकता है? क्योंकि सच्चा प्यार सिर्फ एक बार ही होता है। और मुझे वो इस जन्म में सिया से हो चुका है। और सुप्रिया तो क्या मुझे इस जन्म में किसी भी लड़की से दोबारा कभी भी प्यार नहीं हो सकता है जे जे

कहते-कहते ईशान इमोशनल हो जाता है

कभी नहीं हो सकता है। कभी भी नहीं। ये है मेरा प्यार... जो मेरी तरह सच्चा है। मेरी सिया की तरह पावन और पवित्र है। गंगा की तरह निर्मल है। समझा तू? इसलिए मुझे दोबारा कभी किसी से प्यार नहीं हो सकता है। समझ रहा है न तू की मैं क्या कह रह हूँ ?

ईशान की मासूमियत भरी आँखों की सच्चाई न जाने कहाँ से जे जे के होठों पर एक मुस्कान ल देती है-

हाँ हाँ... मैं आपकी बात अच्छी तरह से समझ रहा हूँ पत्नीव्रत धारी प्रभु श्री राम... आपके चरण कमल कहाँ है प्रभु... उन्हें छु कर मैं धन्य होना चाहता हूँ। कृपा करके अपने श्री चरणों को स्पर्श करने का अवसर प्रदान करें भगवन...

जे जे अपनी कुर्सी से उठकर मज़ाक में ही ईशान के पैरों को छूता है। दोनों ठठाकर हंस पड़ते है, फिर दोनों बेड के दोनों साइड पर सो जाते हैं और कमरे में कुछ देर के लिए खामोशी छा जाती है।

ईशान की जिंदगी में कितनी सारी परेशानियाँ हैं। उसके मन में कितनी सारी दुविधाएँ हैं। उसके बावजूद भी उसने हार नहीं माना है। उसे नहीं पता कि अब वो कितने दिनों तक और जी पाएगा? कब अक्षरा नाम की तलवार से उसका गर्दन कट जाएगा? उसे नहीं पता, लेकिन फिर भी उसने हँसना- मुस्कुराना नहीं छोड़ा है। अगर वो हँसना- मुस्कुराना छोड़ भी दे तो ऐसा तो बिल्कुल नहीं है कि उसकी सारी परेशानियाँ खत्म हो जाएंगी, बल्कि हँसना छोड़ देने से उसकी चंद पलों की खुशियाँ ज़रूर लौट जाएंगी, जो कभी भी वापस नहीं आएंगी और शायद ऐसे तो धीरे-धीरे उसकी मानसिक हालत भी खराब होती जाएगी। क्योंकि मुश्किल हालात तो इंसान को कमजोर करने ही आते हैं, या फिर कभी-कभी उसे और भी मजबूत बना कर चले जाते हैं। हम बेवजह ही हँसना छोड़कर खुद को ही नुकसान पहुँचाते हैं। इसलिए मुस्कुराना ज़रूरी है बेवजह भी....

जे जे छत से लटकते पंखे को देख रहा था। अचानक उसे मज़ाक सुझता है।

जे जे : एक संदेह तो मुझे तेरे बारे में अब भी है बेटा

ईशान : और वो क्या है ?

मुझे लगता है कि तुझे प्यार हो गया है।

किससे ?

अक्षरा से

और तुझे ऐसा क्यों लगता है?

क्योंकि तू अब अक्षरा के नाम की माला जपने लगा है। चिंता मत कर बेटा वो जल्दी ही आएगी और तुझे अपने साथ ले जाएगी। फिर तुझसे शादी करेगी। फिर जी भर कर तेरी पप्पीयां लेगी। फिर तेरे साथ उसकी सुहागरात होगी। वाह तब तो सच में तेरी चाँदी ही चाँदी होगी। तेरे तो भाग्य के सारे दरवाजे खुल जाएंगे...

अच्छा बेटा

ईशान पहले अपनी नाक सिकोड़ता है, फिर उछलकर उसके ऊपर चढ़ जाता है। फिर जे जे को गुदगुदी करने लगता है। जे जे को गले में गुदगुदी ज़ोर से लगती थी इसीलिए वो अब ईशान के कंट्रोल में था।

हरामखोर... साले... तू मेरी शादी चुड़ैल से कराएगा। ऊपर से सुहागरात भी मनवाएगा। और कल को तू चुड़ैल के बच्चे भी पैदा करवा देगा। फिर होगी तेरी चाँदी ही चाँदी। चुड़ैल तेरी भाभी और तु उसके बच्चों का चाचा

जे जे की हंसी नहीं रुकती है फिर भी वो बोलता है-

और तू चुड़ैल के बच्चों का पापा और चुड़ैल तेरी घरवाली

जे जे उसका गला मज़ाक में दबाते हुए बोलता है- सुधर जा साले तू सुधर जा

तू सुधर जा साले तू सुधर जा... चुड़ैल के देवर कहीं के...

तू नहीं सुधरेगा न... तू रुक... रुक बेटा... अभी भाभी को फ़ोन करके तेरे रोज की प्यार-मोहब्बत की दास्तान सुनाता हूँ। तू रुक जा साले...

ईशान जे जे के ऊपर से उतरकर लैंप टेबल से अपना फोन उठाने के लिए लपकता है। जे जे उसका पेट अपने दोनों हाथों से पकड़कर उसे रोकने की कोशीश करता है।

नहीं भाई तू देख... मेरा भाई है न... तू प्लीज़ ऐसा मत कर... प्लीज़ यार... भाई नहीं है तू मेरा?

ईशान जे जे से अपने आपको छुड़ाने की कोशिश करता है।

छोड़ साले.... छोड़ तू मुझे... आज भाभी के सामने तेरा सारा काला चिट्ठा खोलुंगा... जो तू रोज प्ले बॉय बनकर होटल के कमरों में सुहागरात मनाता है।

जे जे चौंक पड़ता है, वो ईशान को और कसकर पकड़ लेता है।

मेरे होटल वाली बात तुझे कैसे पता?

मुझे सब पता है बेटा। तेरे बारे में। पहले तू मुझे छोड़ तो सही।

नहीं- नहीं... भाई प्लीज़... प्लीज़ भाई ऐसा मत कर...

अब तक जे जे को मज़ाक लग रहा था, लेकिन अब उसे सच में डर लगने लगा था, कि कहीं सच में आज ईशान उसका भांडा न फोड़ दे

तू छोड़ तो सही

नहीं... मैं नहीं छोड़ूँगा। तू पहले प्रॉमिस कर कि तू उसको कुछ नही बताएगा।

ठीक है। तू कह रहा है तो मैं उन्हें कुछ नहीं बताऊंगा। अब छोड़ भी दे।

पक्का

अब लिख कर दूँ क्या ?

चल ठीक है। लेकिन धोखा मत देना

अपनी बात खत्म करते ही जे जे ईशान को छोड़ देता है। छूटते ही ईशान लपककर अपना फोन ले लेता है। उसके बाद कूद कर बेड से नीचे उतर जाता है। जे जे ईशान को घूरते हुए उठ कर बैठ जाता है।

तूने फोन क्यों लिया फिर ?

वो मुझे एक जरूरी कॉल करना है

अच्छा

ईशान हँसते हुए तेजी से वाशरुम की तरफ भाग जाता है।

तू वहीं रुक, मैं बस अभी भाभी को बता कर आता हूँ।

जे जे के होश उड़ जाते हैं। वो तुरंत बिस्तर से उतरकर ईशान के पीछे दौड़ता है, लेकिन वो ईशान तक पहुँचता उससे पहले ईशान ने वाशरुम का दरवाजा अंदर से बंद कर लिया था। ईशान अंदर से जे जे को चिढ़ाते हुए बोलता है-

अब बोल बेटा। क्या कहता है ? आज तो मैं भाभी को बता कर तेरी ये रोज की रासलीला हमेशा के लिए ख़त्म कर दूंगा।

जे जे बेचैनी में दरवाजा पीटता है।

ईशान तू ऐसा कुछ भी नहीं करेगा। तूने अभी-अभी मुझसे वादा किया था। देख तू ऐसा कुछ भी नहीं कर सकता।

अंदर से हँसते हुए ईशान की आवाज़ आती है-

नहीं बेटा... मैं ऐसा कर सकता हूँ। जब तू हरदम वैसा कर सकता है, तो मैं आज ऐसा क्यों नहीं कर सकता ? अब तेरी ये गंदी आदत भी तो मुझे ही छुड़ानी है। आखिर मैं दोस्त हूँ तेरा... तो तुझे सुधारना भी तो मेरी ही ज़िम्मेदारी है।

तेरी कसम मैं आज के बाद ऐसा कुछ भी नहीं करूंगा। प्लीज़ मान जा यार। देख अब तो मैंने तेरी कसम भी खा ली। प्लीज़ फोन मत कर।

चल ये तो बहुत अच्छी बात है कि तू आगे से ऐसा कुछ भी नहीं करेगा। लेकिन फिर भी भाभी को बताना तो तेरा ही फर्ज बनता है न। एक बार याद कर तू उन सात वचनों को जो शादी के वक़्त तूने खाई थीं। कुछ याद आया तुझे। देख... मैं तो जानता हूँ कि तू तो बताने से रहा। तो ये नेक काम भी मुझे ही करना पड़ेगा। तो तू टैंशन मत ले। मैं ही बता देता हूँ।

जे जे खीझकर चिल्लाता है।

टैंशन कैसे न लूँ ? कैसे न लूँ टैंशन ? देख तू ऐसा कुछ भी नहीं करेगा। तू समझ नहीं रहा है, अगर उसे पता चल गया तो मेरे लिए बहुत दिक्कत हो जाएगी। बात तलाक़ तक भी पहुँच सकती है।

तू चिंता मत कर। डाइवोर्स तो दूर की बात है। मैं उनको ऐसे समझाऊंगा कि वो तुझसे नाराज़ तक नहीं होंगी।

जे जे झल्लाकर बोलता है-

लेकिन मैं तेरा सर फोड़ दूंगा। तु बाहर आएगा न... तो मैं तेरी जान ले लूँगा साले। बहुत मारूँगा तुझे। समझ लियो। ऐसा कुछ भी करियों मत... वरना तुझे छोड़ूँगा नहीं मैं।

ईशान अंदर ही अंदर फुले नहीं समा रहा था।

चल जब बाहर आऊँगा तो जी भर कर मार लेना, लेकिन अभी तो कॉल लग चुकी है।

जे जे के रोंगटे खड़े हो जाते हैं। वो बात सुनने के लिए दरवाजे से अपने कान चिपका लेता है।

हेलो... हाँ भाभी कैसी हो ?

मैं भी ठीक हूँ। मुझे जे जे के एक बहुत ही घटिया काम के बारे में पता चला है। जब आप सुनेंगी तो आपके कान के पर्दे फट जाएंगे... पैरों तले से जमीन खिसक जाएगी। हम्म... आपको पता है कि वो छुट्टी वाले दिन कौन-सी मीटिंग पर जाता है? आपको नहीं पता है न। मैं बताता हूँ आपको। पहले तो वो हफ्ते भर मेहनत करके एक लड़की पटाता है। फिर उसे घूमाता है। फिराता है। उसे शॉपिंग कराता है। उनका दिल बहलाता है, फिर वीकेंड्स पर अपना मन बहलाता है, वो भी होटल के कमरों में। आप समझ रही हैं न कि मैं क्या कर रहा हूँ। हर हफ्ते ये एक नयी मुर्गी तलाश करता है और फिर उसे हलाल करता है। बस... बस भाभी अब इसके आगे मैं कुछ और नहीं बता सकता हूँ।

नहीं... नहीं भाभी... आप उसे चप्पल से मत मारना। हाँ... हाँ... नहीं-नहीं... प्लीज़ आप उसके दांत बेलन से मत तोड़ना... हाँ... हाँ... नहीं-नहीं भाभी... आप उसे करछुल से मत छौंकना। नहीं भाभी नहीं। आप उसे तवे से मत दागना। शश... उसे बहुत दर्द होगा। नहीं भाभी... प्लीज़ आप ऐसा कुछ भी मत करना। मैंने उसे अच्छे से समझा दिया है और अब तो वो लाइन पर भी आ गया है। अब वो ऐसा कुछ भी नहीं करेगा। आप उसे कुछ मत कहना। प्लीज़ उसे कुछ मत करना। हाँ... हाँ... मेरी गारंटी है। वो आगे से ऐसा कुछ भी नहीं करेगा। पक्का सुधर जाएगा। मैं उसे मार-मार के सुधार दूंगा। उसकी गारंटी मैं देता हूँ आपको... हाँ

हाँ... लेकिन इस बात का ख्याल रखिएगा कि इस बारे में न तो मैंने आपको कुछ भी बताया है और न ही आपको कुछ भी पता है। बस इस बात का ख्याल रखना है आपने। वरना वो मुझे कच्चा चबा जाएगा। कहीं ऐसा न हो कि सच्चाई जानकर वो आपके और मेरे हाथ से ही निकल जाए। हाँ इसलिए उसे कुछ भी पता नहीं चलना चाहिए, वरना बात बहुत बिगड़ जाएगी फिर हम दोनों चाहकर भी कुछ भी सुधार नहीं पाएंगे। हाँ... अच्छा ठीक है। जे जे... जे जे अभी गेस्ट रुम में सो रहा है। इसलिए मैंने सोचा कि मौका है तो अभी आप को बता दूँ। अच्छा आपका ख्याल रखिएगा अब मैं फोन रखता हूँ। बस इस बात का ख्याल रखिएगा कि उसे कुछ भी कभी भी पता न चले। चलिये फिर ठीक है... बाय।

उसके बाद बाथरुम का दरवाजा खुल जाता है। लेकिन जे जे तबतक वहाँ से जा चुका था। ईशान गेस्ट रूम की तरफ जाता है। जे जे ने गेस्ट रुम का दरवाजा अंदर से बंद कर लिया था। ईशान को समझते देर नहीं लगती है कि जे जे उससे बहुत ही नाराज़ है। ईशान बाहर से दरवाजा थपथपाता है। वो अब अपने मज़ाक को सुधारने की कोशिश करता है।

जे जे मैं तो बस मज़ाक कर रहा था। मैंने भाभी को फोन नहीं किया था। मैं तो बस तेरी खिंचाई कर रहा था। सच में... तेरी कसम... मान मेरी बात, दरवाजा खोल।

अंदर से जे जे की गुस्से भरी आवाज़ आती है।

ईशान चला जा यहाँ से। मुझे बहुत ज़ोर से गुस्सा आ रहा है। मैंने अगर दरवाजा खोल दिया न तो तुझे बहुत... बहुत मारूँगा.. तेरा सर फोड दूंगा मैं.. चला जा अभी यहाँ से। मुझे तुझसे कोई बात नहीं करनी है।

देख तुझे यक़ीन नहीं है, तो तू भाभी से फोन करके पूछ ले मैंने उन्हें कोई फोन नहीं किया है। खोल दरवाजा।

ईशान चला जा यहाँ से। मुझसे तू सुबह बात करना। अभी मुझे नींद आ रही है और गुस्सा भी। जाके सो जा अपने कमरे में... और हाँ... झूठ मत बोल

तेरी कसम झूठ नहीं बोल रहा। दरवाजा खोल तो सही। एक आखिरी बार साथ सो लेते हैं यार। कल तो वो आ जाएगी। फिर कहाँ कभी साथ सो पाएंगे। और अगर साथ सोएँगे भी तो वो क्या सोचेगी? कहीं इन दोनों का कोई चक्कर तो नहीं है न? तू खोल तो सही। एक आखिरी बार भाई की तरह साथ में बिस्तर शेयर कर ले यार।

मैं नहीं खोल रहा अब। चाहे तू कितना भी ड्रामा कर ले। अच्छा होगा की चुप चाप जाकर सो जा और मुझे भी सोने दे।

तू खोल दे वरना मैं अपने तरीके से खोलवा लुंगा।

हाँ... हाँ... तो खोलवाले न। जैस तुझे खुलवाना है। मैं तो नहीं खोल रहा।

ठीक है। तो इस बार मैं सच में भाभी को फोन करूंगा और उनको बोल दूंगा कि न जाने क्यों जे जे कमरे का दरवाजा ही नहीं खोल रहा है? तू सोच ले फिर।

जे जे तुरंत कमरे का दरवाजा खोल देता है और वापस जाकर बेड के एक किनारे दूसरी तरफ मुंह करके लेट जाता है। ईशान पहले उसकी मनःस्थिति भाँपता है, फिर जब उसे यकीन हो जाता है कि थोड़ी बहुत कोशिश के बाद वो मान जाएगा, तब जाकर ईशान उसके बगल में बेड पर लेट जाता है और फिर धीरे-धीरे उसके पास खिसकते हुए बोलता है-

मैं तो बस... मजाक कर रहा था, और मैं क्यों बताऊँ कुछ भी किसी को, आखिर में तू ही तो मेरा जिगरी दोस्त है बचपन का... बचपन से लेकर आज तक तूने कितनी सारी शैतनियाँ की हैं, कितना सारा मस्ती और मज़ाक किया है हमने साथ में, लेकिन क्या मैंने कभी भी किसी को भी इस बारे में कुछ भी बताया है? नहीं न। तो फिर आज कैसे बता देता? मैं तो बस तेरे मजे ले रहा था, जैसे तूने लिया था, चुड़ैल से मेरी शादी कराकर। वैसे ही...

जे जे तुरंत झटके से मुड़ता है और तुरंत ईशान के ऊपर चढ़कर उसके दोनों हाथ अपने घुटनों से दबा लेता है और हँसते हुए बोलता है-

अच्छा तो अब तू भी मेरे मजे लेने लगा है। चल कुछ तो असर हुआ तुझपर मेरे साथ रहने का

ईशान मुस्कुराकर बोलता है-

अरे बेटा... तू तो नाराज़ था न। बड़ा जल्दी मान गया। वो भी बिना मनाए

अरे मेरे जिगर के छल्ले। मैं तुझसे नाराज़ नहीं था। मैं भी तेरे ही जैसा नाटक कर रहा था, तेरे नाटक को इंट्रेस्टिंग बनाने के लिए

अच्छा बेटा

हाँ बेटा

ईशान की नज़र कमरे की दीवाल घड़ी पर पड़ती है। साढ़े बारह बज रहे थे। ईशान जे जे को अपने ऊपर से धकेलते हुए बोलता है।

चल हट मेरे ऊपर से। नीचे आ। साढ़े बारह बज गए हैं। मुझे सोने दे और खुद भी सो जा। कल सुबह जल्दी उठना है। शादी के इतने सारे काम होते हैं। वो सब भी करने हैं।

जे जे ईशान के ऊपर से उतरकर बेड के दूसरी तरफ लेटते हुए बोलता है-

तू चिंता क्यों करता है? मैं हूँ न

हाँ तू है तभी तो मुझे थोड़ा सकुन है, लेकिन इसका मतलब ये तो नहीं है न कि तू रात भर न खुद सोएगा और न मुझे सोने देगा। और रात भर यही करता रहेगा।

लेकिन शुरु तो तूने किया था न

हाँ लेकिन खत्म तो तूने किया न

हम्म

ठीक है चल अब सो जा... गुड नाइट

गुड नाइट

दोनों अपना-अपना चद्दर खींचते है और पीठ के बल सो जाते हैं।

***

सुप्रिया के फ्लैट में रात के तीन बज रहे थे। सुप्रिया और सैवी दोनों एक ही बेड पर सो रही थीं। सुप्रिया पीठ के बल सो रही थी जबकि सैवी का मुंह टेबल लैंप की ओर था। कमरे में दो नाइट बल्ब जल रह थे। पंखा ऑन था। ए सी ऑफ था। कमरे की खिड़की खुली थी, बाहर से ताजी और ठंढी हवा आ रही थी। चाँद की रौशनी खिड़की के रास्ते कमरे में उतर रही थी। सुप्रिया आँख बंद करके सोयी हुई मासूम-सी गुड़िया लग रही थी, जिसके बाल बहुत घुँघराले थे। सुप्रिया को एक सपना आता है-

सुप्रिया और ईशान की शादी को आज चार साल बीत चुके थे। सुप्रिया और ईशान को दो साल का पार्थ नाम का एक बेटा भी है। पार्थ का नाम पहले वाले पार्थ को जिंदा रखने के लिए ईशान ने ही रखा है। सुप्रिया ने आज फैमिली के साथ आउटिंग प्लान किया है। सुबह के साढ़े दस बज चुके हैं। सुप्रिया तो बिल्कुल तैयार है, लेकिन रविवार होने के कारण ईशान अभी तक सो रहा है। सुप्रिया ने आज सफ़ेद लॉन्ग स्लीवलेस कुर्ती और ब्लू रफ़्फ़ जींस पहनी है। साथ में व्हाइट हील्स जुती और ब्लू सर्कल ईयर रिंग भी पहनी है। किचन का सारा काम खत्म करके सुप्रिया अब बेडरुम में आ चुकी है। वहाँ पहुँचकर सिया देखती है कि ईशान के सिने से लगकर पार्थ सो रहा है। दोनों बाप-बेटे सांस से सांस मिलाकर सांस लेते

हुए घोड़े बेचकर सो रहे हैं। सुप्रिया पहले तो उन्हें देखकर थोड़ा मुस्कुराती है, फिर जब उसे याद आता है कि आज बाहर जाने का प्लान है तो वो नाक सिकोड़ती है और पार्थ को अपनी गोंद में उठा लेती है, फिर बेड पर बैठकर उसे प्यार से जगाती है।

अरे अरे अरे... जग गया मेरा बेटा जग गया। गुड मॉर्निंग बेटा... गुड मॉर्निंग... चलो अब उठ गए तो मम्मा को गुड मॉर्निंग बोलो... बोलो मम्मा को गुड मॉर्निंग... बोलो गुड मॉर्निंग मम्मा

पार्थ तोतली आवाज़ में बोलता है-

गुड मॉर्निंग मम्मा...

सुप्रिया उसे दोनों हाथों से ऊपर उठा लेती है और प्यार करते हुए बोलती है-

चलो चलो चलो... आज जल्दी-जल्दी तैयार होना है। आज हमें बाहर जाना है। घुमने जाना है। पापा भी जाएंगे। मम्मा भी साथ जाएंगी और मेरा बेटा भी साथ जाएगा और सब लोग शाम को घर वापस आएंगे।

तभी सुप्रिया की नज़र अभी भी सो रहे ईशान पर पड़ती है। वो नाक सिकोड़कर पार्थ से बोलती है-

ये लो। पता नहीं तुम्हारे डैडा आज कुंभकरण की नींद से जगेंगे भी या नहीं। चलो जगाओ अब अपने डैडा को।

सुप्रिया पेट के बल सो रहे ईशान के ऊपर पार्थ को बैठा देती है। फिर उससे बोलती है कि अपने डैडा को जगाओ अब

दैदा... उठो दैदा...

सुन रहे हो या नहीं... अब उठ भी जाओ तुम्हारा बेटा तुम्हें जगा रहा है। अब उठ जाओ।

दैदा... दैदा... उठो दैदा

अरे अब उठ भी जाओ। जाना नहीं है क्या आज?

ईशान बिना आँख खोले ही बोलता है-

बस थोड़ी देर और सो लेने दो सुप्रिया... प्लीज

सुप्रिया पार्थ को उठा कर गोंद में ले लेती है और ईशान का हाथ पकड़कर उसे खींचती हुई बोलती है-

कोई प्लीज़-व्लीज़ नहीं। जल्दी उठो नहीं तो मैं

यार सुप्रिया... थोड़ी देर और सो लेने दो बस

ईशान दूसरी तरफ मुँह करके सो जाता है। सुप्रिया को गुस्सा आ जाता है और वो पार्थ को लिए हुए बाथरुम की तरफ बढ़ते हुए बोलती है-

अच्छा रुको तुम ऐसे नहीं मानोगे। मैं अभी तुम्हारा इलाज़ करती हूँ।

सुप्रिया बाथरुम से पानी लाती है और ईशान के ऊपर फेंक कर पार्थ को लिए हुए भाग जाती है। जबतक ईशान चौंक कर उठता है तब तक सुप्रिया बेडरुम से भाग कर किनारे खड़ी हो चुकी थी। ईशान सुप्रिया को पकड़ने के लिए दरवाजे की तरफ भागता है लेकिन तबतक सुप्रिया दरवाजा बाहर से बंद कर चुकी थी। ईशान अंदर से दरवाज़ा थपथपाता है-

सुप्रिया दरवाजा जल्दी से खोलो

ईशान जल्दी से तैयार हो जाओ। दस बज गए हैं। जाना है या नहीं।

तुम खोलो तो पहले तब तुम्हें बताता हूँ... जाना है या नहीं जाना है।

देखो, मेरे पास तुमसे उलझने के लिए टाइम नहीं है। मुझे पार्थ को भी तैयार करना है। जब तक मैं उसे तैयार करती हूँ तब तक तुम भी तैयार हो जाओ, फिर मैं वापस आकर दरवाज़ा खोलती हूँ।

तुम खोलो, फिर मैं तुम्हें बताता हूँ।

अभी नहा लो, जब खोलूँगी तब बताना। अभी मैं इसे तैयार करने जा रही हूँ। बाय

तकरीबन ग्यारह बजे तीनों अपनी कार में बैठकर बाहर घूमने चले जाते हैं। तीनों पूरे दिन यहाँ-वहाँ घूमते हैं। पिकनिक मनाते हैं, शॉपिंग करते हैं, फिर लंच करके फिल्म देखने जाते हैं, फिर शाम को एक होटेल में डिनर करने के बाद तीनों वापस घर जा रहे थे। तभी सुप्रिया की नज़र सड़क के दूसरी तरफ खड़े आइसक्रीम के स्टाल पर पड़ती है। वो तुरंत बोलती है-

ईशान... आइसक्रीम

कहाँ ?

ईशान सड़क के बायीं तरफ देखता है, उसे कहीं भी आइसक्रीम का स्टाल नहीं दिखाई देता है।

कहाँ है सुप्रिया ? मुझे तो नहीं दिखाई दे रहा है।

सुप्रिया अपना मन मारकर बोलती है-

रहने दो। सड़क के उस पार है। जाने दो।

ईशान की नज़र तुरंत सड़क के उस पार आइसक्रीम के स्टाल पर पड़ती है।

ओह। तो वहाँ है। तुम दोनों यहीं रुको। बस मैं अभी लेकर आता हूँ।

ईशान अपनी कार सड़क के किनारे पार्क करके उतरने लगता है, तभी पीछे बैठी सुप्रिया उसे रोकती हुई बोलती है-

अरे रहने दो तुम्हें सड़क के उस पार जाना पड़ेगा। आगे कहीं ले लेंगे।

तुम टेंशन मत लो। बस मैं यूं गया और यूं आया।

बात मानों मेरी मत जाओ। बहुत तेज़ गाडियाँ चल रही है और यहाँ तो ज़ेब्रा क्रॉसिंग भी नहीं है।

तुम अब कुछ ज्यादा ही सोच रही हो। मैं बस दो मिनट में आता हूँ क्योंकि मेरा भी बहुत मन कर रहा है आइसक्रीम खाने का।

ईशान सुप्रिया की बात टाल देता है, और उस समय गाड़ियाँ आनी कम हो गयी थीं, इसलियें जल्दी-जल्दी रोड क्रॉस करके आइसक्रीम के वेंडर तक पहुँच जाता है। ईशान मुस्कुराकर उससे बोलता है-

हाय

हैलो सर। वॉट कैन आई गेट फॉर यू ?

गिव मी वन बटर स्कॉच एण्ड वन वनीला आइसक्रीम

जस्ट गिव मी अ मीनट। लेट मी ब्रिंग दैट आउट फ्राम इनसाइड

या श्योर

दुकानदार एक बटर स्कॉच और एक वनीला आइसक्रीम निकाल कर ईशान को पकड़ाता है। ईशान उससे पूछता है-

हाऊ मच इट कॉस्ट ?

ओनली टू डॉलर सर

ईशान अपनी जेब से पाँच डॉलर की नोट निकालकर उसे पकड़ाता है।

डू यू हैव चेंज ऑफ फाइव डॉलर ...

येस सर आई हैव

कहकर दुकानदार उससे पाँच डॉलर की नोट लेकर उसे तीन डॉलर वापस कर देता है। ईशान पैसे अपने जेब में रखकर आइसक्रीम लिए

हुए वापस मुड़ता है। अभी वो ज़रा-सा ही आगे बढ़ा था और गाडियाँ बहुत तेजी से सड़क पर इधर-उधर दौड़ रही थीं। ईशान सड़क की ओर फुटपाथ के एकदम किनारे आकर खड़ा हो गया था। उसके दोनों हाथों में आइसक्रीम थी। सुप्रिया सड़क के इस पार से ईशान को देख रही थी। उसने अपने दायें हाथ से पार्थ का बायां हाथ पकड़ा था। पार्थ बीच-बीच में ईशान को पुकार रहा था कि वो जल्दी से आइसक्रीम लेकर उसके पास चला आए। उधर ईशान भी इन दोनों को देख कर मुस्कुरा रहा था। अब काफी वक़्त हो चुका था, ईशान को रोड क्रॉस करने का मौका अभी तक मिल ही नहीं पा रहा था। इधर सुप्रिया भी उसके रोड न क्रॉस कर पाने से परेशान थी। लेकिन उस पार ईशान को मुस्कुराता देख सुप्रिया भी इधर मुस्कुराने का नाटक करने लगी थी। पार्थ अचानक से रोना शुरु कर देता है। सुप्रिया पार्थ को झुककर अपनी गोद में उठा लेती है, और ईशान को देखती है। ईशान आगे की तरफ बढ़ रहा था, तभी अपने बायीं तरफ से तेजी से आ रही गाड़ी के सामने अचानक से गिर जाता है। मानों किसी ने उसे पीछे से धक्का दे दिया हो। कार की स्पीड तेज़ होने के कारण कार उसे तेजी से हवा में उछाल देती है। उसके हाथ से दोनों आइसक्रीम छूट कर हवा में चले जाते हैं। ईशान अभी ज़मीन पर भी नहीं गिरा था कि तभी दूसरी तरफ से आ रही कार से टकरा कर वो वापस हवा में उड़ जाता है। उसके जमीन पर आते ही तीसरी कार उसे कुचल कर आगे निकाल जाती है।

सुप्रिया ज़ोर से चिल्ला पड़ती है-

ईशान...

सुप्रिया का सपना टूट जाता है और वो नींद से उठ कर बैठ जाती है। सुप्रिया के चिल्लाने से सैवी की नींद भी टूट जाती है।

सैवी : क्या हुआ सुप्रिया? क्या हुआ... बोल ?

सुप्रिया डर से हाँफ रही थी। उसके चेहरे का रंग उड़ गया था। सुप्रिया अपनी नज़र धीरे-धीरे सैवी की तरफ मोड़ती है। सैवी उसे एक टक देखे जा रही थी।

जरूर तूने कोई बुरा सपना देखा होगा। क्या देखा ? बोल। बोल न।

सैवी जग से गिलास में पानी गिराकर सुप्रिया को पकड़ाती है। सुप्रिया पानी पिकर सैवी को अपने सपने के बारे में बताना शुरु करती है। घड़ी की सुई चार बजकर पाँच मिनट पर थी।

***

ईशान और जे जे दोनों अभी भी गेस्ट रुम में सो रहे थे। उसके घर के बाहर पेड़ पर दो उल्लू बैठे थे। जैसे ही एक उल्लू उड़ता है तभी ईशान अपने बिस्तर से चौंक कर उठ जाता है। उसके चौंकने से बेड हिल जाता है और जे जे की नींद भी खुल जाती है। वो भी उठ कर बैठ जाता है और उसे समझते देर नहीं लगती की जरूर ईशान ने कोई बुरा सपना देखा है।

चीखा क्यों ? क्या तूने सपने में कोई भूत देख लिया।

तभी पेड़ पर से दूसरा उल्लू भी उड़ जाता है। ईशान एक दम चुप था। जैसे सच में उसने कोई भूत देख लिया हो। उसके चेहरे से भयानक रस की साफ़ अभिव्यक्ति हो रही थी। जे जे उसे झकझोरता है-

बोल न आखिर क्या हुआ ? तूने कोई बुरा सपना देखा क्या ? अरे कुछ बोल तो सही।

जे जे उसे लैम्प टेबल पर रखी गिलास का पानी देता है। ईशान पानी पीकर बोलता है-

यार... यार मैंने बहुत बुरा सपना देखा

क्या सपना देखा तूने ?

कि... कि... मैं किसी सड़क पर खड़ा हूँ और सामने से गाड़िया बहुत ही स्पीड से जा रही हैं। मुझे जल्दी में सड़क क्रॉस करनी है लेकिन गाडियाँ रुक ही नहीं रही हैं। मैं बहुत हड़बड़ाया हुआ हूँ। अचानक किसी ने मुझे पीछे से इतना ज़ोर- से धक्का दिया कि मैं अपने आपको संभाल ही नहीं पाया और सामने से आती हुई एक गाड़ी से मैं टकरा गया और उस गाड़ी ने मुझे ऊपर की ओर उछाल दिया। जैसे ही मैं गिरने वाला था की दूसरी गाड़ी से टकरा कर मैं उछाल दिया गया और गिरते ही एक तीसरी गाड़ी ने मुझे कुचल दिया और मैं मर गया।

क्या ? वाकई... ये तो बहुत बुरा सपना है, लेकिन मैंने सुना है कि अगर सपने में कोई मरता है तो वास्तविक जिंदगी में उसकी उम्र बढ़

जाती है। तेरा क्या मानना है ?

पता नहीं

अच्छा क्या तूने उसकी शक्ल देखी जिसने तुझे पीछे से धक्का दिया था।

ईशान कुछ सोचकर बोलता है-

शायद हाँ

शायद हाँ का मतलब क्या?

हाँ... जब मैं गाड़ी से टकरा कर उछला था तब मेरी नज़र उसपर पड़ी थी, जिसने मुझे धक्का दिया था।

जे जे ईशान की आँखों में अपनी आँखें डालकर गंभीर स्वर में पूछता है -

कौन था वहाँ ?

वहाँ लाल साड़ी में एक औरत खड़ी थी। तकरीबन साढ़े पाँच फीट की। उसके बाल कमर के नीचे तक थे। उसका मुँह, हाथ और पैर यहाँ तक की उसका पूरा शरीर नीला था। मैं उसका चेहरा नहीं देख पाया लेकिन उसके हाथ-पैर दोनों पीछे की तरफ मुड़े हुए थे।

कहते- कहते ईशान की आँखें बड़ी-बड़ी हो जाती हैं, उसका मुँह खुला का खुला रह जाता है, उसके चेहरे का रंग उड़ जाता है, वो जे जे के दोनों हाथ कसकर पकड़ लेता है और जे जे की आँखों में अपनी आँखें डालकर चिल्लाता है-

आ गयी है वो... आ गयी है वो... मेरे पीछे-पीछे यहाँ तक आ गयी है वो

कौन ईशान? कौन ?

ईशान अपनी मुड़ी हिलाने लगता है, जैसे उसे मिर्गी के दौरे पड़ रहे हों।

लौट आयी है वो... लौट आई है वो... फिर से एक बार

अब ईशान हाँफ रहा था, उसका पूरा शरीर काँप रहा था, उसकी आँखों से आँसू गिर रहे थे, मानों जैसे वो पागल हो गया हो।

मेरी दुनियाँ उजाड़ने के लिए... मुझे मारने के लिए... मेरे बच्चे को मारने के लिए... नहीं छोड़ेगी... हम दोनों को नहीं छोड़ेगी वो... मार

डालेगी हम दोनों को

कौन ईशान ? कौन ? अक्षरा...

ईशान जल्दी-जल्दी हाँ में अपनी गर्दन हिलाता है-

हाँ, हाँ वही...

ईशान की आँखों में मौत का खौफ था। उसके आँखों में डर समा चुका था। उसका बिलखता चेहरा और काँपता शरीर यही बयान कर रहा था कि जल्द ही वो उसे इस दुनियाँ से अपनी दुनियां में ले जाने वाली है। शैतानों की दुनियाँ में।

ईशान को शांत करने के लिए जे जे अपने दोनों हाथों से उसका गाल कसकर पकड़ लेता है और उसके डर को दूर करने की कोशिश करता है -

ईशान... ईशान...ईशान... देख... सुन मेरी बात... ऐसा कुछ नहीं होगा। मैं हूँ न तेरे साथ। मैं बोल रहा हूँ न कि मैं हूँ। तेरे साथ ऐसा कुछ भी नहीं होगा। तू मान मेरी बात। मेरे जीते जी तेरा बाल भी कोई बांका नहीं कर सकता है। न ही कोई इंसान। न ही भगवान। और न ही कोई शैतान।

इतिहास फिर से एक बार खुद को दोहरा रहा था, और ये बात फिर से कोई और किसी और से कह रहा था।

ईशान जे जे के दोनों कंधों पर अपने दोनों हाथ रखकर गिड़गिड़ाते हुए बोलता है-

नहीं मेरे भाई। तू मेरी बात नहीं समझ रहा है। तू रहकर भी कुछ नहीं कर पाएगा और वो मुझे अपने साथ ले जायेगी।

जे जे उसके कंधे को पकड़कर बहुत ज़ोर से झकझोरता है।

चुप... एक दम चुप... अब अपना रोना-धोना बंद कर दे तू... आज तेरी शादी है। कोई तेरा ये रोता हुआ चेहरा देखेगा तो क्या सोचेगा?

जे जे उसे बहलाने की कोशिश करता है-

हर कोई पक्का यही सोचेगा कि लगता है कि जरूर इसे मार-पीट कर इसकी शादी कराई जा रही है। और भला किसी को ये कहाँ पता कि ये तीस बत्तीस साल का पाण्डा सपना देखकर बच्चों की तरह रोने लगता है। बचपन में भी तू ऐसे ही रोता था, लेकिन मेरे गले से लगकर चुप हो जाता था। चल आ मेरे गले लग जा अब, तभी चुप होगा तू...

जे जे ईशान को अपने गले से लगा लेता है। जे जे के गले लगे हुए ही ईशान बोलता है -

तब की बात कुछ और थी यार। और आज की बात कुछ और है। पता नहीं क्यों? लेकिन मुझे सच में बहुत डर लग रहा है।

चुप कर तू। अब सपने की दुनियाँ से बाहर आ जा। और उस चुड़ैल के साये से भी। वरना मैं तुझे बहुत मरूँगा। हाँ। अभी बता दे रहा हूँ।

नहीं जे जे। यार आज तू मुझे बोल लेने दे। क्या पता की आज मैं तुझसे आखिरी बार बात कर रहा हूँ?

ईशान की बात सुनकर जे जे सहम जाता है। और चुप- चाप उसकी बातें सुनने लगता है।

देख मुझे इस बात का यक़ीन तो हो चुका है कि वो यहाँ आ चुकी है। आज नहीं तो कल यहाँ आने का अपना मकसद भी वो पूरा कर ही लेगी। फिर चाहे कोई भी हो वो मुझे नहीं बचा पाएगा। हो सकता है कि मुझे पाने के बाद वो मेरे बेटे को छोड़ दे। देख अगर कल को मुझे कुछ भी हो जाता है तो तू पार्थ और इन्दु का ख्याल रखना। सुप्रिया को सब सच बता देना। पता नहीं क्यों? लेकिन मुझे कभी-कभी ऐसा लगता है कि इतना सब कुछ जानने के बाद भी या तो सुप्रिया को मेरे अतीत से कुछ लेना देना नहीं है। या फिर उसे अपने जान की परवाह नहीं है कि वो मुझसे शादी करके अपने जिंदगी को खतरे में डालना चाहती है।

क्योंकि वो सच में तुझसे प्यार करती है।

तो ये तो सिर्फ उसकी बदनसीबी है, या फिर शायद मेरी भी। क्योंकि शादी के बाद मैं तो उसके बेइन्तहाँ प्यार के बदले में उसे रत्ती भर भी प्यार नहीं दे पाऊँगा। शादी के बाद तो वो सिर्फ मेरी एक ज़िम्मेदारी होगी जिसकी मुझे परवाह करनी ही पड़ेगी। और वो भी जिंदगी भर। और अगर कभी मुझे कुछ हो जाता है, तो ये उसकी बदनसीबी ही होगी सिर्फ और सिर्फ ।

अच्छा ठीक है। हो गया तेरा?

हम्म

सुन अब मेरी बात

ईशान उसकी बात काटकर बोलता है-

बस दो मिनट रुक जा मुझे बहुत ज़ोर से लगी है। मैं वॉशरुम से होकर आता हूँ फिर तेरी पूरी बात सुनता हूँ।

ओके

ईशान बेड से उतरकर अपनी चप्पल पहनता है और वॉशरुम में चला जाता है। उसके वॉशरुम का दरवाजा बंद करते ही उसके फोन की घंटी बजती है।

जे जे अपने मन में सोचता है कि इतनी सुबह-सुबह किसने ईशान को फोन कर दिया ? उसकी नजर घड़ी पर पड़ती है घड़ी मे साढ़े चार बज रहे थे। जे जे फोन उठाता है तो सुप्रिया की कॉल आ रही थी। वो फोन रिसीव कर लेता है। उधर से सुप्रिया घबराई हुई बोलती है-

हेलो... हेलो ईशान... तुम ठीक तो हो न। घर पर ही हो, सड़क पर तो नहीं हो न। प्लीज आज जोगिंग करने मत जाना। ठीक है... ठीक है न ईशान

सुप्रिया मैं जे जे बोल रहा हूँ। ईशान अभी बाथरुम में है। तुम सुबह-सुबह फोन करके ये क्या बोले जा रही हो? सब खैरियत तो है न।

ईशान ठीक तो है न जे जे

हाँ वो बिल्कुल ठीक है। क्यों क्या हुआ ?

कहाँ हो तुम लोग?

घर पर ही हैं।

आज उसे बोल देना की जोगिंग पर वो न जाए। या कहीं भी घर से बाहर निकल कर न जाए।

ठीक है। मैं बोल दूंगा। लेकिन आखिर हुआ क्या है बताओ तो सही ?

अभी.. जस्ट अभी... मैंने एक बहुत बुरा सपना देखा है जिसमें ईशान का एक एक्सीडेंट में डैथ...

क्या ? क्या-क्या ? पूरा बताना ज़रा कि क्या सपना देखा ?

सैवी सुप्रिया से फोन लेकर जे जे को सब कुछ बता देती है। जे जे के रोएँ फुट जाते हैं कि दो लोग एक ही वक़्त पर एक ही सपना कैसे देख सकते हैं? इस सबका तो सिर्फ़ एक ही मतलब निकलता है कि ईशान जो बोल रहा है वो सच है। फिर तो मुझे जल्द ही कुछ करना होगा वरना अक्षरा ईशान को जिंदा नहीं छोड़ेगी। इस बारे में मैं ईशान को कुछ बता

भी नहीं सकता क्योंकि उसके होश तो पहले से ही उड़े हुए हैं। और कहीं ऐसा न हो कि वो जल्दबाज़ी में आकर शादी से ही मना कर दे, और अगर उसने शादी से मना कर दिया तो फिर सुप्रिया का क्या होगा ?

तभी बाथरुम का दरवाज़ा खुलने की आवाज़ होती है। जे जे ईशान का फोन उसकी जगह पर रख देता है। और वापस अपनी जगह पर बैठ जाता है। ईशान तौलिये से अपना मुँह पोछते हुए बाहर आता है। दोनों एक- दूसरे को देख कर मुस्कुराते हैं।

हाँ बोल, क्या बोल रहा था तू ?

जे जे थोड़ा रुक कर बोलता है-

तू कह रहा था न कि तेरे सपने में वो आई थी, और उसने तुझे कार के सामने पुश किया। एण्ड आल दैट

हम्म... तो

तो चल तेरी बात मैं मान लेता हूँ कि वो लौट आई है।

क्यों ? लेकिन अभी तो तुझे ये सब बकवास लग रहा था।

हाँ, लेकिन अब मुझे लगता है कि हम सावधान तो रह ही सकते हैं कम से कम

मतलब

मतलब की आज ट्रम्प बिल्डिंग के सातवें फ्लोर पर बारह बजे तेरी शादी है

राइट

और तुझे आज वहाँ दस बजे तक पहुँचना है।

राइट

तू जैक को बुला ले, और सुन, जैक के साथ ही यहाँ से जाना अकेले मत जाना।

क्यों? अब तू कहाँ जा रहा है ?

मैं जहाँ जा रहा हूँ, तू वहाँ मेरे साथ नहीं जा सकता।

क्यों?

क्योंकि आज दस बजे तुझे अपनी शादी में जाना है।

तौलिया कुर्सी पर रखकर ईशान जे जे के पास आकर बैठ जाता है।

हाँ वो तो मुझे भी पता है, लेकिन तू कहाँ जा रहा है?

मैं लॉस एंजेलिस जा रहा हूँ। वहाँ एक चर्च है - रिवर ऑफ लाइफ और यहाँ से वहाँ तक सिर्फ जाने-जानें में मुझे अढ़ाई घंटे लग जाएंगे।

चर्च...और वो भी लॉस एंजेलिस... इतनी दूर क्यों ? पास के किसी चर्च में चला जा।

पास के किसी चर्च में मैं नहीं जा सकता हूँ। मुझे वहीं जाना है। क्योंकि वहाँ पर एक पादरी है। जो शैतानी शक्तियों से लोगों की रक्षा करते हैं। सुना है कि वो कोई ताबीज़ देते हैं शैतानों से बचने के लिए और मैं तेरे लिए वही लाने जा रहा हूँ।

लेकिन तू तो...

देख अभी तू ज़्यादा सवाल मत पुछ। बस मेरी बात ध्यान से सुन

हम्म

मेरे जाने के बाद जैक को कॉल करके बुला लेना और उसके साथ में ही तू मैरिज हाल जाना, अकेले नहीं। रास्ते में कहीं भी उतरना मत, यहाँ बैठना तो सीधे मैरेज हाल में ही उतरना। बारह एक बजे तक मैं भी आ जाऊंगा। तब तक तुझे बहुत ही सावधानी बरतनी होगी।

ठीक है...

जे जे जल्दी से वॉशरूम में चला जाता है। अंदर से वो तैयार होकर बाहर आता है। आईने के सामने खड़े होकर बाल झाड़ते हुए वो ईशान से बोलता है -

किस सोच में डूबा है ? पूछ जल्दी क्या पूछना है ? क्योंकि मुझे जाना भी है।

ईशान जे जे को देखता है-

अभी कुछ देर पहले तो तुझे कोई चिंता नहीं थी, अचानक से तुझे इतनी ज़्यादा सावधानी बरतने का विचार कैसे आ गया ? सच-सच बताना, मुझसे झूठ मत बोलना।

नहीं ऐसा कुछ खास नहीं है, लेकिन अगर तेरी बातों पर गौर करूँ तो मुझे लगता है क़ि तुझे एक प्री-प्रोटक्शन ले लेना चाहिए, बस इसीलिए

अच्छा... ठीक है फिर

ठीक है मैं जा रहा हूँ। तू अपना ध्यान रखना

तू भी

ओके... बाय

जे जे हैंगर से अपने कार की चाभी उठाता है और कमरे से बाहर निकल जाता है। जे जे के जाते ही ईशान सोचने लगता है कि क्या सच में जे जे को उसकी बातों पर यक़ीन हो गया है, या फिर कोई और बात है जो जे जे उसे बताना नहीं चाहता था? आखिर इतनी जल्दी उसे इसकी बातों पर यकीन कैसे आ गया क्योंकि अभी थोड़ी ही देर पहले तो उसे अब कुछ मज़ाक लग रहा था। ईशान अभी सोच ही रहा था कि उसके फोन की घंटी बजती है। उसने देखा तो जैक की कॉल आ रही थी। वो कॉल पिक करता है।

हेलो, हाँ जैक मैं तुझे ही फोन करने वाला था।

कोई बात नहीं। मेरे पास जे जे की कॉल आयी थी। उसने मुझे बताया कि तुझे पिक करना है।

हाँ, और भी कुछ बताया क्या ?

नहीं, उसने मुझे बस इतना बोला कि कुछ जरूरी काम से लॉस एंजेलिस जा रहा हूँ, शादी की रस्में शुरु होने से पहले आ जाऊंगा। क्या तुम्हें पता है कि इतनी सुबह वो लॉस एंजेलिस क्यों गया है ?

हाँ, तुम आओ फिर मिलकर बात करते हैं।

ओके बाय

बाय जैक

***

अब घड़ी में साढ़े ग्यारह बज रहे हैं। कैलिफोर्निया में रेडवूड बेल्वर्ड और येरबार बेल्वर्ड के क्रॉसिंग पर ट्रम्प बिल्डिंग है। जिसके सातवें फ्लोर पर पनाश मैरिज हाल में सुप्रिया और ईशान के शादी की तैयारियां चल रही हैं। लिफ़्ट के खुलते ही सामने सुप्रिया वेड्स ईशान का बोर्ड लगा हुआ है। शादी की पूरी तैयारी भारतीय परंपरा के अनुसार की गयी है। चारों तरफ लोगों के चेहरे पर मुस्कान है और वो आपस में बातचीत कर रहे हैं। लोगों ने भारतीय और पाश्चात्य दोनों तरह के कपड़े पहने हुए हैं क्योंकि पार्टी में भारतीय और अमेरिकन दोनों ही लोग हैं। चारों तरफ खुशी का माहौल है। कुछ लोग डांस भी कर रहे हैं। स्टेज और मंडप अलग-अलग रंग के फूलों से सजा हुआ है। पाश्चात्य परंपरा के अनुसार वहाँ बच्चों

और बुज़ुर्गों की काफी कमी हैं।

जहाँ सैवी का परिवार एक तरफ सुप्रिया के परिवार का फर्ज अदा कर रहा है, वहीं दूसरी तरफ़ जे जे का परिवार ईशान की तरफ से रस्मों में शामिल है। कभी-कभी ये सोचकर दिल सिहर उठता है कि जिनका अपना कोई नहीं होता उनके शादी के वक़्त उन पर क्या बीतती होगी कि जो रस्में उनके अपनों को निभानी चाहिए उन्हें कोई और अपना बनकर निभा रहा है। कौन से नक्षत्र में भगवान ने उनका भाग्य लिखा कि जिसमें भगवान उनके माँ-बाप या अपना कोई सगा लिखना भूल गए या फिर किसी गलती की सजा देने के लिए जान-बुझकर नहीं लिखा होगा। भले ही आज के दिन इंसान बाहर से खुश दिखे लेकिन अन्दर ही अन्दर वो चीख-चीखकर इस बात का मातम मनाता है कि आज ऐसे शुभ अवसर पर उसका अपना कोई सगा क्यों नहीं है। जिस वक़्त उसे खुशियाँ मनानी चाहिए। उस वक़्त वो दिल का दरवाजा अंदर से बंद करके मातम मनाता है कि आख़िर वो आज अनाथ क्यों है ? ख़ैर अपना-अपना नसीब है और अपने ही कर्मों का फल है जो हम भोगते हैं लेकिन फिर भी हम सोचते हैं कि आखिर हमने ऐसे कौन से बुरे काम किए थे, जो आज हमारे साथ ऐसा हो रहा है?

सुप्रिया अपने कलाई की घड़ी में देखती है, बारह बज चुके थे। कमरे में हल्की पीली रोशनी जल रही थी, और हर चीज़ उस रोशनी में जैसे सुनहरी लग रही थी। बीच में सुप्रिया खड़ी थी — अपने शादी के जोड़े में। लाल रंग का भारी लहंगा, जिस पर महीन सुनहरे धागों से की गई कढ़ाई और नगों का काम था। रोशनी पड़ते ही वो पत्थर ऐसे चमक रहे थे, मानो किसी ने उनके अंदर छोटा-सा सूरज कैद कर दिया हो।उसका हरा ब्लाउज़ उसके लाल लहंगे के साथ इतना खूबसूरत लग रहा था कि देखने वाला कुछ पल के लिए वहीं ठहर जाए। गले में तीन-तीन हार — एक मोतियों का, एक सोने का और एक जिसमें छोटे-छोटे लाल पत्थर जड़े थे। कानों से लटकते लंबे झुमके हर बार उसके सिर झुकाने पर हिलते, और उनके साथ उसके बालों की लटें भी हल्के से चेहरे पर आ जातीं। सिर के पीछे बँधा हुआ बड़ा-सा जुड़ा, जिसमें छोटे-छोटे फूल पिरोए गए थे। माथे पर चमकती नथ और मांग-टीका उसकी सादगी में एक शाहीपन जोड़ रहे थे।

पैरों में लाल रंग के हिल सैंडल थे, और गाढ़ी मेंहदी अब लगभग काली हो चुकी थी — जैसे किसी ने उस पर अपनी भावनाएँ उतार दी हों। पैरों की उंगलियों में बिछुए चमक रहे थे, और पायल की हल्की छनक कमरे की खामोशी को तोड़ रही थी। उसकी कमर पर सोने की चौड़ी कमरबंद थी, जो हर सांस के साथ हल्की सी हिलती थी।

वो आइने के सामने खड़ी होकर खुद को देख रही थी — लेकिन उस नज़र में खुशी से ज़्यादा कुछ और था। थोड़ी घबराहट, थोड़ा उत्साह और थोड़ा वो एहसास जो हर लड़की को उस दिन होता है जब ज़िंदगी एक नए मोड़ पर खड़ी होती है। उसने धीरे से मुस्कुराकर अपने बालों की लट को कान के पीछे किया, फिर हल्के से गहरी सांस ली। आइने में उसे अपनी ही आंखों में एक सवाल दिखा —
"क्या सच में यही वो दिन है... जिसका सपना मैंने इतने सालों से देखा था?"

तभी बाहर से सैवी और सुप्रिया की कुछ सहेलियाँ रोजी, इलियाना, सैम और गोल्डी दुल्हन के कमरे में आती हैं जहाँ उनके आने से पहले काफी सन्नाटा था। कमरे में घुसते ही रोजी और सैम एक साथ बोलती हैं -

हाय सुप्रिया

सुप्रिया इन्हें देखते ही मुस्कुराती है।

हाय, आ गयी तुम लोग, कैसी हो ?

गोल्डी : हम तो ठीक हैं, तू बता। तू कैसी है ?

सुप्रिया : बस यार... थक गयी हूँ

सारी लड़कियां बारी-बारी से उसके गले मिलती हैं। तभी सैवी की माँ का फोन आता है कि ईशान काफी देर से स्टेज़ पर सुप्रिया का इंतजार कर रहा है इसलिए वो सुप्रिया को लेकर नीचे आ जाए, इसलिए सब सुप्रिया को लेकर नीचे चली जाती हैं।

लगभग दोपहर के एक बज चुके थे। जे जे अभी तक आया नहीं था। सुप्रिया और ईशान दोनों हाथ में वरमाला लिए एक-दूसरे के सामने खड़े थे। चारों तरफ भीड़ थी। सुप्रिया बीच-बीच में ईशान को देख कर मुस्कुरा रही थी, लेकिन ईशान के चेहरे पर एक अलग ही टेंशन थी कि जे जे अभी

तक आया क्यों नहीं?

दोनों तरफ उनकी एडॉप्टेड फैमिली खड़ी थी और आस-पास उनके फ्रेंड खड़े थे। सुप्रिया की सहेलियाँ ईशान को शरारती आँखों से देख रही थी, तो कुछ सहेलियाँ आपस में फुस-फुसा कर हँस रही थीं। अब वक़्त हो गया था कि दोनों एक दूसरे को वरमाला पहनाएं। सैवी की माँ सुप्रिया को ईशान के गले में वरमाला डालने को कहती है। सुप्रिया एक कदम आगे बढ़ती है और थोड़ी देर ईशान को देखने के बाद उसके गले में वरमाला डाल देती है। तालियों की गड़गड़ाहट से पूरा हाल गूंज उठता है। उसके बाद जे जे की माँ ईशान को वरमाला पहनाने के लिए बोलती है। लेकिन ईशान को जे जे के आने का इंतजार था कि जब जे जे आ जाए तब ही वो सुप्रिया को वर माला पहनाएगा। लेकिन इतने सारे लोगों के बीच वो जे जे की माँ की बात टाल भी तो नहीं सकता था। इसलिए वो सुप्रिया के गले में वरमाला डालने के लिए अपने हाथ ऊपर करता है कि तभी उसकी नज़र सुप्रिया के पीछे पड़ती है। जहां अक्षरा की खून भरी दो प्यासी आंखें उसे एक टक देखे जा रही थी। ईशान को आज अक्षरा का वही रूप दिखता है जो तीन साल पहले सिया ने देखा था। वही नीला बदन, लाल साड़ी, काले-लंबे बाल, साढ़े पाँच फिट की हाइट, लहसुन जैसे लाल-पीले दांत, लाल आँखे, आज किसी के मौत का ऐलान कर रही थीं। उसके चेहरे पर एक खौफ़ज़दा करने वाली मुस्कुराहट थी। जैसे ही ईशान की नज़र उस पर पड़ती है उसकी आँखें फटी की फटी रह जाती हैं, मुँह खुला का खुला रह जाता है, शरीर काँपने लगता है, घबराहट में वो जल्दी-जल्दी सांसें लेने लगता है। दोनों की आँखें बिना पलक झंपकाए एक दूसरे को देखे जा रही थी, बस फ़र्क इतना था कि एक शिकारन थी तो दूसरा शिकार। ईशान के पसीने छूटने लगे थे, उसका गला सूखा जा रहा था। जो भी दिख रहा था, सिर्फ उसे ही दिख रहा था। किसी और को तो कुछ समझ भी नहीं आ रहा था। हर किसी को तो बस यही लग रहा था कि सुप्रिया की जगह उसने या तो कोई भूत देख लिया है या फिर उसे मिर्गी के दौरे पड़ रहे हैं।

डर के मारे न तो ईशान कुछ बोल पा रहा था और न ही कोई कुछ समझ पा रहा था। सुप्रिया ईशान के दोनों हाथ लपककर पकड़ लेती है, उसके हाथ से वरमाला छूटकर ज़मीन पर जा गिरती है। सुप्रिया ईशान

को झकझोर कर बोलती है-

क्या हुआ ईशान ? तुमको क्या हो गया ? तुम किससे डर रहे हो ?

डर के मारे ईशान के मुँह से आवाज़ नहीं निकल रही थी। वो अपनी उंगली से सुप्रिया के पीछे खड़ी उसकी एक सहेली की ओर इशारा करता है, फिर उधर से दूसरी पर, फिर तीसरी पर, फिर चौथी पर। लेकिन न तो अक्षरा एक जगह रुकती है और न ही उसकी उंगली एक जगह रुक पाती है। सुप्रिया और बाकी लोगों को तो यही लगता है कि ईशान बारी-बारी से उसकी सहेलियों पर ही उंगली उठा रहा है। ऐसा करते-करते जब ईशान थक जाता है फिर उसे समझ आता है कि अक्षरा सिर्फ उसे ही दिखाई दे रही है, किसी और को नहीं। तब जाकर वो अपना पूरा ज़ोर लगा कर चिल्लाता है और उसके मुँह से एक हाँफती हुई आवाज़ आती है -

चुड़ैल...

फिर ईशान सुप्रिया को धक्का देकर वहाँ से भागता है। सुप्रिया एक तरफ़ गिर जाती है। कुछ लोग उसे उठाते हैं। ईशान भीड़ से निकल कर बाहर की ओर भागता है। सुप्रिया और बाकी लोग उसके पीछे-पीछे भागते हैं कि आखिर वो कहाँ जा रहा है ? ईशान भागते-भागते एकदम फ़्लोर के उस किनारे पहुँच जाता है जहाँ पर उसके ठीक सामने सिर्फ काँच की दीवार थी। ईशान वहाँ से दीवाल तोड़कर कूद तो नहीं सकता था इसलिए वो तुरंत वापस मुड़कर अभी दो कदम ही बढ़ा थी कि उसके ठीक सामने अक्षरा उसे खड़ी मिलती है। ईशान चौंककर वहीं रुक जाता है। मानों उसकी धड़कन रुक जाती है। वो भागने के लिए जब दायें मुड़ता है तो वो दायें खड़ी मिलती है और जब बाएँ मुड़ता है तो बाएँ खड़ी मिलती है। जब वो वापस सामने से भागना चाहता है। तो वो वापस सामने खड़ी हो जाती है। उसके चेहरे पर शैतानी मुस्कान थी। ईशान अपनी आँखें बंद कर लेता है और उसे ज़ोर से धक्का देकर भागने की सोचता है। जैसे ही वो उसे धक्का देता है, वैसे ही उसे वापस बहुत ज़ोर से धक्का लगता है। एकाएक उसकी आँखें खुल जाती हैं, उसके होश उड़ जाते हैं, उसकी धड़कन मानों रुक जाती है क्योंकि उसके कदम खुद-ब-खुद तेज़ी से पीछे की ओर जा रहे थे। वो तेजी से शीशे की दीवाल की ओर बढ़ते अपने उल्टे कदमों को रोक नहीं पाता है और न ही खुद को बचा पाने के लिए उसे किसी व्यक्ति

या वस्तु का सहारा मिल पता है। अब उसे यकीन हो जाता है कि उसके पीठ से लगकर शीशा टूटने ही वाला है। अब वो सीधे सात फ्लोर से नीचे गिरने ही वाला है। अभी वो ये सोच ही रहा था कि उसकी पीठ से लगकर काँच की दीवाल टूट जाती है और ईशान का शरीर अब काँच तोड़कर बाहर निकल चुका था। तबतक सुप्रिया और बाकी लोग भी वहाँ पहुँच जाते हैं। इससे पहले कि वो ईशान को बचा पाते ईशान का शरीर फ्लोर से बाहर जा चुका था। सुप्रिया ईशान चिल्लाती हुई आगे की तरफ दौड़ती है लेकिन कुछ लोग उसका हाथ पकड़कर उसे रोक लेते हैं कि कहीं वो भी बाहर न कूद जाए।

जैसे ही जे जे की कार बिल्डिंग के बाहर आकर रुकती है वैसे ही उसके कार के ठीक सामने ऊपर से ईशान आकर गिरता है। जे जे तुरंत कार से बाहर निकलकर देखता है कि कौन गिरा है ? ईशान के सर से खून निकलकर पूरे टाइल्स पर फैल चुका था, जैसे किसी ने खून से भरे मग को वहाँ उढ़ेल दिया हो।

ईशान तुरंत जमीन से उठता है और वहीं खड़ी अक्षरा से चिल्ला कर बोलता है-

क्यों पड़ी हो तुम मेरे पीछे ? सबको तो मार दिया तुमने। अब कौन बचा है मेरा अपना? न ही मेरा प्यार... न मेरी पत्नी... . न ही मेरा बच्चा... न ही मेरे माँ-बाप... न ही मेरे भईया-भाभी और उनका बच्चा और न ही मेरी बहन... कोई नहीं बचा। सबको तो मार दिया तुमलोगों ने... अब क्या चाहिए तुम्हें ?

ईशान फफक-फफक कर रो पड़ता है। तभी अपनी दयनीय लेकिन भर्रायी आवाज़ में अक्षरा बोलती है -

मुझे तु चाहिए यशवर्धन... बस तु चाहिए...

मेरा नाम यशवर्धन नहीं है। मैं ईशान हूँ और इस जन्म में तो क्या तुम मुझे किसी भी जन्म में हासिल नहीं कर सकती।

तुम गलत हो। मैं तुम्हें हासिल कर चुकी हूँ। अब तुम्हें मुझसे शादी करनी होगी।

अक्षरा मुस्कुराती है।

ईशान गुस्से में उसपर चिल्लाता है।

न ही मैं तुम्हें अभी तक मिला हूँ, और न ही कभी मिलने वाला हूँ, तुम चाहे कितना भी हाथ पैर पटक लो लेकिन तुम्हारी और मेरी शादी कभी नहीं हो सकती और न ही कभी होगी। मेरी शादी सुप्रिया से होने वाली है और उसी से होगी। अब तुम मेरी जिंदगी से चली जाओ और कभी भी लौट कर वापस मत आना।

ईशान अपने दोनों हाथ जोड़कर उससे बोलता है-

प्लीज.... भगवान के लिए मुझे बख्श दो। मुझे चैन से जीने दो मैं तुम्हारे आगे हाथ जोड़ता हूँ, तुम्हारे पैर पड़ता हूँ। प्लीज... समझो इस बात को कि मैं तुमसे शादी नहीं कर सकता हूँ।

तुम मुझसे शादी क्यों नहीं कर सकते हो ?

क्योंकि तुम एक शैतान हो, और मैं एक इंसान हूँ, क्योंकि तुम मर चुकी हो और मैं जिंदा हूँ।

ये तुम्हारा भ्रम है कि तुम ज़िंदा हो। तुम भी मर चुके हो। वो देखो।

अक्षरा मुस्कुराती हुई अपनी उंगली दुसरी तरफ दिखाती है। ईशान की नज़र उस तरफ़ पड़ती है। जहाँ उसकी लाश पड़ी थी और खून उसके सर से निकलकर पूरे फर्श पर फैल चुका था। ईशान को यकीन नहीं होता है कि अब वो मर चुका है। उसके शरीर से अलग जो यहाँ खड़ा होकर उसके शरीर को देख रहा है, वो खुद नहीं है वो उसकी आत्मा है। ईशान को अपने मरने का ठीक वैसे ही यकीन नहीं होता जैसे हम सपनें में मरने के बाद भी यकीन नहीं कर पाते हैं कि अब हम मर चुके हैं।

सुप्रिया खून से लतफत ईशान के सर को अपनी गोंद में लिए फुटफूट कर रो रही थी। सैवी उसे चुप कराने की कोशिश कर रही थी। सभी लोग सर झुकाये खड़े थे। जे जे के हाथ में एक लाल थैला था। जे जे को इस बात का पछतावा हो रहा था कि सब कुछ जानते हुए भी वो ईशान को नहीं बचा पाया। वो ईशान से किए हुए अपने उस वादे के बारे मे सोच रहा था, जो उसने आज सुबह ही किया था कि मेरे होते हुए तुझे कुछ भी नहीं होगा। चारो तरफ सिर्फ मातम का माहौल था।

जिस जगह को खुशियाँ मनाने के लिए चुना गया था अब वहाँ पर मातम मनाया जा रहा था। जो लोग शादी में शरीक़ होने आए थे, वो अब जनाज़े में खड़े थे। जो लोग परिवार सहित शादी में नाचने आए थे, वो

अब परिवार सहित मौत में शोकगीत गा रहे थे। एक पल में सब कुछ बदल चुका था। बस एक पल में...

अपनी लाश की ओर देख रहे ईशान से अक्षरा बड़े प्यार से कहती है-

अब तू उधर देखना-सुनना बंद कर दे, अब तू सिर्फ मुझे देख, सिर्फ मेरी बात सुन।

ईशान अपनी नम आँखें अक्षरा की ओर मोड़ता है।

अब तेरा उन लोगों से और तेरे शरीर से कोई लेना देना नहीं है, तेरी मौत के साथ ही उस दुनिया से तेरा हर रिश्ता टूट चुका है। यशवर्धन अब तू सिर्फ मेरा है, मेरा। अब हम दोनों को कोई अलग नहीं कर सकता है, कोई भी नहीं और कभी भी नहीं।

अक्षरा अब उदास हो जाती है, और अपनी दर्द भरी कहानी ईशान को बयान करना शुरु करती है। ईशान एक दम खामोशी से उसकी बातें सुनता है।

तुझे नहीं पता कि किस तरह से तेरे वियोग में ये पाँच सौ साल मैंने बिताए हैं। उस एक रात में जो आग तूने लगाई थी, उसकी प्यास आज तक नहीं बुझी है। उस ज्वाला में आज भी हर दिन मेरा शरीर तपता है, तड़पता है। आज भी उस रात को याद करके मैं वक़्त-बेवक़्त सिहर जाती हूँ। जब तुझे वो प्यास बुझानी ही नहीं थी, तो तूने वो तड़प लगाई ही क्यों ? क्या तू इस सवाल का जवाब दे सकता है ? नहीं न। तो बस... मैं इतना ही चाहती हूँ कि तू अब मुझसे शादी कर ले और सावन का बादल बनकर इस सुखी धरती पर बरस जा। सैकड़ो साल से बंजर पड़ी इस ज़मीन को अपने पानी से गीला कर दे। एक ऐसी बाढ़ ला दे ताकि मैं उसमें डूब जाऊं और हज़ारों साल के लिए तृप्त हो जाऊँ। अगर तू ऐसा नहीं करेगा तो मेरी ये प्यास कभी नहीं बुझेगी और मैं युगों-युगों तक तेरा पीछा करती रहूँगी।

ईशान भारी मन से हामी भर देता है, अक्षरा ख़ुशी से आगे बढ़कर उसके दोनों हाथ पकड़ लेती है। दोनों सैकड़ों वर्षों के लिए मृत्यु लोक के किसी काल-कोठरी में समा जाते हैं। जहाँ मानव-विहीन निर्जन स्थान है, जहाँ पर शैतानों का ही वास है। जिस दुनियाँ का इस दुनियाँ से कभी भी बेवजह कोई वास्ता नहीं होता है। उस दुनियाँ के लोगे एक खास मक़सद

जैसे किसी से बदला लेने या फिर किसी को हासिल करने के लिए या फिर एक अधूरी प्यास को बुझाने के लिए ही इस दुनियां में आते हैं। जिसको बुझाये बिना उनकी आत्मा को न ही तृप्ति मिल पाती है और न ही हज़ार वर्ष बीत जाने के बाद भी उनको कभी मुक्ति ही मिल पाती है।

-: समाप्त :-

लेखक के बारे में

आशुतोष सिंह एक संवेदनशील और कल्पनाशील लेखक हैं, जिन्होंने अपनी लेखनी के माध्यम से इंसानी भावनाओं, प्रेम, दर्द और रहस्य को शब्दों में पिरोने की कोशिश की है। "दो दिल, एक शैतान" उनका पहला प्रकाशित उपन्यास है – जो प्रेम और भय, दोनों को एक ही धागे में जोड़ता है।

आशुतोष मानते हैं कि हर कहानी में एक आत्मा होती है, जो पाठक के दिल से संवाद करती है। उनके लेखन की विशेषता ये है कि वे साधारण स्थितियों में भी गहरी भावनाएँ और अप्रत्याशित रहस्य खोज लेते हैं। जीवन की छोटी-छोटी घटनाएँ और लोगों की सच्ची भावनाएँ उन्हें लिखने की प्रेरणा देती हैं। वे चाहते हैं कि उनकी कहानियाँ न केवल मनोरंजन करें, बल्कि पाठकों के दिल में लम्बे समय के लिए ठहर जाएँ।

धन्यवाद

इस पुस्तक के पूरे सफ़र में अनेक लोग ऐसे रहे, जिनके सहयोग, स्नेह और विश्वास के बिना ये कहानी अधूरी रह जाती।
सबसे पहले मैं भगवान शिव का आभारी हूँ, जिन्होंने हर कठिन समय में मेरा साथ दिया और मेरे शब्दों को अर्थ दिया।

अपनी माँ, श्रीमती बिंदु सिंह, का हृदय से धन्यवाद —जिनका प्रेम मेरी हर पंक्ति के पीछे धड़कता है।
स्वर्गीय दादाजी, श्री विजय प्रताप सिंह को प्रणाम, जिनकी दुआएँ आज भी मेरे जीवन का सबसे मज़बूत सहारा हैं।

अपने परिवार, दोस्तों और उन सभी पाठकों का भी आभार, जिन्होंने मेरे शब्दों पर भरोसा किया। आप सबका साथ ही मेरी सबसे बड़ी प्रेरणा है।

www.ingramcontent.com/pod-product-compliance
Lightning Source LLC
LaVergne TN
LVHW090319210926
848480LV00001B/296